罗迅 著

筑师

Architect

北方联合出版传媒（集团）股份有限公司
春风文艺出版社
·沈阳·

图书在版编目（CIP）数据

建筑师 / 罗迅著. —沈阳：春风文艺出版社，2020.6（2021.1重印）
ISBN 978-7-5313-5796-4

Ⅰ. ①建… Ⅱ. ①罗… Ⅲ. ①长篇小说—中国—当代 Ⅳ. ①I247.5

中国版本图书馆CIP数据核字（2020）第069337号

北方联合出版传媒（集团）股份有限公司
春风文艺出版社出版发行
http://www.chunfengwenyi.com
沈阳市和平区十一纬路25号　邮编：110003
永清县晔盛亚胶印有限公司印刷

责任编辑：张玉虹	责任校对：曾　璐
装帧设计：罗　迅	幅面尺寸：155mm × 230mm
字　　数：390千字	印　　张：25.5
版　　次：2020年6月第1版	印　　次：2021年1月第2次
书　　号：ISBN 978-7-5313-5796-4	
定　　价：68.00元	

版权专有　侵权必究　举报电话：024-23284391
如有质量问题，请拨打电话：024-23284384

引　子

2006年6月中旬，一场大雨肆虐了东北大地，晚上刚过六点，奉州建筑大学新建的教学主楼里能容纳二百人的201合班教室中已经差不多坐满了学生，这些学生大多是奉州建筑大学建筑学院的学生，今晚六点半这里将有一个建筑学院青年教师陈思的获奖作品主题讲座。

陈思是个深受学生喜欢的老师，学生喜欢他的理由有很多，有能力，有个性，有热情，对待教学认真而且很风趣幽默。要知道，真正的幽默是需要智慧的。在很多人眼里，陈思绝对是个人生赢家，看了他的履历就会知道：大学本科毕业时考上了研究生并直接留校任教，二十八岁就当上了奉州当时最大的民营设计院的副总；由于方案能力强，对于地产理解深刻，三十岁之后，更是有多家地产公司诚聘他当总经理或者主抓设计的副总，但是陈思并不愿意离开那三尺讲台，只愿接受兼职的职位，因此错失了很多进军地产的机会；一周前，一直在奉州发展的地产公司老板陶林非常欣赏陈思，并接受了陈思只能做兼职的苛刻条件，正式邀请陈思来公司做公司的顾问总建筑师，暑假后正式走马上任。当然更让广大男同胞羡慕的是，陈思还有一个美貌的女朋友，正在奉州建筑大学读硕士研究生。

还有几分钟，陈思的讲座就要开始了，陈思看着仍然在往里走的学生，不禁感慨，现在的教学环境真是比老校区的条件好太多了，现在一个普通合班教室的音响条件都快赶上原来老校区的报告厅了，如果是在老校区，想办一场这样的讲座，不知道要提前多少天向教务处预约报告厅呢。陈思收拾了一下思绪，走到讲台上，讲台上的电脑已经连好投影设备，陈思又检查了一下自己的文件，就要开始讲座了。

这时合班教室门外突然来了一大堆人，都站在门口并没有进来，只有一个西装笔挺戴着眼镜的中年男人走进合班教室，操着略带南方口音的普通话对陈思说："你是陈思老师吧？"

陈思点头："对，您有什么事？"

那个人回答："陈老师，是这样，我是土木学院的教学秘书，我姓毕。"

陈思又点了一下头："毕老师，您有什么事？"

那个毕老师回答："是这样，我们院长晚上有个学术研讨会，本来今天下午我去教务处是要预约这个合班教室的，但是我去的时候，你已经预约完了，现在大一点儿的合班教室就只剩下五楼503了，可是503没有这个201大，所以我们院长指示我一定要用这个201，我现在就是来通知你，请你们到503去，把201让给我们。"

陈思心里一阵不快，却仍是礼貌地说："那教务处应该告诉你了吧，这个合班教室我们已经预约了。"

毕老师说："是，告诉我了，可是我告诉他是我们院长要用时，他说，让我来跟你商量一下。"

陈思冷冷地说："那您这是商量吗?! 换教室我不同意。"

毕老师说："你这位老师，你不知道要尊重领导吗？你一个小讲师你牛气什么！"

陈思冷冷一笑："毕老师，如果是半个小时前，您私下找我，我也许会同意，但是现在当着这么多同学的面你大张旗鼓来跟我说这件事，我不会同意！你也更不用拿什么领导和教授来压我！"

那个毕老师显然有些急了，大声说道："那有什么不同！"

陈思说："有些闲气我可以忍，但是我不能让我的学生沾染这种风气。大学应该教给学生什么？是求知，不是教给同学们滥用学术权威，服从长官意志！今天的事，如果是你想表现你的办事能力，那你根本不配做个大学教师，如果是你的院长要求你这么做，那他也不配当什么教授！我要开始我的讲座了，请你离开这间教室！"陈思的话音刚落，教室里响起了一片热烈的掌声，经久不息。

一个讲座前的小插曲就这样结束了，它并没有影响这次讲座的成功，反而让在座的大学生更加佩服和崇拜这位有个性又才华横溢的陈老师。讲座加上讲座结束后的交流一直持续到晚上十点一刻，离宿舍熄灯的时间只有一刻钟了，同学们才恋恋不舍地散去。

陈思刚坐进自己的汽车，电话响了，来电话的是"溪源县商业中心"项目的工程总监，告知陈思项目出事了，让他务必以最快速度赶到现场。陈思来不及回家就直接开着车奔向溪源县。

作为溪源县高中考出去的学子，陈思在溪源县城有着比其他任何高中毕业生都高的知名度，因为他是个优秀的建筑师，也是对家乡有着突出贡献的建筑师。多年前，他为县旅游局策划并设计的"溪源大峡谷漂流"项目已经成了省内甚至全国知名的旅游项目，从那以后陈思几乎包揽了溪源县的大型项目设计。这次设计的"溪源县商业中心"地处县城最繁华的中心地段，然而刚刚开始施工地下室就发生了意外。陈思通过工程总监的电话知道，由于开发商要求的工期很紧，所以施工队伍一直在冒雨施工，可能是由于施工队伍不够专业导致基坑支护没有做好，基坑在大雨中塌方，里面还埋了三四个工人。现在的现场一片混乱，整个项目部现在都在那儿等着陈思来提出具体的解决方案。

因为雨太大，从奉州通往溪源县的高速公路已经封闭了，陈思只能沿着省级公路开往溪源县。车在山路上飞速前行，车窗外雨一直在下，视线不太好，当车开到了一个下坡的转弯处，陈思习惯性地点了一脚刹车，却忘记了路上雨水和着稀泥很是湿滑，车一下子从道路的右侧平移着滑向道路左侧；陈思赶紧又摆了一下方向盘，车身一扭又滑向右侧，几次这样的左晃右滑，车头撞倒路旁的一棵小树，又以车头为圆心画了个半圆，当车尾撞倒路旁的另一棵小树后，又滑行了几米，才缓缓停下。如果没有那棵小树挡了一下，再滑行一两米陈思连人带车就会直接掉到路边的深沟里。

雨还在下，陈思虚脱着从车里走出来，咕咚一屁股坐在路边湿漉漉的条石上，连续抽了两支烟才回过神来。耳边发动机运转的声音渐渐清晰，陈思又点了一支烟，吐出来后，心想刚才如果自己就那么死了，什么优秀建筑师、地产公司总经理，这些光环将毫无意义，父母大概也会悲痛过度不久于人世了吧，其他人呢？还有谁会真的悲伤，真的会常常想起自己呢？奇怪的是，陈思眼前浮现出小山村里红枫林边那个质朴的女人水灵的形象来，还有她含泪的双眼，而不是自己的女朋友。

命运的安排有时候会给人们一个小小的提示和警醒，只是人们忙于生活，而经常忽略了一些这样那样的细节。这个小插曲，在陈思抽了几支烟之后，就慢慢过去了，他揉了揉眼睛，从车上拿出一条毛巾擦了擦长发上的水珠，就继续开车驶向溪源县。他并不知道，更大的厄运正在接踵而来……

一

1

时光悄然来到2008年夏天，7月里的一个星期六，那是一个很热的下午，奉州市中心运河公园里繁花似锦、绿柳成荫，但是游人并不多。公园北侧是一条小马路，沿着小马路有几个小店铺，都是一些咖啡厅、小酒吧、小茶店之类的。白天这里还算比较清静，晚上就会热闹许多，奉州艺术大学的学生和老师更是这里的常客。有个叫"印象"的小咖啡厅里靠窗的位置坐着一个年轻男子，他无聊地看着窗外的景致，正在等着他人生中又一次相亲。

小伙名叫马宇轩，是个建筑师，打扮也很有建筑师的范儿，黑色短袖衬衫、黑色西裤、黑色皮鞋，戴着一块黑色皮带的"沛纳海"手表，鼻子上架着黑框眼镜，据说成名的建筑大师都是这套装扮。在许多学弟学妹眼里，宇轩绝对是少年得志、年轻有为，三十岁就是一家乙级设计公司的总建筑师、合伙人，他的很多同学在设计院能混个项目负责人就不错了。

宇轩很庆幸自己的职业偏偏又是自己的爱好，因为爱好，就会投入。他的合伙人孙大姐当初也正是因为看到了宇轩的才华和热情才会跟这么一个小屁孩合伙开起这个小公司，这里面多少有一些前辈对后辈提携的意思，当然也有孙大姐自己难以割舍的建筑师情结。因为忙于工作，直到今天，宇轩已经三十了，依然年年都在过光棍儿节。宇轩常常自嘲地跟朋友说，一到三十这一年年的怎么过得这么快呢，做几个方案相几次亲，一年就没了。

这次来相亲的女孩子是宇轩的大师姐林叶青介绍的，大师姐现在是奉州一所高校的教师，很是关心自己这位师弟的婚姻大事，其实宇轩并不喜欢相亲这种模式，在他看来，相亲无非是两个人坐在一块，先彼此看看是否顺眼，好听点儿的说法叫有没有"眼缘"，然后就是彼此了解一下各自关心的对方条件，以决定是否进一步接触了解。

女孩很准时地到了，黑色长裙白色衬衫，皮肤白皙，也戴着一个黑框眼镜，显得很知性。宇轩赶紧起身招呼女孩子坐下，两个人点了两杯咖啡，开始了尴尬的交流。

女孩子倒是很直接："叶青姐是我姐的闺密，她跟我介绍说您是个建筑师。"

宇轩说："嗯，是，小画图的。"

女孩子说："听说找你们画图很贵的，一张图就得好几万，你们天天画，收入一定很高吧。"

宇轩说："不像你说的那样，其实建筑师这个职业挺辛苦的，图纸总是改来改去，经常加班，也就是挣点儿辛苦钱。"

女孩点点头，喝了一口咖啡，说："我的年纪也不小了，可能说话会直接一点儿，嗯，我不想因为有了男朋友或者结婚了，反倒拉低了我现在的生活水平。所以我想冒昧地问你一些问题，你想说就说。"

"好，你问吧。"宇轩回答。

"你现在的年收入多少，开什么车，是自己住还是跟父母一起住，婚房准备好了吗？"

宇轩没想到这个女孩子这么直接，诚实地说："我毕业头三年在东北院，刚参加工作时，工资很低，没攒下什么钱，这两年我和朋友合开了一个小设计公司，公司还处在发展阶段，去年挣了点儿钱，但是也不多，婚房还没准备呢，至于车，就是普通的上海大众。"

宇轩的话还没说完，女孩子的电话突然响了起来，女孩子接起电话，嗯了两声说道："严重吗？好，我马上回去处理！"她放下电话便对宇轩说:"不好意思,我得马上走了,楼上的水管爆了,把我家淹了。"

宇轩赶紧起身相送,凭着多年的相亲经验,宇轩知道自己被放鸽子了,世界上根本不会有这么巧的事,刚来相亲,家里就被淹了,这个女孩根本没看上自己,这个电话也是早就设计好的,如果女孩子看上自己了,电话一来,女孩子会说:"现在实在走不开,晚点儿再说。"

无疑,这次咖啡又白喝了:"他妈的,这个世界是怎么啦,张嘴钱,闭嘴钱的,唉!"宇轩心中暗骂,在座位上又喝了几口咖啡,掏出电话,拨给自己的好朋友也是同门师兄,在奉州建筑大学任教的王立峰老师。

"喂!峰哥,你在哪儿?"宇轩问道。

"学校,弄论文呢。"王立峰在电话那边回答。

"赶紧来我公司一趟,晚上一起吃饭,这次是有重要的事跟你合计,你赶紧过来。"宇轩正色说道。

"那你在公司等我吧,我一会儿就到。"王立峰挂了电话。

王立峰也是单身,说起软实力,立峰老师并不差,天津大学的建筑学博士,专攻古建筑方向,在省内绝对算是古建筑专家,又刚刚评上副教授;对于教学兢兢业业,很受学生欢迎,连年被评为"最受学生欢迎教师";对于父母很是孝顺,是出了名的大孝子。如果说立峰老师找不到对象,原因只有一个,就是硬件条件有点儿差,他长得确实有点儿,怎么说呢,其貌不扬吧——矮、粗、胖,三个字足以形容这位仁兄。一般来说,这样的长相靠相亲,是很难成功的。

宇轩说立峰老师的长相仔细看还是有优点的,虽然大脸盘但是人家是尖下巴颏;虽然是小眼睛,但是人家是双眼皮;最大的缺点也就是长得黑点儿。"品学兼优"绝对是王老师的真实写照,这样看来"相由心生"这个词也有例外。

2

宇轩刚到公司,还没来得及烧水泡茶,王立峰就到了。

立峰进屋就问道:"什么重要的事要和我商量?"

宇轩点了一支烟，说："哥，我的合伙人孙大姐不干了，准备和儿子移民加拿大。"

"怎么这么突然呢？孙大姐的地产公司没有新项目了？"立峰问。

"上个项目清盘后，大姐就没再拿地，估计那个时候，大姐可能就发现什么苗头了。"

"什么苗头哇？"立峰不解地问。

"唉，老公被撬了！"宇轩叹了口气，接着又说，"她老公你该听说过，就是那个算是知名但是特别能装的建筑师王中华！"

立峰点点头说："嗯，王中华我知道，挺能讲的，到我们学校做过讲座，是挺有才华，但是有点儿孤傲！"

"王中华自己弄了个甲级资质的设计公司，对了，你该知道，叫'都会建筑设计有限公司'，办公场所还是大姐给提供的。不过这个王总活没干几个，泡妞倒是挺在行，这不，我那个大学同学何鸿，被他整大肚子了，自己跑去找大姐摊牌了！妈的，这是什么事呀！"

立峰喝了口水说："何鸿？我有点儿印象，专业还挺好的呀。"

宇轩说："我这个同学专业是挺好，就是野心大，现在如意了，何鸿当了总经理，王中华是董事长兼总建筑师！大姐下个月就走了，这个设计公司的股份都转给我了，也没要钱，手续都办完了。房子是大姐的，她说让我先用着，挣了钱再说。"

立峰说："不说她了，你不是一直说你这辈子天生就是建筑大师的命嘛，这下好了，你自己当家做主了！"

宇轩说："建筑大师将来肯定是！"接着面色凝重地说："只是眼前，王教授，这个公司得先生存哪！唉，其实公司这几年干的都是大姐的活，还有就是大姐一些地产界的朋友的活，我自己承揽的工程根本没几个，如果是我自己经营这个公司，我都不知道能坚持到哪天。"

立峰想了想沉吟道："也是，现在市场竞争还这么激烈。"

"峰哥，我们一起干吧，你看你，大学老师本身那么清贫，你呢，经济负担那么重，老人身体都不好，你也挣点儿钱贴补贴补家用。堂堂建筑学博士，都是副教授了，连个代步的车都没有，现在的女孩子那么

8

现实，没钱谁跟你结婚哪！"宇轩开始了劝说。

立峰回答："轩少，我们虽然都是建筑学毕业，但是这些年，我已经认清自己了，我的能力和兴趣都在教学和科研上，是清贫了一点儿，但是我挺满足的，我挺享受在讲台上的感觉，而且想当个好老师，对得起学生，真的没有精力再和你一起经营公司。"

宇轩继续劝说："哥，你总得挣点儿钱攒点儿老婆本儿吧？"

立峰认真地说道："宇轩，我们两个都是社会资源相对少的那类人，管理就更不是强项，所以我是真的不适合，但是你这一说，我倒是想到了个人，他比较合适。"

"谁？"宇轩马上问道。

"陈思大哥。"立峰回道。

"陈思不是咱系老师吗？他没教过我，我不太熟，你一定很熟哇！他还在学校教课吗？"宇轩的语气有点儿兴奋。

"唉，陈思大哥早就不是教师了，他，挺可惜的。"立峰语气突然低沉下来。

宇轩好奇地问："陈老师不干了？！因为啥呀？那现在是自己干哪还是在哪个地产公司呀？"

立峰又叹了一口气说："2007年初快放寒假的时候，思哥摊了点儿事，把一个博导给打了，后来被关了半年。"

宇轩一脸惊讶："啊？！"

立峰说："那个时候快放假了，知道的人不多。唉，思哥在看守所没少遭罪，那一头飘逸的长发，也剃成了光头。"

宇轩又问："陈思老师因为啥动手打人哪？"

立峰说："唉，那个博导对思哥的女朋友动手动脚，被思哥知道了，思哥把他的办公室都砸了，那个博导要不是跑得快，再加上周围有人拉着，可能就不仅是鼻梁骨折了！"

宇轩吐了一下舌头，说："没看出来，陈老师还这么彪悍哪！"

立峰说："真不知道，思哥是怎么挺过来的。"

宇轩又问："陈老师现在干什么呢？"

9

"在运河公园那边开了个茶店，思哥是学院派中的江湖派，我是挺佩服他的，要是你俩合作，我看能挺好。"立峰肯定地说。

宇轩是个急脾气，连忙说："我刚从那边相亲回来，我怎么没注意那儿还有个茶店，要不咱俩过去找陈老师聊聊哇？"

立峰点点头说："行！哪怕是合作不成，听听老大哥意见也好，走！"

3

陈思的茶店离宇轩的公司并不远，宇轩也常常从这儿路过，但是每天忙忙碌碌的并没有注意这儿还有个茶舍。宇轩和立峰走到小茶舍的门口，才发现这个小茶舍设计得还很别致，一圈竹篱笆围成了不大的小院，小院的里面是个设计精美的小花园，沿着几步台阶走到门口，是一小块防腐木地板铺成的平台，平台不大只能放下一张茶桌和几把木凳，茶桌旁是一个青花瓷大水缸，缸里养着荷花。门上沿挂着木质牌匾，牌匾不太大，是原木的，上面烫着几个古隶书大字——"昔归茶舍"。看到"昔归"这两个字，宇轩的脑海里突然想起了那句"陌上花开，可缓缓归矣"，好像一下子就穿越到了古代。

茶舍的门开着，站在门口能清楚地看到里面的摆设。这小店并不大，一个大茶案摆在屋里占了整个空间的三分之一，刚好能坐下七八个人。茶案一侧是店主的主泡席，背面墙上是个大书架，上面放满了书，还有两个画框，里面的画是江南水乡的建筑速写；茶案另一侧是客人的席位，一米多远外的墙上是一排排原木板做的架子，上面放满了各种茶叶。一个中年男子正坐在主泡席上，这个男子短短的头发，两鬓有些斑白，一身麻衫，正在写着什么。宇轩和立峰走进了茶舍，店主才注意到有客人来了。店主放下笔合上了笔记本，站起身来，微笑着说："立峰，你怎么有闲工夫过来了？"

立峰指着宇轩笑着说："思哥，是这小子想见你，咱系毕业的，我师弟宇轩。"

宇轩赶紧说："陈老师您好！"

陈思微笑着说:"哦,我有点儿印象,来吧,坐!"

立峰说:"宇轩,你还是跟着我叫'思哥'吧。"立峰知道"老师"这个词可能会让陈思伤感。

陈思却说:"叫什么都行,我还有几个字就写完,稍等一下。"

立峰问:"思哥,你写什么呢?"

陈思说:"几年前在千山脚下设计了一个住宅区,现在全部建成了,地产公司的老板是师大中文系毕业的,我这个老大哥一肚子情怀,让我写一份文言文的设计说明,说是要刻在小区主入口的巨石上,来,你看看,哥的文笔怎么样?"说完,把文稿递给立峰,宇轩也凑过来一起看看。

一张图纸的背面,写着一段这样的文字:

古之北地号者,今之曙光街区也,享千山千刹之佛光普照,沐万水清波之甘霖。然旧时,市井败落,残垣丛立,民为之叹也。

今有匠人,历十载,逞建广厦万间之志,怀庇天下寒士俱欢颜之情,重建新城于白水之滨。观之营造,排架是精,一梁一柱,定不可移;排商贾之所于市街,置苑囿之地于林下,远眺南山之积翠,近瞰北水之寒烟,皆匠心也。凉亭乘风,对饮月华黄叶;暖阁偎红,静闻书声琴声。

何谓居之幸?毗贤人居,以免择邻之恼;选近地居,以避舟车之劳;有肆之便,而无市之闹;架屋隐约于林间,兼收四时之烂漫;高堂膝下,尽享天伦之乐也。此民之愿,亦河畔曙光众营建者之所愿也。

立峰看完文字,说:"思哥,没想到你古文功底不错呀!"

宇轩问:"老师,这写的是什么意思?"

陈思说:"唉,翻译过来就是千山脚下原来有一片棚户区,现在改建成了一个新小区,小区环境不错,有一圈商业网点,内部有亭子、大树等景观，因为地段比较偏，所以很安静！"

立峰和宇轩两个人听完一阵哈哈大笑，接着几个人说笑了几句，宇轩感觉和陈思的距离一下子近了不少。几年不见，陈思给宇轩的感觉是少了他当老师时的潇洒不羁，而多了几分沧桑内敛。

陈思一边洗杯子一边问道："你们两个想喝什么茶？"

宇轩赶紧说："什么都行，我平时不太喝茶，不像老师精通茶道。"

陈思笑着说："我哪懂什么茶道，我就会倒茶！"

宇轩问："老师，你这个店名有什么寓意吗？"

陈思说："没什么特别的，普洱茶常以产地作为茶的品牌，'昔归'是澜沧江边的一个小村子，那里产的古树茶是我最喜欢的，索性就以这个为店名了。"

立峰说："这个名字很好听，很有那么点儿古朴的意思。"虽然这么说，但是立峰却想到了陈思的前女友盈盈，难道思哥是在等待昔人归来？

陈思说："其实在当地语言中，'昔归'有搓麻绳的村庄的意思，但是一翻译成汉语就变得很有意味了，今天就请你们喝一下昔归古树茶吧。"

宇轩在陈思泡茶时，又仔细地看了看这个小店，让他很感兴趣的是这个大茶台，茶台是一块原木破成的整板，这张大木板宽一米二，长三米，十五厘米厚，虽说是并不算太上等的草花梨木料，但是单看这尺寸，也能想象出这根原木当年有多粗，由于经常擦抹，面上已经有了包浆，放在市面上，要个十万八万也不多，宇轩暗想：这个陈老师看着不起眼可是够土豪的。

陈思泡好茶，用竹镊子夹了茶杯放到宇轩和立峰面前，给每人倒上了一杯茶。宇轩喝了一口，茶汤入口滑滑的、柔柔的，还有一点儿淡淡的甜味，没有想象中生普洱的苦涩，但是也没有觉得有多好喝。陈思又泡了一泡，茶汤的颜色明显变浓，当第二杯茶慢慢地滑下宇轩的喉咙时，宇轩突然感觉口腔内充满了汹涌的津液，同时嗓子也有一种甜甜的感觉，这是一种宇轩从没有过的感受。

宇轩说："老师，这个茶太好了，我还是头一回有这种感觉，满嘴幽香，嗓子也甜甜的。"

陈思点点头说:"喜欢就好,行了,别说茶啦,立峰,你们两个来找我是什么事?"陈思直接把话题引入正题。

立峰说:"思哥,宇轩有个小设计公司,原来的合伙人出国了,现在想找个合伙人一起干,我一下子就想到你了,就带着他跑来了。"

宇轩连忙简单地把公司的情况介绍了一下,然后看着陈思,等待陈思的回答。

陈思抽了一口烟,淡淡地说:"我不太感兴趣,现在只想多陪陪家人。"

宇轩看了看立峰,一脸的失望。立峰本来就嘴笨,也不知道该说什么好了,只是尴尬地问:"思哥,你这么年轻就打算退休了?"

陈思笑着说:"什么退休!过去,我的生活只有工作,也该放空一下自己,给自己的生活也留点儿白,让自己的生活节奏慢一点儿。宇轩,如果你问我的意见,我的意见是趁着现在还有人愿意买设计院的资质,把你的公司卖了吧,现在卖,还能卖个好价钱。"

听到陈思这么说,宇轩看了一眼王立峰,立峰也没想到陈思会这么说,便替宇轩说道:"思哥,宇轩刚接手公司就卖了,怕是对孙姐也不好交代吧。再说,如果把公司卖了,将来再想买,可就难了。"

宇轩点点头,但是没有说话,仿佛被陈思一盆冷水给浇了个透心凉,只是看着陈思,等着陈思继续往下说。

陈思看着宇轩说:"宇轩,你今年有三十吗?结婚了吗?"

宇轩说:"三十虚岁,连对象还没有呢,刚在你旁边的咖啡厅相了个亲,但是没戏!被人放鸽子了。"宇轩对这种事早就习以为常了,倒没觉得有什么不好意思的。

陈思一乐:"你还年轻,应该去大设计院扎扎实实地做几年方案,慢慢地积累经验和人脉,而且,最重要的是你该娶妻生子,从一个大男孩转变成大男人。"

宇轩并不认同陈思的说法,他本来就是在别人赞扬声中长大的,心中的傲气反倒被激了起来,这个公司虽然还仅仅是乙级资质,但是宇轩下定决心要把它做大做强,卖公司是绝对不可能的。

陈思也看出来了宇轩的失望，便笑道："宇轩，我想问你，你是想当个好的建筑师，还是想挣钱。"

宇轩说："思哥，不怕你笑话，我特别喜欢建筑师这个职业，我觉得我的人生目标就是建筑大师，我很希望有一天，我的名字能和安藤忠雄、扎哈、库哈斯的名字并列在一起。"

立峰有点儿尴尬地看着宇轩，心想你当着思哥的面这话说得也太狂了吧！

陈思只是淡淡一笑，说："嗯，有理想当然好，但是很多时候你要清醒地认清自己的身份，拿现在来说，你的第一身份是设计公司的老板，然后才是建筑师。你有十几个员工，那还意味着，这些员工身后是十几个家庭，你的精力可能更多地要放在企业的管理、市场的拓展上，至于说你还想当个建筑师，一个方面可能是你热爱你的工作，另一个方面，也只能说你们公司除了你，也拿不出几个像样的建筑师。"

听到陈思这么说，宇轩的傲气旋即没了一多半，神色一黯，说："唉，思哥，你说得对，现在市场竞争激烈，我的员工都是小孩，总给我惹祸。我现在是总经理兼总建筑师兼绘图员还兼着打更的。"

陈思笑了一下，就正色说道："所以，宇轩你要想好自己到底想要什么。"

宇轩并不服气，反驳道："思哥，我们这个行业，也有很多优秀的建筑师，既没有放弃自己的专业和理想，不时地做一些好的作品，又能把自己的设计公司做得很好哇？"

陈思说："任何人只要开公司了，追求的就是挣钱。你常见的那些所谓专业精英，总喜欢大谈自己的设计思想，其实无非是给自己更好地揽活做一个体面一点儿的宣传而已。我不否认，他们可能很优秀，也确实促进了设计的进步，但是任何一个行业的进步，本身就是为了获取更大的商业利益。就拿你熟知的那些明星建筑师来说，别看一个个说得慷慨激昂的，如果一个项目要是不给钱，看他们谁还干？！而且，很多作品，他们也就是提个概念，有下面的助手来深化设计，你有这样的团队吗？"

宇轩看了看立峰，立峰显然也在思考陈思的话，虽然陈思说得有些绝对，但也是一针见血的实话。

宇轩沉默了一会儿，勉强地说道："思哥，我之所以一直想自己做，是因为，这个公司我说了算，我才有更大的创作自由度，我真的希望将来能做出一些优秀的作品来，而不仅仅是为了挣钱。"

陈思只是一乐，看着两个人问道："宇轩，你们公司从成立到现在，除了住宅、公寓，你做过什么你能称之为作品的设计？"

宇轩仔细地想了想自己设计最多的真就是多层住宅、高层住宅，以至于能设计个售楼处都是显示自己设计才华最好的机会了，所谓专业理想很多时候不过也就是个理想吧，想到这儿，宇轩突然有点儿尴尬。

陈思抽了一口烟，继续说道："虽然我们国家经济一直在发展，但是我们现在却依然处在一个基础建设阶段，从我们的设计任务比例上看，多是住宅、写字楼、商业，文化类建筑少之又少；而城市化的脚步还不会停，这种状态也还是会持续很长时间。所以我都不知道，一个整天设计住宅的设计师，还能否称得上建筑师。就算有偶尔一些文化类建筑的设计机会，也都是被大院和知名事务所拿去了。你想坚持理想就两条路，一条就是去大院工作，争取一些创作机会；还有一条路就是努力把自己的公司做大做强，等你挣到了钱，再去实现你的理想。"

宇轩一脸认真地说："陈老师，我不会放弃自己的理想，所以我还是选择挣钱吧！"

几个人顿时哄堂大笑，但是陈思知道，宇轩虽然是这么说，但是骨子里应该还是想两个都做好，因为陈思也是从那个年纪过来的。

笑了一会儿，宇轩接着又问陈思："陈老师，您觉得经营一个设计公司，什么最重要？"

陈思笑着说："这个赖特大师早就教育过我们了，作为建筑师最需要做好的三件事：第一是取得订单，第二是取得订单，第三还是取得订单！"

立峰一脸的疑问："这是赖特说的吗？！"

几个人又是哈哈大笑。

立峰说："轩少，如果公司没有活，这么多人，费用挺大，是挺愁人的。"

宇轩说:"是呀,我也愁。"说完,看着陈思的反应。

陈思想了想,说:"没有活,可以编活呀!"

立峰问:"编活?怎么编?"宇轩也看着陈思。

陈思点了一支烟,对宇轩说:"现在没活,对你和你的公司或许是好事。"

宇轩不解地问:"陈老师,为什么?"

陈思说:"刚才大概听了你对你公司的简单介绍,其实在我看来,你们面对激烈的市场竞争还差很多火候,现在是没有设计可做,一旦有了新的甲方找到你,往往都是你一个人在战斗,而其他的员工多数也只是撑个场面,这样你就非常累。所以你现在需要一段时间,提升你队伍的整体素质,重点是三个方面:一个是资料的积累,一个是绘图速度,一个是方案的表现力。而这需要一段时间的严格训练。"

立峰和宇轩听完都点头称是。

宇轩说:"嗯,就像大学的设计任务书呗,明天我就编。"

陈思说:"不用那么刻意编,你找你省院、市院的同学或者东北院的同事,挑一些他们正在做的项目,你们也做,一定要做真的设计,时间和深度都要按甲方要求的条件来做,该加班加班,就当这个活是你们的,你更多的是要考虑方案如何做出特色,效果图的表现力如何加强,如果有可能,尽量要学会动画表现。"

宇轩说:"我公司有个小孩动画做得挺好,以后应该加强动画的表现。"

立峰说:"宇轩,你们离得近,没事就多请教请教思哥。"

宇轩心悦诚服地说:"今天确实跟思哥学了很多东西,思哥,我以后能常来吗?"

陈思说:"什么时候愿意来,我都欢迎,你看我这儿也没什么客人,没什么不方便的。"

兄弟三人围绕着设计的话题聊了一下午,喝着茶,抽着烟,不知不觉就聊到了傍晚。王立峰看时间该回家做饭了,就起身告别,陈思也要回家陪父母,宇轩其实还没有聊够,只是跟陈思还不太熟悉,也只好跟着起身告辞了。

二

1

从第二天开始，宇轩开始了对自己员工的疯狂训练。他听从了陈思的建议并没有告诉员工这只是训练，因为陈思说要让这些员工对宇轩和宇轩的小公司有信心。怎么样建立自信呢？一是让员工觉得公司未来会有发展，有钱赚，二是员工对自己的能力有信心，找到工作的兴趣和动力。

对于从省设计院大学同学那儿要过来的实际工程案例，宇轩的要求很严格，有的要求甚至很苛刻，带着员工加班加点是常有的事；只是偶尔抽空跑到陈思那儿喝杯茶，跟陈思聊聊天，家里老妈做什么好吃的，宇轩也要给陈思带上一份，有什么好烟更是一定要拿给陈思，慢慢地两个男人混熟了，几天见不到陈思，宇轩就会有一点儿想念。

这一天下午，一场暴雨过后，宇轩公司所在的写字楼突然停电，宇轩提前给员工下了班，员工们欢乐地冲出了办公室，享受着意外的惊喜，而宇轩则是惦记着去陈思的茶店找大哥谈谈心。

来到茶店，宇轩远远地就看到陈思正一个人在门口的小院里坐着，还是一身麻衣，面对着那盆荷花，坐在木头板凳上静静地抽着烟，好像正在等待荷花开放一样。

宇轩走到近前，轻轻地喊了一声："思哥。"

陈思抬起头，看到是宇轩，微笑着指指荷叶上的露珠说："宇轩，你看这荷叶上的露珠多美，很多时候，我们都忽略了身边这些细节。"

宇轩说:"思哥,你好文艺呀!"

陈思站起身来,眼睛还盯在荷叶上说:"你是陪我在这儿赏荷,还是进屋喝茶呢?"

宇轩说:"哥,没人的时候您一个人慢慢赏吧,我有点儿事想跟你聊聊。"

两个人进了屋,陈思泡好茶,给宇轩倒了一杯,说:"宇轩,有什么烦心事,说吧。"

宇轩说:"思哥,按您的建议,这一段时间,我对员工进行了疯狂训练。"

陈思问:"嗯,效果怎么样?"

宇轩说:"总的来说,效果还不错,员工的画图速度有了明显的提高,但也发现了两个问题:一个是这批小员工都是大学刚毕业,原来活不太多,没觉得什么,现在要求一严格了,发现能力差别有点儿大,也就一两个我看还行;另一个问题,我拿我们的方案跟省院我以前同事做的方案相比,我们的方案在设计规范的把握上差了很多,包括我自己都是这样。"

陈思抽了口烟,淡淡地说:"员工的能力有差别对你的公司是好事,你的公司里都是小员工,如果能力都一样,以后你就没法提拔和奖励业务骨干了。老弟,你要记住混凝土的原理,钢筋混凝土当中,不仅有钢筋,还有水泥、石子、沙子、水,这些东西配合在一起,才有了坚固的钢筋混凝土,有了强弱之分,你才好批评和鼓励。至于说设计规范的把握嘛,掌握设计规范当然是重要的,但对于你的小公司来说,不是最重要的。"

宇轩看着陈思有点儿不太理解,就问:"可是我们做的毕竟都是实际工程啊,不符合规范怎么行?"

陈思说:"老弟,你的小公司拿什么去跟那些大公司竞争?绝不是你们方案对规范的把握和理解有多好,而是你的方案要比那些大公司更有特色,更加贴近市场,所以在前期方案阶段,不要过分地受设计规范干扰,就好比你现在谈恋爱,你尽管去浪漫,先不要去想今后孩子入不了托怎么办、没有好学区怎么办、丈母娘能否帮你带孩子一样，对象都搞不成，操那么远的心干什么？你先通过方案的特色把订单拿下来再说，你要先让甲方被你的方案吸引，然后再研究方案的可行性，至于规范的事情，你不是有负责施工图的总建筑师替你把关吗？"

宇轩点点头表示赞同陈思的想法，旋即又摇摇头："思哥，我们原来聘了一个负责审图的老总，是孙姐的老同事，孙姐走后不久，他也跟我提出辞职了，唉，要是真有工程，我还真不知道画出来的图谁审，对了，你有没有比较合适的人选？"

陈思没有回答，端起一杯茶，并没有喝，而是静静地放在鼻子前闻了一会儿茶叶的香气，脑海中迅速过滤着自己比较熟悉的建筑师。

这时外面走进来一个五十多岁的男人，陈思赶紧放下茶杯站了起来，高兴地说："李大哥你怎么有时间过来了？"宇轩见陈思喊大哥，也跟着站了起来。

那个男人走进屋，直接坐到了茶台前，说："想老弟了，在附近有个饭局，顺路过来喝杯茶，看看你。"

陈思一边洗杯，一边对宇轩说："宇轩，你叫李大哥。"又对那个男人说，"仁杰哥，这位是我的小弟，宇轩，青年才俊，我们学校毕业的。"

宇轩这才知道原来来人叫李仁杰。

李仁杰看了一眼宇轩，只是微笑着点了一下头。

陈思给李仁杰倒了杯茶，和李仁杰聊了几句，转向宇轩，笑着说："宇轩，李大哥是奉州鼎盛工程招标公司的老板，他的公司可是全市最大的招标代理公司，他那儿工程信息比较多，以后你求李大哥多帮帮你，你小子就不缺活了。"

宇轩赶紧说："李总好，以后还请大哥多帮帮忙。"

李仁杰笑了笑说："好，宇轩老弟的公司叫什么名？"

宇轩有点儿不太好意思地说："没什么名气，李总，我的公司叫'奉州原美建筑设计有限公司'，小公司，嗯，没几个人。"

李仁杰又问："你的公司有资质吗？"

宇轩红着脸说："有，但是是乙级资质。"

陈思看出了宇轩的尴尬，接口说："宇轩，当着李大哥不用不好意思，公司都是由小到大做起来的。"

接着对李仁杰说："大哥，最近忙不忙？"

李仁杰说："哥一天你还不知道哇，招标代理公司其实就是靠量取胜，就是卖标书卖纸的。再说，招投标背后的乱事太多。别说我了，你让人给我送的茶我收到了，挺好喝，你都改行了，还记着我，现在像你小子这么有情有义的人可不多了。"

陈思看了一眼宇轩，说："大哥，我只是想休息一段时间，有机会的话，帮我这老弟介绍点儿小活，宇轩老弟人不错，很上进，很勤奋，也很有才华。"

听到陈思这么说，宇轩感激地看着陈思。

李仁杰看了一眼马宇轩，说："活嘛，现在就有一个，今晚的饭局就是为这个事。"

宇轩赶紧说："李总，如果中标了，挣到钱了，也一定会有您的一份。"

没想到李仁杰听完宇轩这话，脸色沉了下来，并没有说话。

陈思接过话说："大哥，宇轩小，现在没活，着急心切，你别在意。"

接着对宇轩说："以后不要这么说话，李大哥是我的好朋友，是我最尊敬的大哥，朋友之间不要去谈社会上那套，大哥帮你也绝不会为了钱。"陈思说完，又给李仁杰倒了杯茶，直接问道："大哥这个活是什么情况？"

李仁杰说："老弟，据我了解，这是这家公司的头一个项目，所以董事长很重视设计。"

宇轩听完这番话，心里更加跃跃欲试，眼睛紧盯着陈思，希望陈思能帮忙争取到这个机会。

陈思说："大哥，甲方心里有没有大致的倾向设计院。"

李仁杰说："这个公司的董事长和总经理好像是亲戚，董事长应该没有，只是想做个好作品，卖个好价，但是总经理好像是有点儿钩钩心，不然今晚也不会约我吃饭。"

陈思说："看来这事不太好操作，董事长和总经理永远不会是一条心，就是亲属也是一样。没事，大哥，以后有机会再说。"

李仁杰想了想说："要不这样吧，你让宇轩挂靠个设计院先报名呗，但是你们方案一定得明显高人一头，董事长应该还是有自己判断的。"

宇轩赶紧说："李总，我可以试试。"

陈思想了想说："这也只是下策，大哥，既然总经理约你吃饭，就说明他还是有自己想用的设计院，我们能否想个两全其美的办法呢？你看哪，既然董事长需要个好作品，而总经理想要点儿回扣，那么能否建议总经理先搞个方案投标，然后再组织施工图价格招标，这样董事长能看到个好方案，而既然是议价，总经理也有了回旋余地，不然价格公开了，他想要点儿回扣是不是也不那么方便呢？"

李仁杰看了看陈思说："就你鬼点子多，这也是个办法，这点儿小事还可以建议。看看那个总经理怎么想吧。"看看时间，站起身来，对陈思和宇轩说："晚上等我电话吧，宇轩，你先做好准备，方案能投标最好，不行的话你就借个资质参加投标，至少能练练兵。行了，我走了。"

宇轩点头称是，和陈思一直把李仁杰送到小院外，目送李仁杰离开后，两个人才回到屋里。

宇轩低低地说："思哥，刚才我是不是说错话了，李哥不会怪我吧。"

陈思笑着说："不会，李大哥人很仗义，再说谁敢得罪未来的建筑大师呢?!"

宇轩满脸通红："思哥你就别取笑我了！"

陈思说："投标可以参加，但是不要相信有什么绝对公平的竞争，以前，我是知道每次投标我是中标去了，还是陪标去了。"

宇轩说："这怎么能知道？"

陈思笑道："当然知道，人生啊，没有经验只有教训，我的经验就是，私人开发商多数投标都是一种形式，里面有很多上不了台面的想法，这个你将来自己体会吧，所以并不是所有招投标都有设计单位踊跃报名的。李大哥为什么跟我好，因为我懂规矩，他有时候组织的招投标也没人报名，但是他让我去的时候我都去，这就叫捧场；我也不会问中不中标,他不告诉我时,肯定不会中;你一问,大家都下不来台,这就是朋友之间的默契。"

宇轩说:"我几乎没参加过投标,现在看来自己太幼稚了。"

陈思说:"完全公平的招投标也有,问题是人性的弱点在于,如果一个招投标完全是公平的,而我恰好是评委,你会不会来找我帮忙呢?"

宇轩说:"当然会。"

陈思一笑说:"你看,很多时候,人就是这样,都希望别人公平竞争而自己走个捷径,对不?所以很多时候不要去抱怨这个不公平那个不合理的,你现在要做的就是提高方案的内涵和表现力。"

宇轩看着自己的这位大哥,越来越觉得这个人的人格魅力是难以抗拒的,他身上有着太多自己应该学习的地方。看看时间,已经六点多了,便对陈思说:"哥,附近有家挺好吃的小店,我请大哥吃顿饭吧。"

陈思直接点破了宇轩的心思说:"你小子不回家,是不是想等着李大哥的信儿啊。"

宇轩被陈思看破了心思,一脸的尴尬,但是也是很真诚地说:"大哥,我总麻烦你,我确实想请你吃顿饭,而且我总觉得,你似乎还有比较合适的总建筑师人选,我刚才看见你在那儿设计了,嘿嘿。"

陈思说:"好,一会儿去简单吃一口,至于总建筑师的人选,我确实有一个,只是不知道人家愿意不愿意,而且我们也好久没有联系了,也只能是问问看。"

宇轩倒是不客气,直接把陈思的电话拿起来递给陈思,笑着说:"思哥,我这人就是性急,你先打电话,打完了我们再去吃饭。"

陈思拿起电话合计了一会儿,随手摁了一连串早已记在心里的号码,就等着对方接听了。

几串"嘟、嘟、嘟"之后,一个柔和的女中音从听筒里传来:"喂?哪位?"

"请问你是徐晓燕吗?"

"我是,你是?"

"燕姐,我是陈思!"

"臭小子，你都消失好几年了，换电话也不说告诉我一声，你现在怎么样啊，评上教授没有？"电话那头满是关切。

"燕姐，我不在学校了，我现在在原来老校区附近开了一个茶舍，就在运河公园附近，你哪天过来喝茶吧。对了你还在那家设计院吗？"

"早不在了，我和你姐夫一起做了个小公司，你姐夫天天在外面跑，我在家组织画图，可没有你那么优哉游哉。对了，你要是有什么施工图的设计，别忘了拿到我这儿来，现在负担太重了！"

陈思看了一眼宇轩，宇轩一脸无奈，心中暗想，总建筑师没找到，倒是给自己找了个争夺思哥资源的竞争对手。

陈思一笑："燕姐，就是告诉你一下我的新电话，今天不多跟你聊了，你要是什么时候路过，就到我这儿喝茶，我们见面聊。"

"好，我抽空过去，等忙完这几天的。"说完，徐晓燕挂断了电话。

宇轩见陈思挂断了电话对陈思说："思哥，你和那个燕姐关系好像不一般哪，看样子好几年没联系了，电话号码却能背下来，这得记得多深哪？思哥，你可得先帮我哈，别总建筑师没找到，把你再整丢了！"

陈思一皱眉，宇轩这小子倒是真聪明，但是陈思并没有接下这个话题，而是对宇轩说："这个总建筑师是没希望了，你也看到了吧，我的师兄师姐也在做设计公司，他们都很难，你还要迎难而上？"

宇轩狡黠地一笑："思哥，她有老公，我不是还有你呢嘛！总建筑师的人选，我再慢慢物色，走走，思哥，咱们先去吃饭。"说完心里却在合计，这是个什么样的女人能让思哥这么记忆深刻。

确如宇轩所想，陈思和徐晓燕的关系并不一般。有些人永远不用刻意记起，却也永远不会忘记，对于陈思来说，徐晓燕就是一个永远都不会忘记的人。应该说，徐晓燕是陈思一生中第一个让他心动的女人，只是徐晓燕是陈思上两届的大师姐，又比陈思大四岁，师弟暗恋师姐注定不会有什么结果。

上大学时，陈思每次见到这个温婉大气的师姐都会心动不止，而聪明的徐晓燕每次见到陈思灼热的目光时，都明白那代表着什么，只是在徐晓燕眼里，陈思就是个小师弟。两个人同在学生会，关系也挺好，后来徐晓燕毕业了，也有了男朋友，并没有忘了这个痴情的小师弟，把自己的所有考研资料和笔记都留给了陈思。这些资料在后来陈思复习考研时也起到了很大的作用，更重要的是，陈思把这些资料视为自己最珍贵的东西，后来多次搬家都没舍得把这些资料扔掉。

陈思希望徐晓燕幸福，所以从来不主动联系这位师姐，毕业后的偶尔见面，也多是在公共场合，如果这次不是因为宇轩，陈思依然不会联系她。

2

两个人并没有白等，吃完饭回到陈思茶店刚喝了几杯茶，李仁杰就打来电话告诉陈思，甲方的总经理叫刘远航，两个人已经吃完饭分开，虽然刘远航没有同意方案投标这个建议，但是对于设计单位的资质要求却在李仁杰的劝说下没有了限制，并让李仁杰尽快组织招标文件的文字材料，并网上发布。李仁杰跟陈思要去了宇轩的电话号码，告诉宇轩等通知。

宇轩很兴奋，陈思却觉得一切都在意料之中，他相信李仁杰会有应对的策略把这件事做好，这些年的社会经验教会了陈思永远不要小看这些成功人士，无论是比你有钱的，还是比你官大的，也许在专业上他们不如你，但是任何人的成功都不是偶然的，他们的智商情商都不会低哪儿去。

就要半夜了，宇轩还是聊个没完，显然是沉浸在兴奋之中，这时陈思电话响了，陈思拿起电话一看是家里电话，心头就是一紧。

宇轩听不到电话里说什么，只是听到了陈思说："妈，现在什么症状，嗯，你先别急，你喝点儿温水，平躺一会儿，我几分钟就到。"说完就挂断了电话，对宇轩说："宇轩哪，你回家吧，我得去趟老妈家，老妈心脏不太舒服，我得带她去趟急诊。"

宇轩说："大哥，我陪你去吧，有事也好有个照应。"

陈思说："没事，老弟，应该不会有大事，你先回家，有事的话，我给你打电话。"说完两个人离开了茶馆，分别开车离开。

陈思一路超车，边开车边担心自己的母亲。自己的父亲患有老年痴呆症，也不知道会不会给母亲添什么乱。可是车开到母亲家附近的小区路口时，却发现父母已经站在路边，陈思赶紧刹车靠边停下，眼前的景象却让陈思热泪盈眶。

只见自己的父亲搀扶着母亲，嘴里在安慰着母亲，不停地轻柔地说："老伴没事，有我。"

其实父亲平时的语言功能已经有障碍了，不想他这一刻却能清晰地说出这样的话。泪眼模糊的陈思扶着自己的父母上了车，递给母亲一瓶矿泉水，让母亲先喝口水，接着，喊了一声父亲："老爸。"

父亲却又恢复了混沌的状态，看着自己的儿子，呆呆地说了一声："你挺好。"

母亲深情地看了一眼自己的丈夫，对陈思说："儿子，别着急，妈现在感觉没那么难受了，可能这两天没休息好。"

陈思忍住了泪水，不敢回头看自己的父母，踩上油门，几个转弯就到了市中心医院。陈思扶着父母进了急诊大厅，赶紧带着母亲挂号，母亲在医生的安排下去做心电图、验血，陈思则站在大厅里，拉着父亲等待结果。

这时候父亲看着陈思突然问："小东西，你怎么来了？"

陈思说："我妈不是病了吗？"

父亲又问："你妈是谁呀？"

陈思回答："你老伴哪。"

父亲呆呆地看着陈思说："你送我回家，我老伴还在家等我呢。"

陈思哭笑不得，只好岔开话题，问自己的父亲："你想我不？"

父亲乐了，说："想，唉，就想你。咱们回家吧。"

陈思就这样左一言右一语地陪父亲聊着，十几分钟后，母亲从心电图室出来，医生看后说没什么问题，再等一下验血结果。

陈思带着父母找了椅子坐下，母亲说："儿子，妈现在感觉好多了，可能这几天没休息好，也没吃降压药，你不用担心。"

陈思低低地说了一声："嗯。"

母亲叹了一口气，说："儿子，妈一有病时就想起你，你也快四十了，也没个媳妇，万一有一天妈不在了，你说谁管你。"

陈思连忙说："妈，你又说这话！"

母亲苦笑了一声，说："唉，你呀，你就是个孝子，现在看还不如当初跟你那个师妹盈盈一起出国了呢。"

陈思说："妈，父母在不远游，这要是我在国外，你们有点儿啥事，我不得急死呀。"

母亲说："你那师妹，唉，估计是回不来了吧？"

陈思说："妈，据说是读博士呢，暂时可能还没有回来的意向，不过她妈妈就一个人在国内，我想她也许过一段时间会回来。"

母亲说："陈思呀，你还想等她？"

陈思没有回答，只是摇摇头。

母亲又说："其实当初还不如跟那个农村丫头水灵呢，就是没念过大学呗。"

陈思笑了，对母亲说："妈，这都多少年了，水灵也早就结婚了。"

母亲问："陈思，你说你当时心里面更喜欢谁多一点儿？"

陈思说："跟师妹在一起时，我总会想起水灵，但是跟水灵在一起时，就不会想师妹，也许是因为师妹更强势更有主见，我也说不清。只是那个时候，还是觉得学历呀，共同语言哪很重要，所以更倾向师妹，再说离水灵那么远，我又忙。"

看时间差不多了，陈思说："妈你在这儿坐着，我去给你取验血结果。"

几分钟后，陈思拿着验血结果回来了，告诉自己的母亲一切都正常，可能就是这几天没睡好，心脏有些不适，回家好好休息一下就没事了，母亲拉起了坐在椅子上的父亲，父亲顺从地站起身来。

这时候宇轩打来电话："思哥，怎么样？用我过去不？"

陈思说："你小子怎么还不睡觉，没事，早点儿休息吧。"

宇轩说："哥，有事你可别瞒我，需要我，我这就过去。"

陈思说："谢谢老弟，真没事，我正准备送爸妈回家呢，明天聊。"

时间已经到了深夜一点。

三

1

几天后的一个下午,宇轩接到李仁杰的电话,让他去取招标文件,宇轩取回了招标文件后,直接就去了陈思的茶店。陈思正在茶店陪着两个客人聊天,这两个客人好像是小两口。

陈思见宇轩进屋了,也没有介绍,只是示意宇轩坐下,淡淡地问了一句:"投标文件拿到了?什么项目?"边等宇轩回答,边给宇轩倒了一杯茶。

宇轩看了一眼两个顾客,轻声说:"拿到了,一个联排别墅区。"接着问,"哥,你们是不是有正事要聊?"

陈思说:"没有,这对小夫妻来我这儿买点儿茶叶,我让他们尝尝新进的一款茶,闲聊天呢。"

那对小夫妻也微笑着对宇轩点点头,因为和陈思这个老板聊得开心所以并没有走的意思。

陈思又对两个顾客说道:"我们喝我们的茶,他是我的小兄弟,很有才华的建筑师。"

宇轩喝了口茶,说:"这个茶还真不错!"

陈思微笑说:"打住,不然人家小两口该以为你是我的托呢。"

陈思给两个客人添了点儿茶,问那对小夫妻:"你们房子多大呀?"

小夫妻中的妻子说:"七十多平方米。"

陈思看了一眼宇轩说:"刚结婚也够用了,对了,大建筑师,你准备怎么设计这片别墅哇?正好这里有刚结婚的朋友,你现场调研一下,如果经济条件允许的话,看看他们想要一个什么样的家。"

妻子显然对这个问题很感兴趣,看了一眼自己的老公说:"屋前应该有个小院,一块平台,放上毯子或者瑜伽垫,可以做瑜伽抑或晒晒太阳;院子里应该有枫树和银杏,能够随着落叶感受到季节的变化,更喜欢斑驳的树影落在白墙上,也许房子上还点缀着爬山虎;屋后足够大的话,应该有一小块菜园,可以带着孩子在碧绿的菜畦里抓蝴蝶,要种些草莓,可以给孩子们做草莓酱,还要有山楂树和樱桃,既好吃又好看;希望能有个玻璃亭子,雨天里听着雨滴在玻璃顶盖上的声音喝喝茶,可以在夜晚搂着爱人数天空中的星星;最好有一块水池,养几株荷花、几尾锦鲤……"

宇轩说:"啊,你描绘得好有场景感,比我这个建筑师还要浪漫。"

陈思则淡淡地对那个小伙子说:"看,你老婆的理想生活是这样的,你要继续努力呀。"

那个小伙子的性格很内向,只是柔情地看了一眼自己的小娇妻,憨憨地笑着。那个女孩子则是拍了一下自己的老公说:"你要努力!"

几个人都笑了,宇轩则似乎是找到了一些什么灵感,陷入了思考。

陈思看了看宇轩说:"轩少爷,你想怎么应对这个投标呢?"

宇轩问陈思:"大哥你的意见呢?"

陈思点了一支烟,回答:"如果是我的话,我要围绕'家'来做设计,就像这个小姑娘说的,家得有自己的院子,有花有草,有领域性和私密性,在我看来,另一个设计重点不是起居室,而是厨房、餐厅。"

宇轩问:"为什么?我们在大学时,都是以起居室或者客厅来展开设计的呀。"

陈思说:"空间和流线组织可以是这样的,但是设计重点并不一定是这样的。其实夫妻回家平时交流最重要的地方是厨房餐厅,一家人也是一样,现在工作繁忙,一家人在一起交流最直接有效的地方其实是餐厅,如果两个人能经常一起下厨做饭,一家人能经常团聚一堂,这个婚姻基本上不会有什么问题，所以你的设计区别于其他的设计单位就是要有深度，有亮点。"

妻子也说："我觉得大哥说得对，我老公做饭的时候是最帅的，哈哈哈。"

那个小伙子还是一脸的憨笑。

陈思接着说："宇轩，你这次不要按照传统的思维去做方案，商品房，商品房，你要明白你做的是一个商品，别总把作品挂在嘴边。商品首先就要研究卖点，你的设计要区别于现在奉州其他的别墅楼盘，无论是空间形态还是流线组织。其次，毕竟你是建筑师，你应该让你的设计承载人们对生活的理想，你要努力地让你的空间有一些诗意和浪漫，给你的设计注入一些思想深度。"

陈思说完低头合计了一会儿，好像想到了什么，又抬头对宇轩说："对了，建议你去网上找找资料，北京有一个别墅项目，叫'龙湾别墅'，那片别墅做的是下沉庭院，很精彩，类似的项目奉州还没有。如果有时间，最好你去一趟北京，好好感受一下。"

宇轩点头表示记下了，那对小两口一边喝茶一边听陈思说话，女孩禁不住问："老板，你这么博学呀？"

宇轩看着抽着烟的陈思说："他是我的老师！"

小夫妻两人也不知道宇轩说的到底是真是假，只是能隐隐感觉到这个茶店的老板绝对不是普通的小商小贩。

陈思怕冷落了顾客，又把话题重新拉到品茶上，宇轩到底还是年轻人，心里满是兴奋，再也听不进去陈思讲什么红茶绿茶的制作工艺有什么区别了，打电话告诉自己的办公室主任赶紧买火车票，晚上就要去北京看看陈思说的龙湾别墅。

2

从北京回来后的二十多天，宇轩一直带着员工紧张地做着方案。宇轩对设计很有天分，在北京看到了龙湾别墅那个项目后，自己的灵感也被激发了出来，同时也把"下沉庭院"这一空间概念做了一些自己的改进。

对于这次投标，宇轩可以说倾注了全部心血，在奉州最热的天气里，宇轩常常是连续工作十多个小时，经常吃住在公司。宇轩很想证明一下自己，也希望能拿出一个好作品不枉陈思大哥对自己的帮忙。

为了更好地表现方案的结构，宇轩还带着自己的员工做了一段全景动画。一般来说，像这样的投标，并没有多少设计单位肯花大价钱做动画表现，但是宇轩觉得只有动画才能把"下沉庭院"这个空间概念表达清晰，所以就带着自己的员工不分昼夜地赶进度，逼得宇轩的爸妈想儿子时竟跑到公司来看宇轩了。

到了晚上，宇轩更是赤膊上阵，光着膀子与小员工一起渲染动画。这段时间，陈思偶尔打个电话给宇轩，鼓励一下宇轩，宇轩很希望陈思能到公司来看看方案，提一些宝贵意见，但是陈思都委婉地拒绝了。陈思是怕自己的思想左右了宇轩的思路，因为陈思知道宇轩是一个有自己思想的建筑师，更重要的是宇轩必须有一个独立面对一切问题的艰难过程。

这一天傍晚，陈思刚吃完晚饭，宇轩一身疲倦地走来了，见到陈思就问："思哥，李总给你打电话没？"

陈思递给宇轩一支烟问："打什么电话？你的投标文件做完了？"

宇轩点上烟，突然哈哈大笑，高兴地说："思哥，你懂什么叫未来的大师吗？告诉你，我中标了！"

陈思微笑着说："嗯，恭喜。"

宇轩说："思哥，其实这里面有你一多半功劳！"

陈思说："这是你努力的结果，有我什么功劳！"

宇轩说："思哥，如果没有你，我不会有这个机会参加投标，没有你，我哪会知道什么下沉庭院哪。对了，思哥，立峰是评委之一，哥，是不是你安排的呀？如果没有立峰，我估计这次是白忙活了，这次参加投标的单位除了那几家大型国企，还有都会建筑设计有限公司，我最后的总分才比都会建筑设计有限公司多了一分，绝对是险胜！而且，我听立峰说投标前一天何鸿想给立峰钱，被立峰拒绝了，但是估计其他评委何鸿也做工作了。"

陈思说："立峰那个书呆子，如果你的方案不比别人的强，他肯定不会给你高分，你能中标还是你方案本身过硬，不然，你就是排第一，甲方也可以选择其他单位，毕竟是私企。"

宇轩听到陈思这么说又有点儿兴奋，高兴地说道："大哥你知道吗，我的动画把地产公司那个郑总和刘总砸蒙了，尤其是对于'下沉庭院'这个概念，简直就是让他们耳目一新，评委也都说好。"旋即又骂了一句，"都说我方案做得挺好，却都不给我高分！"

陈思说："别去想评委的事了。"

宇轩抽了一口烟，突然问道："思哥，这么好的事，李总怎么会不给你打电话告诉你呢？"

陈思笑着说："他知道你会告诉我，你倒是欠了人家一个大人情。"

宇轩说："那我明天在你这儿拿点儿好茶叶去看看李总，他不是爱喝茶吗？"

陈思说："宇轩，不要这么办事，那样会让李总觉得你太功利，以后有的是机会，朋友是互相借光的。"

宇轩问："思哥，这样好吗？"

陈思说："有什么不好的？你呀，跟立峰一样，学的都是书本上讲的建筑设计，你们还不知道什么是设计。对了，你的设计说明之中，一定有一句'以人为本的设计理念'吧？"

宇轩摸了摸脑袋笑道："哥，你怎么知道的？"

陈思笑道："我以往参加投标也这么写！只是现在才知道，什么叫以人为本。"

宇轩听出陈思话里有话，看着陈思。

陈思说道："建筑设计其实本质上，是设计人与人在空间中的关系，或者相处模式，与人的相处其实是你一辈子的课题，你都不知道如何与人相处，怎么能做好设计呢？"

宇轩抽了几口烟，对陈思的话多少有些不以为然，看到天已经渐渐黑了，宇轩对陈思说："思哥晚上有什么事没？"

陈思说："没什么事。"

宇轩说："我想让你陪我洗个澡去，本大师实在太累了，腰呀，脖子呀都快累折了。我想按个摩放松一下，咱俩一人找一个包房，你看单身汉也有单身汉的好处，不行晚上就在洗浴中心睡了，反正也没人管，哈哈，这天太热了，我就想好好睡一觉，明天下午甲方还来我公司定调整方案和签合同的事呢。"

陈思说："那好，那我就请一下大师吧。"

宇轩说："不用，思哥，4月份的时候我帮着一个甲方做了一个洗浴中心的改造设计，说好了设计费八万块钱，结果只给了我五万块钱，我又要了几回，最后给了我一张洗浴中心的三万块钱贵宾消费卡。谁有工夫老去那儿洗浴呀，今天你帮我花点儿。饿了，就在那儿点吃的，里面的饭菜倒是还行。再说也不太远，开车十多分钟就到了，你有事就再回来。"

宇轩说完直接替陈思锁上了店门，拉着陈思上了自己的汽车。

四

1

　　宇轩带陈思来的这家洗浴中心临着奉州一条主要马路，原是一座三层办公楼，改造后的洗浴中心还是挺漂亮的，七八千平方米。一层是大堂和男女浴区，二层是休闲娱乐区和餐厅，三楼是休息大厅和客房，一水的日式风格，连浴服都是日式的，让陈思和宇轩穿着非常别扭。

　　陈思陪着宇轩在餐厅吃了点儿东西，见到宇轩疲劳劲已经上来了，就说："宇轩，咱们上楼找两个包房，找个人给你按一按，你直接就睡，我能睡也在这儿，不能睡就回店里。"

　　宇轩说："行，我把贵宾卡扔前台，你要是提前走，就直接刷卡好了。"

　　陈思和宇轩分别要了一间包房，服务生给陈思和宇轩各安排了一个按摩的服务员，陈思躺在床上，闭着眼睛。几分钟后，传来了敲门声，陈思说了一声"请进"，随手拿出一支烟点燃了。

　　一个穿着规整的按摩女子走了进来，随手关上了门，鞠了一躬说："二十三号很高兴为您服务。"说完抬起头来，看着陈思。

　　当陈思与这个女子四目相对时，顿时惊呆了，这个女子不是水灵吗?!而那个女子也在用一种不可思议的眼神看着陈思。

　　陈思直勾勾地看着女子，心脏一阵狂跳，语速缓慢地问道："你是，是水灵妹子?"

女子也问道："你是陈思大哥？"

陈思站了起来，水灵却往后退了几步，低了头，两个人都沉默了一会儿，水灵慢慢走到床边，拉着陈思坐了下来，说："大哥，真的是你呀，这也太巧了。"语气亲热中，又带着几分生疏，还有几分尴尬。

陈思从来没有想过会与水灵以这种方式再次相见，把烟掐了，随手却又点了一支，声音有些嘶哑地问："妹子，这多年不见，你怎么在这儿呢？你都到奉州了，为什么不来找大哥？"

水灵低下了头，旋即又抬起头，笑着说："我不想给你添麻烦，你怎么老了很多，白头发这么多，像个小老头儿。"说完眼睛红红地看着陈思，陈思一时也不知道该说什么。

水灵站起身来，扭了一下脸，又抬头把盈眶的眼泪压了回去，低低地说："大哥，你躺着，我给你按按，咱们边按边聊。"

陈思再次把烟掐掉了，对水灵说："按什么按，你去收拾东西，咱不干了。"

水灵急忙说："那可不行，请假是要罚款的，这个月的工资还没发呢。"

陈思又点了一支烟，抽了一口说："什么也别说了，工资咱不要了，你现在就跟我走。"

水灵说："哥，不干这个我干什么呀？"

陈思脸色沉了下来说："妹子，你今天必须跟我回家，有事家里说。"

水灵低着头说："你怎么跟嫂子解释呀？"

陈思说："哪来的嫂子！你现在去收拾东西，我去换衣服，十五分钟后，咱们在门口见。"

说完，陈思光着膀子拎着浴服下楼去了。水灵真怕这位大哥一激动干出点儿什么过格的事来，只好先去请假。十分钟后，水灵出来找到了正在门口抽烟的陈思，陈思打了一辆出租车带着水灵回到了自己的家。

陈思的家一百七十多平方米，是一个标准的四房两厅两卫的格局。但是陈思平时并不怎么回来住，更多的时候，他住在茶店，偶尔去父母家住。这个家对于他来说，好像是一个仓库或者是一个洗衣房，四个房间，有两间是卧室，自己一间，留给父母一间，逢年过节接父母过来住，剩下的两间一间是书房，放着不少陈思的专业书和历史书，另一间放着各种茶叶，陈思基本上是一周回来一次，浇浇花，洗洗衣服。屋子里的东西摆放得还不算太乱，就是总不回来人，到处都是一层灰。

　　陈思让水灵坐在客厅的沙发上，去冰箱给水灵拎来一瓶矿泉水，也坐在了沙发的一侧，半天两个人也没说话。一路没说话的水灵突然冲过来抱住了陈思，哇的一声痛哭了起来，好像这些年经历的委屈一瞬间再也控制不住地释放了出来。泪水把陈思的麻衫弄湿了一大片，水灵半天才抽泣着忍住了哭声，放开了紧紧抱着陈思的双手，回到刚才坐的地方，抽了几张纸巾，擦了擦眼泪和鼻涕，又喝了几口水，情绪才慢慢平复下来。陈思怕她再哭，去卫生间投湿了一条毛巾递给水灵，坐到茶几对面，正脸对着低着头的水灵。

　　陈思抽了几口烟，问水灵："妹子你怎么跑奉州来了？"

　　水灵的眼泪又夺眶而出。

　　陈思赶紧从茶几上拿起毛巾递给水灵，让水灵擦擦眼泪。

　　陈思说："妹子，先别哭了，妹夫呢，他怎么会同意你来干这行？"

　　水灵用毛巾捂着脸，沉默半天，拿开了毛巾，低低地说了一声："死了。"

　　陈思不敢相信自己的耳朵，睁大了眼睛又问了一句："死了？！"

　　水灵说："嗯，死了。"

　　陈思问："怎么死的？"

　　水灵抬起头，对陈思说："哥，能给我一支烟吗？"

　　陈思递了一支烟给水灵，水灵抽了一口，剧烈地咳嗽了起来。陈思把烟抢了下来，等着水灵回答。

　　水灵说："哥，孩子他爸那年在县城工地打工，那天下着大雨，几个工友非要拽着他去工地捡钢筋头卖钱，结果，基坑塌方了，把他们几个都埋在里面了。"说完又掉起了眼泪。

　　陈思脑海中立马想象出了那个悲惨的画面，那天半夜他就在现场，那个场面陈思至今也没有忘，只是没有想到原来被埋那几个人中竟然有水灵的丈夫。陈思知道，因为那几个人是偷着进入工地的，工地那天并没有开工，施工现场的支护是按照常规设计的并没有什么问题，只是那天雨下得实在是又急又大，雨水汇流冲刷得太厉害才造成的塌方。再加上小地方的施工队伍尤其是二包队伍的管理不规范，也没给工人上意外伤害保险，所以事后在整个事件调查清楚后，那几个被埋的人并没有被赔付多少钱。

虽然是那几个工人偷着进的工地，可是那件事发生之后，陈思还是一直很自责，因为当初是陈思向甲方提出应该建两层地下室以增加停车面积，甲方是因为采纳了陈思的建议才决定建两层地下室，所以才会有那么深的基坑，如果仅是一层地下室，也就不会有那么深的坑和后来的塌方了。从专业角度看，陈思的建议无疑是正确的，可是没想到这样的正确却给水灵等几家人带来了灾难，这让陈思自责和困惑了好一段时间，现在竟然又碰到了水灵，陈思内心更觉得自己应该好好帮助和照顾这个苦命的妹子。

水灵停止了哭声，又说："施工队后来给我们那几家人哪家都拿了些钱，只是婆婆知道孩子他爸的事后，一上火得了脑出血，我爸也得了胃癌。那些钱都不够给他俩治病的。"

陈思连忙问："那你婆婆和张叔现在怎么样？"

水灵说："婆婆今年年初没了，我爸胃切除了三分之一，现在还挺好。现在带着我姑娘在枫林村呢。"

陈思问："孩子多大了？"

水灵说："孩子九岁了，今年开学上小学三年。现在挺好的，哥，没多少饥荒了，按摩挣得挺多，我把饥荒还差不多了。"

陈思心疼地看着水灵，说："妹子，你有这么大的难处为什么不跟我说呢，还欠多少饥荒，哥替你还。"

水灵眼睛红红地说："哥，我怎么能白要你的钱呢，再说我也得干活挣钱哪。"

陈思说："哥认识的人多，干什么都吃碗饭，这几天我想想看有什么工作适合你,你长得漂亮,性格开朗,去地产公司当个售楼员也行啊,我认识那么多开发商,我不信,我张一回嘴,他们会不给一个面子。"

水灵说:"哥,别去求人了,我都三十多了,连个电脑都不会使,我哪懂什么卖楼哇,我见过那些卖楼的,全是年轻漂亮的小帅哥小美女,都能说会道的,到时候一套房子卖不出去,多丢人!"

陈思说:"反正妹子,洗浴中心你是别再回去了,我绝不会让你再干那个行业,想到你碰那些臭男人我就来气。"

水灵说:"哥,山根刚去世那段时间,我几乎天天失眠,后来婆婆和我爸也都相继出事,我那段时间都快崩溃了,去年家里的一个老乡介绍我来这儿干,唉,天天忙得昏天黑地的,按完这个按那个,一有点儿工夫就想睡一会儿,也没时间悲伤了,时间反倒过得快点儿,挣得也挺多,也还好。"说完,水灵低下了头,左手摸着右手指关节上因长期做足底按摩而生的厚厚的老茧,那厚厚的突起的老茧刺痛着陈思的心,回想起刚认识水灵时,那双手丰润修长,现在却已面目全非。

看看表已经凌晨一点半了,陈思站起身来对水灵说:"妹子,我去给你收拾房间,今晚上先不聊了,你哭了一晚上了,洗个澡,先睡一觉,明天我们再谈你工作的事。"

几分钟后,水灵洗完了澡,便进了陈思收拾好的另一间卧室再也没有出来。

2

陈思躺在自己卧室的床上,心潮翻滚,当年与水灵相识的一幕好像就在昨天,点点滴滴的回忆又涌现在眼前……

十年前,陈思作为建筑师,得到机会做了一个自然环境中的旅游项目,很幸福的一件事是这个项目是在自己的家乡溪源县。接到任务书之后,第一个任务就是应家乡旅游局局长的邀请去实地考察地形。

溪源县的地形总结起来是"七山二水一分田，半分土地半分园"，山是长白山余脉，是吉林、辽宁境内几条河流的发源地，水资源丰富，山间溪流纵横，到了秋季，景色美不胜收。但是若是实地考察地形倒不是一件美差，旅游区还没有建设，走的都是山路，要想找到合适的旅游服务区的位置，更是需要翻山越岭。攀爬山岭间，偶尔会遇到几个小小的自然村，这些小村落的居民多数是当年闯关东的山东人后裔。房子多数是低矮的草房，木杆的篱笆圈着整洁的小院和菜园。

整个上午，旅游局局长带着陈思把拟建项目的周边地形都看了一遍，一行人翻山越岭，沿着水量比较大的一条河流寻找适合漂流的河段，并顺带着看了几个小村子，什么杨树村、柳木桥村、枫树村，这一顿考察可把陈思累得够呛。到了中午，旅游局局长把招待陈思的午饭就安排在枫树村自己的远房亲属张叔家吃。

张叔家与村里其他人家离得较远，在枫树村这个小山沟的最里面，三间土坯瓦房安详地坐落在山脚下，小院背后的缓坡都是张叔自己开的荒地，种的庄稼，不远处的一片枫林是张叔和女儿刻意留下的。小院前是一条小溪，清溪之上是张叔自制的一架小木桥。小桥、小院、茅屋在青山下，真有点儿"采菊东篱下，悠然见南山"的感觉。

陈思刚踏上小木桥，就看到一个中等个子的女孩正在忙活，院里收拾得干干净净，一棵足有几十年的大枫树下放着饭桌，几个小木墩就是凳子，饭桌上已经摆好了几盘菜。那个姑娘二十多岁，白色粗布带着蓝色小碎花的上衣与两条大辫子上扎的白地蓝花手绢倒是挺协调。

"嘿，别看了，快进院吧，眼睛都快掉人家身上啦！"院里的女孩冲陈思喊道，尴尬中陈思在局长和村主任的笑声里不自然地走进了张叔家的小院。

"水灵，你怎么说话呢，这可是领导请来的大设计师，大学老师，快叫大哥！"村主任冲着那女孩说道，陈思知道村主任在给自己找台阶下，也知道了原来那个好看的姑娘叫水灵，张叔也训斥着水灵没规矩。

"大哥，我不好看吗，你怎么还害臊了呀，哈哈哈！"水灵的大眼睛看着陈思，笑声就像小木桥下的溪水，陈思的老脸却是更红了。

进院了，张叔赶紧让陈思几个人坐在饭桌前，饭桌上是两样拌的凉菜，还有一个竹笸箩，笸箩里是小葱和尖椒，还有一小碗农家酱。陈思仔细看了看，小院收拾得干干净净，沙子铺的院子，房子的墙是黄土和着稻草夯实的，水泥瓦屋顶，陈思比较感兴趣的是窗台下一个鸡窝。这个小建筑也是土墙草屋顶的，一层是鸭窝，二层是鸡窝，旁边是个小柱子撑起屋顶的狗窝，陈思掏出相机兴奋地拍着。

"大哥你拍这玩意儿干啥？"水灵看到陈思拍照感到很奇怪，认真问道。

陈思说："这就是最原始的综合楼，我要带回去给学生讲讲。"

"真的吗？"水灵认真地看着陈思，一脸疑问。

"水灵，快去端菜，领导和大哥都饿了！"张叔有点儿着急怕怠慢了客人。

张叔的午餐安排得实在是丰盛，除了那几样凉菜，还有炖豆腐、炒蘑菇，还有小鸡炖土豆，主食是苞米面野菜团子。

陈思、局长和村主任都饿了，也没客气，吃了半天才想起来没让水灵一起吃，赶紧喊水灵一起上桌。"等你们吃完了，我再吃，这是俺娘在世时的规矩，我先去收拾厨房。"水灵转身进了厨房。

肚里有了点儿底，吃饭的速度就慢慢降了下来，陈思几个人边吃边聊起水灵来。村主任说："哎，水灵这孩子学习可好了，要不是他娘得病花了很多钱，没钱上学了，现在保不齐也是个大学生了。"

张叔憨厚地撇撇嘴，对陈思说："一个丫头片子能干活，会伺候男人就够了，念那么多书干吗？没念过书你看这菜不也做得挺好？"

"嗯嗯，好吃，太好吃了。"陈思赞不绝口，村主任和局长也不住夸赞。

"爹说，你们城里的鸡不好吃，没有味儿，哎，大哥，你喝鸡汤不？我给你盛一碗哪？"水灵倚着门框问陈思。

"有米饭没，最好泡碗米饭，呵呵呵！"陈思也没客气。

"有！等着！"水灵爽快地回答，一会儿端出一碗泡了鸡汤的米饭。

陈思用筷子插着米饭想再拌一拌，筷子插进米饭里时，才发现米饭

39

里有秘密，这点儿心眼陈思还是有的，也没吱声，赶紧夹了点儿菜也放在碗里，慢慢把那个秘密夹出来，原来是个鸡胗。一只鸡就长一个鸡胗，小笨鸡的鸡胗格外有嚼头，陈思心里一阵感动，抬头看看屋里的水灵，她也在看着陈思，似乎有点儿紧张怕陈思把秘密说出去……

项目顺利地开工了，陈思也总找借口往工地跑，为的是能吃到水灵做的好吃的农家菜，能够听到水灵溪水般的笑声。每次去工地，陈思都给水灵带些小礼物，水灵从来都是大大方方地收下，每次走也都要给陈思带些野菜干菜什么的。第二年春天，5月，项目完工了，陈思去工地验收，特意没跟领导吃饭，跑去找水灵。

见到水灵时，水灵正在小溪边洗衣服，身边开满了蒲公英。水灵见到陈思当然很高兴，跟陈思说："爹今天没在家，你饿不，大哥？"

"饿！主要还是馋！"陈思说的也是实话。

"我给你擀面条吧，等着哈大哥。"水灵一阵风地进了屋，忙活起来，过了一会儿陈思隐隐地感觉到水灵从后窗户跳了出去，后面就是山根子了，她去干吗了？陈思正暗自疑惑时，水灵又跳了回来，几分钟后端着一个小盖帘出来。盖帘上放着一大碗葱花炝锅面条，面条里放着两个荷包蛋，一小碟蒲公英咸菜，让陈思感动的是一个小水瓶里插满了盛开的蒲公英，陈思知道了水灵跳窗户出去干吗了。

"大哥，好吃吧，跟我娘学的，开春菜还没下来，哥，只能让你吃饱了。"水灵那双水灵灵的大眼睛看着陈思，接着又说，"其实我不喜欢给你做一大桌子菜，那样你就吃不出每个菜的滋味了，一饭一菜就最好。"确实一饭一菜最好，陈思看着那盛开的蒲公英和水灵竟有点儿分不清谁是蒲公英谁是水灵的感觉。

那个时候，陈思又是教学又是设计的工作很繁忙，也很少回家乡，而水灵家又没有电话，所以陈思和水灵也就慢慢断了联系。陈思三年后有了自己的车，第一次开车出远门，就是去水灵家看看水灵和张叔。见到水灵时，水灵已经有小孩了，水灵的丈夫是邻村的一个叫山根的小伙子，很憨厚，话不多，只是憨憨地笑着，但是看得出来眼里对水灵是满满的爱意。水灵还是一口一个"哥""哥"地叫得很亲热，还抱着刚会说话的小女儿，教她喊陈思"大舅"，水灵总是在一旁咯咯地笑着，笑声像门口的溪水。

　　后来陈思就很少回去了，但是每年夏初和冬初，水灵都会给陈思寄来山野菜、蘑菇、土豆干、地瓜干等土特产，春节也会给陈思和陈思父母拜年，就像父母的亲女儿一样，十年从没间断。母亲常对陈思说："你要是没考上大学，要是在农村娶个水灵这样的媳妇也一样会很幸福，人哪，怎么都是过一辈子。"

　　陈思就这样回忆着慢慢睡着了，梦中梦见水灵正在溪边洗衣服，身后是冒着袅袅炊烟的泥墙瓦房，房后是一片火红的枫林……

　　水灵在另一个房间却久久不能入睡，水灵做梦也没想到会再次遇到自己的陈思大哥。对于陈思大哥，水灵心里有一种说不出的情感，也许是初恋的心动，也许是演变成亲情的一种牵挂。这些年，水灵从来没有忘记在春秋两季给陈思邮寄一些山里的土特产，却很少联系陈思，偶尔的电话也只是简单问候。与自己的丈夫山根在一起时，她知道她得到了女人的幸福，她喜欢山根对自己的亲吻和拥抱，喜欢山根抱着孩子时的憨笑。也许山根知道水灵就在自己的身边，所以对于水灵每年都给陈思邮寄东西从来没提过异议。可是现在自己的丈夫已经去世了，而那个曾经让她牵挂的陈思大哥却突然出现在了她的面前，这突然让水灵有种做梦的感觉……

五

1

陈思还在睡梦中时,电话响了,陈思迷迷糊糊地接了电话,电话那头传来宇轩的声音:"大哥,你什么时候走的,怎么也没按摩呀?"

陈思说:"哦,有点儿事,就先走了,怕耽误你休息,也没跟你打招呼。没事老弟,你赶紧起来准备一下下午的谈判吧。"说完挂断了电话,揉揉眼睛发现已经早上八点多了。陈思想起家里还有水灵妹子,赶紧一骨碌爬起来,走出卧室。

厨房传来了阵阵香味,走到客厅,陈思好像已经都不认识自己的家了,屋里所有的家具都被擦得一尘不染而发着耀眼的光芒,阳台上晾着自己的一大堆衣服,厨房里水灵正在忙活。

看到陈思起床了,水灵稍微有点儿尴尬,也不敢看陈思,边忙活边说:"哥呀,这家里要是没个女人是真不行,你看这日子让你过的,我翻了半天,就翻到了一点儿面,还有几个鸡蛋,对了还有几棵干巴葱。只能给你擀点儿面条了,正要去喊你呢,你快去洗漱,回来咱吃饭。"陈思嗯了一声,心里暖暖的。

洗漱完毕,陈思和水灵坐在餐桌前,桌上已经放好了碗筷,还有烩锅面和一盘炒鸡蛋。水灵给陈思盛了一碗面说:"哥,你家怎么啥也没有哇。"

陈思迫不及待地吃了一口面,又喝了一口汤,才说:"还是妹子做的好吃，我一个人不怎么回家，对了你几点起来的？"

水灵说："五点多钟，在洗浴中心的宿舍吧，乱哄哄的躺下就能睡着，可是到你家这么安静反倒睡不着了。"

陈思指了指面条说："你也吃呀妹子。"

水灵说："嗯，咱爸咱妈怎样？昨晚上光顾哭了，忘问了。"说完不好意思地笑了。

陈思说："老妈还好，老爸现在得了老年痴呆症，好几年了。对了，我妈还总念叨你呢，你也不禁说，上个月刚提起你这就见面了。"

水灵说："是吗，其实我应该去看看咱爸咱妈的，哥，那咱爸现在什么症状啊？"

陈思说："还有一点儿行动能力和语言功能，但是生活是离不开人了，有的时候也不认识我。"

水灵说："你怎么不把咱爸妈接来一起住？"

陈思说："提过，我妈不同意，一是我妈觉得这是儿子家不是她家，二是作息习惯不一样，最主要的是怕影响我找对象，这个我明白。"

水灵说："哥，以后我没事就过来帮你收拾收拾屋子，你这也太乱了，我们有时候白天有时间，我去陪陪咱爸咱妈，帮咱妈洗洗涮涮的都行。"

陈思放下碗筷说："怎么，水灵，你还准备回洗浴中心上班？"

水灵低低地说："嗯，大哥，我也得自己挣钱哪，洗浴中心虽然累点儿，但是不偷不抢的，也就是有的人偶尔会动手动脚的，自己躲着点儿呗；再说你早晚都要找媳妇的，我能时常看到你就行了，将来我还可以帮嫂子带带孩子。"

陈思说："唉，我现在就想好好陪陪父母。"

水灵说："那怎么行，哥，我记得头几年你不是有个读研究生的对象吗，不是都要结婚了吗？"

陈思摇摇头说："不要提她了。这样吧，水灵，我现在开了一家茶叶店，一直想找个女孩，帮我看店、卖货，五千块钱底薪，如果卖得好，还有分成。一会儿你去宿舍取东西，回头我开车去接你，店里又有个小房间可以睡觉，你愿意住家里就住家里，愿意住店里就住店里，你先试试怎么样？"

水灵见陈思态度坚决，只好答应，旋即又说："可是对茶叶我也不懂啊。"

陈思说："哥慢慢教你，店里每款茶叶的包装上都有价签，我不在时，你掌握个原则，就是最多打八折。正好这一段时间，我要去云南那边茶山走走，选选新的茶叶，你就替我看店吧。"

陈思吃完了一碗，水灵马上又给陈思盛了一碗说："哥，你吃点儿鸡蛋，别光吃面条。"

陈思说："你也吃呀。"

水灵也盛了一碗，低头慢慢地吃着。

两个人正吃着，陈思的母亲打来电话，说父亲想陈思了，让陈思上午回家一趟，陈思赶紧答应。

吃完了饭，陈思对水灵说："妹子，你先回去辞职，收拾东西，我中午去接你。"

水灵点头，急忙把碗里的面吃了，就开始收拾桌子洗碗。

陈思到了母亲家，一进门就对母亲说："妈，我爸呢？"

母亲说："在屋里坐着呢。"

陈思进屋一看，父亲正坐在床边，低着头，手里不自觉地拧着衣服，抬起头看到陈思进来，眼里露出了慈爱的笑容，缓缓地说："你，来了，我就想你呀，小东西。"

陈思坐了下来，拉着父亲的手。母亲给陈思倒了一杯水，说："昨晚半夜突然说想一个人，我就问他是男的还是女的，他说是男的，我就把他的亲属、战友、同事、朋友挨个说了一遍，他都说不是，我最后说那是不是叫陈思，他才点头。你说你就一天没来，谁能想到，他是说你呢。"

陈思抱了抱自己的父亲，母亲说："你爸现在语言功能和记忆力越来越差了。"

陈思看着自己的父亲既心疼又无奈。老年痴呆这种病，根本没有特效药，只能是尽量减缓进一步恶化的过程，每次看到父亲，陈思都为自己的无能为力而心痛，更因为自己以前忙于工作很少陪父母而感到内疚。父亲的牙，已经掉了好多，在陈思眼里，父亲还是那棵大树，只是叶子正在一片片地掉落，枝干也正在渐渐枯萎，这种感觉让陈思痛彻心扉。

母亲又问："孩子，你吃早饭了吗？"

陈思回答："吃了，面条。"

母亲说："外面吃的？你自己做一口多好。"

陈思说："正要跟你说，昨晚我遇到水灵了，是水灵做的早餐。"

母亲惊讶地问："是那个农村的水灵吗？"

陈思说："嗯，妈，水灵的丈夫和婆婆都去世了，父亲也有病，跑城里来打工了，正好被我遇到了，妈，我想帮帮她。"

母亲说："唉，也是个苦命的孩子，你打算怎么帮啊？"

陈思说："我想先让她来我店里帮忙，过一段时间看看再说。"

母亲又问："她现在干什么工作呢？"

陈思说："在洗浴中心当服务员。"

母亲想了想，说："儿子，你是个重情义的孩子，但是帮可以，我想你还是心里有她吧，这么多年没见面了，先了解了解再说。"了解儿子的母亲知道陈思这么多年还是惦记着水灵，又对"洗浴中心"这个词有些敏感。

陈思说："妈，我知道，但是我并没有想跟她搞对象的意思，店里需要个人帮我打理，我想先让她熟悉一下茶叶方面的知识，正好这一半天，我想去云南再进些货，先让她帮着看看店吧。"

母亲没再说什么，在母亲看来，自己的儿子是最优秀的，只是感情婚姻总是不太顺利，跟陈思聊了一会儿天，母亲就说："孩子，你回去忙吧，你也看了你爸没什么事，过两天去南方要注意安全。"陈思又抱了一下父亲，才跟母亲告别去接水灵。

陈思来到洗浴中心时，水灵已经辞完了职，也收拾好了东西，行李很简单，就一个不大的包，包里是一些换洗的衣服，其实水灵在这儿已经工作快一年了，但是除了回家，平时都是在洗浴中心里，能干活就尽量多干活多挣些钱。这座城市，除了这个洗浴中心，水灵几乎不认识别的什么地方。

到了陈思的茶店，陈思让水灵坐下烧水泡了壶茶，给水灵倒了一杯，说："平时不太喝茶吧？"

水灵说："晚上熬夜干活时也喝，冰红茶、绿茶之类的。"

陈思笑了，说："那也算茶呀，你得开始真正地了解茶。"

水灵说："哥，你们一天真讲究，是不是要像电视里那样喝呀？"看了看陈思的摆设，又说，"我看电视剧里，都是一堆紫砂壶，一堆好看的杯子，倒完了茶，还要闻一闻，这要是渴了，一小杯一小杯的也不解渴呀。"

陈思被水灵逗得哈哈大笑，说："咱们不用壶，以前我爱用盖碗，现在都是拿两个公道杯泡茶，就是这两个玻璃杯。其实你不用学那么多讲究，拿这个泡茶，把滤网放这个公道杯上盛水，然后给客人一分就好了。"

水灵说："就把水烧开，泡就行呗，这也挺简单的。"

陈思说："也简单，也不简单。泡茶主要的是掌握投茶量、水温和出水时间，不同的茶要用不同的水温来泡；同样的茶泡几泡之后，也要调整出水时间。这个你慢慢泡，慢慢体会。"说完，陈思喝了一口茶水，站了起来拉着水灵到摆放茶叶的架子前，开始教水灵辨认茶叶。

一般卖茶的人，尤其是卖普洱茶的商家都特别爱讲故事，什么多久的年份啦，什么多少年的古树啦，这恰恰是陈思最反感的。在陈思看来，不同的茶有不同的味道和意蕴，不同的天气，不同的心情，甚至是和什么人喝，都会有不同的选择。

陈思店里的茶叶虽不是品类齐全，但都是陈思比较喜欢的，绿茶、红茶、乌龙茶、普洱茶这几大茶类都有几款陈思比较喜欢喝的，当然最大量的还是普洱茶。绿茶有两款：一款是龙井，一款是六安瓜片；红茶有两款：一款是正山小种，一款是滇红；乌龙茶也是两款：一款是台湾的梨山乌龙茶，还有一款是大红袍；至于普洱茶，就多了一点儿，各种年份的生饼熟饼，大坨小坨，还有砖茶。但是生普洱中，陈思最喜欢的是"昔归"和"冰岛"，就连店名都是用的"昔归"两个字。

整个一下午，两个人把绿茶、红茶、乌龙茶喝了一遍，水灵很聪明，大概喝出了一些区别来，一边喝茶，一边聊天，陈思问水灵最喜欢哪款茶，水灵说最喜欢的是台湾的梨山乌龙，还对陈思说出了感受，说一喝这个茶，就感觉人分分钟都开心了。陈思笑着看着水灵，好像又回到了刚认识水灵的时候。

一下午不知不觉就过去了，两个人因为喝了一肚子的茶都感觉到饿了，尤其是水灵的肚子更是叽里咕噜地叫个不停，惹得陈思直乐，水灵却不觉得什么，只是说："怪不得看电视里演的，喝茶都要吃点儿小点心，这么干喝，确实挺饿。"

陈思说："走，妹子，哥请你吃火锅去。"

水灵说："哥，外面挺贵的，买点儿东西，回来我给你做吧。"

陈思说："那就回家吧。"

水灵却摇摇头说："哥，我不想去你家住。其实我想好了，早晚你都要再给我找个嫂子，我住你家不方便，我就住茶馆吧，你后面那小屋挺好，你回家住，这儿有厨房，以后你就过来吃饭，每个星期，我去给你收拾一下房间，洗洗衣服。哥，你是个大男人，你得有个女人，不能一直这么单着呀。"

陈思看着水灵，点了一支烟，却不知道该怎么说，点点头说："行，咱们先去买菜，这附近有个菜市场，一会儿多做点儿，我还有一个小兄弟，叫宇轩，我问他有没有时间，晚上一起吃个饭，让他也尝尝你的手艺。"

水灵立马笑着说："好！走，买菜去。"

2

这个下午，宇轩一直在忙，先是让员工把办公室都好好收拾了一下，又去买了一大堆水果，又拿出陈思给的好茶，公司今年最大的客户要来，一定要做好接待工作。宇轩多少有些心虚，毕竟自己的公司很小，这个设计如果拿下了，下半年就无忧了。

下午四点，地产公司的两位老总都来了，董事长郑朝东，总经理刘远航，都是西裤衬衫，这让宇轩觉得自己的休闲裤大T恤有点儿失礼。因为是初次见面，两位老总说的也都是些客套话，不外乎是夸一夸马宇轩如何年轻有为、才华横溢之类。宇轩则是一直在表态，感谢两位老总能够给自己一个施展才华的机会，自己一定会努力做好这个工程，争取做出一个好的作品。

就在两位老总把宇轩夸得云山雾罩时，却突然提出，在投标报价上宇轩的报价太高了，现在马上要签合同了，宇轩能否降低一些报价。宇轩太想得到这个工程了，只好表示先听听两位老总的想法，总经理刘远航上来就是砍掉一半报价还要抹去零头。宇轩只好一顿诉苦，恳请两位老总不要把价格压得太低，双方你来我往，最后与董事长郑朝东拍板，就在宇轩报价的基础上打个七折，再去掉零头。宇轩虽是极不情愿，但是想到这是一个新的大客户，只好安慰自己毕竟人家已经同意签约了，还是把眼光放长远一点儿吧。

如愿地压低了价格，两位老总又提出一些户型的修改意见，并让宇轩起草合同。宇轩早按照投标时的价格起草了合同，忙让办公室主任按照新的价格重新改一下设计费，改完后直接打印了四份让两位老总带走。修改合同条款期间，三个人喝着茶，畅谈着未来，当然少不了又是对宇轩一顿夸赞，宇轩心里骂了两个人一万多遍，表面上还是客气地赔笑着。

送走了两位老总，宇轩的失望情绪稍微平复了一点儿，毕竟对于自己这样一个小公司，甲方能把这么大的工程交给自己，也算是一种信任吧。这时候陈思的电话打了进来，让宇轩晚上去他那儿吃饭，宇轩也正好想跟陈思见个面，便去了陈思的茶馆。

晚餐就在陈思的小院子里，一个小茶桌，三个木头凳子，饭菜都是水灵做的。水灵做饭确实很有天分，买的面面的豆角炖五花肉；炖豆角时，豆角上面直接放着茄子土豆，还蒸了一碗辣椒焖子。炖好了豆角后，把茄子土豆和半碗辣椒焖子拌在一起，还给陈思留了半碗辣椒焖子就米饭吃。炖菜时，还顺便拍了个黄瓜。宇轩拎着两只酱猪蹄来时，桌子上已经摆好了菜，宇轩这时才发现，陈思大哥的店里多了一个漂亮的女人。

宇轩把猪蹄放到桌上便问陈思："哥，这位是？"

陈思刚要解释，水灵拎着两瓶啤酒走了出来，见到宇轩礼貌性地一笑。

陈思说："宇轩，这是水灵，她应该比你大，你就叫她水灵姐吧。"

宇轩一下子想到了两个人在聊天时，陈思曾经提过一个家乡的女孩子叫水灵，难道就是眼前的女子？那她不是陈思大哥曾经的心上人吗？赶紧对水灵问了一声好。

水灵拿起宇轩带来的猪蹄说："哥，你们俩先吃，我把这个拿厨房去，掰开装到盘子里，省得你们弄一手油。"

宇轩闻着满桌子的香味说："哥，这才是家的味道，太香了。"

陈思问："合同签了？"

宇轩夹了一口豆角说："签了，妈的，给我压下不少价。"

陈思好像一切都在意料之中，也没多说什么。

这时候水灵端着猪蹄走了出来。

宇轩说："猪蹄，你们俩吃吧，我今天就吃豆角和土豆拌茄子了，这辣椒焖子怎么这么好吃呢！"

水灵乐呵呵地看着宇轩狼吞虎咽的样子，陈思在一旁说："一锅呢，你慢点儿！"

三个人在小院子里吃着说着笑着，直到月亮悄悄爬上了柳梢……

六

1

当一个开发商迷上了设计,这对于建筑师来说绝对是一种修炼,因为你画图的速度永远赶不上他想法变化的速度,种种奇思妙想往往会颠覆你的所知所学,让你欲哭无泪,欲罢不能。宇轩就这样开始接受了来自郑朝东的疯狂折磨。

一连十来天,几乎是每个晚上郑朝东都来陪着宇轩研究方案到后半夜。当然郑朝东很会做思想工作,特别勉励一下宇轩,说时间紧任务重,老弟辛苦了。没过几天,又对宇轩说,现在的方案已经挺好了,但是还是缺少那种眼前一亮的感觉,气得宇轩真想把这个郑总摁到小黑屋里拿手电筒在他眼前晃上那么几下。

任何一个建筑师,都不希望自己的甲方(就是开发商)来修改自己的方案,其实这是一个误区。开发商与建筑师,其实是一个雇佣关系,开发商付给建筑师钱,建筑师替开发商做设计,建筑设计行业开的发票都是服务业发票,这就很说明问题了。

但是,建筑师毕竟还顶着一个艺术家的名号,尤其是当自己的设计被冠以"作品"二字时,知识分子的虚荣心一下子就得到满足并膨胀起来,常说"这是我的作品",更不容许甲方对作品有丝毫更改。

如果,一个作品真的如同一个孩子一样,那么其实家长是开发商,钱是人家出,地是人家买,楼是人家盖,怎么就成了你建筑师的作品了？建筑师顶大天也就是孩子的老师或者保姆，建筑师希望这个孩子是这样的，但是也许，家长希望孩子是那样的。很多建筑师骨子里，都瞧不起开发商，就像教育孩子一样，你懂专业吗？建筑师就一定都是对的吗？也未必，兢兢业业耽误学生的老师也挺多，混饭吃的建筑师当然也不在少数。

高明的建筑师，应该是首先读懂甲方的设计意图，在此基础上加以引导，尽量使双方的目标一致，并通过自己的专业知识帮助甲方尽量让设计方案完美。对于平面功能，建筑师也许还可以洋洋洒洒地说出自己的一番道理或者拎出规范来进行一番技术胁迫；但是到了立面设计时，甲方的干预会更多，毕竟审美的感觉不一样，也很难说谁对谁错。就像穿衣服，你喜欢西装革履，我就喜欢长袍马褂，你能对我有钱的任性有什么办法？

所以建筑师与开发商的沟通是最重要的，建筑设计并不是一项高精尖的设计，不像制造手表和导弹，差一点儿都不行，就如同一个老建筑师说的，建筑往往都是差一尺不耽误使，差一丈也不太走样。

就这样在与甲方不断沟通磨合的煎熬中，半个月很快就过去了，宇轩的户型总算是得到了郑朝东和刘远航认可，终于可以安排手下员工研究立面，建模画效果图了。当然对于建筑立面的风格把握也少不了两位老总的悉心指导和百般磨砺。建筑外立面做好了，随之而后的效果图也得到郑、刘两位老总认同后，宇轩开始安排该项目的施工图工作。

这是郑朝东的第一个地产项目，郑朝东很谨慎，所以他和刘远航商量今年只出四栋样板别墅的施工图，争取9月份开工建设，11月份样板间封顶，然后在春节前完成内外装修；来年一开春就立刻做景观绿化，准备在"五一"黄金周的房产交易会上开放样板间，把产品推向市场。

很多事说起来容易做起来难，虽然是四栋样板间的施工图，倒也让宇轩忙活了二十多天，终于赶在9月初把样板间的施工图交给了甲方。郑朝东、刘远航早已找好了施工队伍，拿到图纸的第二天便让施工队进场干活了。

这一个月，宇轩被郑朝东和刘远航两位老总折磨得几近崩溃，没时间联系立峰，更没时间去陈思那儿喝茶了。好容易闲下来，便立刻打电话约上立峰一起去陈思的茶店喝茶。

宇轩和立峰两个人来到昔归茶舍时，陈思和水灵两个人都在。陈思还是那套中式对襟的麻布长衫，坐在水灵对面安静地画着什么；水灵身着亚麻旗袍茶服，长长的秀发自然垂落，正在安静地泡茶，而那对山泉般清澈的大眼睛正充满柔情地看着陈思，屋里古朴的摆设，衬托着两个人的岁月静好。

见到宇轩和立峰两个人进屋了，陈思招呼两个人坐下，水灵则麻利地用镊子夹了两个洗好的杯子放到两人面前，倒上泡好的昔归古树茶，顿时屋里茶香四溢。

宇轩从来不拿自己当外人，坐下来就对水灵说："水灵姐，这个月太忙了，我是一点儿想不起来思哥，但是就想你的炖豆角，土豆拌茄子辣椒焖子。"

水灵也很喜欢宇轩，给三人又泡了一泡茶，站起来柔声说道："你思哥也刚从云南回来，今晚就在这儿吃，你们两个跟你思哥聊着，我这就去买菜。"

立峰听宇轩说过水灵，但是也觉得宇轩这小子也太不见外了，赶忙说："水灵姐，别麻烦了，一会儿出去吃吧。"

两个人你一句"水灵姐"，我一句"水灵姐"，叫得水灵心里暖暖的，拿了点儿零钱就去买菜了。

陈思坐到两人的对面，问宇轩："这个月忙够呛吧？"

宇轩说："嗯，这两个老总哪是做设计呀？简直是在搞他妈科研！思哥，闲下来，我就犯愁，除了这个活，下一个活在哪儿呢？就算我是大师，可这没有新活，我这大师也没有用武之地呀，这一闲下来，心就有点儿发慌。"

立峰一听宇轩又当着思哥的面说自己是大师，就立马用手捂住了自己的眼睛。

陈思说："慢慢来，大师也不用着急，对了，我先给你吃颗定心丸，头几天我原来认识的一个地产商来找过我，有一个项目，面积不大，几栋高层住宅，难度不大，但是设计费不会太少，他们现在正在办土地手续，我已经跟他们说好了。我估计这几天你就能过来，所以也就没给你打电话。"

宇轩感激地说："思哥，我怎么感谢你呢，挣了钱咱俩一人一半吧。"

陈思笑了笑，说："图是你画的，我要什么钱，不过我也不是白帮忙，今后你免不了要给地产公司里的那些设计部经理呀，副总的逢年过节送点儿小礼品什么的，就来买我的茶吧！"

宇轩赶紧说："思哥，这还用你说吗，以后送礼都找你，但是这都是小钱，挣了大钱怎么也不能忘了思哥的。"

陈思说："兄弟之间别这么计较，你照顾我生意、我照顾你生意这不挺好嘛。"接着突然问立峰："对了，立峰，你不是有个大学同学在梅城开发区当规划局副局长吗？"

立峰点点头说："是，孙丽丽。现在好像已经是正局长了，头两天还给我来过电话，知道我评过副教授了，要考我的工程硕士。"

陈思说："现在开发区正大搞建设，你明天给孙丽丽打个电话，问问她那边有什么项目宇轩能参与上，市场在于开发。"

宇轩赶紧说："师兄你帮我联系，我节前去拜会一下大师姐。"

说话间，水灵已经拎着一大筐新鲜蔬菜回来了。一进屋，便跟宇轩说："宇轩，今天的豆角都不好，这个季节地产的豆角都快下架了，我就没买，今天晚上，给你做炖茄子吧，大米饭，你看行不？"

宇轩赶忙说："水灵姐，你做什么我都爱吃！米饭多做点儿哈！"

"好，你们陪你思哥聊天吧，我去做饭了。"水灵很喜欢听宇轩叫她"水灵姐"，笑着走进厨房开始准备晚餐。

陈思的心思很细腻，一进屋，他就发现立峰比较沉默，好像是有什么心事，就直接问道："立峰，你是不是有心事呢？"

立峰看了一眼宇轩，似乎是怕宇轩笑话自己，不好意思地说："思哥，确实有事想请教你，我，嗯，我有对象了！"

53

"什么？"宇轩惊讶地问道，接着哈哈大笑起来，拍着立峰的肩膀说道，"王教授，看不出来呀，一个月没见就出这么大事了，快，赶紧跟本大师汇报一下。"

陈思也看着立峰想听听是什么情况。

"你怎么认识你对象的，嫂夫人是做什么工作的？"考虑到师兄那薄脸皮，宇轩挠了挠鼻子，小声问："哥，你，嗯，你的初吻，还有初……"

立峰的脸红了一下，小眼睛不敢直视陈思，说："基本确定了，手拉手地逛了几回街，最后一次她还亲了我脸一下。"

宇轩听了立峰的回答简直是哭笑不得，笑着说："哥，这都什么年代了，上了床都不一定算确定关系，亲你一下就能确定了？！亲一下，就跟握个手没啥区别。"

立峰却很坚定地说："确定了，'十一'长假，她要带我去她家见她父母。"

宇轩无奈地说："好，确定了！确定了！嫂子什么工作？怎么认识的？"

立峰回答："医生，我妈住院时，是我妈的主治医生，人很好，我妈也很喜欢她，是我妈给我介绍的，我妈让我约她，我约她了，她就出来了。"

陈思说："立峰，咱们虽然是副教授了，听着挺好听，其实大学老师挺清贫的，这样的女孩子你要好好珍惜，对了，女孩子对你家的情况都了解过吗？"

立峰说："我家的情况她都知道，我爸妈身体都不好轮番住院，她不在意，说我孝顺，还愿意将来结婚跟父母住一起，我没想骗她，她也不会骗我，你说我有啥可骗的呀？"

陈思点点头，说："嗯，也是，我就担心你书呆子一个，也不会讨女孩子欢心。"

立峰说："是，她家是农村的，父母都是农民，这次去她家，我也不知道该准备些什么，所以才跑来找你商量，思哥我去她家得准备点儿什么呀?"

陈思想了想说:"立峰,你是个实在人,你女朋友看样子也是个实在人,既然都是实在人,就不要玩心机,玩你也玩不明白,就以实在对实在吧,当然多少也要有点儿技巧,不能傻实在。"

立峰说:"对,还是实在点儿好,那准备点儿啥呢?"

宇轩抢着说:"好烟好酒就拿呗,我公司里还有两瓶好红酒,一会儿师兄你跟我回去拎走!"

陈思说:"宇轩,你们城里的这些少爷羔子不知道农村的生活。我在农村长大我知道,农村人过日子都节省,现在还没到年底,还没杀猪,小山村里其实都买不到肉,所以才有句话,叫'姑爷走进门,小鸡吓掉魂',除了杀个鸡,都没什么招待客人的。立峰,你去之前,去熟食店多买点儿熟食,什么烧鸡呀,肘子呀,猪蹄呀,多买点儿,免得老人招待新姑爷为了菜而为难;再去市场给弟妹父母一人买一套厚实点儿的运动服,新年穿上了串门也有面子,惦记你姑爷的好;茶叶咱有的是,不过也不给你太好的茶,他们也喝不明白,原来能喝上'猴王牌'茉莉花茶就是好的了,我给你拿点儿好花茶,过年招待客人一喝喷香,多好。"

陈思从茶台下面一个包里又拿出一万块钱,放在立峰面前,说:"老弟,将来你结婚了,这就是我的份子钱了,你我兄弟不要推辞。这个钱你拿着,去弟妹家时带上,不要当弟妹面给老人,等你们回来那天,藏到某个地方,他们一定会送你去车站,你们上车了再告诉他们。"

立峰说:"思哥,怎么好意思让你破费这么多。"

陈思眼里露出深厚的兄弟情谊:"别婆婆妈妈的!"

厨房这个时候已经传来饭菜的香味,水灵已经开始往小院子里的桌子上端饭端菜了。

几个人坐在小院子里,小桌子上摆着四样小菜,一盘小葱炒笨鸡蛋,一盘青红辣椒段和洋葱末炒的豆腐,香气四溢,一盘拍黄瓜,一盘西红柿拌白糖,每人面前都是一碗米饭、一碗土豆炖茄子。

宇轩喝了一口茄子汤立马叫道:"姐,这汤怎么这么鲜?这是我吃过的最好吃的土豆炖茄子!"

水灵微笑着说:"你们城里人习惯土豆和茄子一起下锅,茄子都炖飞了,就没有香气了,我是先炖土豆,等土豆都熟了再放茄子,茄子要用手撕开,几分钟就熟,快出锅时,还切了一小碗小葱末、青尖椒末和芹菜末,尤其是芹菜末,特别提鲜,倒在汤里,很提味儿!"

立峰也尝了一口汤,说道:"确实好喝,能吃出茄子本身的香味!"

水灵笑着说:"这都是农村做法,我还是跟思哥学的呢,你思哥最爱吃这么炖的茄子。"

说话间,陈思已经快把一碗炖茄子吃完了。

2

宇轩、立峰两个人走后,水灵收拾好了餐具,给陈思泡了一壶熟普洱,坐在了陈思对面,自己也倒一杯,喝了一口。水灵已经慢慢地爱上了普洱茶,她喜欢熟普洱柔柔滑滑地在舌尖流过的感觉。

这些天,陈思带着水灵不断地熟悉茶叶的专业知识,有时候也带着水灵到奉州各个大的茶城走走,这让水灵慢慢地对茶叶有了自己的认识,而且随着对奉州的熟悉,水灵还真有点儿喜欢上这个城市了,毕竟城里的生活还是比农村的生活丰富太多了。陈思回家看父母时,水灵也经常逛逛商场给自己的女儿和父亲买几件衣服。每当看到附近学校的小学生时,水灵更是想把自己的女儿也接到城里,让女儿受到最好的教育。

开始的时候,水灵也在揣摩陈思的心思,甚至希望陈思能对自己像个色狼一样某一天把自己强行按在床上,为所欲为。有的时候,想到这,水灵都觉得自己好笑。可是陈思对自己好像更多的是兄长的疼爱,即便是有点儿男女之情也是很少的那么一点点。水灵知道,其实论条件自己真的配不上陈思,所以水灵也从没跟陈思聊起感情方面的事,再想到自己的女儿和父亲,水灵还是决定先回枫树村,毕竟要秋收了,自己父亲的身体又不太好。

两个人静静地喝了一会儿茶，水灵打破了沉默，低声说道："思哥，我想和你说个事。"

陈思看着水灵似乎知道她要说什么，看着水灵说："说吧。"

水灵抬起头，看着陈思，说道："思哥，我想回枫树村。"

"你在这儿不开心？"

"不是，很开心，这段时间是我一生中最轻松快乐的时光，哥。但是家里快秋收了，我想回家帮我爹干活去，他身体不好，家里地也多，忙完了秋收，我想上山去采点儿蘑菇，你和咱爸妈都爱吃红蘑，入了冬，还要摊煎饼，做黏火勺，我都想给咱爸妈带点儿。"

陈思说："黏火烧、煎饼、红蘑，其实奉州都有卖的。"

水灵说："我吃过，不一样，他们卖的是干面子做的，我做的是水面子的，能一样吗？"说完低头喝了一口茶，接着说，"思哥，我在这儿待了一个月了，我知道你对我好，但是这个小店，你根本不需要雇人，自己也能忙过来，我不想被你这么白养着。"

陈思说："也许哪天，我就去哪家设计公司上班了呢，宇轩那小子可是一直在找我合伙呢。"

水灵说道："宇轩小孩挺好的，你们要是能合作也挺好。但是你这样的店，要是真需要雇人三两千块钱有的是人干，哥，万一遇到个好姑娘，你也成个家呗。"

看陈思没吱声，水灵接着又低声说："哥，过了春节，我还是想回去按摩。虽然累一点儿，也经常有客人动手动脚的，但是挣得多呀。"

陈思看着水灵，问："唉，我也知道干按摩挣得挺多，但是我心里是真不舒服，干啥不挣钱哪？"

水灵并没有直接回答，而是继续说："哥，其实我都在奉州干了一年按摩了，但是说实话，每天都住在洗浴中心里，真没怎么逛过奉州，这一段时间，在你这儿，我没事就出去走走，还是城里好。"

陈思说道："那就非得回去按摩？唉，再说总是熬夜，生活也没有规律，对你身体也不好哇？"

水灵说道："哥，我想努力干几年，挣几年钱，趁着女儿还没上中学，争取在奉州或者县城买个房子，我才知道，买房子就给上户口，到时候我想让女儿来城里上中学，将来也考个大学，可别像我一辈子窝在农村。"

陈思听水灵谈到了女儿的将来，觉得水灵说得很有道理，但是看到水灵手指关节上厚厚的老茧，心里一阵心疼。

陈思点上了一支烟，抽了几口，想了想，突然问水灵："妹子，你一天摊煎饼能摊多少张？"

水灵回答："二三百张没有问题！"

陈思说："你这样，你回家就摊煎饼，你负责摊，我负责卖，一张煎饼挣一块钱，一天能让你挣个二三百块！"

水灵问："能吗？你不说城里有的是卖的吗？"

陈思回答："妹子，你的煎饼肯定有市场，城里的，就像你说的，那个甜都不是正经甜。"

水灵骄傲地说道："那能一样吗？！他们往面子里加的是糖精，我做的煎饼，是靠往面子里加大豆，靠大豆来调整口感和甜度。哥你知道吗，摊煎饼最大的秘诀就是原料的配比！"

陈思赞同道："所以呀，一定会有市场，我们只接受预订。你可以多摊几种，苞米面的，高粱米面的，大米面的，混合面的。我认识的人多，到时候各个学院、设计院的，我帮你推销，我这茶舍就是总经销办公室。"

这个提议显然让水灵很兴奋，旋即，又愁了起来，问陈思："家里装煎饼都是大水缸，总不能拿水缸往这儿运煎饼吧？"

陈思被水灵逗得哈哈大笑，说道："傻丫头，咱店里就有真空机，没几个钱，你一张煎饼一个塑料袋，然后抽真空密封，既好运又好放，放到冰箱里，几个月都没问题。咱们二十袋煎饼，一小箱，你一天就能摊十几箱，这样，哥先订一百箱。"

水灵也笑了，说道："你看我这脑袋，头两天我还用真空机装茶叶了呢。那这么说，哥你同意了？"

陈思点点头，喝了一口茶说道："妹子，你先干干试试，我也拗不过你，明天咱俩去买真空机。我有个朋友是做纸箱的，我明天让她按照我的要求先做二百个箱子，图案嘛，我手绘一个你的画像，印在上面，就叫'水灵姐大煎饼'！"

水灵笑着说："哥，这个名字会不会有点儿土，你这么有学问，就起这么个名啊？"

陈思说："哎，妹子，我就觉得这个名字好，我可喜欢听宇轩叫你姐了，咱就用这个名。"

水灵点点头，深情地望着陈思，眼里却泛着泪花，说道："哥，你得注意身体，少抽烟，别让我惦记。"

陈思点点头，说道："明天，咱们去买真空机。"

七

1

11月的夕阳照进了小屋，光线昏暗温暖宁静，陈思拿起手机拍了一张屋里的小景，多年的设计生涯，让他对光线有着特殊的喜爱，欣赏了一会儿自己拍的照片，拿起笔来继续在大速写本上画着建筑速写，虽然已经很久没有做设计了，但是多年养成的画速写的习惯却一点儿也没有变。

"思哥！"陈思抬起头，看到宇轩背着包走进了茶舍。

"坐！喝什么茶？"陈思问。

宇轩坐在了茶台对面，嘿嘿一笑说："思哥，很长时间没看到你了，想你了。水灵姐走了快一个月了吧，我心里怎么感觉空落落的？"

"臭小子，你就是嘴好！今天刚进了一款红茶，让你尝尝鲜吧！"陈思边说边拿出了茶叶，眼里露出明显的兄弟情谊。

两个人喝着茶抽着烟，悠闲地聊了起来。

"思哥，生意怎样？我看这也没什么人来呀？你天天一个人待在这儿不觉得无聊哇？"宇轩叼着烟问陈思。

"一个人挺好哇，能静静地干点儿自己喜欢的事，至于收入嘛，我一个人也没什么花钱的地方，父母都有退休金，并不需要多少钱，这个小店一个月也能挣个万八千块钱，倒也够我花，原来我爱喝茶，最大的花销是买茶叶，现在不用了，自己店里有的是，想喝什么茶就卖什茶。"陈思淡淡地回答。

"工程进展顺利吗？"陈思问宇轩。

宇轩喝了一口茶，说道："大哥，还好。"说完宇轩的眉宇间露出了愁容。

陈思看了看宇轩，淡淡地说："宇轩，是不是有什么难处了？"

"甲方的样板间已经封顶了，但是销售公司认为户型不好，所以弄得甲方意见挺大，想要调整方案。"宇轩回答，接着又说道，"大哥，刘总通知我了，晚上七点他们地产公司高层还有销售策划公司的人要来我公司共同研究方案的问题，我听着刘总的语气好像不太对。"

"希望我帮你点儿什么？"陈思直接问宇轩。

"思哥，我的公司人不多，又都是小孩，新招的总建筑师王总岁数倒是足够大，但是方案能力就太一般了，还太内向了，开会时怕镇不住场，你能否以我的总建筑师身份去陪我开个会？"宇轩期盼地看着陈思。

"去你的公司吗？"陈思问。

"嗯，思哥，我们一起吃个饭，吃完了就直接去公司吧。"宇轩回答。

陈思看了看表，说道："别吃饭了，时间还来得及，咱俩去趟工地，看看样板间到底是个什么效果。"

宇轩点头同意："那我们现在就走？"

"好，我关店，再给老妈打个电话。"陈思边收拾茶具边说。

两个人到样板间工地时已经傍晚四点多了，天色已经暗了下来。11月的天气已经很冷了，样板间的窗户还没有安装，用棉布帘子挂在了窗洞口上，看着有点儿寒酸。两个人深一脚浅一脚进去看了看，因为房间的墙还没有刮大白，新建的别墅里显得有点儿黑，而且楼梯也没有安装扶手。宇轩怕出什么危险，就把手机的手电筒功能打开了，并不住地提醒陈思小心脚下。看完建成的四栋样板间，陈思拍拍宇轩的肩膀告诉宇轩，方案不错，没什么大问题，这让宇轩吃了一颗很大的定心丸。两个人回到设计公司时，时间已经快六点四十了。

宇轩的设计公司是前合伙人孙大姐开发的一个写字楼的半层，一进门是一个大厅，里面放着一个超大的会议桌，桌上放着投影仪，长长的会议桌两面各放着五六把椅子；会议室的左边是宇轩的总经理办公室，右边是一个大办公室，是员工的绘图室。因为通知晚上开会，有几个建筑学专业的小员工正在屋里等候，还有两间办公室是公司的图书室和财务室。这样一个十几人的小公司虽不是很大，却是许多建筑师的梦想。

晚上七点不到，门开了，十多个人鱼贯而入，宇轩赶紧迎了出来，安排众人坐下，并一一给陈思介绍，这个是地产公司的董事长郑朝东，这个是总经理刘远航，这个是负责工程的张副总，这个是办公室主任李女士，那边的五位是销售代理公司的。销售代理公司的副总赵诗涵是个三十岁左右的女人，短发，白衬衫外是淡蓝色毛衣，黑色西裤配着高跟鞋，透露着精明和干练。地产公司的出场阵容很是豪华，人人表情严肃，不像来讨论方案，倒是像来砸场子的。

介绍完了甲方的阵容，宇轩又给众人介绍陈思："这位是我的合伙人，也是敝公司的总建筑师，陈总。"

陈思点点头，心里暗骂："这个小兔崽子，以后有事怕是又要给他捧场了。"

落座后，陈思发现也许是之前这一众人等多次来过设计公司，又或者是早有安排，座位的排列很有意思，大长会议桌的一侧中间坐的是销售代理公司的赵诗涵，地产公司管工程的张总，张总右手边是他的那几个助手，张总左手边坐的是李主任，会议桌另一侧中间是郑朝东和宇轩，挨着郑朝东坐的是总经理刘远航，挨着宇轩坐的是他的两个小员工，陈思自己坐在了长方形会议桌的短边一侧，对面墙上是项目的投影，气氛颇有几分剑拔弩张，陈思能明显地感受到宇轩的紧张。

郑朝东见众人都坐好了，咳嗽一声，清了清嗓子，说道："今天这么晚把大家聚到一起，就是想好好地研究一下这个项目，虽然这个方案已经讨论过很多次了，但是从样板间的实际情况来看，可能还是有一些不太如意的地方。今天我们三方一起讨论一下，看看如何改进一下。你们看谁先说说？"

一场舌战这样拉开了序幕……

2

　　首先发言的是负责工程的张总。张总是设计院退休的老结构工程师，据说还是天津大学的工农兵学员，大概六十多岁，退休了被郑朝东当作人才招来管工程，看着这老家伙头上稀疏的几根白毛，还有只剩了一颗的门牙，陈思暗想，若我爷爷还健在的话，看着都比他年轻。

　　张总虽是结构专业出身，但是今晚讲的重点却是别墅的风格问题，也许是怕人诟病他是学结构的不懂建筑，他老人家先是洋洋洒洒讲了二十分钟中国地产别墅的形态和历史沿革，什么简约中式是什么样的，什么地中海风格与西班牙风格的细微区别何在，什么法式风格的细节该如何处理。虽说一大把年纪，底气却很足，声音洪亮，不断有口水喷到桌面上，看着他夸张地表演，宇轩彻底理解什么叫"喷"了。

　　宇轩几次想插嘴都被老头儿用手势打断了，绕了半天，终于回到了主题，那就是这批别墅设计的空间不合理，大空间在下，小空间在上，导致柱网不合理，配筋浪费。最后不忘狠批了一下方案的立面设计，说立面过于简约现代，没有贵族气息，说得参加会议的宇轩手下的两位小设计师眼泪汪汪的，恨不得抄起板砖迎头给他拍个满脸花。

　　宇轩刚要解释几句，反倒惹张总更大的反击，老家伙拍着桌子痛心疾首地说道："马总！你们设计的这叫什么方案，这哪是瓦匠的方案，嗯？这是木匠的方案！你们还有没有一些建筑结构的基本常识？！你们还有没有一些建筑美学的基本素养？！"

　　宇轩还要解释，突然听到大哥陈思剧烈地咳嗽起来，不知道是什么时候，大哥点着了烟，宇轩向陈思望去，只见大哥正盯着自己，微微地摇了摇头，宇轩明白这是告诉自己先不要辩解。

　　张总喊了半天，见宇轩和自己的老板郑朝东都没作声，自己也累了，一屁股坐在椅子上，一仰脖喝了多半瓶矿泉水。屋里突然一下子静了下来。

　　还是郑朝东打破了沉默，对着销售代理公司的赵诗涵说："赵总，你谈谈你的看法吧。"

赵诗涵把椅子往前拽了拽，身边的助手立马打开苹果笔记本电脑，拿出数据线。赵诗涵很礼貌地问道："马总能用一下您的投影仪吗？"宇轩轻轻碰了一下身边的小员工，示意帮忙接一下投影仪。

赵诗涵的助手两男两女，都是笔挺的职业装，一看都是经过了办公礼仪方面的培训。接好了投影，赵诗涵开始了她的发言。赵诗涵的声音确实很悦耳，语速较快，透着干练与自信。她对着墙上的大屏幕开始了自己的分析。看着一些照片还有一些周边精品楼盘的销售数据，赵诗涵说："别墅的设计确实有些问题，我们的判断标准是用户，刚才张总对于技术的分析已经很全面了，我很钦佩，这也与市场的反馈吻合，关于户型，我们认为还是有些问题的，我们试着带了几组客户去看样板间，反响特别差，这个方案的户型和外观风格是一定要改的，我很赞同张总的观点。"

张总面有得色地看了一眼宇轩，仰脖喝下了剩下的半瓶水，似乎还有话要说。

赵诗涵讲话的另一个重点是对于别墅的外观的分析。她先是分析了周边几个竞品楼盘的户型面积比，又分析了该项目的区位特征，得出了非常精确的数据，激光笔指向大屏幕开始了总结陈词："郑总，马总，在座的几位老总，我们公司经过严密的市场调研、准确的市场分析认为，我们的立面方案应该是以国内知名企业的品牌项目的立面设计为参考，要做更细致的西班牙风格的设计！"

赵诗涵看了看陈思和宇轩，接着又说："景观上也要做得更地道一些，亭廊与水景的结合要广泛采用，局部景观应设置一些雕塑，让业主一进入园区就能感受浓郁的异域风情，成为我们项目最大的亮点和卖点！"

赵诗涵身边的助手都被自己领导的讲演所感染，仿佛按照这个调整地产的未来就会是一片坦途，连宇轩手下的小设计师似乎都觉得自己公司的方案看来问题挺大。

陈思露出了一丝不易觉察的微笑，心想，本少爷教了那么多年西方建筑史，也没教过什么他妈西班牙风格、地中海风格，这些所谓风格都是你们这帮卖楼的臆造的!

宇轩有点儿坐不住了,看了看赵诗涵,问道:"赵总,那你觉得该怎么办?"

赵诗涵的回答简洁明了:"重新做方案!"

宇轩看了看郑朝东和刘远航,两个人都不作声,宇轩接着说:"我觉得别墅的方案没有什么大问题,我和陈总……"

还没等宇轩说完,歇了半天的张总拍案而起,对着宇轩大声喊道:"你不要强调那么多,别忘了你是个乙方,我们可以用你也可以换了你!"

老家伙的口水几乎像暴雨一样喷到了宇轩的脸上,陈思的脸上还是毫无表情,心里却在想是否应该给自己的小老弟备上一把雨伞。宇轩见到张总竟然说出了这么一套话,一时有点儿不知所措,求援地看着陈思。

陈思终于开口了:"张总,我们今晚的会应该是一个解决问题的会,而不是来吵架的会。我们甲乙方其实应该是平等的,如果你是代表贵公司来通知我们要终止我们两个公司之间合作的话,我不知道你说的是否代表了郑总和刘总的意思。"说完看也没看老脸通红的老张总,把眼神投向了郑朝东,似乎在等待郑朝东的回答。

郑朝东看了看这个不熟悉的陈思,才注意到这个陈思看着年纪四十左右,却很有一种沉稳的专家气质,便非常客气地回答:"陈总,项目似乎有一些问题,我们这次确实是来解决问题的,张总也是为公司的项目着急,可能情绪有些激动,您是专家,我很想听听您的意见。"

陈思点点头,一脸平静,对着张总说:"张总,您刚才提到了木匠的方案和瓦匠的方案,这种说法很新鲜,我的理解是瓦匠的方案追求的是空间统一,柱网简单,对吗?"

张总立刻回答:"对,框架成楼,小空间在下、大空间在上符合设计规律。"

陈思还是一脸平静地问道:"张总,您是专家,应该知道别墅的设计特别强调的就是空间的尺度和品质,更是要符合人的使用习惯,比如说客厅，它应该是尺度最大的，但是因为是公共空间，当然要放在一楼，那么势必造成大空间在下面，小空间在上面。所以抛开空间关系，而只谈结构合理性不免太片面了吧，而且如果我们想做一个好的作品，那点儿成本真的就那么重要吗？"

看到张总一时语塞，赵诗涵立刻回击道："陈总，我们应该相信客户，相信市场，我们带的几组客户去看房，反映确实不好哇！"

陈思接着平静地问道："赵总，你们公司诸位为什么不穿着睡衣来开会呢？"

"我们公司一定要有自己的仪容，这也是对客户的尊重。"很显然，赵诗涵对自己的公司形象设计很满意。

陈思好像早知道她会这么回答，接着问道："那赵总，你带着客户到一个还没有装修的样板间去参观，是对客户尊重吗？那个样板间连窗户都没有安，楼梯没有扶手，这不就是光着膀子出来见客户吗？一旦出了危险，是您负责还是郑总负责呢？"

赵诗涵显然没想到陈思会这么问，一时不知道怎么回答。

陈思接着面向郑朝东说道："郑总，这个户型我仔细研究过了，现场我和宇轩今天下午也去看过了，总体来说还不错，唯一的问题是地下室满铺的做法值得推敲。我的建议是地下室只做一层的一半，有下沉庭院，可以满足地下室的通风和采光，非常适合推出双首层的概念，不通风的房间留得不宜过多，有那么个红酒间意思一下就可以了。"

郑朝东看着陈思，想着"双首层"的概念，微微点头示意陈思接着说，旁边默不作声的刘远航开始仔细打量起陈思来。

陈思接着又说："样板间的作用有这么几个：一是实际看看方案的建成效果，看看有什么空间上的不足，以便在大面积开工建设前改进不足；二是通过装修，尽量达到空间的最佳效果引导客户消费，所以在没有装修前就开放样板间是不理智的，也会给销售带来误导。"

赵诗涵依然不服地问道："陈总，您就对您的设计这么有信心？一旦装修完工效果依然不好谁负责？"

这个问题确实很有分量，宇轩、郑朝东等在座诸人都看着陈思。

陈思看了看郑朝东,语气沉稳地说道:"郑总,如果样板间装修完了,市场反馈依然不好,我能承担的是这两栋样板间我和宇轩按照市场价买了,您再找别人重新设计,未付的设计费我们也不要了。我想问您的是如果是反响很好,您能把样板间成本价卖给我和宇轩吗?"

郑朝东哈哈大笑,气氛缓和了很多,对陈思笑着说:"那没问题,在成本价的基础上再打五折!"

陈思也笑了起来,问郑朝东:"郑总,您的别墅成本大概在每平方米五千块钱左右,五折可是只有两千五一平方米了!宇轩,会后起草个补充协议,把郑总的承诺写清楚,这回我们先占郑总个大便宜!"

听陈思这么说,郑朝东心里一惊,这个陈总怎么这么自信?刘远航更是一愣,刚刚做完的预算,别墅每平方米成本价是五千二百块,一般的建筑师并不关注造价问题,这个陈思是怎么一下子说得这么接近?

陈思接着转向赵诗涵,说:"赵总,如果别墅样板间的反馈比较好,那么您能按市场价也买两套吗?"

赵诗涵涨红了脸急问道:"凭什么陈总是成本价,而我是市场价?"

女人的撒娇与妩媚从来都是最好的空气调节剂,郑朝东的心情显然明朗了许多,解围道:"赵总的两套房子也是成本价,打四折!"众人都哈哈大笑,气氛彻底轻松了。不知不觉中,就这样过去了两小时。

郑朝东的电话突然响了,他拿起电话,轻轻向陈思点了个头说道:"不好意思,接个电话。"说完拎起电话向门外走廊走去。

赵诗涵这时才想起从包里拿出一张名片双手递给陈思,说道:"陈总能给我留个电话吗?"

陈思直接说出了自己的电话号码,电话响了起来,刘远航笑着说:"这是我的号码,陈总存上吧。"

宇轩看着自己的兄长,心里轻松了许多,与刘远航小声地聊着什么。

十多分钟后,郑朝东接完电话回来了,坐下来接着问陈思:"陈总,您觉得接下来,我们该怎么做?"

陈思思索片刻回答:"凭我的专业经验,这个户型本身没有什么问题，就像我说的，地下室虽然与下沉庭院相连，但本身进深还是不宜过大，我研究过平面，又到现场实地体会了一下，只要内外装做好，它会有一个完全不一样的呈现。"

赵诗涵看着陈思，越来越觉得这个陈思好像并不是一个简单的建筑师，便问陈思："您既然这么有信心，那我们现阶段最该做什么呢？"

陈思回答："现阶段最该做的当然是尽快完成内外装，内外装没有完成之前，赵总还是不要让客户进去参观样板间了。"赵诗涵尴尬地笑着没有回答。

陈思喝了一口水，接着开始了洋洋洒洒的内外装施工指导，外装的文化石是什么风格，每平方米多少钱，涂料是什么品牌的，几遍找平施工，门窗用什么材料，玻璃用什么品牌，甚至窗户的五金件的要求都讲了一遍；内装应该怎么把握风格，软装的重点应该在哪几个空间；最后又讲到内装施工的冬季注意事项，好像所有的品牌数据都记在了电脑里，他只是个播放器。足足四十分钟下来，听傻了包括郑朝东、刘远航、宇轩在内的所有人。陈思讲到最后扣回到主题上，那就是抓紧时间做内外装吧，方案本身没有问题。

郑朝东看看表，已经晚上十点多了，很真诚地对陈思说："陈总，今晚我们的收获很大，也重新建立了信心，我看别墅样板间的意见就按陈总的意见办。"说完站起了身，众人也都跟着站起了身，宇轩赶紧去开门按电梯，陈思走在最后。

赵诗涵走到电梯口时，大方地问道："马总、陈总，我今后能经常请教你们这些专家吗？"

宇轩笑着说："我们应该跟赵总多学习。"

陈思则面无表情，只是伸手示意电梯开了。一场本来可能发生的剧烈争吵甚至是双方翻脸就这样化解了……

八

1

　　回到会议室，宇轩的小员工都在会议室等着两个人回来呢，时间已经过了夜里十点，可是小员工都很兴奋，同时又都对自己老大突然请来的总建筑师感到好奇，今晚的舌战让陈思在这些后辈的心里已然是神一样的存在了。

　　这几个员工应该都是刚刚大学毕业，或者毕业没几年，每个人的脸上都写着两个字，"朝气"。宇轩期盼地看着陈思，他是真想有这样一个合伙人。

　　这时一个小女孩，应该是宇轩的助手，对宇轩说："老大，请我们吃夜宵吧，我们都还没吃饭呢。"

　　宇轩也被这种气氛所感染，对着陈思说："大哥，和我们一起去吧，我们一起喝点儿呗？"

　　陈思笑着说："酒，我可喝不了，这个点也没什么吃的了，去我店里吧，附近有一家烧烤店，营业到两点，我们买点儿吃的拿回店里，边喝茶边吃，怎样？"

　　这几个小员工显然对这个提议很是心动，充满期望地看着宇轩，宇轩笑着一挥手说："关灯，锁门，出发！"

　　一行人来到了陈思的小茶店，算上陈思、宇轩哥儿俩，总共五个人，小员工三个，两女一男，宇轩挨个介绍，两个女孩叫高菲、安然，男孩子叫张桐。这三个小员工都是宇轩使用着比较顺手的。

　　高菲和张桐都是奉州建筑大学毕业的，是宇轩的校友，而且两个人都是属于方案能力很强的那种，深得宇轩的喜爱；叫安然的女孩就显得普通一些。那些年，很多大学都增办建筑系，安然就是毕业于这样一个不太出名的学校中更不太出名的建筑系的，所以到了公司后，对于很多费力不讨好的活，像什么大门的设计啦，填个彩色平面啦，基本都是安然在做。可是安然却不在乎，宇轩安排她干什么她就干什么，而且总是乐呵呵的，只要有活给她，她就满意，好像她就是为打杂而生的。介绍完小同事，宇轩拿了钱让张桐和安然两个人去烧烤店买吃的，剩下的几个人坐在茶案前。

　　对于茶叶和茶艺，高菲接触并不多，看着什么都新鲜，尤其是那些古朴的茶具，更是让学设计的她爱不释手。陈思拿出一个陶罐，从罐里取出了几块粘在一起的茶叶。

　　茶刚泡好，张桐和安然拎了一大摞餐盒回来了，二百多块钱的东西在这些小设计师眼里简直就是珍馐美味。众人边吃边聊，由于对于前辈级建筑师的好奇，再加上平时也很少有机会跟工作多年的老建筑师沟通交流，聊着聊着就变成了陈思的"答记者问"了。

　　高菲说道："陈老师，您是前辈，吃过的盐比我们吃过的饭都多，以后您多给我们指导指导呗？"

　　陈思认真地说："嗯，我口重！"

　　几个人被陈思逗得笑成一团。

　　安然并不是奉州建筑大学毕业的，好奇地问道："陈老师，您肯定是教授吧？"

　　陈思笑答："嗯，你看我除了白头发像教授还哪儿像教授？"

　　张桐是一个比较腼腆的大男孩，也问道："陈总，那你怎么评价现在我们学校的大学老师呢？"

　　陈思笑了说道："说真话其实很得罪人的，你们不会把我的言论传出去吧。"众人都抿嘴摇头微笑着表示不会。

　　陈思想了想说："有的老师兢兢业业地搞科研、教学，有的老师兢兢业业地干私活、钻营，有的老师兢兢业业地耽误学生。"

几个小员工都笑了起来，不解地问："怎么会兢兢业业地耽误学生呢？"

陈思坦诚地说："我也耽误过。建筑设计是一个需要大量实践的学科，很多对于建筑的理解其实是来自实践，我们的留校老师有很多是没做过几个实际工程的，教的东西就难免是空中楼阁了，甚至是带有误解和偏见的，所以这样的老师越认真，其实越是在耽误学生。"

安然又问："陈老师，您觉得作为一个建筑师什么最重要呢？"

陈思笑了，说道："其实建筑设计，设计的是一个空间中人的生活方式，所以感情丰富，热爱生活，愿意观察生活，乐于去体会生活，我觉得对于一个建筑师是最重要的。"

几个人就这么吃着聊着，宇轩看了看表，已经快十二点了，便对陈思说："思哥，今天太晚了，你早点儿休息吧，我们撤了。"

几个小设计师明显还没聊够，陈思看出来了，指着宇轩说："我已经被你们老大任命成总建筑师了，我们相互交流的机会多的是，以后你们也可以来我的小店喝茶呀。"接着又对宇轩说，"让小孩们先走吧，我还有几句话对你说。"宇轩点头称是。

送走了有些恋恋不舍的小同事，宇轩回到屋里对陈思说："大哥，今天真的谢谢你，你也太神了，那些数据你是怎么记住的？"

陈思认真地说道："宇轩我做过的设计很多，但是并不是每个设计都能称之为作品，很多时候你做的其实只是个产品。既然是产品，你就要熟悉你的产品构造，成本、细节，做多了就记住了。其实今晚上赵总说的是对的，我们的立面做的味道还不够纯正。我并不喜欢什么西班牙风格的建筑，但是老百姓喜欢。这里面别的我们不探讨，我要提醒你的是，你是个公司的经营者。我并不是否认你的才华，你的作品。但是作品的产生，要有多种因素，你现在首先是个经营者，能做个好作品当然要做个好作品，不能做个好作品，也要做个好工程，不能做个好工程，至少也要挣到设计费，你还有十几个员工，他们也要吃饭，养家，很多时候，要先吃饱了饭才能谈理想。"

陈思说完站起身来，宇轩明白，这是送客的意思，只好恋恋不舍地离开了。

2

回家的路上，小建筑师高菲满脑袋都是这个头发灰白的陈思大叔，一个好好的建筑师、大学教师怎么就去卖茶叶了呢。到了家，虽然已经半夜十二点多了，高菲还是习惯性地打开电脑，看看QQ上有什么好友的留言。

QQ一开，"嘟、嘟、嘟"的留言声就响成一片，仔细看看，多数的头像已经暗了，只有闺密胜男的QQ还亮着。这个胜男其实是高菲上几届的学姐，又是宇轩下几届的学妹，与宇轩在东北设计院还做过几天同事。在大学时因为男朋友换得太过频繁，被送外号"每周一哥"，更为光辉的是，她曾经把一个寝室的八个兄弟处了个遍，闹得这几个兄弟大学毕业后都没了什么联系，现身说法说明了什么叫"红颜祸水"。

可是没办法，胜男人长得漂亮，图画得好，性格大大咧咧，也有蛮多可爱之处，虽顶着"每周一哥"的响亮名号，但还是吸引着很多小男生甘愿前仆后继，让胜男尽情燃放自己青春的烟火。很多人整不明白为什么这么外向的"每周一哥"能和宁静内敛的高菲成为好闺密。

"师姐，你怎么还没睡觉？"高菲敲打着键盘问闺密。

胜男迅速回复："妞儿，你不也没睡呢吗?！哎，本小姐还在他妈加班，遇见个混账的开发商，再加上个混账的室主任，这日子是没法过了，刚画完节点详图，平面又改了！"

"我也才到家，今晚上甲方来砸场子啦！"

"啊！场面火爆不，快讲讲！快讲讲！"

"上半场挺火爆，甲方吹胡子、瞪眼睛、拍桌子的，就差抄家伙了！"

"你们那个帅哥老板没有被围攻吧？"

"俺们老大基本插不上话！"

"你看，姐告诉过你帅不能当饭吃吧，那你们也得改图了呗?"

"好像不用！我们老大把陈思老师给找来了，那个大神儿几句话，给甲方整没电了，好像甲方被施了魔咒！"

"陈思?！"胜男很惊讶，"他出来了呀?"

"什么出来了呀?"高菲问道。

"你不知道哇？也是，知道的人不多，陈老师那年快放寒假时，女朋友被博导性骚扰，陈老师大打出手，把那老色鬼差点儿没打死，自己因为轻伤害被判了半年！"

"啊?！还有这事呀，我怎么不知道呢?"

"这个事咱们学院压着，我也是听小道消息传的。"

"我说呢，放完寒假回来后，陈老师就消失了。"

这样的话题，胜男简直太喜欢了，加班的疲劳，甲方的臭脸早都不翼而飞了，再也画不进去图，就边输入文字边拨打高菲的电话。

"菲儿，你知道吗，还有更精彩和悲催的！"

"什么呀?"屏幕上的字还在闪着，高菲的电话就响起来了，来电显示是胜男。

高菲抄起电话说："一提这事你怎么这么来劲哪！还有什么更精彩的?"

胜男说："陈思进去了之后，女朋友却出国了！"

高菲说："啊？陈老师这女朋友是啥人哪，也太冷血了！"

胜男说："我听说陈思刚进看守所时，没少吃苦，为女朋友出头，却被女朋友抛弃，我估计陈思在看守所里每天都得吐血！"

高菲说："这陈老师太可怜了，我说的嘛，原来飘逸的长发也剪了。"

胜男说："那他现在干吗呢?"

高菲说："卖茶叶！开了家小店。"

胜男问："真假呀?"

高菲叫道："是真的，陈思今天来我们公司客串了一把总建筑师，还带我们去他的小店喝茶了呢。我是没喝出什么味儿，但是据我们老大的反应看，那茶好像挺贵！"

"什么时候能带我去不？去看看陈老师，而且，姐现在特爱喝茶。"

"头一段你不是迷红酒吗，怎么又喜欢喝茶啦？"

"姐姐现在是什么有文化喜欢什么，我还报了一个古琴班，一个书画班，我要做一个内外兼修的女子，这样才能嫁得好！"

"行了，你继续做你的豪门梦吧，我得睡了，明天还要上班呢！"

"告诉你哈，菲大美女，那个陈思还很有文采，你还记得我们编的那本杂志《建苑》吗，里面有好多篇他写的散文，笔名好像叫'沉思'，我送过你几本，你找找看，不过姐提醒你，大叔对你们这种学霸型小傻子最有杀伤力，可不要陷进去哟！"

"陷你个大头鬼，你快干活吧，我睡了！"

"别怪姐没提醒你哟！"胜男说完，挂断了电话。

人一旦好奇起来，那颗蠢蠢欲动的好奇心绝对是按捺不住的，胜男说的那几本《建苑》季刊早被高菲遗忘，这个小丫头，突然一丝困意也没有了，这时候担心的是毕业后多次的搬家是否已经把那几本很不重要的书给扔掉了。

想起自己床下有个小皮箱装的是一些自己不太常用的书和大学时期画的草图和一些笔记，会不会那几本《建苑》杂志，自己并没有扔呢？高菲从床上翻到床下拽出了那只小皮箱，翻了半天没有，失望之际，发现垫着床腿的一摞旧书中夹着一本带着"苑"字的杂志，高菲扳着床腿拽出了那本《建苑》杂志，急不可耐地打开目录，看着作者的名字，"沉思"！找到了，作者之前的文章名字叫《我的小山雀》，是一篇字数不多的小散文。

下午下了一场大雨，很喜欢在雨里漫步，也喜欢站在屋檐下享受雨丝打在脸上的清爽感觉，每每这个时刻，我总是想起我农村的家，还有农村家里那只让我难忘的小山雀。

家里原来是住草房的，很阴暗，我小学三年级的时候，爸妈的单位给家里批了一块宅基地，让我住进了梦寐以求的明亮瓦房，明亮的三间瓦房里，爸妈甚至给我留下了我未来结婚的房间，当时爸妈的想法就是那么简单，只要一家人健康快乐地生活在一起就好。瓦房前是三米宽的院子，爸爸用的红砖铺地，再往前就是一个小菜园子，周围用木篱笆围着，在院子和菜园子之间是一排一米高的树篱，爸爸把它修剪得很整齐，树篱边上就是一口水井，夏天的时候，每天晚上吃完晚饭，我都跟爸爸压井取水浇园。

很快家里的屋檐下，就垒起了一只燕子的窝，每年燕子春来秋去，让我感觉时光就这样一点点地过去了，我也在燕子的呢喃中慢慢长大，每年春天，草一发芽就盼着燕子能尽快回来。但是人的弱点也许就是这样，慢慢地你就习惯了，可能也就失去了对身边的人和事的关注，因为，我来了一个新邻居——一只活泼的小山雀。这只小山雀很漂亮，娇小的身材，长长的尾巴，婉转的歌喉，一切都是那么让我喜欢。她就在我家的树篱上垒起了一个小窝，每天清晨都会欢快地唱着跳着。很多时候，我都是在离她不远处欣喜地看着，她虽不太怕我们家人，但是我们也很少靠近，就是怕把她吓到了，那个小山雀常常是我们家共同的话题，给我们带来了很多欢乐——我喜欢她活泼地唱歌，我喜欢她在篱间跳跃，我也喜欢她振翅的轻盈，我更喜欢她伴着我压井的节奏飞在花间……当时最大的梦想就是我的小山雀能飞到我的手心里，落在我的肩膀上，让我亲亲她的羽毛和翅膀……

一天夜里，雨下得很大，我很担心我的小山雀被雨淋坏了，就偷偷地盖了一块小塑料布在窝上，可是第二天清早雨停了时，却发现小山雀没了，不知道是什么原因再也没有回来，只剩下燕子还是在屋檐下呢喃。现在想想可能是我吓到她了吧，也许你喜欢她，就不要试着去改变她的生活方式，风吹雨淋也许是大自然对她的恩赐，不该给她世俗的溺爱；也许你喜欢她就应该远远地看着，默默地关怀，给她点儿距离，给她点儿安全感，而不是把她紧紧地揽在怀里，可能对于我的小山雀来说注定天空才是她心里的家……

我常常在想，也许我和那只小山雀在前世是一对，或者有过其他的什么缘分，她来还我一个充满欢乐的童年记忆，也许她想更多地陪我，只是我已被今生的世俗蒙蔽了双眼，再也听不懂那歌声里哀怨的缠绵……

高菲看完了这篇小散文，突然觉得这个陈思大叔那深沉平静的外表下，竟然还有那么一颗细腻柔软的心，不管他了，折腾了半天，都快一点半了，自己的老大并没有说明天可以迟到，还是先洗洗睡吧……

宇轩离开陈思的茶店并没有回家，而是直接去了办公室，独立经营公司还不长时间，除了一堆小设计堆在案头，还有工商税务等琐事，最主要的是自己的员工都是刚刚毕业的小孩，自己必须以身作则，给员工树立榜样，离当甩手掌柜的时间还远着呢。

宇轩的办公室里有一个长长的布艺沙发，在这沙发上刚眯了四小时就被自己的手机闹钟吵醒了。宇轩赶紧爬起来，烧了壶开水，自己去洗脸刷牙，洗漱完了，泡方便面、泡茶，拼搏奋斗的一天又开始了。吃完方便面，喝了杯绿茶，再抽上一支烟，员工也就陆续到齐了。员工们一到，办公室里立马弥漫了手抓饼、煎饼馃子、包子、馄饨等各种员工自备早餐的味道，这种味道常常是需要一上午才能散去的，所以宇轩一般都是把接待客人的时间排在下午。

陈思曾经说过，设计做得好的人有两种：一种是这个人做什么都可能很好，只是学习了设计；还有一种人，是幸亏学了设计，因为这种人天生适合学设计。陈思是前一种人，宇轩是后一种人，所以陈思胜在功力和修养，宇轩强在天分和热情。

第二天，本来宇轩是想静静地看看书，新到的两本杂志还没看，偏偏电话又响了，来电的是自己的大师姐孙丽丽，立峰的大学同学，宇轩刚刚拜访过的梅城开发区规划局局长。

"局长师姐,什么指示?"宇轩很会说话。

"宇轩哪,我们开发区有个广场项目,节前找了几家设计公司做了三个方案,我大概看了一下,都挺一般的,没什么亮点,你能再做一个不,我们下周上会。"电话那边传来一个干练女人的声音。

"是招投标吗?"宇轩问。

"这个你别管了,我们书记只关心方案好坏。"

"什么时间交图,师姐?"

"下周五,还有一周的时间。"

"时间有点儿紧,我尽量!"

"好,告诉我一下你的邮箱,我把设计条件发给你,你抓紧时间。"大师姐孙丽丽也不费话,五分钟后,设计条件就发送到了宇轩的邮箱。

大师姐的电话一下子就让宇轩兴奋了起来……

九

1

对于北方的冬天来说，11月份能有一个这么好天气的周末实属难得，天蓝如洗，暖阳高照，简直有点儿要开春的感觉。陈思拉着父亲的手漫步在公园里，父亲得老年痴呆症已经多年了，现在的语言功能已经出现问题，简短的对话还可以，超过十个字就表述不清了，嘴里嘟囔着什么，听也听不清楚，但是这并不重要，重要的是父亲还跟他在一起，他还能拉着父亲散步、晒太阳。

看着父亲有一点儿累，陈思拉着父亲找了一个向阳的木椅子坐下，掏出烟，点燃抽了一口，就倒拿着烟，把过滤嘴塞进了父亲嘴里，好在父亲抽烟的功能还在，抽了一口烟，眼里满是温情地看着自己的儿子。其实这位老父亲已经不知道给他烟的人是他的儿子了，只是觉得这个人跟自己很亲近，自己也很喜欢这个人。

陈思并没有烟瘾，但对于烟，陈思总有一些特殊的感情，小时候陈思和父亲上山砍柴，父亲总会带者陈思爬到最高的山上，当爷儿俩一身汗地坐在山顶的大树下时，父亲的头发一绺绺地贴在前额上。这个时候，父亲常常会点燃一支烟，并对陈思说，儿子，男人的胸怀应该像大山一样……那个时候，陈思对父亲的话倒是没怎么放在心里，但是总觉得吸烟那么享受，那么解乏，其实当时很想跟父亲一起抽支烟，但是陈思却从来不敢提这个要求。

陈思第一次光明正大地抽烟，是在大学第一个寒假，陈思回家时，家里来了个父亲的同事，他当着父亲的面递给了陈思一支烟，陈思心虚地看着父亲，父亲点了一下头说："大了，抽吧。"那支烟对陈思来说像一个成人礼，抽上了那支烟，陈思感觉自己已经是个男子汉了，跟父亲一样了。在那以后，烟对于陈思来说，就是父亲与陈思的父子深情。因为从那以后，每逢陈思假期回家，父亲都会把自己不舍得抽的一些好烟拿给陈思，有些烟因为放时间长了都干了，但是只有陈思知道这里面含着一个父亲怎样对儿子的感情。

手机的铃声打断了陈思的回忆，看着这陌生的号码，陈思按下了接听键，听筒里传来一个很有磁性的男中音："喂，陈总，我是刘远航。"

陈思立刻想起了那天晚上刘远航曾经给自己拨过电话，自己并没有把他的号码存上，连忙说："刘总您好，有事吗？宇轩在公司，我不在。"

刘远航回答："陈总，晚上有时间一起吃个饭吗？"

陈思推托说："晚上恐怕不行。"

刘远航说："我给宇轩打过电话，宇轩说一般人请不动你，看来果真如此。"

听到刘远航已经向宇轩打听了自己，陈思知道这个面是肯定要见了，就对刘远航说："刘总，别听宇轩瞎说，这样吧，您下午如果方便，在滨河路，运河公园北面有个昔归茶舍，我们一起喝个茶吧。"

刘远航问道："好，陈总几点方便？"

陈思回答："一点以后都可以，以您方便为主。"

刘远航定下了一点半见面后，挂断了手机，陈思知道，这个"未来地产"的事是躲不过去了。

一点半，刘远航如约而至，两个人坐下来，陈思的水已经烧开了，便问："刘总平时喜欢喝什么茶？"

刘远航回答："还是熟普洱吧，陈总能否不叫我刘总呢，就叫我远航吧，我们年龄相近，就别太客气了吧。"

陈思连忙说："刘总，您是我和宇轩的甲方，尊重是应该的。"

刘远航喝了口茶说："先不说宇轩，陈总，你的水平，我见识过了，来我们公司管设计营销吧，年薪你开口，我和郑总不会还价。"

陈思一笑，说："刘总，谢谢厚爱，但是老父亲有病，我想每天都能陪陪他，开个茶舍正好下午轻松一下，挣点儿零花钱，而且也有时间帮宇轩看看图，出出主意。"

刘远航听得出陈思话语中的真诚，说道："老弟是个孝子，我很钦佩。很多事情，我很想听听你的意见，不用你上班，有事我来找你，一个月一万块钱顾问费，行吗？"

陈思说："刘总，你们公司的活都给宇轩，就是照顾我了，别把设计费压得太低，市场平均价就行，宇轩小孩一个人闯不容易，顾问费就不用了，给你做做参谋，算是我们公司的增值服务了。反正我一般下午和晚上都在，你有时间可以随时过来。"

刘远航看了看陈思问道："老弟，你不会还是单身吧？"

陈思说："嗯，一个人。"

刘远航说："要是对女人都没兴趣了，那男人活着还有什么兴趣啦？！"

陈思只是轻轻地摇了摇头，并没有接话。

刘远航兴致很高，问道："陈总，你知道我最大的理想是什么吗？"

陈思摇了摇头，表示不知道。

刘远航说道："我小时候，就喜欢看电影，我就想等我有钱了，我就自己当导演，也拍个电影，想怎么拍就怎么拍！"

陈思看着刘远航，心想看来每个人心中也都有一个梦想。

刘远航接着说道："妈的，我也想睡几个女明星，看看啥味儿！"

陈思终于忍不住说道："我白崇拜了你一分钟！"

刘远航哈哈大笑，说道："志当存高远！哈哈哈！"

两个人海阔天空地聊着，聊当今的地产形势，聊音乐，聊茶叶。聊上了天，陈思才发现，这个刘总经理也是个多才多艺的人。刘远航对陈思是越来越欣赏，虽然陈思比自己小几岁，但是成熟内敛，并没有一点儿他比自己小的感觉，反倒是很喜欢听这个人说话，既真诚又不露痕迹地把该拒绝的都拒绝了，更主要的是无论谈论什么话题，他总是愿意先去听，并不多说话，但是寥寥数语却总能击中要害，知识面更是广得可怕，这个陈思的脑袋里装下的东西可是太多了。

刘远航确实是真的希望能成为陈思的朋友，他有一种预感，这个陈思绝对能在不久的将来帮自己成就什么，只是现在还说不清楚，随着聊天的深入，这种预感就越来越强烈，因为每个人心中都有理想，刘远航也一样。

刘远航本来也可以成为一名光荣的建筑师，他也是建筑学专业毕业，智商和情商双高的他，就是画图不太开窍，大学毕业后，在设计院混了一年多，也被院里的老同事骂了一年，一赌气就辞职去了地产公司。那个年代，建筑学毕业的学习好的都固守着自己的专业留在设计院做着当大师的梦，而耻于去地产公司混事。所以一到地产公司，刘远航不太深厚的设计功底在外行眼里也是专业级的了，毕竟是建筑学毕业，五年墨水倒也不是白喝的，眼高手低并不是问题，因为也不用画图，就这样刘远航从一个地产公司设计部员工，一路成长为主抓设计的副总，直到现在更是被自己的大舅哥拉来当总经理。但是刘远航也有理想，他并不甘心一辈子给别人打工，他想自己当家做主，将来没事也在地产论坛上指点江山。自从遇到陈思后，刘远航总有一种预感，这个陈思将来一定会是自己的好帮手。

两个人正聊着，茶店的门突然开了，一个送快递的小伙走进来了，看来是很熟悉陈思，看到陈思有客人，就扔下大邮包，说了一句"思哥，收好"转身就走了。

陈思看了看邮包，笑着说："山里的妹子给我送山货来了，全是我和我爸妈爱吃的。刘总，给你拿一包土豆干尝尝，还有一些干菜，既然遇上了，说明你有口福吧。"

陈思边开箱边又说："刘总，这个土豆干怕你不会吃，现在饭店卖的红蘑土豆片都太不地道了，最地道的做法其实是红蘑土豆干，土豆干用温水泡一夜，泡好了和红蘑一起炒，艮啾啾的，放几片猪肉，再放点儿葱丝姜丝尖椒丝，我一个人能吃一大盘子。"

刘远航在城里长大，根本没见过这玩意儿，拿出一片看了看，说："老弟，你不说哥还真不知道怎么吃，哈哈哈，一会儿把你说的给我编条短信，我让你嫂子做一下试试，今晚上就泡上。"

陈思一边收拾一边说："小时候，家里穷，有点儿干菜冬天能换换花样，懒人家就是酸菜白菜土豆，配点儿咸菜疙瘩，我这个妹子一看就是个能过日子的人，山沟里现在冬天也舍不得买新鲜蔬菜，你看这些山菜野菜都是平时上山采的。对了刘总，再给你拿点儿红蘑吧，这个质量的红蘑现在市场上得二三百一斤，妹子这是把这点儿好东西都给我了。"

刘远航显然是在家从不做饭，看着这一大堆山货说："这个蘑菇你嫂子爱吃，我看她总买，都比你这个大，她倒是没炒过都是炖鸡。"

陈思说："刘总你不懂，你没在山里住过，这种红蘑9月中旬以后才有，最晚12月份也能采到，时间越早的伞盖越大，根越小，天越冷，根越大，伞盖越小，数量也越少，口感也越好，这样的品质是最好的，但是因为天冷很少，也很难采。"

刘远航仔细看了看，这批红蘑还真是个个都是小小的伞盖还没有打开，长长粗粗的蘑菇腿显得比例很不协调，便问陈思："老弟，这蘑菇你也上山采过？"

陈思说："小时候总上山哪，山里的蘑菇野菜我全认识，还认识一些药材，头几年，有人给我介绍对象，一个海归，见面聊天问我喜欢户外不。我说，喜欢哪，从小我就上山砍柴火、捡蘑菇。那姑娘一翻白眼转身就走了，嫌我土气。"

刘远航哈哈大笑说："你的回答太不浪漫，你该说我无所谓，户外户内都行，随你。"陈思立马会意了刘远航这个段子的含义，也跟着哈哈大笑起来。

一包土豆干、一个段子迅速拉近了两个男人的距离，生疏感几乎就没有了，其实男人交往就是这样，相互欣赏的基础上，再能聊出点儿开心和会意来，很快就会成为朋友，刘远航真的很想和陈思成为朋友，但是在陈思心里刘远航依然还只是一个甲方。

看时间已经快到下午四点半了，陈思说："刘总，今天不留你了，我得把这些宝贝给我妈送去，今晚上就炸点儿鸡蛋酱，老爸老妈就爱吃这些山菜。"

刘远航很显然还没聊够，虽说双方亲近了不少，但是毕竟是第一天接触，路还长着呢，便说："行，但是老弟，今天下午净闲聊了，过两天我还过来找你喝茶，我很想向你请教一下样板间的事。"

陈恩说："行，那咱们就过几天再约。"

2

宇轩这几天可以说是足不出户，大师姐孙丽丽局长给的任务实在太过紧迫。从拿到任务开始，宇轩一下午都在反复地研究着政府的要求。一周的时间，宇轩精打细算地用着，两天画草图，一天画正图及修改，三天建筑后期制作，一天文本制作及打印。宇轩知道，这次的方案是自己第一次在大师姐面前露脸，关系到今后大师姐身后这个市场能否打开。

这个主广场的面积达到了三万平方米，政府的要求是，至少要保证有一万平方米以上的硬质铺地，作为将来大型活动的主要场地，其余面积要充分考虑绿化、停车和公共厕所。这个大广场南侧主入口正临着国道，北侧是两栋动迁户的高层住宅，回迁楼再往北不远还是一片住宅，但是就属于老区了。这个广场作为新区启动区的重点形象工程，新区领导是极为重视的，并重点强调，设计方案一定要有新区的"新"！

宇轩把这个工程分成了两个部分，由宇轩自己来做广场设计的方案，而让自己的两个得力手下张桐和高菲来做回迁住宅的设计。其实宇轩明白，领导注重的是广场的形象，而城建局则更为重视回迁住宅的设计，因为牵扯到老百姓的切身利益，户型的设计要求是与登记的回迁安置面积的误差不能大于零点五平方米。

两天很快就过去了，当张桐和高菲两个人看到自己老板宇轩的广场方案时，还是被宇轩的才华和机智折服了。浪漫的宇轩并没有设计一个方方正正的大广场，因为宇轩觉得方形构图没有圆形或者曲线构图有表

83

现力。

  宇轩把一万多平方米的硬质铺地设计成了扇贝形，而绿化草坪则作为背景，草坪上精心设计了一条条曲线的植物模纹，就像海浪轻柔地冲着贝壳一点一点地移向沙滩，广场的主入口是两片白的风帆状张拉膜，远远看去像两艘即将远航的帆船，整个设计浪漫而富有诗意。草坪上还散落着些异形的花池，像一个个小贝壳，大草坪的边界自由种植着各色花灌木树丛，树丛外东西两侧各二十米是规矩的乔木树阵，树下就是大型停车场，公共厕所、小卖部和环卫休息室等辅助用房就掩映在绿荫里，平面草图的最北侧是宇轩随手画的两个方块，代表着那两栋回迁住宅。宇轩知道时间很紧，也来不及再推敲什么细部了，赶紧安排自己手下的员工画图的画图、建模的建模，尽量把进度往前赶。

  这三天，高菲确实累坏了，几乎每天都要跟张桐加班到后半夜。回迁住宅本来就更重视面积指标，但是高菲还是希望立面尽善尽美，这就是优秀建筑师的通病，总是不自觉地追求完美。直到宇轩催着她把条件图发给模型组，高菲才不得已停止了大脑的高速运转。

  有闺密惦记的女孩子总是很幸福，胜男打来电话，考虑到这几天高菲的勤苦工作，决定晚上在火锅店设宴给高菲补一补。当高菲赶到两个人约好的那家火锅店时，"每周一哥"胜男小姐早已恭候多时了。

  胜男点的是鸳鸯锅，火锅已经热腾腾地冒着热气，辣椒、麻椒的香气扑面而来，调料都已经调好了，桌面上的菜看样子已经上齐了：一盘牛肉一盘羊肉，还有一盘鳝鱼，那是高菲的最爱，剩下的是毛肚、鲜虾滑、竹荪、鸭血、豆皮，还有一盘蔬菜拼盘，都是两个人平时爱吃的。

  高菲从来没有来过装修这么高档的四川火锅店，对着胜男说："这家店好贵的吧？是发奖金了，还是又处男朋友了？"

  胜男说："工资都快发不出来了，还奖金！处什么男朋友，哪个臭男人配得上姐姐我呀？"

  "你们今天怎么下班这么早哇，你是不是又逃班去约会了？"

  "约什么会，现在什么世道哇，这帮臭男人，买盒牛轧糖就想能上床！"

高菲嘴里一口果汁险些喷到胜男脸上，满脸通红地说："你小点儿声，大庭广众的！"

胜男左右看了一下，也意识到自己的话有点儿糙，两个人同时哈哈大笑。笑了半天，高菲开始讲了一下自己的设计，又真心地夸赞了一下自己老板的才华，胜男开心地听着，旋即又有点儿失落。

胜男说："真羡慕你，亲爱的，你刚刚参加工作就有机会自己做方案，我都到东北院工作三年了，天天施工图，天天卫生间大样，楼梯间大样，妈的，原来以为自己会是个电视剧里演的那样的白领，没想到就他妈一高级技工，姐独立完成的最大的一个活，竟然是个公共厕所！当年姐姐也是拿过全国大学生设计竞赛二等奖的人！"

高菲笑道："哈哈哈，晚上把你那公厕施工图发给我，我那个项目里也有，我学学！"

胜男说："行，晚上发给你，我留着也没用。唉，姐不想做设计了。"

高菲问："那你想干啥？"

胜男说："我妈给我准备了三十万元的嫁妆，让我买台车或者买个小房子，但是姐想开个图文店，打印效果图，晒蓝图！"

高菲说："真假呀？不过你那些前男友倒是可以帮你揽活，哈哈哈。"

胜男说："打你啦，哪有那么多前男友，就一起吃个饭就前男友了？"左右看了看，又小声说，"其实姐就是瞎咋呼，姐现在还是黄花老处女呢，真挺丢人的！啊！啊！啊！"

看着高菲惊诧而怀疑的表情，胜男又一脸不好意思地说："其实拉过你姐手的都没几个，不过有两次确实差点儿失身，马上就要发生的一瞬间，姐姐跑了。"说完捂嘴乐了起来。

高菲也笑了起来，看来自己还真没那么了解这个闺密，那个外表时尚开放内心却又如此保守的闺密。

高菲笑着问胜男："师姐，你到底想找个什么样的男朋友哇，我现在对你的择偶标准都搞不懂了！"

胜男稍微严肃了一点儿说："男朋友，那可是未来的老公，要一生一世的，不得认真挑挑，至于标准嘛，也没有太具体的，但是硬性条件：必须健康，有责任心，有才华，有共同语言！"

高菲说："没想到你把健康放在了第一位，要是想找共同语言会多一些的，那些追你的建筑师大多都符合你的标准哪。"

胜男一脸鄙夷地说："姐可不一定非要找个同行，这帮玩意儿没学几天建筑学就当自己是梁思成，姐可不想上班建筑，下班还是建筑！"

两个人说说笑笑地扫光了桌上所有的东西，最后还一人要了一碗担担面，反正大冬天的，又都是单身，饿着自己减肥给谁看哪。吃得五饱六撑后，胜男提议，既然曾经的陈老师已经开了茶店，何不来个突然袭击，既喝点儿茶消化消化食儿，又看看昔日的老师，顺便问问老师自己开个打图社的想法，对于这一举三得的提议，高菲表示完全赞同。

3

胜男、高菲两个人来到陈思的茶舍时，陈思正在一个人静静地看书，见到是高菲和胜男，颇有些意外。高菲来过店里他认识，他虽然没教过胜男，但是"每周一哥"的名号实在太响亮，他也认识，就是没想到两个人会同时登门拜访。

胜男和高菲毕竟是见到老师，多少还有些拘谨，齐声说了一句："陈老师好！"

这一句"老师好"倒是把陈思逗乐了，想想自己已经很久没有听到这样的话了，笑着说道："是你们两个呀，快坐吧。"

胜男是个精灵鬼很会找话题，而且她更是对陈老师的花边新闻很感兴趣，心里很好奇，这个陈思现在是个什么情感状态，那个背叛他的女朋友后来得到陈思的原谅没有，所以坐下后便问："陈老师，这么晚了，你还泡在茶舍，你们家师母没意见哪？"

陈思笑着说："你们家师母我不认识呀！"

胜男看了一眼高菲，对陈思说："感觉您可老有学问了，是不是越有学问，越难找对象啊？"

陈思说:"可不,这要是在农村没考上大学,我的孩子估计都跟你们差不多大了!唉,真是知识改变命运哪!"

胜男和高菲被这句"知识改变命运"的冷幽默逗乐了,没想到,这个陈思老师原来竟然这么幽默。陈思并没有笑,而是习惯性地从烟盒里拽出了一支烟,点上抽了一口。

胜男看陈思抽着烟,说:"老师,能给我一支吗?"

"胜男!"高菲在下面用脚狠狠地踢了一下闺密,"你什么时候学的抽烟?"

"现在呀!"胜男不以为意地看着老师陈思。

陈思拽了一支烟出来递给胜男,又扔过来打火机说道:"有什么烦心事吗?烟还是少抽好。"

胜男点燃了烟,抽了一口,对高菲说:"老师也不是外人,真是的。"接着说:"老师,我不想干设计了。"

陈思说:"怎么啦?受什么打击了?"

胜男看了看高菲,又抽了一口烟,说:"唉,看着我们室里那些大姐大姨,画了一辈子施工图,不就那样吗,我可不想这么过到退休。"

高菲抢着说:"她想开个图文打印社,自己当老板!"

陈思微笑着说:"行!我会给我的同学打电话,把他们那几个院里的打印任务争取给你,你们东北院的活你自己找。"接着又对高菲说:"你们老大的工作你替你闺密做吧。"

胜男不可思议地看着老师,高菲也惊讶地问道:"老师,您同意呀?怎么也不劝劝哪?"

陈思笑道:"劝什么呀,你们这么年轻,多经历点儿也没什么不好。我其实一直认为人应该有个二次择业的过程。"

高菲不解地问:"什么叫二次择业呀?"

陈思说:"我们上大学时,填报的专业志愿很多都是家长和老师帮忙填报的,我在教学时就感受得到,其实有的学生并不适合学习他们的专业,既没有兴趣,也没有天分;而且,我们的所学专业后来大多数都是职业,其实这是不对的。你们大学毕业后,一般都是二十三四岁,随着你们思想成熟，阅历增加，你们也需要多些经历，这样才会慢慢地知道什么样的工作适合自己，但是刚开始几年可以去尝试，可是到了三十岁，就该明确知道自己的发展方向，不然一晃就四十了，这一辈子也就浑浑噩噩一事无成啦，这就是我说的二次择业。"

胜男和高菲同时点点头。

陈思看着胜男说："如果你想试试，那就试试，年轻，没什么大不了的。离这个店不远还有一个门市，房租有点儿贵，但是省院、东北院还有那么多民营事务所可都离得不远。"

胜男立刻兴奋地拉起高菲，对陈思说："老师咱们现在就去看看呗？"

陈思说："只能明天了，今天这个点，黑灯瞎火的啥也看不明白。"接着笑道，"我也相信胜男能做好，好了，你们两个喝红茶还是普洱？"

两个小女生异口同声地说："那就，什么贵喝什么！"接着是满屋的欢笑声。

陈思拿出珍藏多年的一款普洱老茶头，那深红色的茶汤好像还有一点儿黏黏的感觉，陈思给每人倒了一杯，自己端起茶杯闭上眼睛细细地品味起来。

高菲说："老师，你好像比较偏好普洱？"

陈思说："这个点喝点儿普洱不会影响你们睡眠，也比较养胃。而且这普洱老茶头就像一个老男人，看着不起眼，很多时候却很有回味。"

高菲问道："如果我是一款茶，老师你觉得我是什么茶？"

陈思说："你嘛，还没发酵，小绿茶吧，清新淡雅的。"

胜男问："那我呢，老师？"

陈思说："你其实也是绿茶，但是只是多了些花香，掩盖了不少茶叶本来的味道。"

胜男说："总喝茶的人一般不喜欢花茶，香气那么虚浮，都喝不出茶味儿了，老师，您这是对我评价不高哇？"

陈思说："其实不是，花茶的茶坯也有用很好的绿茶的，不好的茶坯，花香是一种掩饰，好的茶坯，花香是一种掩盖，掩盖了茶叶本来的香气。"

陈思看了看胜男，又说："我真的觉得你和高菲都是骨子里清新的好女孩，不然你也不会和高菲成为闺密，但是你的风流外表很多时候在我看来不过是一种自我掩盖，或者说是一种自我保护。"

这话一下子说到了胜男的心窝里，胜男顿时觉得眼睛有点儿潮潮的。

陈思又说："其实胜男小姐，你完全没有必要来借助花香，你本身就有一种迷人的味道，真实地展现自己就好，不然你可能错过了真正的爱茶之人。"

胜男说："我喝过一回台湾的乌龙茶，我觉得香气厚实了很多，老师，你觉得谁像梨山乌龙呢？"

陈思摇了摇头说："你们身边好像没有。"话虽然这么说，陈思的脑海里却清晰地出现了一个人的模样，那个小山村里苦命而善良的水灵妹子。

高菲又问："老师，你觉得我们老大宇轩少爷呢？"

陈思笑着说："轩少嘛，像一款非常好的生普洱，灵气四溢，清醇爽口，回甘强烈，现在还只是需要陈放一段时间。"

胜男说："老师，你好像很喜欢宇轩，评价这么高！"

陈思笑道："当然啦，比我小的朋友，也只有宇轩和你们立峰老师。其实我个人很喜欢喝生普洱，只是有的时候，生普洱的存放条件比较讲究，如果条件不好，受了外界干扰，变了味儿也是容易的。所以普洱茶很有意思，放好了，会给你一些惊喜，放不好也会给你一些惊吓。"

三个人就这样静静地聊着茶，聊着设计，聊着未来，其实若不是怕影响睡眠，陈思很想再给她俩泡一泡暖暖的红茶，温柔、内敛，又不失厚重的红茶，就像自己的母亲给人的感觉。

音箱里是舒伯特的《小夜曲》，柔柔暖暖的普洱，昏黄的灯光，看着这温馨的场景，高菲突然想起了一首白居易的茶诗《山泉煎茶有怀》："坐酌泠泠水，看煎瑟瑟尘。无由持一碗，寄与爱茶人。"

茶舍的门一开，宇轩走了进来。胜男赶紧掐灭了手中的烟头，而高菲则是习惯性地站了起来，叫了一声"老大"，陈思见是宇轩，只是一伸手示意自己的兄弟请坐。

宇轩和胜男本来就很熟，挨着胜男坐下问道："你们两个怎么过来了？你什么时候学的抽烟？"

胜男大大咧咧地把手搭在了宇轩的肩上回答："师兄，正想找你呢，本姑娘要改行了，还请轩少爷大力支持，改日我会登门拜访哈。"然后转向陈思说道："老师，我俩先走了，谢谢老师！"说完拉起高菲扬长而去。

宇轩喝了口茶问道："思哥，这两个丫头怎么回事？"

陈思回道："胜男想不在东北院干了，想自己开个打图社，拉着高菲来这儿问问我的意见，将来你能帮就帮帮她，反正你在哪儿打图都是打。"

宇轩点点头，哦了一声，接着说道："这丫头就能作妖，根本也不是画图的料。"

陈思只是淡淡地笑了笑，说道："你水灵姐邮来了煎饼，我知道你能过来，就没给你打电话。一会儿你拿两箱，让你父母尝尝，很好吃，在城里可买不到。对了，这两天你小子忙什么呢？"

宇轩回答："立峰的同学，我那大师姐局长，给了我一个活，一个广场，附带着两栋回迁住宅，就给我了一周时间，这不才把条件图画完。公司里的小孩还在加班做效果图呢，还有三天就交图，时间太紧了。而且刘远航他们是越忙越添乱，明天下午要带着赵诗涵他们来我公司研究样板间下沉庭院的景观处理，说要听听我们的意见，我看是想听听你的意见，哥，你明天到个场呗？"

陈思无奈地苦笑了一下说道："行，你小子就会抓我的劳工！"

十

陈思按照约定中午一点多就到了宇轩的办公室，宇轩正在指导手下的员工做效果图的后期处理，见陈思来了，赶紧交代了几句，就跑回自己的办公室陪陈思。陈思已经把宇轩的茶台收拾干净了，几只茶杯也被陈思放到杯洗里用开水泡上了，手里正仔细擦抹他送给宇轩的那把冰纹石瓢紫砂壶。

"大哥，我发现你现在泡茶基本不用紫砂壶了，怎么就拿两个玻璃公道杯来回泡？"宇轩问。

"你能喝出什么味道上的差别吗？"

"喝不出来！就是我拿什么泡也泡不出你泡茶的味道来。"

"那不得了，拿什么泡茶其实味道都差不多，用紫砂壶泡茶有时候是一种负担。"

"怕打了？一把好壶确实很贵，尤其是碰掉个小碴儿，扔了舍不得，不扔看着难受。"

"其实不是贵贱的事，而是你会多一种感情的负担，一把壶用久了，就像有了生命，你就会和它有了感情，很多时候人最大的负担其实是感情。人哪，一过了四十就喜欢什么事都简单处理，越简单越好，活得轻松一下。"

宇轩认真地说："有时候见你一个人在茶馆，觉得你好孤独，你该找个女朋友，水灵姐多好哇？"

陈思摇了摇头："我对你水灵姐的感情有点儿说不清楚，现在应该是亲情吧，可能好的爱情到后来都发展成了亲情，但是已经是亲情了，还能返回爱情吗？我也不知道。对了，你别老说我，你自己呢？你也三十了，你爸妈就不着急？"

"哎呀急！上午还打电话来催我呢！思哥你先坐，我给甲方发个邮件，留几句言。"宇轩边说边坐到了电脑前，轻快的键盘敲击声清晰传来。

宇轩忙活了一小会儿，就坐回到陈思对面说道："对了，忘跟你说了，你昨天给我妈拿回去的煎饼，我爸妈特别喜欢吃，早上还特意给我烙的煎饼盒子，我吃了好几个。我妈说让我再跟你买几箱，说是要送给姥姥和舅舅们，我爸也跟着起哄，说是也要买几箱给爷爷奶奶，他们说跟市场上卖的不一个味儿，还特别有嚼头。"

陈思说："老弟，我店里就剩一箱了，你妈想吃，你一会儿就去拿。我头几天回学校，给咱们学院办公室主任胖姐拿了两箱，结果今天上午要跟我订五十箱，说是系里不少老师都想要，看来你水灵姐是要忙一阵子了。"

宇轩说："哥，我都想了，马上就年底了，又是元旦又是春节的，我也想跟水灵姐订上一百箱，再从你店里订点儿茶叶，给员工发福利，也给一些关系户送送礼。"

陈思笑着说："我替水灵谢谢你，我也谢谢你，这么照顾我们生意。"

宇轩真诚地说道："思哥，你说啥呢？！你帮我的最多了，说实话，这段时间太忙了，幸好有老师你。"

宇轩并没有称陈思为思哥，而是真诚地称之为老师。陈思淡淡地笑了笑，看到宇轩，陈思就看到了十年前的自己，只是宇轩比自己更有才华，也更有雄心，而陈思从小就有着浓浓的隐士情结。从看守所出来后，陈思就没再碰过设计，可是遇到了宇轩，自己不知道是为了帮助宇轩还是放不下对于设计的喜爱，竟然慢慢地又开始研究起了设计。

不到下午两点，门外会议室里突然传来纷杂的脚步声，陈思和宇轩赶紧从屋里走出来，郑朝东、刘远航他们已经到了。这次的排场没有陈思第一次见到他们时那么大，地产公司只来了郑朝东、刘远航，那个老头子张总并没有来；而销售策划公司这边，也只来了三个人，是赵诗涵和两个助手。五个人和陈思、宇轩兄弟寒暄了两句就一字排开坐到了宇轩和陈思对面。赵诗涵的助手麻利地打开笔记本电脑，接上投影，打开了一组现场照片，同时又掏出一支录音笔放到宇轩、陈思对面。

赵诗涵让助手把现场照片给宇轩、陈思两个人看了一遍，便讲道："陈总、马总，样板间现在已经安完了窗户，并开始供暖了，再有几天装修队伍就进场了。窗户安完之后，我和郑总、刘总又进现场体验了几回，觉得总的感觉还不错。陈总你知道，今年受金融危机的影响，整个房地产市场挺低迷，我们也很为甲方担心，所以处理事情有些急躁了，这次我得先向陈总、马总道个歉。"一席话说得不卑不亢。

赵诗涵接着说："下沉庭院也已经清理出来了，确实效果比我们预想的要好很多，所以现在我和郑总、刘总，开始对这个项目慢慢地有了信心，只是在下沉庭院的景观处理上，我们还想听听二位专家的意见。"

郑朝东点点头说道："赵总工作很有热情，也很负责任，你们都是替我们考虑，所以今后要多联系，多沟通，赵总的想法也说出了我心中的想法，现在在我们已经找人开始了样板间的内装设计，再过几天，内装的效果图就会陆续出来，只是我们对于下沉庭院的做法还确定不下来。所以陈总、宇轩，你们还是要多给我们出出主意。"

陈思看了一眼宇轩，示意宇轩说说吧。

宇轩说道："这个下沉庭院的面积不大，大概六十平方米，但是也不小，在奉州这样的城市里，并不是每个人都有机会有一小块属于自己的绿地。有了这一小块绿地，每个人的想法都会不一样，所以我觉得小院的景观，并不一定拘泥于欧式景观，但是一定要有细节。"接着又讲到在陈思茶舍遇到的小夫妻对于理想中家的描述，听得对面几个人不住点头。

宇轩是在别人赞赏中长大的，见到众人都投来赞许的目光，才跑回自己的办公室拿出了撒手锏——原来宇轩早就画好了一大堆构思草图。这一堆草图有的是平面，有的是小透视，但是无论哪张图，都是线条流畅，构图严谨，显然是下了一番功夫的。看了宇轩的草图，郑朝东、刘远航不住地点头，陈思暗自赞许自己的小兄弟，确实是个设计狂，赵诗涵更是眼睛发亮，看着一袭黑衣的宇轩，心里突然有种异样的感觉。

赵诗涵也是建筑学专业毕业，只不过不是大学本科，而是中专。与宇轩年龄相仿的赵诗涵就读于奉州城市建设学校，这所中专离建筑大学并不远。中专毕业的赵诗涵，在几家小设计公司也干过。但是这年头本科毕业的大把抓，谁会重视一个中专生呢。所以赵诗涵开始了自己的销售生涯，自己的专业知识在一干售楼员当中绝对是首屈一指的，加之长相漂亮、性格干练，又肯于吃苦，销售业绩一贯很好，慢慢地竟升到了副总的位置。虽然工作多年后，取得了本科和研究生学历，但是没上过正规大学始终是她心中的痛。算着年龄，赵诗涵暗自计算，如果当年她能考上大学，也许，她和宇轩不是同学也是宇轩的师妹，现在更有可能是宇轩这家设计公司的老板娘了……

郑朝东打断了赵诗涵的浮想联翩，郑朝东说道："宇轩哪，想不到，你背后下了这么多功夫，看来你是有所保留哇，太好了，把这些草图整理成两个方案，我和刘总、赵总回去再消化一下。"

这时一直没有作声的刘远航说道："陈总，你还有什么高见，我很想听听。"

郑朝东也赶紧说道："陈总，你也谈谈你的看法。"

陈思想了想说道："其实还有一种思路，这个下沉庭院的高度是一米八，如果加个玻璃顶盖就是一个大房间，但是这个房间可以做得非常有诗意。我很喜欢雨天，雨滴打在玻璃顶上，我能听着滴滴答答的声音，静静地品茶；我很喜欢星空，我想搂着我心爱的女人，躺在地板上，仰望浩瀚星河。"

陈思说得很动情，脑海里浮现小枫林里水灵的笑脸。

"太精彩了！"刘远航喊道，赵诗涵的助手甚至鼓起了掌。几个人都被陈思浪漫的想法迷住了。

陈思却回复了冷静，接着说道："其实这个思路相当于告诉业主，我们赠送了一个大房间，但是这个方案也有明显的缺陷，玻璃顶的清洁问题，冬季的保暖问题，夏季的通风问题都需要认真解决。"

郑朝东说道:"陈总,这些都不是问题!这个想法太好了,样板间嘛,毕竟来看房时,待的时间不长,但是一定要给业主一个意想不到的震撼,你说呢,赵总?"

赵诗涵也很兴奋地说道:"陈总和马总的方案我都喜欢,我觉得样板间两种思路都要做,反正是四套样板间,就按马总和陈总的思路一样做两套。"

宇轩更是崇拜自己的大哥,他就去了工地那么一趟,又看了几眼户型,竟然就想出这么好的想法,同时也有些嫉妒,我一个画楼的竟然没干过一个说楼的,奶奶的!

这是一个让人满意的下午,郑朝东和刘远航在这个下午,才真正地建立了对这个项目的信心,赵诗涵更是没了一点儿盛气凌人的态度,临走时还加上了宇轩的QQ,并表示要跟宇轩和陈思多多联系,多多学习。

十 一

1

　　胜男已经开始自己的行动。就在宇轩去给梅城大师姐孙丽丽汇报广场设计方案那天，胜男跑到陈思的茶馆拉着陈思去看铺面，陈思毕竟开店一年了，对于附近的店铺比较熟悉。他先是带胜男去了自己那天晚上推荐的店铺，又带着胜男沿街找了几个店铺，并在一些房产中介公司登了记，因为怕走漏消息，精明的胜男留的是陈思的电话。

　　陈思建议胜男，一定要在这几家设计院一两公里范围内找，胜男表示同意，他还建议胜男挨家图文社转转，要切实了解打印社的运转机制。虽然胜男也经常去打图，但是并不真正清楚各项成本到底是多少，所以这个鬼丫头做了一个大胆的决定，向自己的室主任，那个四十多数的未婚老姑娘请了病假，在众多打图社中找了一个离东北院最远的打印社，应聘当了一个打图员，当然这个秘密只有她的好闺密高菲知道。

　　胜男卧底的这些天，倒是苦了陈思，每天能接到数个房产中介公司打来的电话，靠谱点儿的陈思就过去看看，不靠谱的干脆就直接拒绝了，反正胜男对自己的老师是信任的，选来选去，陈思认为还是离自己小店不远的那家店铺最合适，虽然租金是贵了点儿，但是毕竟在核心地段，离几个大设计院都比较近。听了陈思的建议，胜男表示暂时这么定，完全拿陈思当小跑腿的了。

　　由于和陈思混熟了，胜男觉得其实陈思平时冷静淡定的外表下有着一颗火热的心,这种感觉让胜男彻底改变了陈思在学校里给她留下来的高冷孤傲的印象,背后总和高菲叫陈思"大叔",后来更是没大没小地直接当面叫"大叔"了,她一叫,高菲也跟着叫了。

有一天半夜,高菲心疼胜男加班,还特意跟陈思假装带了一张效果图去打印,顺便假装落下了一袋水果没有带走,会意的胜男在打了好几个电话无人接听又担心水果坏了的情况下,自作主张与店里打工的小男孩小五和虎子把水果瓜分了,这一举动更增添大姐大在两个小弟心中的分量,在得知胜男的真实意图后,更是大有誓死追随的想法。

这天下午,快下班时,胜男回到了东北院,来到自己工作过的建筑设计室,她是来辞职和取自己东西的。虽然已经快下班了,但是自己的那些同事还都在忙碌,胜男看着自己的这些同事,心中有了一点点小窃喜,再也不用这么没日没夜地画图了。

胜男刚进办公室,就被坐在第一座的建筑室主任黄大姐看到了,这位黄主任立马火冒三丈地站了起来,冲着胜男喊道:"胜男!这些天,你跑哪儿去了,电话也不接,工期都耽误了你知道吗?!所长要找你谈谈!"

胜男看了一眼黄大姐说道:"黄阿姨,你不要这么激动好吗,我已经跟你请过假了!"

听到胜男叫自己阿姨,黄主任更是怒不可遏,这个待字闺中的老姑娘,最怕的就是别人说她老,几乎是声嘶力竭地喊道:"胜男,你是不是不想干了!"

胜男一歪头说:"对!本小姐就是不想干了!我画够了你分给我的楼梯详图,卫生间大样!不就是因为我比你年轻漂亮吗!今后本姑娘还不受你欺负了!"说完,在同事惊诧的眼光中,走到自己的座位前简单地收拾了一下,把自己的东西统统装进那个大大的帆布包,走到门口,把自己的工牌重重地摔在黄主任的桌面上,留下一脸惊愕的黄主任一个人在那儿发呆。

还是那家老字号的成都火锅,陈思坐在胜男和高菲对面,胜男的卧底生涯和建筑师生涯都结束了,心情非常好,一会儿大声对着高菲学着那个室主任扭曲的表情，一会儿又小声和高菲嘀咕着什么，时不时捂嘴乐一下。

火锅店里比较吵，陈思并不在意她们说什么，只是饶有兴趣地看着两个小姑娘，确实像一个父亲或者叔叔带着自己的宝贝千金出来玩，只要是她俩开心，陈思也就跟着开心了。

高菲抿了口啤酒，问："师姐，你就这么把东北院的工作辞掉了，你跟阿姨说了吗？"

胜男摇摇头："我可不敢说，我要是说了得把我妈气死。"

陈思笑着说："不至于吧！"

胜男说："唉，大叔，你是不了解我爸我妈，建筑师这个工作对我妈来说，那就是个找对象的金字招牌，工作稳定、高收入、高素质，她哪知道我们天天加班有多辛苦。我妈在上市公司是个高管，我爸在政府部门是个小领导，所以他们对我找对象基本定位就是富二代或者官二代，整天给我安排各种相亲，我都烦死了，他们认定的真理就是'男怕投错行，女怕嫁错郎'，整天在我耳边叨叨叨的，工作体面就是为了嫁得更好。"

高菲一副恍然大悟的样子："我说的嘛，你在大学里那么多追求者，都没追上你，估计你跟你爸妈一说，就直接被否掉了。"

胜男说："有这方面的因素吧，但是，我确实是希望找到一个让我有点儿崇拜感的，可是如果谈婚论嫁，要是爸妈都反对，估计结果也好不了，你说呢大叔？"

陈思点点头说："没有父母祝福的婚姻多半不会幸福，爱情是两个人的事，可是婚姻毕竟是两个家庭的事。"

高菲突然想到了宇轩，问胜男："那要这么说，我们老大宇轩也入不了你爸妈的法眼吧？"

胜男拍了一下高菲说："提他干吗，至少现在他连本姑娘的法眼还没入呢！他在我眼里就是个大男孩！你说你，本来挺开心的提我爸妈干啥。反正，我先把工作辞了，我也不想告诉他们，等哪天漏了再说！"说完拎起筷子大把大把地把蔬菜下到锅里。

陈思连忙阻拦说："别下了，别下了，这么整就不是吃火锅了，而是吃乱炖了。"

高菲说:"毕业快半年了,其实有时候还是挺想念大学食堂的大炖菜呢。"

胜男说:"那玩意儿有什么吃的,我妈也天天炖菜,一炖还贼老多,上顿热下顿热的,愁死人了。"

陈思说:"其实很多人认为炖菜是不需要掌握火候的,把菜往锅里一扔,就炖呗,这主要是现在的人们生活过得太糙了。"

高菲问:"炖菜还需要火候?我看我妈炖白菜、炖茄子土豆就是炒一炒一添水就等开锅了,很简单哪?"

陈思说:"做菜的最高境界是做出蔬菜本身的味道来,那么炖就根本吃不出蔬菜的味道了,吃的都是调料的味道。我妈炖白菜必须是顺着切细丝,汤已经开锅了才下白菜,几分钟就出锅,你才能吃到满嘴白菜的清香。"说完,又想到了那个远在枫树村的水灵。

2

宇轩陷入漫长的等待,开发区广场方案的图纸已经给大师姐孙丽丽送去一星期了,与之前师姐每天几个电话心急火燎地催图相比,这一周实在过于平静,孙丽丽竟然一个电话都没有,宇轩几次想打电话给孙丽丽,问问方案的结果,都被陈思劝住了。陈思告诉他,一定要有耐心,该来的总会来,是你的也躲不掉。

宇轩的手边还有几个小方案,翻了翻资料,又上了会儿网还是觉得有些烦躁,看看表虽然已经晚上七点多了,自己却没有一点儿饿的感觉,便决定还是去茶舍找大哥陈思喝喝茶。宇轩穿上外套刚打开办公室的大门发现电梯里走出一位美女,销售代理公司的赵诗涵。

赵诗涵见宇轩正准备出门,便问道:"宇轩,你是准备回家了吗?"

宇轩赶紧回答:"本想去陈总那儿一趟,没想到赵总会来,你怎么也不先打个电话?"

赵诗涵一边往屋里走,一边说道:"本想去公司加班,路过你这儿，看你公司的灯开着，就想过来请教你点儿问题。"

宇轩见赵诗涵已经进了屋，也只好重新开灯招呼赵诗涵坐下，并烧水泡茶。

赵诗涵安静地坐在沙发上，看着宇轩忙活着，问道："宇轩你吃饭了吗？"

"没有，没什么胃口。"宇轩回答。

"算你有口福，让你尝尝我的手艺。你等着，我去车里取。"赵诗涵说完不待宇轩回答就已经跑出了办公室，跑到楼下停车场去给宇轩取吃的去了。

只片刻，赵诗涵就跑了回来，拎着一个方形的棉布盒，那个盒子是手工染色的粗布做成的四四方方的盒子，好像什么食品的外包装，宇轩还以为是茶叶，赵诗涵打开盒子，把里面一个用厚毛巾包着的东西拿出来，打开毛巾是四个餐盒，一个盒里是粥，一个盒里是饺子，第三个盒里放着拍黄瓜和辣椒圈，第四个盒是个小盒，里面放着一小袋醋、一小袋酱油、一小袋蒜末。

赵诗涵拿出筷子和羹匙递给宇轩，说："本来是准备我晚上加班吃的，既然你没吃饭，就便宜你了吧。"

宇轩说："那多不好意思，我确实不饿，你还是留着加班吃吧！"

赵诗涵说道："你怎么那么磨叽呀？一个大老爷们儿，真是的。"

赵诗涵抽出一张纸巾把茶几上的烟灰都小心翼翼地掸到烟灰缸里，说："你怎么这么能抽烟哪，身体不要了呀。"

宇轩尝了一个饺子说："这饺子你包的？一点儿没有饭店的味儿，全是家的味道，真好吃。"

赵诗涵说："本来就是我包的，我不喜欢在外面吃，又喜欢吃饺子，所以总自己包，你觉得怎么样？以后想吃，可以直接告诉我。"

宇轩回答："嗯，真挺好，没想到赵总还真是上得厅堂下得厨房啊。"

"你别赵总赵总的行吗？！以后我叫你宇轩，你叫我诗涵吧。"

"好的，赵总，嗯，诗涵。"

不几分钟，宇轩就把餐盒里的东西吃了个一干二净，伸了个懒腰，看了看坐在对面的赵诗涵，才发现这位赵总今天打扮得清淡美丽，妆化得很淡，但是睫毛却拉得挺长，紧身的米色深V领的羊绒衫强调了性感的身材，长长的深褐色呢子长裙很有沉静的质感。"这个赵诗涵还挺性感。"宇轩暗想。

宇轩边想边泡茶，而那边赵诗涵已经利落地收拾好了餐盒。

宇轩泡了一壶红茶，给赵诗涵倒了一杯，问道："诗涵，你找我有什么事？"

赵诗涵喝了一口茶说道："哎，宇轩我挺钦佩你的才华的，想找你帮我出出主意，郑总给他们小区起的名字叫'枫丹白露'，他特别满意，我们也不敢改。"

宇轩说道："挺好哇，中国文字就是优美，很多外国的名称在他们那儿很普通，但是一翻译成中文特别好听，如你说的'枫丹白露'，还有我喜欢的'江诗丹顿'，就是那表太贵了，买不起。"

赵诗涵见宇轩这么说，说道："哈哈哈，你太谦虚了，一块手表你会买不起？！可是这个案名好像跟我们楼盘的建筑风格也不搭呀！"

宇轩一思考就想点支烟，抽了一口烟，说道："就是案名，响亮就好，再说案名可以是建筑风格，也可以是景观风格，'霜叶红于二月花'，枫树本来就是文人的最爱，至于白露嘛，我能想到的是'蒹葭苍苍，白露为霜'，蒹葭不就是芦苇嘛，那就做一些水景呗？"

赵诗涵立刻眼前一亮说道："太棒了，这下子楼书的设计有思路了，应该突出点儿文化内涵。"接着说道，"宇轩，你太棒了，我得马上走了，回去组织员工重新做提案！"说完起身告别。

赵诗涵走后，宇轩坐在电脑前打开QQ空间，发现访客记录中确实有一个叫诗涵的访客，估计是赵诗涵的QQ，随即便也点开了她的空间，百无聊赖地也翻了一下她的照片。

赵诗涵的日志多是一些转发的楼盘案例，看来她平时也很注意收集资料，也有几篇自己写的小日记诉说一个三十岁女子的孤独落寞；照片分了几个文件夹，有的上了锁，有的可以随便看。其中一个是赵诗涵在中专时的一部分画作，宇轩一张张地点开，才发现这位赵诗涵小姐也是位才女，画的画相当好，字也写得清秀娟丽，不由得对这位赵大美女好感倍增。

十 二

1

午后的阳光开始慢慢照进了陈思的茶店，屋里的木家具在阳光里显得质朴温暖，偶尔来几个买茶的，陈思就简单介绍一下茶叶，或者泡上一杯让顾客尝一下，也有顾客会聊几句。周一下午本是一周客人最少的时候，多日不见的刘远航却来了，拿着一摞样板间的装修效果图。

陈思看着刘远航拿来的一堆效果图，思考着，刘远航看着陈思，自己一边抽烟一边自己倒着茶，耐心地等待陈思评判。

陈思说："你现在这些装修效果图走的是两个极端：一些过于文艺，一些过于奢华。这个设计师设计的确实是样板间！"

刘远航当然听出了弦外之音，问道："你觉得有什么问题？"

陈思说："我说了，这是样板间，不是家，更不是你的目标客户的家。成功的样板间是让目标客户觉得这是我的家，而不是在参观样板间。"

刘远航看了看样板间那些效果图觉得陈思说得简直是一针见血，这些效果图美轮美奂，可就是如果建成了，坐也不敢坐，碰也不敢碰，其实真的不像家，很多的家具和陈设不但不实用，反而可能成为一种负担。

陈思说："我们的别墅其实算不上豪宅，最大的也不过就是二百八十平方米，所以太过文艺或者太过奢华都是不恰当的，成功的方案是让业主觉得稍微努努力就能达到，稍微差一点儿也能接受，不然买房子一笔钱，装修再一笔钱，一些人也许就会退缩了。"

陈思又说："其实我来分析，你的样板间设计要面向有一定生活诉求，同时也得有一定经济实力的人。"

刘远航说："就是所谓的中产阶层呗？"

陈思说："差不多吧。"

刘远航并没有在意陈思说这句话的深意，继续问道："怎么，你觉得太有钱的不会买吗？"

陈思说："你别墅的面积区间和地理位置决定了这个别墅是第一居所，太有钱的就不会只有一两套房子，这个房子大不大小不小的，这些人不会看上，说白了，你的目标客户是什么，你定位要准。"

刘远航说："这个我确实有点儿定位不准。"

陈思说："那你是没仔细研究你的周边环境。"抽了一口烟，"离你东一点二公里，是实验中学的双语学校，学校里有个别教师课不好好上，净惦记晚上补课，那地下室可是补课的好地方！"

刘远航连连点头。

陈思接着说："听说，奉州艺术大学要搬迁到你园区以南两公里处，大学里音乐学院、美术学院每年高考、考研的补习班可是铺天盖地……"

刘远航是个聪明人，一点就透，顿时觉得豁然开朗。

陈思说："另外国企和上市公司的一些高管，这些人现在都四十岁左右，都是大学毕业，现在的房子也都不是太小，如果换房当然想要升级。而升级的重点，一个是餐厅，一个是起居室。"

看着刘远航怀疑的表情，陈思说："交流是需要面对面的，很多时候，大家坐在客厅的沙发上排成一排，是不利于交流的，真正能凑在一起的时间是吃饭的时间，你想想对不对。其实夫妻两个人一起做晚餐也能交流很多，你看现在，很多家庭几乎都不在家里吃饭，过着过着，就变成性伙伴了。"

刘远航看着陈思说道："这是怎么个说法？"

陈思哈哈一笑:"现在多数年轻人结婚的状态都是这样,你看哪,一般早上都起不来,所以早餐没有几个在家吃的,午餐肯定不在家吃,晚餐呢,来个加班,有个聚会,又不在家吃了,夫妻一周各忙各的,交流的时间不就剩下床上那点儿时间了吗,那不就是性伙伴了吗?家,就要有家的内容和活动,住宅设计最应该搞好的是餐厅和厨房的设计。所以你看宇轩的设计中其实餐厅和厨房的空间设计得很大,但是你的装修设计中并没有让人感觉得到,硬是加了个西厨,真的没什么必要。"

刘远航点头表示认同,接着问:"陈总,那起居室应该怎么装修呢?"

陈思喝了一口茶,反问刘远航:"刘总,对于起居室,你知道最好的装修材料是什么?"

刘远航说:"你这么一说,我就不敢说了,你告诉我。"

陈思说:"书。"

刘远航说:"书?!那书房呢?"

陈思笑着说:"你的这个项目,因为它的自身特点,就不要单设一个小书房了,这个半地下的下沉庭院和一层是'双首层',看来你还没理解透,一层的起居室以家人内部使用为主,正常设计就好;下沉庭院那层的起居室以对外接待为主,整个下沉庭院连带的地下室空间,其实应该是一个大的接待区,如何彰显主人的文化品位就看这个空间设计得怎么样!"

刘远航一拍大腿说:"原来就惦记着往地下室放红酒了!"

陈思说:"其实来我店里喝茶的人,很多都是你的潜在客户,你要知道我店里的茶并不是普通老百姓能喝得起的,都是你所谓的中产阶层或者说精英阶层。我经常和他们聊天,所以算是了解他们。"

刘远航说:"你说说,让我也了解一下。"

陈思说:"这些人整天处在一个竞争激烈的环境中,虽然外人看来很光鲜,但是实际上内心的压力很大,甚至不排除做一些违心的事,这些人回到家里最希望安静一下自己的身心,还有一部分人想净化一下自己的灵魂,而书是最好的化妆品。"

刘远航说:"化妆品?"

陈思说:"对,比如说现在的一些高校老师,不单指艺术院校,普通高校也一样,博士很多,但是真正博学的并不多,很多人家里的书不过是一种充门面的摆设,以显示自己的博学,为的也只是交流时不至于连书里讲什么都不知道。"

刘远航说:"还真对,现在很多女孩子喜欢拿着本书或者站在书架前拍照,但是真问她们书里讲什么,一多半都不知道,哈哈哈。"

陈思说:"所以我来装修设计的话,至少要拿出来两个样板间以书为主题,以书架来组织你的地下室和下沉庭院的空间,靠书来烘托气氛。"

刘远航说:"你这么一说,再看这些设计确实有点儿高不成低不就。行,书好整,多买多放呗!"

陈思说:"效果图可以这么画,但是样板间的书可不是随便放的,你也知道,很多样板间都设计了书房,放的什么书都差不多。我说你看对不对。"

刘远航笑了说:"你说说看。"

陈思说:"四大名著,三言二拍,精装的二十四史,唐诗宋词,鲁迅全集,郭沫若文选,卡耐基管理全集,外国名著再配上几本字典。"

刘远航哈哈大笑说:"陈思,你他妈去过我家呀?!我家书房就这些书,我他妈就没动过,还老得擦灰!"

陈思说:"没有看书习惯的人书房都这样!"

刘远航说:"样板间装修不就摆摆样子吗?"

陈思说:"错了,很多人来参观样板间可能就因为一个点你打动他了,描绘了他的理想生活,他就会动心,我们用心了,才会打动顾客。"

刘远航说:"那你觉得摆什么书?"

陈思想了想说:"庭院茶室和起居室书房都要用本色原木地板,不要那些欧式大班台,太傻,沙发要布艺的,还要配几个垫子,也要布艺的,要重视质感;不要书柜,要敞开书架,沙发茶几茶台都要放书,原则是随手能拿到。"

刘远航说:"放什么书呢?"

陈思说:"装订比较文艺的散文集、随笔集,这些人交流有时候需要文艺一些,显得儒雅,还要去书摊买些老旧的书,显示情怀,适当地配一点儿别人看不懂不爱看的期刊像《读书》那类的,再配一些小众的名著,比如《追忆逝水年华》之类的,看着书名就能心生感慨的那种。"

刘远航问:"要是针对学音乐的呢?"

陈思说:"起居室差不多,钢琴附近应该有大量琴谱,最好有肖邦、巴赫的作品集,可千万别放理查德·克莱德曼,让人笑话。"

刘远航说:"弄个三角钢琴可挺占地方,还有地方放书和沙发吗?"

陈思说:"谁让你弄三角钢琴了,你问问音乐学院那帮教授有几个家里是三角钢琴?!这房间三面是墙,对着下沉庭院,一面墙是沙发,一面墙是钢琴和书架,一面墙是壁炉。"

刘远航说:"要是画家呢?怎么放书?"

陈思说:"两面长墙,一面上全是大书架,放上各种画册和字帖,另一面墙上嘛放画就好了,门对着的那面墙,放小书案配兰花,墙上悬挂古琴,书架前面是大画案。"

2

快下班时,胜男直接进了宇轩的办公室,大声喊了一声:"师兄!"

宇轩吓了一跳,说:"你这个疯丫头,找高菲来了?还没下班呢。"

胜男说:"我找你来了,快给我倒杯水,本小姐有正事找你谈。"

宇轩也白了一眼胜男说:"你的正事不就找男朋友吗?"

胜男并不生气,歪着头笑道:"对!所以来找你了!"

宇轩赶紧说:"姑奶奶,您可饶了我吧,我这上有老下有小的,你这样可使不得呀。"

胜男也不生气,说:"师哥,你们公司图都在哪家打印社打印哪?"

宇轩说:"基本都是方形广场附近那几家,没有太固定的,谁家人少,上谁家去。"

胜男说:"师兄,我这次是来求你的,我打图社已经开业了,以后就到我的店里打印吧,我会保证时间和质量,送货上门。"

胜男从包里拿出一张打印和装裱的报价表,递给宇轩。

宇轩接过报价表看了看,说:"比那几家都便宜一些,对了,你真辞职了?"

胜男歪着头对宇轩说:"对呀,怎么不行啊?"

宇轩看了看胜男,说:"别人不行,你行,就你那堆前男友,有一半的人把图纸送你打,你都忙不过来。"

胜男说:"你怎么跟高菲那臭丫头一个说法呢?我才不去找他们。不过要是他们知道了,主动送上门来,本小姐也不拒绝。"接着又问宇轩,"师哥呀,你们公司一年打图大概需要花多少钱?"

宇轩说:"我们公司活不太多,这块一年十多万吧。"

胜男说:"师哥,都交给我打吧。"

宇轩说:"没问题,你是师妹,支持你是应该的。"

胜男连忙说:"谢谢师哥。还有一件事想求师哥帮忙。"

宇轩看了看胜男,好像知道胜男要求他干什么,说:"你可别让我到处去给你找人介绍活哈,我可不愿意求我那帮同学。"

胜男说:"师兄,我不会让你帮忙揽活,只是我现在刚开始张罗,缺点儿钱。"不等宇轩回答,胜男抢着说,"师哥你别误会,我不是跟你借钱,就算你们公司一年打图费用是十万,你能预付半年的吗?"

看到宇轩没回答,胜男连忙又说:"师哥,这半年的打图钱,在报价的基础上,再打八折,我没有利润,我只是不想张嘴借钱。"

宇轩看了看胜男,摇了摇头,说:"半年不行。"

胜男连忙说:"师兄你要是年底紧张,三个月的也行。"

宇轩说:"胜男,你刚开始做不容易,这样吧,预付你一年的打图费用吧,十万,你也不用打折,保证时间和质量就行。"

宇轩说完往后退了几步,因为他怕这个出了名的"每周一哥"会跳过来,拥抱甚至亲他一下,这要是让员工看到了又该传出绯闻了。没想到胜男看了一眼宇轩,半天只是抿嘴微笑了一下,感激地对宇轩说:

"谢谢师哥,快下班了,我去找菲儿了。"说完就离开宇轩的办公室走进了高菲的办公室,看着胜男的背影,宇轩有点儿奇怪,怎么这个胜男跟以前有点儿不一样了呢?

狐疑满腹时,刘远航打来电话,说他正跟陈思在一起,晚上一起吃个饭,他请客,宇轩正有点儿想陈思,便欣然应邀。

几个人简单地吃了一顿饭,陈思知道刘远航一定是还有什么事情,就邀请两个人再到茶舍坐一会儿,喝点儿茶,刘远航当然求之不得。

不待陈思泡好茶,刘远航就问:"两位老弟,你们觉得我们这个园区的景观该是如何处理?"

陈思反问:"远航,你喜欢什么风格?"

刘远航说:"从赵诗涵的楼书上看,她希望是偏一点儿中式的,但是我们的建筑风格是地中海风格,是不是有点儿不搭?我想听听陈总的意见。"

陈思说:"远航,很简单,不用太刻意强调风格,看不到楼根儿就是效果好的景观。"

刘远航一下子就被点醒,如果人的正常视线里看不到楼体,尤其是楼根儿,那不就是与在公园里走是一样吗。

陈思继续说:"你省点儿设计费,把那部分钱买点儿好树种,一定要在显眼的主景观区域去密植,强大的色彩冲击会让人忽略形式,把设计重点放到主广场上。别的公司给的是未来,我们应该给的是现在!"

宇轩说:"咱们园区,不叫枫丹白露吗,怎么少得了枫树呢?"

刘远航说:"这种树长得太慢,胸径大的枫树可不便宜。"

宇轩说:"思哥,水灵姐不是在枫树村吗?在那里买点儿大树应该便宜吧?对了,你那天让我看照片,水灵姐家不是就有一大片枫树吗?"

陈思没有回答,宇轩毕竟年轻,没有看出陈思内心的不悦,但是刘远航听到宇轩这么说,就赶紧对陈思说:"老弟,你也好久没见你妹子了,要不这一半天,咱哥儿俩开车去趟枫树村?"

陈思确实很想念水灵,倒是没拒绝刘远航,掏出手机说:"我给水灵打个电话吧,看看她什么时候方便。"说完便拨通水灵的电话,几声

"嘟、嘟、嘟"的电话提示音之后,电话那边传来水灵清澈又略带疲惫的声音。

"哥,你怎么还没睡觉哇?"

"嗯,宇轩和地产公司的刘总在我这儿喝茶呢,你那边忙活得怎么样了?"

"哥,你订的一百箱煎饼快摊完了,我算了一下,这一个月,能挣一万多呢,哥,真都卖出了吗?不是你自己拿钱吧?"

"真的有人买,你放心。刘总想和我去趟枫树村,这几天你哪天方便?"

"哥,你要来呀,太好了!周末吧,我忙完了这两天,找人把猪杀了,回头给咱爸妈带点儿笨猪肉,给宇轩、刘总也带点儿。"

"好,你别太累了,煎饼早一天晚一天的不急。"

"知道啦,你不用惦记,我挂了哈。"

陈思随手把电话扔到茶桌上,说:"宇轩,你水灵姐要给你杀猪呢,这周末,你跟我和刘总一起去呀。"

宇轩兴奋地说:"好哇!"旋即就失望满脸,说,"哥,我还真去不了,这周末,外地要来两个开发商谈合作,你忘了你介绍的,贾总、林总?"

陈思拍了拍脑门儿说:"我还确实忘了,那你自己招待吧,我就不和他们见面了,远航,周六早上七点半,你来店里找我吧。"

刘远航没想到还会有这意外收获,满口答应。

3

周末早上七点,刘远航开着大吉普来到陈思的茶店,接上准备了一大堆东西的陈思。两个人在高速上行驶了两个多小时后到达县城,再下高速继续行驶了二十多公里的山路。冬天,又赶上有点儿阴,温度倒是不太低,好像还要下雪,吉普行驶在山路上,周围时而密林,时而雪原,景色在黑白灰中不断变幻着。

刘远航看着窗外的景色说:"这要是秋天来,景色可得老漂亮了。"

陈思说:"其实现在的景色也还好,你看到现在的景色就会理解,为什么国画的写意山水都是黑白灰了。但是确如你说,秋天是最美的,金色的稻浪,火红的枫林,我一回到枫林村就感觉来到梦境,再回到奉州,就感觉是回到了现实。"

刘远航说:"你有多少年没来这里了?"

陈思说:"十多年了吧,马上就到枫林村了,只是水灵家要穿过村子再绕过前面那个小山包,绝对的世外桃源,这条路过了水灵家就快到头了,终点是个小水库,原来这儿还有三四户人家,现在好像就剩水灵一家了。"

刘远航笑道:"这里也时兴动迁吗?"

陈思说:"像这种小村子,现在都成空心村了,小伙子都不愿意待在村里,基本上都出去打工了,不然连媳妇都娶不上,其实多数女孩子也都跑城里打工去了,眼界一开,也都不愿意回来,村里就剩下老人和孩子了。"

说话间,大吉普已经绕过了小山包,一间土坯瓦房就出现在不远的山谷里,房子的烟囱冒着袅袅的炊烟,木制篱笆院的大门开着,一个女人的身影正在门口小院里的一棵大枫树下向陈思他们来的方向眺望。陈思指着那个女人说:"远航,那个就是水灵妹子。"

车在门口停下,陈思和刘远航两个人跳下车,水灵已经迎了上来。水灵笑着喊道:"哥,你们来了呀,呵呵呵。"屋里又走出一老一小,祖孙俩,水灵的父亲张叔和水灵的女儿小叶子。

陈思指着刘远航说:"水灵、张叔,这位是刘总。"

张叔连忙问好,水灵说:"哥、刘总,赶紧进屋吧,外面冷。"

陈思说:"先把给你们带的东西搬到屋里去。"

陈思、刘远航、水灵搬着一堆东西进了屋,水灵家的房子是典型的老房子,一进屋先是大厨房,左右各一个大铁锅,东面的铁锅还噗噗地冒着热气,飘出来炖鸡的香气。

几个人把东西放到了西屋,进了东屋。屋里烧得热乎乎的。水灵和张叔招呼着两个人坐在炕上，水灵拉过女儿小叶子走到陈思面前说："丫头，快叫大舅。"水灵的女儿小叶子已经八九岁了，还有点儿腼腆，怯生生地叫了声"大舅"就躲到张叔的身后。

张叔拉着陈思说："哎哟，一晃就有十年了吧，你一点儿也没变，就是头发白了，孩子你是不是太累了。"

陈思说："原来挺累，现在不累了，现在不做设计了。"

张叔说："也行，干啥不吃口饭，设计太熬心血。刘总啊，咱这儿冬天冷，你脱鞋上炕头坐着。"

刘远航说："不冷，屋里挺暖和。"

陈思看着水灵的女儿问水灵："孩子学习怎么样？"

水灵乐呵呵地说："还行！"

张叔接过话来说："这孩子，跟水灵小时候一样，就是学习好，这个期末，又考了第一。"

陈思说："好，将来一定要考个好大学。"

水灵说："我也老是这么跟姑娘说，可别像她妈窝在这山沟里。"

几个人聊一会儿家常，看已经十一点了，张叔就对女儿说："哎呀，别聊了，你赶紧去做菜，陈思、刘总来一回可不容易，中午我们爷儿几个得喝几杯。"

水灵从西屋拿出一捧梨干放在一个小铁盆里说："刘总，你们总抽烟，一会儿让你们尝尝这个煮的水。"边说边倒水放到铁盆里，放了多半盆水之后，把铁盆放到屋里的火盆上，就出去忙活了。

刘远航坐了一会儿，说："陈总，你帮水灵忙活忙活聊聊天，我很少来农村，张叔你陪我出去转转呗。"

张叔说："行啊，就是大冷天的怕你冷。这要是秋天来，到咱家房后那片枫树林里一坐，抽抽烟喝喝茶多好。"

刘远航说："想爬爬山，呼吸一下山里的空气。"

陈思知道刘远航是想去看看那片枫林，也没反对。张叔对外孙女说："孩子等你妈饭做好了，你就来喊我们。"

陈思说："别走太远了。"

两个人走了之后，陈思来到厨房，水灵说："哥，你进屋炕头上躺一会儿烙烙腰。咱妈咱爸怎么样，怎么没一起带来住两天呢？"

陈思说："老妈还行，但是老爸的老年痴呆症越来越严重了，现在有的时候都不认识我了。"

水灵边干着活边说："哥呀，咱爸咱妈在农村住惯了，要不夏天送到这儿吧，我帮你照顾你还不放心哪。"

陈思说："你还得照顾你爸，还有孩子，哪有精力。"

水灵说："没事呀，孩子可懂事了，哥呀，摊煎饼这么挣钱哪？这个月我算了一下，平均一个月能挣八九千，要是干上一年，饥荒都能还完，还能攒点儿钱。"

陈思说："好东西，就会有人认，只是怕你太累了。"

水灵说："累啥累，总比按摩轻松，至少能睡个好觉！明年夏天，就让咱爸妈过来住一段，天冷你再接走，每天晚上在院里枫树下吃饭喝茶多好。"

水灵把另一个锅也烧上了，对着屋里正在摆碗筷的女儿说："姑娘，你去把你刘舅和姥爷喊回来，准备吃饭。"女儿答应一声跑了出去，水灵又问："哥，那个刘总是干啥的？"

陈思说："房地产公司的总经理，宇轩的客户，这次来是想买你们家后山的枫树。"

水灵说："那能卖几个钱哪，我有点儿舍不得，再说别一折腾再给挪死了，怪心疼的！"

陈思说："妹子，卖几棵也行，能卖点儿钱。"

水灵放下手里的活，抬头环顾了一下这个老房子，点点头说："哥，其实如果煎饼这么好卖，没几年，我就能在城里买个房子了，到时候让孩子在城里上个学，这农村的教学质量也不行，每年镇里中学也就能有几个考上高中的，我可不想让女儿像我一样，一辈子窝在大山沟里。"

陈思点点头，知道水灵说得有道理，笑着问道："不去干按摩了？"

水灵笑着说："哥，不去了，我也不知道摊个煎饼这么挣钱哪，早知道，早摊了，哈哈哈。房后的枫树卖就卖吧，只是我爹不喜欢在城里住，我也怕再给老头儿憋出病来，把这个房子翻盖了，我爹也能高兴。但是要盖房子，还得花儿力块钱，进城买房就得耽误一年。"

陈思说："妹子，这样，你们家盖房子的钱就我出吧！"

水灵说："那可不行，我家盖房子，怎么能让你出钱呢？"

陈思说："妹子，我现在想在农村买块宅基地政策都不允许，我一直想买块地，按照自己的意愿建个房子，你哥毕竟是建筑师，这可是你哥心中一直的梦想。房子盖完了，每到夏天，我也能带着父母过来住几天，多好。这个事，你就听哥的吧，也不用跟你爹说明白，老人家会不自在，你们住，就当替我看房子了……"

水灵看着陈思还想说点儿什么，陈思接着说："就当是我请你爹帮我看房子了，我还不用给钱，多好。这个事就这么定了，回去我就研究一下方案，除了住的地方，还得给你弄个摊煎饼的房间。"

水灵见陈思这么坚决，也没再说什么，忙活着手里的饭菜，陈思则坐在锅台边的小板凳上往灶坑里添着柴火，和水灵聊着，伴着厨房里水灵麻利的切菜声……

丰盛的午餐开始了，满满的一大桌子，炖笨鸡，红烧肉炖干豆角，自己家做的肉肠和鸡蛋肠，酸菜炖血肠，红薯炒土豆干，拌蕨菜，大白菜蒸的丸子……陈思看着这些菜，心想，水灵妹子这是把年货都做了吧。

端上了饭和菜团子，水灵又往陈思的碗里夹了几块鸡肉，陈思把筷子往碗里一插，顿时知道了，碗里依然有自己爱吃的鸡胗。

水灵并没有吃几口，见陈思、刘远航和父亲聊得开心，就带着女儿出去忙活了。吃完饭，水灵给几个人泡了陈思拿来的茶叶，几个人又聊了一会儿，张叔说："陈思呀，刚才刘总说要买咱家几棵树，你看这，用就拿呗。"

陈思笑着说："刘总有钱。"

张叔这才勉强同意。

水灵这时进屋说："哥，给你和刘总带了点儿猪肉、煎饼和黏豆

113

包，还有宇轩的。"

陈思说："煎饼和黏豆包，我们留下，猪肉我们不带了，城里又不是没有猪肉，你们自己留着吃吧。"

刘远航说："谢谢水灵妹子，他不要都给我，哈哈哈！"他从包里掏出两万块钱，放到炕上，"妹子，我先留两万块钱算是定金，刚才和陈总商量了，开春我来移走五十棵，总共是十万块钱，等来车拉树时，把剩下的钱给你。"

张叔、水灵死活也不肯收下刘远航的钱，推搡了半天，陈思说："妹子，收下吧。"陈思知道，这个价格并不算低，而且刘远航还得自己雇车。

水灵一家三口送陈思两人到门口时才发现，车边立着三个尼龙丝袋子，里面装着满满的东西，刘远航打开后备厢，还没等他动手，水灵就麻利地把三个袋子扔到了车上，陈思刚要说话，水灵拉开车门把陈思推上车，说："哥，你下次来，带上咱爸咱妈。"说完就关上了车门。

刘远航把车掉了个头，摇下车窗，挥手向水灵一家人告别，开车离开了水灵家。直到车开到了小山包，陈思回头看看，水灵一家人仍然站在门口，陈思知道水灵那恋恋不舍的眼光会一直盯着自己直到吉普车绕过山包……

十 三

1

12月下旬，那天应该是星期四。宇轩终于等到了大师姐孙丽丽的电话，宇轩的方案被确定为实施方案，并要求宇轩当天下午赶到开发区管委会汇报方案。

刚到孙丽丽办公室，还没说几句话，开发区党委办公室主任小杨就敲门进来了。

带着宇轩，后面跟着孙丽丽，来到了书记办公室。宇轩一见到书记就是一愣，这个书记不是当年的刘区长吗？

孙丽丽上前介绍："刘书记，这是奉州原美设计公司的马总，开发区广场的方案就是他做的。"

刘书记伸出手握了一下宇轩的手，说："马总辛苦了，坐！"

刘书记把宇轩让到了长条沙发的中间主位，自己拽了一把椅子坐在宇轩对面，杨主任和孙丽丽站在刘书记身边，刘书记一挥手，示意两个人也坐下。

到底是心思单纯的年轻人，宇轩从包里掏出了文本，放在茶几上，脱口而出："您是刘区长吧，您还记得我吗？"

听到宇轩这么问，刘书记一愣，看着宇轩，孙丽丽赶紧说："马总，什么刘区长，这是刘书记！"

宇轩没理孙丽丽，而是对刘书记说："您还记得几年前，研究沉陷区的生态景观改造研讨会，您冲着市长大拍桌子，说在沉陷区上做景观是扯淡！气得那个市长当时休会了十分钟，我们两个在卫生间抽烟，我还跟您要了您的电话！我当时很钦佩您，敢于说真话！"

刘振国一听哈哈大笑："有那么回事，你后来还给我打电话拜年呢，最近两年就断了联系了。好了，讲讲你的方案。"

宇轩打开文本，开始介绍起自己对于这个方案的理解和构思，孙丽丽略有紧张地听着。没几分钟，刘书记就打断了宇轩的介绍，说道："马总，整体方案，我看挺好，就是细节上还是再研究一下，一定要控制造价，我们得对老百姓负责！孙局长，你还有什么要补充的？"

孙丽丽摇头说："书记，我没什么要补充的。"

刘书记说："小杨，你明天跟马总把设计合同签了，现在去食堂安排点儿饭菜，晚上留我的小校友在这儿吃饭，我还有事要听听马总的意见。"

杨主任走后，见宇轩一脸狐疑，孙丽丽说道："宇轩，刘书记原来也是我们学校的老师，那年省委组织部面向全省通过考试选调正处级干部，刘书记可是考了第一名！"刘书记很显然对于这段历史很自豪，听完哈哈大笑起来。

吃过了晚饭，几个人又回到了刘书记的办公室，刘书记就直接进入了正题。

刘振国说："老弟呀，开发区的广场倒是设计完了，明年开春就动工，可是开发区总体规划，我一直不满意，太小气！"接着指了指会议室墙上挂的一大堆设计院做的总体规划，"你看看这做的什么玩意儿，道路都开到鱼塘里去了。"毕竟是建筑学出身，刘振国很有专业水准。

宇轩说："书记，我先看看地形图，再看看那几家的设计。"

说完仔细地研究上了桌面上的地形图，看了一会儿，又看了半天墙上的地形图，合计了一会儿，从包里拿出一个大速写本，速写本里画满了宇轩的草图，直到最后几页才露出空白页，他又掏出一个帆布笔袋，这个帆布笔袋跟随了宇轩多年，像个子弹带，里面插满了各种颜色和形状的笔。

刘振国拿起宇轩的草图本翻了翻，转身说："孙局长，你看看你师弟，你的那点儿功底都就饭吃了吧？"

孙丽丽连叫惭愧，也确实，大学时的作业多半都是立峰帮着做的，毕业后更是压根儿都没碰过什么设计就直接进了市规划局，几经辗转，几经努力才做到区城建局局长。

宇轩说："刘书记，从功能上讲，我看这些方案也渗透着政府的意图，就是开发区是由居住区和产业区组成的，从路网的结构上看，也注意到了与老城区主要道路的连通。"

刘振国说："对。"

宇轩说："只是这些设计，对地形的研究和尊重不够，过度强调了新老区的联系，而忽略了开发区应有的特色。"

没想到刘振国说："好！老弟，大哥没看错你，你小子有思想！你接着说。"

宇轩诚恳地说："刘书记，我希望这个开发区是个有活力可持续发展的区域，所以启动区就应该有一个好的项目来拉动，不能轻易决策。"

刘振国问："老弟，你有什么想法？"

宇轩说："刘书记，我觉得除了产业区和居住区，还应该增加一个农业旅游业观光区。"

刘振国听到这，眼前一亮，急切地说："老弟你快说说。"

宇轩并没有急于说出自己的想法，而是用铅笔在纸上飞快地画起了草图，一边画，一边大致给刘振国几个人简单地讲了一下想法。

孙丽丽和刘振国都是专业出身，暗自称赞宇轩的草图功底，就那么几眼就那么几笔，比例基本准确，方案构思精巧，浪漫又不失理性。杨主任更是觉得，这哪是画草图哇这是画画！

刘振国还没等宇轩画完就说道："太好了，宇轩哪，你小子不白给！"

宇轩看了看画好的草图，说道："书记你看，在居住区和产业区之间的这块地，是一片湿地，地势最低，但是因为有河流和鱼塘，景色最好，完全可以打造一个公园。公园建成了，周边的地价也会随之上涨。"

刘振国点点头又摇头道："现在政府财政很紧张，要是做这么大一个公园，恐怕钱紧哪。"

宇轩说道："我觉得可以做一个婚纱摄影公园，政府投资一部分基本设施，可以按照总体规划，找一些影楼和婚庆公司合作，现在可是挺流行草坪婚礼。"

几个人一直聊到晚上十点，思路也越来越清晰。

刘振国对宇轩说："老弟呀，再次见面，你小子进步了，你得给大哥当好顾问。你回去后，我让孙局长把地形图的电子版发给你，你按照今天的思路大致做个规划，不用太细，提概念就好，至于婚纱摄影公园，你可以按照你的想法先做个方案。"

看时间已经很晚了，刘振国便让杨主任安排住处，宇轩坚持要求回奉州，几个人拗不过宇轩便送宇轩到了楼下，鸣了一下笛，开车离去。

2

宇轩在与刘书记几个人研究方案时，胜男带着高菲正在昔归茶舍向陈思汇报开业一个月来的情况。

"每周一哥"的名号看来确实不是盖的，魅力绝不浪得虚名，开业以来，还是有很多前男友念及旧情，在看到年历封底上胜男的大名和联系电话后纷纷给胜男送来打印任务，虽说任务还不是特别饱满，但是胜男相信，自己的服务、自己的设备会让生意越来越好。

胜男喝着茶，略显疲惫的脸上带着充实的喜悦，反倒是高菲有些沉默不语，在一旁听着胜男兴致勃勃的介绍。

陈思见状，便问："高菲，你怎么好像有心事？"

胜男也觉得自己的闺密和以往不太一样。

高菲低着头，轻轻地说："大叔，我有点儿困惑了。嗯，大叔，胜男就这么辞职了，这么多年的建筑学不是白学了吗，多可惜呀，她学习还那么好。现在就成打印社老板了。"

陈思说："大学时所学的专业像一座桥梁，你通过这座桥梁走向河对岸，等着你的也许有好多路，并不一定只有一条路可以走。如果胜男不是建筑学毕业的，她会研究开图文社吗？你和胜男不同之处在于，你更喜欢设计，这是你的工作，也是你的爱好，这其实是最幸福的。一个人肯于频繁而轻易地放下一个工作，一段感情，甚至是理想，只有一个原因，那就是不够爱。"

胜男倒也没生气，说："对于建筑学这个专业，我肯定是没有菲儿喜欢，我觉得就是一个工作。"

高菲点点头："嗯嗯，我很喜欢做设计，很喜欢草图从笔尖流淌出来的感觉，可是我有点儿怀疑，会不会有一天我也会像胜男一样，选择干别的去了。"

陈思说："你很有设计天分，也许将来会去设计服装，会去设计珠宝，也不一定哟。只是你需要更高的学术视野和更大的平台。"

高菲说："大叔，我其实想考研或者出国。"

陈思说："嗯，虽然宇轩是我的朋友，但是如果你想继续深造，我还是支持的。"

高菲说："大叔，你觉得是出国好呢，还是考研好？"

陈思说："我们都是普通家庭的孩子，考虑问题不能太自私了，父母把你培养到大学已经很不容易了，其实父母就是希望你平安快乐，能常常见到你。而且，出国又需要一笔不菲的费用，如果想深造，我倒觉得你考个好大学的研究生，同样有出国学习的机会。"

陈思想了想又说："建筑学的头四所吧，清华，同济，东南，天大，你挑一个，我觉得你没问题！"

高菲说："真的假的？"

陈思肯定地说："当然是真的！请你相信老师的眼力！考上清华了，北京的机会会更多，更适合你这样的创作型人才。"

高菲说："大叔，我想工作到明年6月合同到期了，就辞职备考。"

胜男拉着高菲的手说道："亲爱的，我舍不得你走。"

高菲本想说点什么，发现门开了，从外面走来一位美女，是销售策划公司的赵诗涵。

高菲见过赵诗涵，但是不知道赵诗涵来找陈思有什么事，就拉起胜男,起身向陈思告辞。

赵诗涵这周很忙,心情也很坏,这种坏心情,倒不是因为忙,而是感觉自己有点儿春心萌动。

赵诗涵是个极自负的女人,刚到这家销售代理公司的时候,赵诗涵只是最底层的工作人员,可是凭借自己的努力,赵诗涵慢慢地从员工做到了部门经理,又从部门经理升到了营销总监,今年更是直接做了副总,俨然公司的二把交椅。

赵诗涵知道,这一切除了自己的聪明和努力之外,还离不开另一个人的信任和提携。这个人就是自己的老板,郑朝东的同学王君。

王君是个聪明人,自己的老婆孩子都在国外,每年都要飞到国外待几个月,这么大一个公司没有一个信任的人来管理怎么能让人放心。赵诗涵在工作中的表现越来越得到王君的信任和欣赏,再加上不俗的长相,这让王君慢慢打上了赵诗涵的主意。

女孩子总是虚荣的,随着赵诗涵在公司地位的提高,赵诗涵的身上也越发地珠光宝气。员工开始慢慢怀疑这个赵总是不是已经成为二老板娘了,而这正是王君希望看到的,其实这也是赵诗涵希望看到的。赵诗涵知道王君的意思,但是赵诗涵的可怕之处在于明知道自己被利用了,却不怕被利用,能被人利用证明自己是有价值的,同时自己也确实得到了实惠。只是赵诗涵也有自己的底线,别人爱怎么想怎么想,我干我的工作,至于你王君想让我成为情人,你还差点儿斤两,毕竟你不会为了我赵诗涵抛弃你的家庭、你的孩子。

但是这两周与宇轩几次接触后,赵诗涵发现自己慢慢地开始时常想念那个才华横溢而又单纯的宇轩,每次见到宇轩,赵诗涵都会产生一种负罪感,好像自己很配不上宇轩。而自己几次示好,宇轩好像并没有多么强烈的回应。赵诗涵决定拜访陈思,了解点儿情况,先要弄清宇轩是不是还单身。

陈思把胜男和高菲送到门口,关好了门,招待赵诗涵坐下,并倒好了一杯热茶,问道:"赵总是有什么事找我吗?"

赵诗涵说:"快年底了,一直忙,想给一些客户准备点儿礼品,茶叶蛮好的，就想到陈总了。"

陈思笑着说："谢谢赵总照顾小店生意，您坐，您想选点儿什么茶？"

赵诗涵说："陈总，您别您您您的了，我比你小，现在不是工作时间，叫我妹妹或者诗涵都行。"

陈思说："您还是我的顾客，尊重是应该的。说说看，想选什么茶，什么价位？"

赵诗涵说："我个人比较喜欢铁观音。"

陈思说："我这儿没有铁观音，有类似口味的乌龙茶，给你先泡一泡尝尝。"

赵诗涵看着陈思烧水洗杯的时候，貌似随口地问了一句："宇轩不总来吗？"

陈思头都没抬继续忙活着手里的茶杯问："赵总是想找宇轩吗？"

赵诗涵连忙摆手掩饰一下自己的情绪说："不是，不是，就是随口问问，陈大哥，你似乎不太喜欢铁观音？"

陈思给赵诗涵倒了一杯泡好的乌龙茶，说："我对茶没有特殊的偏好，都挺喜欢，所谓'茶无上品，适口为珍'，我只是觉得铁观音的香气太浓了，有一点点浮躁！"

听到陈思有意无意地这么一说，又看到陈思正用深邃的眼神盯着自己，赵诗涵感觉到自己的心思早被陈思看穿，同时也在用茶暗示了一个他给自己的评价，赵诗涵再也喝不出什么茶香了，只想早点儿离开这个小茶店。

十 四

1

周五傍晚，员工都下班了，宇轩仍然一个人坐在大屏幕前看地形图，看着自己那张潇洒的草图，心里构思着婚纱摄影公园的方案。

但凡是学设计的，都会有些孤芳自赏，这是陈思说过的话。所以多数建筑师很反感甲方改动自己的方案，遇到一个像刘书记这样能给予自己极大创作自由度的甲方是不容易的，宇轩觉得自己是幸运的，自己满意的方案偏偏甲方也很欣赏，这让宇轩很是兴奋，更盼望的是有了刘振国书记的支持，自己的设计事业能再添上亮丽而浪漫的一笔。

宇轩又想起陈思还说过，当孤芳自赏的建筑师被要求改图时，通常是以两种方式来对付甲方：一种叫技术胁迫，就是告诉你这东西是规范规定的，必须坚持；另一种叫恶意顺从，既然甲方依然坚持修改方案，那就随你便吧，你豁得出死，我就掏得出时间埋，只是这一方式如果遇到了什么麻烦，甲方一样会不讲道理地反问你，我不懂你还不懂吗。宇轩想着陈思说这番话时的神态，不禁暗自得意，看来自己现在还不用拿出这两个无奈的手段，又似乎觉得自己离大师的距离又近了一步。

门突然开了，赵诗涵拎着水果进屋了，见宇轩正看着大屏幕，把水果放到了桌子上，问宇轩："你怎么还在工作，这是什么呀？"

宇轩看到赵诗涵来了，忙起身说："诗涵，你怎么这么有空？"

赵诗涵并没有回答宇轩，而是指着大屏幕说："啊，这个草图画得太漂亮了，真有感觉！"

听到赵诗涵这么说，宇轩来了精神头，给赵诗涵讲解了这两天的经历，重点当然是自己看到地形图后，如何灵光一现，才思泉涌地画了这张草图，并如何得到了书记的赞赏。

如果一个男人喜欢在一个女人面前大谈自己的能力业绩时，多半是希望这个女人崇拜自己，获得崇拜的目的自然是为进一步俘获女人的芳心，至少赵诗涵是这样认为。

这几天，赵诗涵一直期盼宇轩能主动联系自己一次，但是对于自己的示好，宇轩好像没什么感觉，自己又不好太露痕迹地主动，昨天晚上冒失地去找陈思弄得挺尴尬。今天下班，实在也不想找什么借口了，就直接来找宇轩了，毕竟幸福从来都应该掌握在自己手里。

宇轩滔滔不绝地讲着，赵诗涵面露微笑眼含崇拜地迎合着，这个男人一旦讲起了设计是这么兴奋，这么投入，那么他一旦陷入爱河呢？赵诗涵想想就心潮澎湃。

讲了半天，宇轩才想起应该让赵诗涵到办公室坐坐，喝杯茶，而且都已经晚上七点多了，也不知道是否该请赵总吃顿饭呢。宇轩把赵诗涵让进了自己的办公室，烧了水，泡了一壶正山小种，给赵诗涵倒了一杯，自己也倒了一杯，讲了半天，宇轩还真有点儿渴了。

赵诗涵并没有喝茶，而是对宇轩说："宇轩真替你高兴，你的才华……"刚讲到这，电话响了，赵诗涵掏出电话，盯了电话几秒钟，才按了接听键说了一句："喂，哦，我在外面，嗯。"就挂断了电话。这一简短的对话，并没有引起宇轩的注意。

据一位有多年备胎经验、多次被脚踩两只船的资深老光棍儿的科研总结，一旦约会中，你的约会对象接电话时说出了"喂，哦，我在外面，嗯"这句话时，基本上你已经陷入了一场三角恋爱的暧昧中。

"喂，哦，我在外面，嗯。"这句话包含了这样一些信息，来电话的是异性，接电话的人约会的是异性，接电话的人不希望来电话的人知道自己在干什么，因为不方便说，又不想当着约会对象向来电之人撒谎；这句话又隐藏了一些信息，隐藏了地点、人物、事件；同时还暗示了一

123

个信息,别再问了,再问你就是没风度了!直白地说,就是接电话的人脚踩两只船,犹豫不定,据说,准确率在百分之九十八以上。理由很简单,如果是同性来电话,接电话的人会说:"亲(哥们儿),我谈点儿事,一会儿打给你。"如果约会的同性,接电话的人更会直接地说:"跟闺密(哥们儿)在一起呢!"绝对理直气壮!男女通用!

给诗涵打电话的人是她的老板王君。赵诗涵面对自己心仪的男人却突然接到这个不合时宜的电话,难免会有些心虚,对两头都心虚。这种心虚让赵诗涵的赞美之词一时有点儿说不出来,赶紧喝了一口茶来掩饰一下。

宇轩确实没看出什么异样,问了问现在未来地产的情况,马上元旦了,准备怎么度假之类的事。正准备问赵诗涵吃没吃饭时,宇轩的电话响了,来电话的是大师姐林叶青老师,宇轩大方地接起电话,并没有刻意回避赵诗涵。

"喂,宇轩哪,还在公司?"

"嗯,师姐。"

"老弟,你现在是不是没有对象?"

"嗯,这一段太忙了,哪有时间处对象!"

"姐再给你介绍个对象,女孩的条件很好,也是学设计的,海归哈,比你这土鳖强多了,家里条件也好。"

"哈哈哈,是吗,人家能看上我吗?"

"我老弟差什么,这样吧,你们加个QQ,先聊着,觉得合适再见面。"

"行,谢谢师姐总替我操心。"

精明的赵诗涵听出了这是有人要给宇轩介绍对象,强挤出一丝微笑说:"宇轩,这是要相亲吗?"

宇轩满不在乎地说:"我都相亲相麻木了,走个过场别让我师姐的好心白瞎了,对了,赵总,你还没吃饭呢吧,我请你吃火锅去吧。"

赵诗涵说:"不去了,我其实是约了个朋友在附近咖啡厅,还有点儿时间就先上你这儿来喝杯茶,现在时间也差不多了,我也得走了,刚才那个电话就是告诉我他快到了。"临出门时,又补了一句,"水果在会议室,别忘了吃,别太累了。"说完转身不舍地离去。

看着赵诗涵进了电梯,宇轩突然觉得自己肚子饿了,想到好几天没见到陈思,决定去看看老大哥,顺便想听听陈思对婚纱摄影主题公园的想法。

2

宇轩走进昔归茶舍时,陈思正在速写本上画着什么,见宇轩拎着两包方便面,便问:"你怎么还没吃饭?"

"没有,刚才赵诗涵跑我办公室坐了一会儿,本想和她一起吃,她还有事走了。"宇轩一屁股坐在陈思对面回答道,"馋方便面了,哥,给我弄个碗,我泡袋面,咱俩边吃边聊。"

陈思说:"别泡了,我给你煮吧。"

宇轩说:"我在大学时吃得最多了,一熬夜画图就得吃泡面,吃得直恶心,可是偶尔还是馋!"

陈思说:"对呀,哪个建筑师的肚里没几箱方便面哪。"说着,又从冰箱里拿出西红柿、香菜、大葱、一根黄瓜和一个辣椒,不到一分钟就切了一堆细丝,看得宇轩连连称赞。

水烧开了,陈思先是飞快地打了两个鸡蛋,又把两袋面饼下到锅里,又打开调料包,放了进去,并把西红柿也下到了锅里,看着面已经彻底煮好了,才下了黄瓜丝和辣椒丝,把面盛到大碗里后,又撒上了葱花和香菜末。红红的西红柿片,白绿相间的黄瓜丝和辣椒丝,深绿色的香菜末和葱花,再配上两个荷包蛋和面,散着清香,勾引着宇轩的食欲。

宇轩边吃边说:"哥,和你一比我活得太糙了,你吃个方便面都这么讲究!嗯嗯,这绝对是我吃过的最好吃的方便面。"

陈思笑着说:"其实,很多时候,生活就是这样,多几分努力就多几分美味。"

陈思暗想自己吃过的最好吃的面条，应该是那年水灵给自己煮的手擀面吧，尤其是就着那盘蒲公英咸菜，还有那几朵美艳的蒲公英花……

立峰不约而至，打断了陈思的回忆，立峰一脸的春风得意。见到宇轩也在，笑着挨着宇轩坐下，问道："吃什么呢，这么香？"

宇轩连忙说："哎呀，祝贺王教授脱单了，怎么没把嫂夫人带来？"

立峰说："她晚上医院值班，本想带她来见见思哥你们两个的。"

陈思突然问："宇轩，那个赵诗涵，是不是对你有点儿意思？"

立峰并不知道这个赵诗涵是何方神圣，转向宇轩。

陈思对王立峰说："这个赵总是一个销售代理公司的副总，看来轩少爷是感情事业要双丰收了哈。"

宇轩说："哥，你这么一说，我好像突然觉得她对我是有那么点儿意思，又是送饭又是送水果的，看来小弟我最近命犯桃花，晚上大师姐林叶青还来电话要给我介绍对象呢。呀！我说赵诗涵怎么有事走了呢，估计是生气了，哈哈哈。"说完，一仰脖，把剩下的半碗方便面汤都喝进了肚子。

陈思说："总是感觉这个赵总心机挺重，宇轩哪，可以相处、了解，但是不要一下子确定关系，免得陷得太深。"

宇轩对立峰说："王大教授，你这回知道了我思哥为啥一直老光棍儿了吧，在他眼里就没好人。"

陈思并没有反驳，而是问宇轩："你这次去梅城开发区顺利吗？"

宇轩兴奋地说："顺利！还遇到了一位非常赏识我的领导刘书记。除了这个广场，还安排我做一个新区的总体规划，规模很大，大概得十平方公里呢。"

立峰看着宇轩问道："你现在总体规划也能做？"

宇轩笑着说："给钱我什么都能做！再说以前规划院做的方案我都看了，就是开路网呗，一点儿特色都没有，我要让学规划那帮人看看建筑大师是怎么做规划的！"说完拿出一张地形图，向陈思和立峰介绍起自己的思路。

听完宇轩的介绍，陈思并没有多兴奋，反倒是摇了摇头，说："这个新区的规模太大了。"

宇轩满不在乎地说："事在人为，思哥，我觉得刘书记是个有魄力的领导，而且，通过启动区的设计，我相信新区会有一定的活力。"

陈思反问道："就因为你设计了一个公园？"

宇轩说："不仅仅是这个公园，但是这个公园肯定会给地价带来提升，环境带来改善吧。"

听到宇轩这么说，陈思淡淡一笑，不再给宇轩泼凉水，而是看着地形图抽着烟。

立峰也觉得这个开发区有点儿大，但是还是想听听宇轩对于公园的构思，便问宇轩："那你想怎么设计这个启动区的公园呢？是什么主题呢？"

宇轩说："我想做一个婚纱摄影公园，就是投资很少，刘书记想干一个大一点儿的公园，但是政府又没有钱。"

陈思说："很多时候钱不是问题，粗粮细做呗，不是有咱们才华横溢的大师在嘛。"

宇轩说："钱我不管，我只想做个作品，思哥，你想啊，如果我设计的公园建成了，每年我都带着老婆孩子去拍一组照片，哎呀，看着家人和自己的作品一起长大，多浪漫的一件事，想想都兴奋。"

陈思说："是挺浪漫。"

立峰以一个过来人的身份说："其实你是没照过婚纱照，一天从这个外景折腾到另一个外景，男的还好点儿，女的还需要换衣服化妆，这一天下来能累死，到最后都没心情了。所以，你这个公园一定要是一个一站式公园。里面要有一些配套服务区，更衣，化妆，卫生间，配套餐饮。"

宇轩说："对，但是规模得控制一下。"

陈思说："其实照相嘛，需要的无非就是背景和背景墙，有时候，一大面砖墙也能照出很漂亮的照片，所以你多在景墙上做做文章，这样投资会减少很多。配套餐饮建筑也可以做成各种国外风格的，现在流行的什么西班牙地中海的，景观小品也可以，很多老百姓一辈子也没出过国，到你这儿拍组照片也挺好。"

立峰说："思哥，你说得太对了，我们教学时往往更重视功能组织，却很少考虑墙的情感设计，宇轩你好好考虑一下你思哥的建议。"

宇轩点点头，对陈思说："嗯，大哥，你说得对，你对成本比我有研究，到时候，我方案出来后，你大概帮我看看。"

3

离开陈思和立峰两个人后，宇轩没有回家，而是直接回到了公司办公室。陈思的想法让他很受启发，他心里好像突然有了一点儿灵感，又有点儿模糊不定。

坐在电脑前，宇轩习惯性地打开QQ，发现几分钟前，赵诗涵刚刚在空间发表了一篇日志，并配发一张照片，照片是赵诗涵在一片薰衣草花海里的侧影，夕阳、花海、双手合十，照片里的赵诗涵，冷艳中带着几分孤独。日志是一首现代诗，好像在对着宇轩诉说一个少女的心思。

> 如果我们相爱了，我想你带我去登山看日出，青山绿水映朝霞，永远是最美的一幅画；
>
> 如果我们相爱了，我想你挽着我去海边，看大海的碧波荡漾，看海鸥自由翱翔，在温暖的微风中，你轻抚着我的长发；
>
> 如果我们相爱了，我想你拥着我坐在校园的操场上数星星，共同追忆我们的青春年华；
>
> 如果我们相爱了，我们要彼此温柔地对待，把对方当成手心里的宝贝，手牵手一起走过岁月将青丝染成白发；
>
> 如果我们相爱了，我想告诉你，娶我时，把婚床上铺满红枣、花生、桂圆和莲子，寓意着早生贵子，幸福一家；
>
> 如果我们结婚了，我想和你朝夕不分开，每天在你温柔的注视中醒来，在你爱的滋养下，我会永远貌美如花；
>
> 如果我们结婚了，我想你揽我入怀，告诉我，不完美，并

不可怕，只要有你在，我什么都不怕，我愿陪你走天涯；

如果我们结婚了，我想每天和你在温暖的灯光下，共进晚餐，聊聊工作，谈谈孩子，锅碗瓢盆、柴米油盐一样可以奏出爱的神话；

如果我们结婚了，我想和你生好多好多的孩子，我们一起在草坪上嬉戏、玩耍，听着儿女们清脆的笑声，看着他们的笑颜如花；

如果我们老了，我还想和你手挽手坐在藤椅上，看着我们的儿孙慢慢长大，笑谈似水流年，共赏庭前花；

如果我们老了，我希望你还能把我当成手心里的宝，帮我理理凌乱的白发，在我耳边呢喃着老掉牙的悄悄话……

宇轩被这段文字深深感动了，在他看来，这就是赵诗涵写给他的，这个干练的赵总，居然有这样细腻的内心和对婚姻美好的向往，宇轩有一种很想把赵诗涵抱在怀里的冲动，然后告诉她自己很想娶她。想到这，宇轩突然很想给赵诗涵回一封信，他想告诉赵诗涵，他喜欢她，想娶她，会给她一个完美的人生，把自己心中的一切美好都给她，按照赵诗涵的格式，宇轩迅速地也写了一首自己的心声：

如果我们相爱了，我想告诉你，娶你时，我会把屋里屋外贴上各种喜字，喜庆的红色中，看你幸福的笑脸，羞涩地垂下；

如果我们相爱了，我想带你去看小桥流水，白墙黛瓦下吟唱专门为你写的诗，还有讲不完的情话；

如果我们相爱了，我想挽着你一起在水边的大台阶上，看湖光山色，在温柔的光线里，轻抚你的长发；

如果我们相爱了，我想拥着你，在圆形的露天剧场里看电影，数星星，当我在白色的柱廊下向你求婚时，身边能突然涌起激情的水花；

如果我们相爱了，我想用鲜花为你编成美丽的花冠，用荷叶为你裁条长裙，粉白色的荷花化作薄薄的婚纱；

如果我们相爱了，我想用薰衣草装点马车，把你接到教堂，林荫路上，满是紫色的牵牛花；

如果我们结婚了，我想拉你到环形的花廊下，告诉你不完美并不可怕，两人在一起，哪儿都是家；

如果我们结婚了，我想和你经常去咖啡屋小坐，听听音乐，聊聊人生，告诉你，生活除了工作，还应该有琴棋书画；

如果我们结婚了，我想能带你和孩子，在林霭里漫步，在花田里跳舞，在草坪上玩耍，看着慢慢转动的风车，听着风铃脆响几下；

如果我们老了，我想能还跟你坐在葡萄架下，看着孙儿慢慢长大，湿地里，也许会飞来几只凑趣的野鸭；

如果我们老了，我想为你在水边建一座小屋，为你养几只天鹅，看它们在水里亲昵地嬉戏，听它们偎依着，讲述爱的神话……

　　写完这篇情意绵绵的告白时，宇轩异常激动，因为他发现，他无意间写了一篇设计说明，如果按照这个设计说明来安排这个公园的景观节点，那么一个公园一定会是一个充满感情和故事性的公园，想到大哥陈思的建议可以做一个墙的主题的公园，宇轩的设计灵感好像一下子被打开了，他感觉他设计的公园就在脑海当中，而每一个场景，都有着赵诗涵身着婚纱的浅笑，而这个公园就是自己向赵诗涵求婚的礼物。想到这种种美好，宇轩再也控制不住自己的创作激情，兴奋地拿出纸笔跑到大桌子上疯狂地画起草图来。

　　公园的基地一个长长的带状地形，一侧是大面积的湿地和水面，一侧是一条乡村公路。宇轩把这个长长的带状用地分成三个大区：一个区是现代风格景观小品为主；一个区是欧式景观小品为主，一个小型的地中海风格的建筑群就在这个区之中，功能是婚纱摄影的配套用房和一些餐饮用房，这个区的中心是一个小礼堂，小礼堂的正面是大片的草坪，可以用来做草坪婚礼，小礼堂的背面是一组环形大台阶，这些台阶利用高差一直下降到水面，水面上是一个圆形舞台，站在舞台上，会发现这些大台阶其实就是个小露天剧场的座位，同时在水边还特别安排几座荷兰的大风车，让这个区域充满异域风情；最后一个区是中式园林景观区，入口处是大量字体各异的红双喜字景墙，往里走白墙黛瓦，小桥流水，并结合水面做了亭台楼榭，形成另一个小型餐饮区。

最能显示宇轩设计才华和激情的是现代风格景区中一组红色钢结构景墙的设计，更准确地说，这是几条贯穿三个分区的迎亲红丝带，这几条红丝带若隐若现地出现在三个不同的分区内，把三个风格不同的分区紧密地联系到一起，远远看去，这些红丝带灵动地穿越花原林海，有的高高地穿越树干之间，有的消失于地下又从另一个区域转了出来……

在一张草图中，宇轩描绘了一个这样的场景，结合红色景观墙的是一组钢结构台阶，顺着墙体的高低变化，游人可以沿着台阶走到半空中，穿越树冠，去抚摸清香的槐花，宇轩把这个称为林霭漫步；这几条红丝带也同样若隐若现地出现在湿地区域，沿着红色景墙架设的栈道可以走入湿地，倾听水鸟清脆的鸣叫……

宇轩就这样充满激情不知疲倦地画着，这一夜，宇轩忘记了饥饿，忘记了困倦，偶尔抽支烟还没抽到一半时，就又冒出新的灵感，便赶紧掐灭烟头，继续画着。就这样从周五半夜一直画到了周日上午，才觉得实在是又困又累，躺在沙发上睡着了。

宇轩感觉没睡多久，就被一阵猛烈的砸门声吵醒了。宇轩一激灵站了起来，发现天都快黑了，这一觉竟睡了六七个小时，门外传来陈思焦急的声音："宇轩！宇轩！你在里面吗？"

宇轩赶紧跑出去把锁着的门打开，见外面是陈思、胜男、高菲三人。

陈思大声说："你个小兔崽子，你爸妈打你电话你不接，都把电话打到我那儿啦！还以为你丢了呢！"

宇轩揉了揉眼睛，才发现桌面上已经调到静音的电话上显示着二三十个未接来电。

陈思说:"你赶紧先给父母回个电话,别让他们着急,你没事就好。"

宇轩拨通电话,当然少不了挨母亲一顿训斥,但是宇轩的母亲听到宇轩没事又和陈思在一起,嘟囔几句就放下了电话,宇轩向陈思做了个鬼脸,表示没事了。

胜男和高菲这时已经来到大桌子前看到那一大堆草图,高菲发出一声惊叹:"啊!老大,这是你这几天画的呀?太酷啦!!!"

宇轩骄傲地说:"三十个小时画的!"

宇轩拉着陈思一起来到大桌子前,给几个人兴高采烈地讲起他的构思来,但是关于那段写给赵诗涵的表白却只字未提,只是说想把景观设计当中加些故事性和情感,几个人都赞不绝口,尤其是对那几片红色墙体穿天入地的精彩构思,几个人更是赞叹宇轩的设计激情和天分,宇轩则恨不得马上就叫全体员工上班,早点儿把草图转化成模型、效果图,甚至是全景动画。

胜男看到宇轩兴奋的表情似乎看出点儿什么,便问陈思:"大叔,宇轩少爷怎么有点儿发情的迹象呢?"

陈思微微一笑,没做回答,高菲也看着宇轩,宇轩说:"胜男,你怎么就永远改不了你这八卦的个性呢?"

十 五

1

不出陈思意料，宇轩和赵诗涵开始了不太频繁的约会。宇轩很忙，心思都用在了这个婚纱摄影主题公园的设计上。宇轩是个浪漫的人，要把这个公园用全景动画表现出来，作为宇轩心中最珍贵的礼物，他希望赵诗涵看到自己的作品，并向她求爱，告诉她自己会像自己承诺的一样，给赵诗涵一生幸福；赵诗涵也很忙，毕竟同时周旋于两个男人之间，是需要点儿智商和情商的，安排不好，档期重合就不太好解释了。赵诗涵是个贪心的女人，至少在她眼里，一个小设计公司老板的收入还不算可观，所以她暂时还离不开王君。

这一段时间以来，马宇轩忙得不可开交，倒是刘远航成了陈思店里的常客。陈思是刘远航的知己、高参，至少刘远航是这么认为的。但是谈到如何拿下奉州艺术大学的音乐学院和美术学院这个话题时，陈思却很少发表意见，有的时候甚至有意无意岔开话题。

两个人在一起时，刘远航会说得更多一些，多数时候，陈思都在静静地听，偶尔发表一下自己的观点，但是每个观点都很独到，只有谈到专业问题时，陈思或会多说一点儿。在不断交谈中，陈思慢慢知道了刘远航的心思，这也是个有上进心或者说有野心的家伙。

2008年的最后一天，12月31日，这个晚上刘远航又来找陈思了，还带来一个三十五六岁的女子，经刘远航介绍，陈思得知这个女子叫江曼，奉州艺术大学的一名正处级干部，女高音歌唱家，而且至今还是单身。

刘远航和江曼坐下后，对陈思说："陈总，我和江处今天来是想正式邀请你明天去大剧院听音乐会。"

陈思说："什么音乐会？"

刘远航说："未来地产主办的'奉州艺术大学音乐学院名家音乐会'，音乐学院的几个知名教授都会登台献艺，我们这位美女处长也会献唱一首。"

江曼和陈思是头一次见面，所以只是微笑着点点头，表现得多少有些清高，似乎并没有瞧上这位茶舍小老板，而陈思则心里明白，刘远航已经通过这个江曼开始了自己的营销工作。借着倒茶的机会，陈思看了一眼江曼，这位江处长是个标准的美女，皮肤白皙细嫩，鼻梁高挺，下巴尖尖的，整个脸庞配上五官绝对精致完美。

刘远航喝了一口茶说道："陈总，江处跟你一样，也是从农村靠自己的努力考出来的，那故事相当励志！来来，江处，你讲讲。"

江曼笑了，妩媚地说道："哪有刘总您说得那么夸张，励什么志呀，我一个中专生，能保送到奉州艺术大学，绝对有运气的成分，老天太眷顾我了。"

刘远航说道："能留校任教，并能当上处长，那可不是全靠运气呀，江处长绝对还是有水平啊。"

江曼说："哎呀，刘总，别说我了，还是喝茶吧！"

陈思看着江曼，突然觉得这个女人很像赵诗涵。对于这样花枝招展的女强人，陈思并没有什么兴趣，低头又泡了一壶茶，拿出烟来，递给刘远航一支，自己也点上抽了几口，江曼稍微皱了一下眉，但是很快脸色就回归平静。几个人闲聊了几句，江曼就起身告辞，刘远航把江曼送到路边江曼停车的地方，又聊了十几分钟才回到陈思的茶舍。

重新坐到陈思的对面，刘远航问："陈总，感觉怎么样？"

陈思说："什么感觉怎么样？"

刘远航说："这个江处长可是单身！"

陈思说:"不怎么样!"

刘远航说:"既漂亮,又聪明能干,多好哇!"

陈思说:"刘总您这是借着给人家介绍对象的机会套近乎!"

刘远航倒是坦诚地承认,说道:"如果能成就一段佳缘,何乐而不为呢?"

陈思说:"我喜欢简单的女子。"

刘远航不屑地说道:"你怎么知道人家不简单?"

陈思说:"我不相信什么神话,本身她一个中专保送生能留在高校任教就已经很不容易了,她在高校工作没几年就混成处长那就更是奇迹了,你要说她是靠能力我是真不信!你看她满脸都动过刀,哪还有一点儿我们农村人的质朴。她看我基本上都是用鼻孔在看我,这可不是一个有修养有内涵的艺术家应该有的做派。"

刘远航点点头,说道:"你说得也对,反正哥哥是好心,你可别把我想得太过功利。"

陈思笑了笑,说:"刘总的好意我心领了。能结识这个江处长,看来刘总已经开始了营销工作,并且比较顺利。"

刘远航抽着烟笑了,面露得色,说:"正在有条不紊地进行吧,希望能一切顺利,这个江处长和你的事情那就看缘分吧。陈老弟呀,我是真欣赏你,如果我有一天要自己干了,还是希望你能帮帮老哥。"

陈思还是淡淡一笑:"又来了,刘总。"

又喝了几杯茶,又是一阵小沉默,陈思极少见地挑起了话题,问刘远航:"远航,你是不是有想法要单干?"

刘远航说:"陈思老弟,不瞒你,我听着是个总经理,小股东,其实我这个总经理,说实话,就是个大办公室主任,一个大秘书。很多事情,我就是早请示,晚汇报。最主要的,毕竟我和郑朝东差了十多岁,我们的发展思路太不一致,我毕竟才四十多岁,我还想再干点儿事。"

与其他开发公司董事长和总经理不同的是,郑、刘两人还有另一层关系,郑朝东是刘远航的大舅哥,郑朝东的妹妹是刘远航的妻子,毕竟是亲戚,郑朝东一成立未来地产公司就拉来了刘远航,并分给刘远航百分之十股份。

但是这百分之十股份刘远航并没有花钱买，在刘远航看来，自己这个小股东的身份不过是大舅哥所表达的一种笼络自己的手段，自己这个小股东在项目决策上并没有多少话语权。至于股东分红，能分多少，什么时候分，那还得看郑朝东的意思，所以这个股东更好像一个荣誉称号，远不如多给点儿工资奖金，甚至不如自己卡点儿设计或者施工、材料等方面的回扣来得实在。所以刘远航总在暗自找机会自己单干，除了资金短缺这一因素外，没有自己的技术班底也是一个问题，遇到陈思后，刘远航一下子找到了为自己保驾护航的最理想人选。

说陈思理想，在刘远航看来有两个原因！第一这个陈思看问题眼光独到；第二，这个陈思的知识面宽，对设计的理解相当深，不是一个只会画透视的建筑师，这个人懂得成本控制，更懂得前期的方案策划。刘远航知道自己虽然也是学设计出身，但是专业水准离陈思还差着十万八千里，有这样一个复合型人才给自己保驾护航，自己如果单干，有事时能听听不同的声音，对自己的事业绝对是有帮助的，至少在前进的道路上不会跑偏太多，走过多的弯路。

两个人喝着茶，抽着烟，刘远航因为音乐会的举办，情绪很高，畅谈着自己的理想，陈思则是淡淡地笑着，听着。

2

对于有些人来说，每逢佳节很闹心。

宇轩知道自己的一众手下都很闹心，毕竟元旦了，谁都想放个假，可是算计着时间，宇轩还是要求这个假期取消，方案组全员加班；胜男也很闹心，元旦了，还是得对各位送活的前任有所表示，带着虎子三人送了一天礼，想到马上就到春节了，更闹心；赵诗涵也很闹心，在2008年的最后一天，赵诗涵真想陪在宇轩身边，哪怕只是对面坐着，听听音乐喝喝茶，可是偏偏自己的老板王君把公司的年会安排到了今天晚上。

赵诗涵公司的年会分成三个部分：三点半到五点半是公司员工的表彰大会并伴有员工的文艺节目；五点半到八点半，是聚餐；九点由老板在奉州最大的KTV请公司全体员工唱歌。赵诗涵，很是惦念宇轩，这个单纯热情的建筑师一定是在公司加班呢。从一到年会会场，赵诗涵就开始装得病病歪歪，为提前离去做着铺垫，但是赵诗涵也知道，KTV一定要到场的，不去就是不给老板王君面子。

赵诗涵惦记的宇轩确实在公司加班，宇轩对于婚纱摄影主题公园的方案相当重视，元旦前所有方案细节必须定案，以便留下两个星期做全景动画表现。晚上，除了宇轩仍有包括高菲在内的五六个小建筑师在加班，虽然加班饭是每人五十块钱标准的盒饭，但是依然弥补不了小员工内心的创伤，大年底的谁不想和心上人去听个新年钟声啊。

"轩少爷，奴家给你拜年了！"不知道是什么时候，胜男拎着两瓶红酒走进了宇轩的办公室。

宇轩一见是胜男，便说："这么晚了才想起送礼？"

胜男说："最重要的必须最后送啊，我说轩少爷，你也太没人性了吧，这都马上就2009年了，你就不能早点儿给同志们下班哪？"

宇轩刚想说什么，却发现赵诗涵正站在办公室门口深情地望着自己，顺着宇轩的眼光，胜男也发现了赵诗涵的到来。

胜男立刻说道："老板，我是不是可以让同志们下班了？"

宇轩拿胜男没有办法，又很想和赵诗涵单独待一会儿，就挥挥手示意胜男同意下班。胜男的个子本就比赵诗涵高上几厘米，这个臭丫头故意婷婷袅袅地从赵诗涵面前走过，看都没看赵诗涵一眼，走到建筑组的办公室，大声叫道："老板圣旨，下班！"喊完了，直接拉起高菲就走，回头还不忘告诉安然，"把菲儿的电脑关了哈。"办公室里则是一片欢腾。

宇轩的员工在半分钟之内全都消失了，宇轩摇摇头有点儿无奈地苦笑着，见赵诗涵还站着，赶紧让诗涵坐下开始烧水泡茶。

赵诗涵说："别泡茶了，我待不了几分钟，就是过来看你一眼。"

宇轩问："还要忙？"

赵诗涵说:"公司年会,一会儿要去唱歌,我不到场不好,嗯,你这段时间怎么瘦了?"

宇轩满不在乎地说:"瘦了吗?这个方案做得很过瘾,我很想把它早日呈现出来。"

赵诗涵说:"我也很期待,看了你的草图,我就觉得很美。"

宇轩说:"建成了会更美。"宇轩充满自信和希望地说,说完静静地看着赵诗涵。

赵诗涵也看着宇轩,内心充满了纠结,赵诗涵很明白,如果宇轩真的是一个值得托付终身的人,那她只有放弃王君,放弃现有的工作。

宇轩这个时候真的很想抱抱赵诗涵,告诉她自己很喜欢她。但是浪漫的宇轩还是想等这个公园的全景动画出来后,在公司的大屏幕上放给赵诗涵看,他想给赵诗涵一个浪漫的表白。

赵诗涵的电话响了,她接起电话,只是说了句:"哦,好,一会儿就到。"显然公司那边已经订好了包房。

赵诗涵站起身来,无奈地说:"宇轩,我得走了,你不抱抱我?"说完,绕过茶几,不待宇轩同意,就抱住了刚刚站起来的宇轩,只是几秒钟,赵诗涵松开了宇轩,拎起皮包,柔声地说:"宇轩,我走了,你自己早点儿回家休息,送我到电梯口吧。"

宇轩把赵诗涵送上了电梯,赵诗涵转过身来,只是深情地看着宇轩,电梯门缓缓关闭,宇轩心中满是柔情,没想到,平日干练的赵诗涵,还有这么温柔多情的一面。

送走赵诗涵,宇轩回身走进办公室的大厅才发现绘图室的角落里,好像还有电脑亮着,心中暗骂:"这帮小屁孩,又忘了关电脑了。"走进绘图室,宇轩打开灯,一个娇小的身影突然站了起来,是小员工安然。

宇轩问:"你怎么还没回家?"

安然吐了一下舌头:"老板,您那草图看着是真帅,可是建模也太费劲了,全是不规则曲面,就得一点点地照着您的感觉建,还得不断修改,我怕您不满意,就在这儿加班弄会儿,没耽误您吧?"

宇轩知道,分活的时候,肯定是最麻烦的活又安排给了安然,就对安然说道："行了，今天都这么晚了，早点儿回家吧。"

安然却执拗地说："老大，你先走吧，我今天怎么也得把这个弄完，明早上您好看一下。"

宇轩见安然这么坚持，心里也想看看这个模型做得怎么样，就在安然身边的一把椅子上坐了下来，对安然说："让我看看，我帮你研究一下模型怎么建。"

安然指着电脑说："老大，这几个地方我总是感觉有点儿不太对，没有你草图的那种感觉。"

宇轩说："你们这帮小孩，求职时都写着熟练掌握各种绘图软件，你们的那种掌握在我看就是简单了解！起来，让你看看多年老建筑师的建模水准，让你知道知道什么叫熟练掌握！"说完让安然起身，宇轩自己坐在了电脑前熟练地操作起来，并一边操作，一边给安然讲解，各种命令的实用技巧。

安然见到宇轩飞快地建着模型，由衷佩服地说："老大，我什么时候能像你一样这么快呀！"

宇轩说："其实安然你很用功，但是工作光是用功还不行，还得用心，你的进步已经很大了，可比你刚来时强太多了！"

安然高兴地说："真的呀，老大？你的鼓励是我最好的新年礼物！"

宇轩笑了："你对新年礼物要求也太低了！那我再夸你两句，把春节礼物也送你吧！"

3

胜男和高菲两个人毕竟是闺密，一走出办公室，高菲就发现胜男的表情有点儿异样，凭着对闺密的了解，高菲大概猜到了几分胜男的心思。

高菲说："姐，你该不会是有点儿吃醋了吧？"

胜男说："我？怎么可能，我一个80后，会吃一个70后的醋？"

高菲说："嘴硬呢，我替你看着呢，这几天，老板天天加班，那个赵总没来过几回，应该是刚开始约会，你还有机会！不行，就主动出击！"

胜男说："本小姐从来都是被人追。追人，不会！"

高菲说："不过，那个赵总看着比你可风骚多了。"

胜男说："风骚谁不会呀，我只对我的老公风骚，不过你放心，他俩成不了！"

高菲说："你怎么知道成不了，你看俺们老大瞅着赵总的眼睛，都喷火了！"

胜男说："直觉！"说完点了一下高菲的鼻尖，接着说："咱俩去看看老师大叔吧，好久没见他了，还有点儿想他了呢，拉着他一块去喝酒。"

高菲说："你该不会是受刺激，移情别恋陈大叔了吧？"

胜男说："别瞎说，只是觉得跟陈大叔比较亲，你没看吃火锅时，他看咱俩的眼神，是慈爱，好像我们两个是他的孩子，不掺杂男女之情。"

高菲说："又是你的直觉呗！"

胜男说："我的直觉一向很准！"

两个人说着聊着，一会儿就走到了陈思的昔归茶舍。茶舍的门关着，屋里柔柔的光线让人觉得温暖宁静。

一进屋，胜男就叫道："大叔，这怎么一屋子烟味儿，你抽了多少烟哪？"

陈思正在收拾茶具，大茶台上已经被收拾得干干净净，几本书压在桌旗上，几个茶杯被擦拭得熠熠生辉。见到两人进屋，便说道："刘远航刚走，这么晚了你们两个怎么来了？"

胜男说："想请大叔去喝酒，展望明年。"

高菲说："学建筑的，大叔应该是最立整的一个，啊，这几盆花的叶子也刚擦过吧？"

陈思笑了笑，"嗯"了一声。

高菲突然想起陈思曾经说过的一段话："热爱生活从来都是一种态

度，虔诚地感谢上苍赐予的一丝一缕、一花一叶、一粥一饭，认真地做好该做的事，善待身边那些你所有的遇见。"

胜男刚想开口约陈思一起去喝酒，门一开，从门外走进来一个穿着羊绒大衣的女人，陈思一眼便认出来这是几年未见的师姐徐晓燕，赶紧站了起来说："燕姐，你今天怎么有空过来了？"

徐晓燕说："今年公司年会，就在这附近，我就顺道过来看看你，再订点儿茶。"说完看了看屋里的两个小美女，眼神中似乎在询问这都是谁。

陈思赶紧介绍："这两个小姑娘都是我学生，胜男、高菲，你们两个赶紧向我最尊敬的大师姐问好。"

胜男和高菲向徐晓燕问了声好，也没有多说，就指了指外面示意两个人先走了，并做出了一个打电话的手势，陈思点点头，见两个小姑娘转身离去，徐晓燕脱下大衣坐到陈思对面。

徐晓燕最是关心陈思的婚姻情况，刚坐下就直接问道："陈思，你还单身一个？"

陈思边给徐晓燕倒茶，边点点头，嗯了一声。

徐晓燕喝了一口茶，说道："刚才那两个小丫头不都挺好嘛，随便抓一个呗！"

陈思笑了笑说："燕姐，你别乱点鸳鸯谱，还都是小孩呢。对了师姐，你和姐夫的公司怎么样啊？怎么突然自己干了呢？"陈思转换了话题。

徐晓燕神色一黯："陈思，你知道，我头一个孩子是脑瘫，前年，你姐夫逼着我跑美国又生了一个，现在两个孩子，再加上保姆，这生活负担可挺重，所以你姐夫就想多挣点儿。"

陈思笑着说："那燕姐你现在可是美国人她妈呀？这个小美国人，是男孩还是女孩？"

徐晓燕说："老大、老二都是女孩，你姐夫现在发疯了一样地接活，就想给两个女儿多留点儿钱，我本来是不想生老二的，你姐夫说，怎么也得给老大再留下个亲人，我觉得也是，将来我们老了，老大谁管哪。"

陈思点点头："也挺好，姐夫想得挺长远。对了燕姐，你们公司现在活多吗？公司现在是什么资质？"陈思问这个，还是想看看徐晓燕和马宇轩有没有合作的可能，在陈思心中，如果马宇轩安心研究方案，徐晓燕两口子组织施工图，虽算不上是强强联合，但也算是优势互补。

徐晓燕说："活还挺多，零七碎八的，你姐夫什么活都接，我们现在没有设计资质，是挂靠在北京他大学同学的一个甲级设计公司下面，算是一个分公司吧。我和你姐夫都是搞技术的，经营真不是我们强项，现在有的活，画图不难，难的是处理与甲方之间乱七八糟的关系，这不过了元旦就是春节了，一大堆人需要答对。"

陈思点点头，看着自己的大师姐，大师姐的眼角明显已经有了皱纹，看来是很劳累。

徐晓燕看着陈思不说话，又说道："陈思，你说你，好好的大学老师不干，卖什么茶叶呀，真是搞不懂你，今天不跟你说了，我得赶紧回家看看老二去，最近总是发烧，也不知道怎么回事。"说完站起身穿上大衣，又对陈思说："你给我准备点儿红茶，不用太贵的，但是包装漂亮一点儿，给我准备一百份，我过几天派人过来取。"说完，转身离去。

十 六

1

一转眼，时间就到了2009年1月16日，星期五，离与刘书记约定的汇报时间还有三天，婚纱摄影公园的设计表现工作已经接近尾声。这半个月以来，宇轩每天加班加点地工作着。这期间，赵诗涵来看过宇轩两次，都是坐了几分钟便借口怕影响宇轩工作而匆匆离去。宇轩不但没有怪赵诗涵，反而觉得赵诗涵是个懂事的女孩子，并暗自自责，从认识赵诗涵到开始约会，好像两个人没去过别的地方，都是在自己的办公室。都说恋爱中的女人智商趋近于零，其实认真恋爱的男人的智商也高不了哪儿去，尤其是自认为学了建筑艺术的理工男。

本来1月初，婚纱摄影公园的设计就做好了，如果找一家成熟的效果图及动画公司来进行渲染表现，一周左右就能完成，但是宇轩知道，这个成本太高了。这个公园设计毕竟还是方案阶段，能否得到刘书记首肯还是未知数，所以表现效果要好，但是成本也要控制。

宇轩发动全公司的建筑师，能建模的建模，会渲染的渲染，对于动画的镜头选择，宇轩更是提前设定好了脚本，所有的场景模型都由宇轩审核、定案、渲染，带着高菲、张桐等小建筑师，愣是用PC机渲染出了七分钟的公园全景动画。

整个汇报短片时长十分钟，由七分钟全景动画和三分钟分区典型效果图组成：前七分钟的动画由各个分区的典型景观和公园全景组成，公园全景更是按照季节的变化，来表现整个园区的色彩和构图，背景音乐配的是林海的《踏古》，凭着对于建筑景观的感觉，宇轩在剪辑时减去了《踏古》中锣鼓喧天比较闹腾的一段音乐；后三分钟的典型效果图则配上旁白，就是宇轩写给赵诗涵的那首现代诗，点明公园的设计构思和立意，配的背景音乐是雅尼的《一个男人的梦》。

　　下午三点，整个全景动画的后期编辑已经全部结束。在公司大会议室里，宇轩把公司全体员工都召集到一起，共同观看这个耗时接近一个月的作品。大屏幕上闪动着优美的画面，音箱里传来动听的背景音乐，当听完宇轩那首配着乐曲《一个男人的梦》的小诗时，全体员工无不陶醉于这个迷人的设计，并自发鼓起掌来。就这样一连看了三遍才结束。

　　宇轩知道自己的小员工都很累，所以提前给全体员工下了班，自己坐在大屏幕前又反复看了几遍短片，心里想的全是在赵诗涵看过短片后，自己如何向她表白这一个月来的相思之情。

　　看看时间已经快五点了，宇轩准备约赵诗涵晚上来公司，表白完了，再一起共进晚餐，过一个值得记忆的周末。宇轩掏出手机，拨通赵诗涵的电话，没想到的是，电话刚响了一声就挂断了。一分钟后，赵诗涵给宇轩发了一个短信，短信的内容是："正在开会，会很晚，不方便接电话，晚一点儿联系！想你！"宇轩本已失落的心情当看到最后"想你"那两个字时，顿时又变得明媚起来。

　　那就等吧！

　　给父母打了个电话后，宇轩躺在了沙发上，回味着自己的设计，憧憬着晚上与赵诗涵的见面，竟迷迷糊糊地睡着了。

　　宇轩一激灵醒来的时候发现已经晚上八点了，跑到卫生间洗了个脸，刷了个牙，人立马清醒了起来。宇轩在和赵诗涵聊天时，知道了赵诗涵的办公地点，为了方便，她还在写字楼后面的公寓里租了一个两居室。想到从认识到现在一直都是赵诗涵来公司找自己，今晚何不主动一点儿，给诗涵个惊喜，宇轩决定开车去等赵诗涵下班，反正也不算太远，闲着也是闲着。

很多时候，惊喜和惊吓是互相转换的，这个道理宇轩也是后来才明白的。按照赵诗涵所说的地址，宇轩找到了办公楼，也找到了公寓。这两栋写字楼和公寓其实是一个开发商开发的，前后间距五六十米。天冷，马路上的车和人都很少，宇轩找了个路边停车位，把车停好，等在赵诗涵回家的必经之路上，宇轩并没有打开车灯，而是望着前方，等待赵诗涵出现。

对于焦急的等待来说，四十分钟很漫长，宇轩望了望写字楼通往公寓的路上，还是没有赵诗涵的身影。看到马路对面有一家便利店，宇轩决定买包烟，再买盒口香糖——万一一会儿表白后来个激情勃发的热吻，一嘴烟味儿就有些煞风景了。

宇轩打开车门，点了一下自动锁门，习惯性地回头看了一下车尾，却被眼前的一幕惊呆了——离自己不远的一辆奔驰车里，一个中年男子正搂着赵诗涵亲吻，而赵诗涵正微闭着双眼，一脸陶醉的样子……

宇轩的大脑轰的一下变得一片空白，麻木地走过马路，随着一声刺耳的急刹车声，一辆轿车急停在宇轩身边，车主摇下车窗大声骂道："你他妈不要命了?!"宇轩连头都没回，继续麻木地往前走，走进了街边的便利店。宇轩叼着烟，从便利店里走出来时，发现对面赵诗涵坐的那辆奔驰车已经开走了，远处一个背影正急匆匆地走向路边的公寓。

宇轩扔掉手里的烟头，打开车门，无力地坐在车座上，关上车门，摇下车窗，又点燃一支烟，吧嗒、吧嗒使劲地抽了两口，一时不知道何去何从，极大的期望瞬间反转成巨大的失望、震惊，这种经历，宇轩还是头一回经历。宇轩把抽了几口的烟扔到窗外，手却不自觉地从烟盒里又掏出一支，顺手点上，闭上眼睛深吸一口，随即发动了自己的轿车。就在这时，扔在副驾驶车座上的电话响了，来电话的是赵诗涵。宇轩盯着电话看了一会儿接通了电话，电话里传来赵诗涵故作镇定的声音。

赵诗涵说："喂，宇轩，你在哪儿呢？"

宇轩说："哦，我在单位加班。"

赵诗涵说："别扯了，我都看到你过马路了，怎么那么不小心，差点儿被车撞到！我在公寓大堂呢，你来找我呀？"

宇轩沉默了一会儿说:"好,我这就过去。"

宇轩走进公寓大堂时,赵诗涵正在沙发边站着,羊绒大衣和皮包放在沙发一侧,紧身的羊绒衫强调了凸凹有致的身材。见宇轩走进了大堂,赵诗涵快走几步,紧紧地抱住了宇轩。

赵诗涵抱着宇轩,嘴里轻声地说道:"宇轩,我很累,真的很累。"

宇轩轻轻地推开赵诗涵,说:"累了,就上楼休息吧。"

赵诗涵放下自己的双手,低头说道:"宇轩,能陪我在沙发上坐一会儿吗?"

宇轩默默地走到沙发前,转身坐下,并没有看赵诗涵,而是又掏出烟来点上,抽了一口。赵诗涵紧挨着宇轩侧身坐下,眼睛紧盯着呆视前面茶几的宇轩。半天,两个人都没说话。还是赵诗涵打破了两个人之间的沉默。

赵诗涵说:"宇轩,你怎么不问问我,那个人是谁?"

宇轩苦涩地摇摇头说:"不想知道,也没必要。"

赵诗涵说:"那个人是我的老板,我不想活得太辛苦,但是我有我的底线。"

宇轩看着赵诗涵,问道:"你的底线是什么?上床?"

赵诗涵扭过头,低声说:"你不明白。"

宇轩说:"我确实不明白,凭着你的智慧和努力,你会赢得别人的尊重,也会赢得金钱,可是,可是,唉,我确实不明白!"

赵诗涵没有回答。

宇轩接着说道:"我会努力工作,努力赚钱,我赚的钱也都会给我将来的妻子,我勤奋、聪明,不相信会过不上好日子,只是我希望我未来的妻子也能和我一样,靠智慧和勤奋干干净净地挣钱。"

赵诗涵好像被宇轩的话刺痛了,突然转过身来,高声说:"宇轩,你是建筑学研究生,设计公司老板,我呢?我只是一个中专生,我没有学历,没有家庭背景,除了勤奋和脸蛋,我还能靠什么?我挣的那点儿钱扛得了我妈的一场重病吗?扛得了我自己的一场重病吗?我没你活得那么干净!"

宇轩站起身来，冷冷地说："我还是想简简单单、干干净净地活着。"

说罢，宇轩头也不回地离开大堂，开车离去。

赵诗涵看着宇轩远去的身影，晕晕地走进了电梯，下了电梯后，打开公寓的门，便随手扔掉了手里的皮包，高跟鞋也没脱就一头栽倒在床上，赵诗涵知道，从此和马宇轩再也没有了任何可能在一起的机会。可是赵诗涵却没有眼泪，这就像一个轮回，多年前，自己也曾目睹自己的初恋情人和别的女人在一起亲热，从那个时候起，赵诗涵不再相信爱情，不再相信男人，对于赵诗涵来说，男人不过是她积累财富往上爬的一块垫脚石，只有不断地工作，不断地攒钱，看着自己银行卡内的数字在不断地变大，心里才会有那么一点儿安全感。遇到宇轩后，赵诗涵仿佛又找到了恋爱的感觉，但是这一切都在今晚的不期而遇中烟消云散。

2

陈思的店里今天客人不少，马上过年了，很多故交新朋都来店里喝茶订茶以备春节送礼之用，好不容易送走最后一拨客人，刚收拾完茶具准备闭门关店时，一辆轿车一个急刹车，停在了小院门口，车里走出一脸落寞的宇轩。

宇轩低声叫了声"思哥"就径直走进店里，一屁股坐在凳子上，低头不语。陈思关好店门，坐到宇轩对面，点了一支烟，又掏出一支烟扔到宇轩面前，看着宇轩，平静地问道："分手了？"

宇轩"嗯"了一声，捡起烟，点着抽了一口，摇摇头，苦笑着说："嗯，其实我连说分手的资格都没有，只是，唉。"说完，继续抽烟。

陈思也没再问，而是看着自己这位小兄弟，半个月不见，宇轩瘦了很多，神情也倍显疲惫。沉默中，陈思烧了一壶开水，拿出一块老茶头，认真地泡起茶来，泡好了，倒了一杯放到宇轩面前。两个人继续沉默着，好像屋里的光线都清冷了几分。

还是宇轩先开了口："思哥，好像什么都在你的意料之中一样，你就不好奇怎么回事?"

陈思笑着说:"我可没那么八卦,你呢,愿意说说,你就说说,省得憋在心里难受。"

宇轩还是忍不住把与赵诗涵的交往尤其是晚上的偶遇说了一遍,倒是绝对客观没有添油加醋,只是一脸委屈地边说边叹息,讲了二十多分钟。在宇轩痛诉时,陈思静静地听着,一句话也没说,只是偶尔给宇轩添添茶,或是平静地抽着烟,一直等到宇轩讲到最后,再不作声。宇轩则是喝了口茶就等待陈思的评判。

陈思见宇轩讲完了,递给宇轩一支烟,把打火机扔到宇轩面前,又给宇轩添了一杯茶,问道:"你的爱情故事讲完了?"

见宇轩"嗯"了一声,陈思说道:"你要是讲完了,就抽支烟,喝杯茶,回家洗洗睡吧,这几天也累坏了吧?"

宇轩委屈地看着陈思说:"大哥,你也不安慰安慰小弟受伤的心灵啊?我讲了这么半天,你两句话就把我打发了?"

陈思皱着眉,却笑着说:"安慰什么,你一个大老爷们儿,有什么大不了的,何况,我也不会安慰人,我怕我说完了,你连觉都没心思睡了。"

宇轩说:"大哥,我确实挺困惑,很想听听你的看法。"

陈思说:"好吧,你要是不怕再受伤,我就说说。你们两个呀,谁都没有那么喜欢对方,充其量,也就算个互有好感,如果真的喜欢,你一个堂堂男子汉,管他和谁约会呢,抢过来就是,男子汉,得有点儿血性!你看你呢,连个声都没敢吱,还差点儿让车撞了,真他妈给我丢脸!"

宇轩被陈思这么一说,失恋的痛苦少了一些,但是惭愧却增加了不少,是呀,自己当时都蒙了,但是确实没想过冲过去拉开车门,扁揍那个老男人一顿。

陈思见到宇轩面露愧色,问道:"还想让我继续说吗?"

宇轩点点头说:"哥,你说吧。"

陈思说:"我们太喜欢站在道德制高点上去评价别人,其实赵诗涵也并不一定就多不正经，她曾经的经历，也许还有许多坎坷，我们并不知道；但是你得知道，一个小女孩，一个中专生，能在竞争如此激烈的今天干到现在的位置，靠的绝不仅仅是脸蛋和胸脯。她可能更看重钱，更需要钱，但是不代表她没有感情。而且，即使单论感情，她也不见得就和她的老板一点儿感情没有，在我看来，她和她老板的感情甚至可能比你深，说句你不爱听的，人家两人有可能床都上过了，你们俩也就拥个抱，感情能深到哪儿去？毕竟你们两个才认识几个月，人家已经一起工作几年了，怎么可能就一点儿感情没有。"

宇轩反问道："哥，怎么听你这么一说，赵诗涵这么脚踩几只船还有理了？"

陈思说："我没说她有理，更不赞成婚外恋，这就像我们建筑规范中的强制性条文，是不可触碰的。赵诗涵是个有心机的女孩，从她来我茶店时，我就看出来了，只是没想到你们发展和结束得都这么快。她的问题是她想要的太多了，钱、爱情、社会地位，最可怕的是她认为自己太聪明了，可以在几个男人之间游刃有余。可以肯定地说，你有吸引她的地方，但也有她不满意的地方，所以你只是她的一个选择而已，而你小子，却把她当成了今后的唯一。其实你需要考虑的是，这样一个女子，是否适合你。"

宇轩失落地说："如果很理性地看，这样的人并不适合我，哥，你也知道，靠设计，能挣几个钱，尤其像我这样的小公司，哪是员工给我打工，分明是我给员工打工。但是，开始时，我确实认为我遇到了真爱，我现在都困惑了，什么是爱情啊，都不太敢相信了！"

陈思说："就因为这个人，这么点儿事，就不相信爱情了，你可真有出息。不过你要问我，什么是爱情，我也说不太清楚，你哥我也是老光棍儿。不过，我总觉得，你们年轻人感觉来得快，去得也快，在我看来，也就是喜欢再加上一点儿性冲动。我是觉得，爱应该像我们喝的普洱，随着年份的增加，历久弥香，甚至是越陈越香。对了，我老妈倒是给爱情下过定义，你想听听不？"

宇轩说："咱妈怎么说的？"

陈思说:"我妈是语文老师,用词很严谨,她说,爱情是两人愿意为了对方而使自己变得更加美好的一种内心力量。哈哈哈,你听听,严谨不,前提条件是愿意为了对方,是付出,而不是索取。我一次偶然机会,见过我爸跟我妈恋爱时给我妈写的信,就有那么点儿意思,内容确实很积极向上,全篇没有一句我想你我爱你之类的话,却能感觉到老爸努力地让自己更加完美,对我妈深深思念和眷恋,我妈和我爸异地恋了七年,我妈等了我爸七年,我爸也为了我妈放弃了前程。宇轩,如果为了赵诗涵,让你放弃你的公司你能做到吗?"

宇轩摇头说:"我可能做不到,我们父母那个年代的爱情,现在实在是太少了。"接着又没好气地说道:"如果我要是没个公司,那赵诗涵更看不上我了!"

陈思被宇轩气乐了:"看你那个熊样!唉,也是。这个年代,什么节奏都那么快,恋爱的节奏都是那么快,没有准备就开始了,没反应过来就结束了!哈哈哈,你说对不,宇轩大师?"

宇轩被陈思说得有点儿不好意思了,说道:"你这么一说,我好像自己也觉得其实我也没那么喜欢赵诗涵,也许,爱呀,喜欢哪,就那么一阵。"

陈思说:"我们都是建筑师,都学习了多年设计,我觉得哈,这个爱情,就像我们做方案,画效果图,你可以把方案做得异想天开,浪漫迷人,但是婚姻就像施工图,方案做得再好,你也得考虑结构、水、暖、电各专业的协调,还有造价,甚至是后期维护;作为一个建筑师,我们希望施工图能完美地完成方案的空间和构思,我做过那么多方案,建成作品往往实现度都是打了折扣的,但是你能因为这个就不好好做方案了吗?生活也一样,爱情再美好,走进婚姻也要面对柴米油盐。建筑不也是一样吗?一栋建筑建成了,还有内部装修和后期维护。所以我认为,好的婚姻应该是爱情的开始,而绝对不应该是爱情的坟墓。老弟,你是设计公司的老板,一个优秀的建筑师,我希望你能懂得,既要重视方案,又要懂得协调。"

宇轩听到陈思的比喻觉得确实很形象又很贴切,更能从陈思的语气中听出这位老师及兄长对自己的兄弟之情。这还是自从认识陈思以来，除了研究专业，陈思讲得最多的一次。

宇轩叹了一口气说道："大哥，我是有点儿不太成熟，心里真的装不住什么事，以后还望大哥多加指导。"

陈思说："指导什么？很多事情要靠你自己去感悟，你是个大男人，你应该学着成熟和豁达起来，其实你生命中每个人的出现，都是上天在给你一次思考的机会，有的人让你明白这个世界不全是美好，有的人让你感知这个世界的奇妙，至少赵诗涵的出现，让你做出了一个好的设计作品，不是吗？宇轩，我觉得，一种成熟乐观的生活态度应该是这样的，作为一个男人，你明明知道这个世界有黑暗，却依然怀揣光明，去善待别人，做好自己。"

说完，陈思又点了一支烟，同时递给宇轩一支，见宇轩点燃了烟，才问道："未来的大师，已经半夜了，你知道我为什么陪你聊这么半天吗？"

宇轩夹着烟，不解地问道："为什么？不是为了开导我吗？"

陈思笑着说："有时候，对于爱情这个命题，我都很困惑，开导你什么，我是想让时间告诉你，赵诗涵根本不喜欢你，更谈不上爱了！"

宇轩不服地问道："你怎么知道？"

陈思笑着说："傻弟弟，一个女孩子，如果真的很喜欢你，这么大的矛盾，她早该追到茶舍了，至少也应该打个电话，或者发个短信，你看看，有吗？明天开始，她只是我们合作公司的销售方，不要再抱什么幻想，抽完这支烟，回家好好休息吧，周末了，忙了这么长时间，明天该好好陪陪你爸妈了。"

十 七

1

2009年1月19日，开发区管委会大会议室里，坐满了人，全开发区副科级以上干部都被要求列席会议，会议主题是听取"婚纱摄影主题公园"的汇报及研讨。下午一点半，刘书记在短暂简洁的开场白之后，就示意宇轩可以开始介绍方案了，宇轩对着早已打开的投影开始介绍自己的方案。

宇轩的介绍是按照建筑师通常介绍方案的习惯开始的，先是现场分析，分析预定地块在开发区当中的地理位置，与城市的交通联系；然后分析了现场的地形地貌，大致说明了一下自己的构思，接着就是详细介绍公园的各个分区的平面。毕竟专业性很强，很多人听得一头雾水。方案介绍了十分钟，宇轩知道，自己该拿出撒手锏了——婚纱摄影公园的全景动画视频，开始了全景动画的播放。

随着一阵明快的鼓点，音乐从音箱中喷薄而出，与会人员的眼神瞬间被带到了画面优美流畅的全景动画视频上，屋里再没有了嘈杂声，这一刻，所有人都被动画吸引了，当动画播放到宇轩写的那首现代诗时，所有人都被这简单干净而情意切切的词句感染着，思绪都被带到宇轩营造的那份简单干净而美好的生活向往中……

画面最后定格在婚纱摄影主题公园的鸟瞰图上，随着音乐缓缓结束,屏幕上淡出三行字——愿天下有情人终成眷属,愿天下有情人白首偕老,愿天下有情人幸福安康。

播放结束了,大会议室里却鸦雀无声,所有人的目光还都盯着大屏幕,半分钟后爆发了热烈的掌声。掌声渐渐停息了,人们都看着刘书记,刘书记只是做了一个指示:"再放一遍动画!"

再次观看了一遍动画之后,在下属面前一直很严肃的刘书记说:"哎呀太好了,我都想再结一回婚!"大家一片哄笑。

刘书记又说道:"大家都谈谈看法吧。"

其实刘书记让宇轩重新播放一遍动画时,在座的干部就已经明白了,书记对这个方案非常满意,而且方案本身也确实打人!

见众人纷纷表示赞同,刘书记对着孙丽丽说道:"孙局长,你来谈谈你的看法,毕竟这个工程,将来还是要由你们城建局来负责规划和建设。"

孙丽丽说道:"我非常认同这个方案,方案做得非常好,这个公园建成了,必将是我们区一个新的亮点,所以我建议在有条件的前提下,公园和广场一起开工建设,为国庆六十周年献礼!"

刘书记很清醒,高声说道:"市民广场的方案,政府是做过计划的,主题公园的建设在资金上会有一些困难,但是,凡是能对开发区发展有利的事我们都要做,凡是能造福一方百姓的事,我们都要做,无论有多大困难,我们都要做。关于资金,我们共同来想办法,能让我们开发区有一个新的面貌,我不怕有人说我一言堂!"接着语气转柔,对宇轩说道,"这方面,我还想听听专家的意见,马总,你也来说说。"

宇轩很钦佩这个敢作敢为的书记,说道:"整个公园建设,大致分这么几块:一、道路、广场、停车等基础设施;二、亭、廊、栈道等景观小品;三、绿化种植;四、配套附属建筑。我想,绿化种植嘛,我们原有环境中,原始的植被非常好,难得是还有大量水生植物,应该尽量减少破坏,少做大面积草坪,这样投入造价会少很多,基础设施建设尽量采用地方材料,在设计上粗粮细做;至于配套用房嘛,可以采用BOT模式,设计做好,有愿意经营的可以由他们出资建设,一段时间后,交给开发区。"

刘书记说道:"嗯,这个思路好,城建局、招商局你们回去好好研究一下,如果有可能,我们整个公园的建设都可以考虑BOT模式嘛。"

孙丽丽说道:"刘书记,现在马总公园圈定的范围内,有一个原来的区办企业,因为经营不善已经倒闭了,但是地块平整而且是建设用地,这块地马路对面也有一个小厂子,也是同样的状态,每块地都十多亩,能否适当缩小一下公园的规模,把这两块地挂牌上市。"孙丽丽适时显示了一下自己的业务能力。

刘书记高兴地说道:"这个建议好,紧邻公园的这块地,可以搞个婚庆酒店!你看看现在我们开发区老百姓结婚都找不到个像样的地方。"

宇轩赶紧说道:"这个建议好,婚庆酒店相对独立,又紧邻主题公园,现在很流行草坪婚礼,场地可以更好地利用!"

随着会议气氛渐渐活跃,在座的各局领导也都纷纷发言表态,总的思想是一致的,方案是个好方案,各委办局一定服从开发区党委的领导,在2009年把这两件大事办好,迎接新中国成立六十周年华诞。会议开了两个多小时之后,刘书记做出重要指示。

刘书记说:"2009年,将是我们开发区,真干、实干、苦干的一年,广场的项目这里就不说了,对于主题公园的项目,我做如下建议,请相关部门尽快落实。一、两个区办企业,要尽快处理遗留问题,尽快组卷挂牌,靠近主题公园那块地为商业用地,对面的为住宅用地;二、主题公园的规模控制在三十万平方米以内,城建局尽快划定建设范围,范围划定后,立刻交给设计公司进行设计;三、加紧招商引资工作,做好两个项目同时开工的准备。"说完,又柔和地对宇轩说:"马总,你是专家,这一阶段,你们就辛苦一下,时间很紧,任务很重,就拜托你们啦,另外还有一个小建议,公园中的欧式礼堂就不要做了,可以搞一个小规模的单一空间,是酒吧,是餐厅,就看经营者的吧。"

宇轩边记录边点头称是,同时暗自敬佩,这个书记办事雷厉风行,思考问题又事无巨细,同时还不忘把握政治方向。

2

两会马上就开始了,开发区的事务比较多,刘书记礼节性地留宇轩吃饭,被宇轩礼貌地回绝了。开车回到奉州后,宇轩想让自己的大哥陈思也看到自己的作品,顺道分享一下成功的喜悦。有人说,把自己喜欢的东西推荐给不懂的人看是一种自取其辱的孤独,宇轩很庆幸自己能有陈思这样一位导师、朋友、知己。

宇轩回到公司后,简单收拾了一下,拿起早已交代财务准备好的大皮包,兜里揣着优盘,就去找陈思。宇轩到达昔归茶舍时,刘远航正对着一个笔记本电脑向陈思兴高采烈地介绍着什么,陈思还是那么平静地听着。见到刘远航,宇轩立刻想起了赵诗涵,他倒不担心陈思把自己的风流韵事说给刘远航听,他相信陈思会有这个分寸,只是睹人思人,本来挺高的情绪,立刻多少有些失落。

陈思见到宇轩走进茶舍,点头示意宇轩坐下,刘远航回身一看,是宇轩,边翻过笔记本电脑,边拉着宇轩坐到自己旁边,说:"宇轩,看看你自己的作品吧,哥哥给你实现得怎么样?"

宇轩看着电脑里一张张实景照片,立刻找到熟悉的感觉,这是自己设计的样板间的装修现场,虽然现场还有些零乱但是已经大致看出了装修的效果。

"刘总觉得怎么样?"宇轩问。

刘远航一直叼着烟,等候宇轩的反应,吐了口烟说道:"我现在是对这个项目越来越有信心了,宇轩哪,实话实说,现场的效果比图纸感觉好。你们哥儿俩功劳大大的!"说完满意地拍了一下宇轩的肩膀,递了一支烟给宇轩,并拿起打火机帮宇轩点燃,继续说道:"现在硬装基本到尾声了,再过几天,就开始软装和配饰了,还得听听你们哥儿俩意见。本来效果可以更好,可是现在郑总什么事都管得可细了,连瓷砖地板都要亲自过问,那审美眼光啊,不怕你们哥儿俩笑话,有的地方,我都受不了,那卫生间装得跟皇宫似的,金碧辉煌的,一进去,都不

155

敢撒尿！"

宇轩和陈思都被刘远航逗笑了，宇轩说："这也没办法，郑总是大老板，按照他的要求做好了，他也有成就感，不过有些地方确实有点儿夸张，这郑总的色彩感觉还真是……"

翻到刘远航说的厕所照片时，宇轩也确实看得哭笑不得。陈思则听出了刘远航心中的不满，郑朝东根本就没给刘远航一点儿空间或者说权力，这对于自诩专业出身的刘远航来说，绝对是难以忍受的。

艺术修养确实需要一些天分，对于艺术中关乎色彩、声音、质感、比例尺度等方面的感觉，后天熏陶、训练会有一些影响，但是跟金钱和社会地位确实没半毛钱关系。所以，陈思一直认为，外行领导内行，除了会造成瞎指挥外，实在是一种自以为是的自取其辱。

三个人喝着茶，聊着天，抽着烟，既然刘远航这个甲方对设计已经满意，那么整个聊天气氛当然是轻松愉快的了。

一直不太说话的陈思突然说："远航，到年底了，你这个总经理是不是该给宇轩按进度打点儿设计费了？都是好朋友，就不要让小老弟开口了吧？"

宇轩一向不好意思提钱，很感激地看着陈思。

刘远航没想到很少说话的陈思会来这么一句，尴尬地笑着说："你看，这一阶段，我天天泡在装修现场，还真把这事给忘了，你放心，宇轩，明天你就按合同进度开发票，我安排打款。"

陈思没有再继续这个话题而是对宇轩说："宇轩，你的公园汇报得怎么样啊？"

一提到这个话题，宇轩马上就来了精神，把手里的烟放下，从设计构思讲起，一直讲到了下午的汇报会议，包括最后地块的调整，尤其是突出了对刘书记工作作风的敬佩。

陈思只是平静地听着，时而露出一丝浅笑。

作为开发商的刘远航，却凭着敏锐的直觉感到这可能是一个千载难逢的机会，忙问道："宇轩，什么公园？来，给我和你思哥看看你的动画。"

宇轩当然很想显摆一下自己的作品,拿出包里存有全景动画的优盘,插到刘远航的笔记本上,点开播放,熟悉的乐曲伴着优美的设计再次响起。

刘远航看完动画后,连连说好,并问宇轩:"老弟,这个动画能给我拷贝一下不,我好好欣赏一下,让你嫂子也看看,太浪漫了。"

宇轩当然同意,并连同文本一起拷给了刘远航,陈思看着刘远航兴奋的样子,似乎感觉到这个刘远航要这套文案绝不仅仅是欣赏那么简单。

这时候,刘远航的电话响了,他看了一眼电话,立刻满眼柔情地说:"我女儿,估计是又想我了。"说完接通了电话。

刘远航先是叫了声"宝贝",又"嗯、嗯"了几声,就对着电话细声细语地说:"宝贝,你乖乖地跟妈妈待一会儿,爸爸马上就回去,嗯,多久哇,十多分钟吧,你等着爸爸吧。"说完,收起了电话,对着陈思、宇轩二人说:"你们哥儿俩聊着,我的宝贝女儿又想我了,我得回去了,现在就小东西能制住我。"说完,拎起笔记本电脑塞进包里,转身离去。

宇轩看着刘远航的背影,对陈思说道:"想不到这个奸商,还有这么柔情的一面。"

陈思说:"任何人都是多面而立体的。"

宇轩说:"不说这个奸商了,他在这儿,我有些话还真不好说。"说完,拎起皮包,放在茶桌上,把皮包推到陈思面前,诚恳地说道,"思哥,这是二十万,哥,你千万不要推辞,如果你不要,那就是嫌我给得少了。"

陈思并没有推辞,也没有看那个皮包,问道:"宇轩,你计算过自己公司今年的利润吗,就拎着钱过来了。"

宇轩说:"别的不说,未来地产的别墅项目,合同签了一百八十万,你介绍的贾总和林总那个项目,签了一百二十万,这两个项目都已经进了一半的款,其他的小项目嘛,还有点儿,嘿嘿,今年遇到思哥这个大贵人,小弟的日子还算不错,其实给你拿这些,我都觉得少,哥,如果钱都进来了，还有你的，你不准推托。"

陈思说："好吧，这个钱，我先替你存着，你将来需要时，就过来拿，我要是推辞了，反倒让你觉得有点儿矫情了。"

宇轩其实是真心希望陈思能收下这个钱，见到陈思这么说，非常高兴，真诚地说道："思哥，不管你是不是我合伙人，在我心里，你都是。"

陈思点点头，说道："我们兄弟之间，就不要这么说了，对了，马上要过年了，我给你爸妈准备了点儿年货，是你水灵姐邮过来的，还给你和你爸准备了点儿好茶叶，早都装好了，在后面的小屋里，你走时都拿着。"

宇轩心里一阵感动，转身走进小屋，搬出一个早已装满各种山货的大纸箱。

十 八

1

立春佳节，遍饮屠苏，檐下新裱灯笼。清明雨上，折菊寄语凉风。芒种耕牛遍地，盼收时，稻花香浓。夏至近，见蜻蜓漫野，柳绿花红。白露晨风渐凉，淋一场秋雨，雁过长空。霜降看枫，叶展朱丹玲珑。小雪天寒夜冷，满斟上，暖酒一盅。冬至到，裹银装，又是年终。

在陈思填完一首"声声慢"后，2009年的春节就这样来了。这个春节，对于有些人来说，与2008年的春节没什么两样，而对于有些人来说，真的不一样。宇轩上午给长辈纷纷拜了年，就习惯性地回到公司，又把春节过成了劳动节。

胜男头一年辞职，再没了加班的烦恼，拉着闺密高菲去海南度假，QQ空间每天都在更新，大量的性感照片晒到了网上，高调地宣布着自己还是单身。

陈思还是和平常一样，对于春节，陈思觉得除了妹妹一家回家聚餐需要多做几个菜，春节也没什么不同。硬是要找出一些不同的话，就是自从再次遇到了水灵，两个人的通话明显增多了。

本来大年三十的晚上，水灵已经来过电话，但是初一早上，陈思一家刚吃完饺子，水灵的电话又打了进来。

"哥，咱妈咱爸起来没有？"

"起来了。"

"那你把电话给咱妈。"

陈思把电话递给了自己的妈妈,老太太一接到水灵的电话就很高兴,水灵正式地给陈思的母亲拜了年,并邀请一家人天暖和了,一定要去枫树村住几天,两个人热火朝天地聊了半天,电话里不时传来水灵明朗的笑声,又说了几句,陈母把电话还给了陈思,水灵还要跟陈思聊一会儿。

"哥,刘总真能买那些枫树吗?"

"能啊,定金不是都给你留下了吗?"

"我以为就是看你面子那么一说呢,哈哈哈!"

"是真的,看天气吧,三四月份,就会去移植,姑奶奶您可别一勤快给锯好了!"

"你以为我傻呀,哥。哥,昨晚跟我爹商量了,就按你的意思把家里的房子翻盖一下吧。只是哥,我不想你拿钱。"

"水灵,钱的事就别提了,再说我设计就花不了几个钱,我会考虑造价的。只是把房子扒了,你们住哪儿?"

"哥,这个你不用操心,一开春我叔叔家的堂兄堂弟就都出去打工了,房子多的是,你带着咱爸咱妈来都有地方住。"

"嗯,水灵,你想设计几个房间?有什么要求?我堂堂大设计师,也不能给你设计个农村那种三间大瓦房啊?!"

"这不是你家嘛,你说了算哪!"水灵回答。

"妹子,什么你家我家的,你就说说,如果是你自己家,你想怎么样?"

"要我说房间嘛,我爹一个,我女儿一个,我一个,哥你一个,咱爸妈一个,怎么也得五个吧。"

"嗯,你考虑得挺细!"

"哥,房子盖好了,以后天暖和了,就让咱爸妈住到我这儿,这地方空气好,吃的也健康,还有我照顾,你不放心哪?"

"放心,放心。"

"哥,就是我爹,睡不惯床,其实我也睡不惯,最好我爹那屋弄个火炕，麻烦不？"

"妹子，别的建筑师不会设计，你哥会，火炕没有问题！"

"哥，你可真厉害，这你也会！"

"水灵妹子，没想到，你哥一生之中最大的理想，竟然是你帮我实现的。"

"什么理想啊？"

"能完全按照自己的意图亲手设计、建造一个属于自己的房子，是每个建筑师的理想，我的理想嘛，除了房子，我还想养两匹马。你看马上就要实现了！"

"哈哈哈，哥，你还要养马呀，这个没问题，原来我爹在生产队时，就是养马的，很在行的，开春了，我就让我爹去集市上给你挑两匹去。就让我爹帮你养，还能帮着拉拉脚什么的。"

"妹子呀，你可算了，我想养的是那种能骑的赛马，不是你说的那种干活种地的马。"

"哈哈哈，哥，你可真逗，你能骑几回呀，当宠物养啊！哈哈哈！"

"好吧，先不说马的事了，过完春节，我就开始设计我们的新房子。"

"好，哥，你别太累了，少抽烟，不着急设计哈，好了，你陪咱爸妈吧。"

放下电话，陈思突然觉得今年的春节和以往的春节有点儿不一样，真的有一种大地回春的感觉。

就有这么一种人，你跟她在一起，永远不用费心机，永远都会让你轻松愉快，你不用思前想后自己该做什么该说什么，你和她在一起做的就是该做的事，说的就是想说的话，无论什么时候，都会觉得如沐春风，如饮山泉。

2

大年初二是回娘家的日子，上午陈思的妹妹陈佳带着老公孩子回家来了，中午一家人吃了顿团圆饭。有妹妹、妹夫陪着父母，陈思就一个人回到了茶舍，想一个人静静地想想水灵家的方案，水还没烧开，刘远航就从外面走了进来，还拿着一张地形图，神情中有几分兴奋。

陈思让刘远航坐下，说："你怎么知道我在这儿？"

刘远航笑着说："不在这儿，你能去哪儿？本想初八九再来打扰你，但是憋不住了，老婆孩子出去玩了，就我一个人在家，来来，赶紧来一壶昔归。"

泡好了茶，两个人先是喝了两泡，然后又分别点了支烟，陈思看着踌躇满志的刘远航说："说吧，是不是惦记上宇轩说的那两块地了？"

刘远航笑道："真是什么也瞒不了你！嗯，年前我自己去了梅城好几趟，还在开发区那儿住了一晚上，对公园的那几块地仔细地研究了一下，有时候，光看图还是没有直观感觉呀。"

陈思说："现在什么感觉呀？"

刘远航说："大有可为！从图上看，那个地方确实有点儿偏，但是去了，你会发现，开发区的人口密度挺大，虽然梅城今后的发展方向，应该是向我们奉州这边，慢慢地形成城市群，但是这两块地还有可为。"

陈思说："你还真有点儿高瞻远瞩的意思！"

刘远航说："那个公园的原始环境也不错，虽说是冬天，你也能感觉到如果到了夏秋季节，景色一定会很美，大片的芦苇和蒲棒，里面还有几小片枫林和白桦林，我真想给它们都抠到我们别墅区去！"

陈思说："说说话，就露出你奸商的本来面目。你就说说你想怎么干吧？"

刘远航说："政府的意图，其实很明显，这个公园的建设资金得由这两个地块出，我的想法是，我想跟政府谈，公园我来建设，这两块地给我。"

陈思说："这倒是你独立操作房地产比较好的机会，资金门槛低。"

刘远航说："跟你聊天就是省事，不用我费话。"

陈思想了想又说："自己大概算过账了？"

刘远航说："没有，现在用地条件政府还没有确定。"

陈思说："这恰恰是你的机会，如果你想运作这个项目，你自己必须对这块地非常熟悉，这块地的容积率应该是根据市场规律算出来的。在了解土地价格的基础上，如果政府同意了你的容积率，这个项目，你才可以操作。"

刘远航说："实话说，我只是凭着直觉，觉得这块地有机会。但是像你这么理性的思考，我还没有。其实，我在地产界也混迹多年了，但是直到遇到了你，我才知道，我对地产的理解差得挺多。"

陈思一歪头，笑了，说道："今天刘总怎么这么谦虚？"

刘远航说："我能拿出的全部的钱，就千八百万，我实在是在赌身家。"

陈思说："其实很多人一辈子也挣不到千八百万，你要是不赌博，不吸白粉，光是利息，也足够你们一家老小用了。"

刘远航说："你说得对，但是我也有理想，我还是想博一把，其实人的视野一大了，野心就大了，我凭什么就只能给人家打工！"

陈思笑道："你说得也是，但是人家背后的故事，也许你不知道。你既然想干，就先了解好情况：一、算好账，二、做好策划。"

刘远航问道："怎么个算账？怎么个策划？"

陈思说："你得明确你的开发思路，这个项目能接受的最不利后果。"

刘远航说："最不利后果，就是一套也卖不出去，砸手里了，我跳楼了。"

陈思说："也没有这么悲观，只有卖不出去的价格，没有卖不出去的房子，你不还有赵诗涵赵总吗？让她帮你策划一下。"

刘远航说："拉倒吧，认识你之后，我才知道什么叫策划，他们的那种策划，太低端了，满大街地撒传单，整来一群人看房，为了让人家来，今天给两桶豆油，明天给一袋白面，很多老头儿老太太哪是来看房啊，就是来领免费米面来了，整得售楼处跟超市似的！"

陈思说："调研还是必要的。"

刘远航说："我还是相信自己的调研，现在的问题是，这个商业地块，弄个婚庆酒楼，这个倒是有市场，但是，我也不能去开饭店哪！"

陈思说："如果你觉得婚庆酒楼确实有市场，那么这个项目就可操作，有市场就有价值，有价值就不愁没人买！"

刘远航说："那你觉得，可干？"

陈思说："可干！只是你这个项目，你要很清晰，你不用拿钱买地，不是这个地就免费了，公园的建设，只是让你资金分批投入，而不是不投入，你也别老想着靠工程偷工减料来减少资金投入。"

刘远航说："这个我知道，当地领导会很重视这个项目的质量。只是你说的最不利后果是什么？"

陈思说："走到半路资金链断了！"

刘远航说："看来算好账是这个项目的关键。"接着抽了口烟，问道："陈思老弟，我一直很好奇，你和其他建筑师不一样，你很关注成本，并不太在意形式化的东西，你倒是像一个地产商。"

陈思说："我没吃过猪肉，但是我见过猪跑，更见过猪掉坑里啥样。我不希望和我合作的人投资失败，这是基本的职业操守，所以我会尽力替甲方考虑。"

刘远航说："我从认识你之后，才真正开始尊重设计，尊重建筑师，你是替我的资金链担心？"

陈思说："这不是一个资金问题，而是一个心态问题。从资金角度来说，你有多少本钱，能挣的就是这个本钱下该行业的常规利润，如果想多挣，挣的就是你的智力钱。所以你的心态应该是不要太过追求利润，对于你，这个项目不赔钱就是挣钱。"

刘远航点头说："我会调整心态，你觉得我下一步该做什么？"

陈思说："由于你自有资金的不足，所以计划的每一步都需要精准设计，周密安排，而准确地计算容积率是离不开针对性极强的设计的。你看平时你们甲方总是对设计方不太重视和尊重，这回你还真离不开宇轩了。"

刘远航说："那我这一半天就去找宇轩，毕竟我们是兄弟。"

陈思说："节前给宇轩付款了吗？"

刘远航脸一红说道："郑总觉得节前资金紧张，所以等过了年，马上付。"

陈思摇摇头，好像早知道这个结果一样说道："这时候想起兄弟来了，人家是靠这个吃饭的，手下还有一票小兄弟，你现在需要针对性极强的设计，宇轩就得认真做，你先准备设计费吧，想干项目总要投入，你当大哥的有点儿大哥样吧，别等着人家开口了，瞧不起你。"

刘远航点头，说："既然下决心干了，我就不会吝惜一点儿设计费，公司是公司，我是我。我去找他。"

陈思说："宇轩的工作我来做吧，我晚上约他过来喝茶，会跟他讲清楚。"

陈思掏出电话，当着刘远航的面给宇轩打了个电话，并告诉宇轩带着主题公园的平面图和草案过来，宇轩欣然应约。

3

初二晚上，大街上的人并不多，陈思的小店显得格外安静。大茶台上的茶具都被陈思放到了一边，一张大地形图平铺在茶台上，陈思伏在茶台上仔细地看着地形图上的地形地貌思索着。

宇轩坐在对面，并没有看图，在他看来，这块地的一切他已经烂熟于胸，只是静静地看着陈思，这个男人让他好奇，在第一次与地产公司的交锋中，陈思是那么霸气甚至带有一点儿痞气；而平时在店里闲聊时，一袭中式麻衣，又在慵懒中带有一点儿儒雅；可是当他面对图纸时，好像一下子就变成了一个认真严谨的学者，眼里闪烁着智慧的光芒。两个人就这样一言不发地看了二十分钟图纸，陈思才坐回自己的椅子上，点着一支烟，闭着眼睛思考了一会儿，开始和宇轩聊起来。

陈思说："宇轩，刘远航来找过我，他对这个项目很感兴趣。"

宇轩说："思哥，你想帮刘远航？"

陈思说："我不是帮他，而是帮你。"

宇轩很纳闷儿，问道："思哥，帮我？你指的是做方案？哥你要出山了？"

陈思笑着说："出什么山，你以为你有刘书记罩着，就万事大吉了？其实不是这样。梅城开发区的项目，只有广场是实打实的项目，你们施工图也已经快做完了，合同也签了，设计费也付了。"

宇轩说："公园的合同也签了，虽然只给了定金，但是肯定是我的呀！"

陈思说："那两块建设用地的项目也签合同了吗？"

宇轩说："这倒没有。不过有刘书记在，应该没人能抢走吧？"

陈思说："万一要是主管市长和书记说话呢？"

宇轩说："光高兴了，我倒没想过这事。"

陈思说："老弟，机会必须把握在自己手里。现在你跟刘书记的关系很好，你有机会挣钱，更有机会做一个好作品，这样的机会不会太多。但是你想过没有，如果是别的开发商来了，那两块地就不一定是你设计了，你的主题公园作品的实现度也不能得到保证，对吧？另外，你也需要尽快促成这个项目，如果项目拖期，一旦刘书记高升了，县官不如现管，到时候这个公园干不干都是个问题了。"

宇轩说："嗯，思哥你说得对。"

陈思说："远航既要通过你认识刘书记，又得靠你做好设计以便他做预算和资金计划，只有他来干这个工程，你才会是设计的不二人选。记住，帮助别人就是帮助自己。只有你的设计是合理的，开发商有利可图，才会拿下这块地。所以，在设计中，你也要适当考虑远航的利益。"

宇轩说："思哥，我明白了。但是怎么帮啊？"

陈思说道："你这次做主题公园设计时，虽然开发区没有要求你做那两块地的设计，你也要充分研究那两块地的设计，你要充分挖掘那两块地的潜在价值，只有这样，即使刘远航没做上这个项目，你也还有机会来做，另外，你的公园和商业项目并不是对立的，完全可以互相呼应，取得共赢。"

宇轩诚恳地说："大哥，谢谢你，想得这么深，我真没想这么多。"

陈思说："宇轩，现在市场竞争这么激烈，你必须多思考，多出好作品，你才有生存空间。"

宇轩真挚地说："大哥，看来很多设计以外的东西才是真正影响设计的。"

陈思笑道:"从来都是功夫在诗外呀。宇轩,你有才华,单纯,但是作为一个建筑师,作为一个领导,你要思考的和要承担的,其实很多。"

宇轩说:"思哥,我很想听听,如果你是我,你会怎么做这个方案?"

陈思并没有直接回答,而是伏在案子上又仔细地看了几分钟地形图和宇轩的大致草案,然后站起来直了直腰,从包里拿出一支"红环"的草图铅笔,指着图上问:"宇轩,我可以画几个圈吗?"

宇轩兴奋地说:"思哥,就等你动笔了!"

陈思俯下身子,在图纸上飞速地画了几个圈和几条曲线,大致地说了一下功能分区和流线。宇轩立刻明白了陈思的高明之处,称赞道:"思哥,还是您老辣!"

陈思说:"宇轩,你原来的方案中,有很多精彩之处,只是建筑语言还不够纯粹。你现在机会难得,能有刘书记这样的甲方不太干涉你的创作,所以你应该争取做好的作品,你应该把最简单的建筑元素比如墙体、大台阶,提炼得更加富有空间感和诗意,你设计的空间应该是有情感的。"

一听到情感,宇轩立马有点儿垂头丧气,说道:"哥呀,我现在都不知道情为何物了,唉,情感怎么体现到建筑中呢?"

陈思说:"我理解的情感,对于人嘛,其实本质上是对过去的回忆和对未来的憧憬的一种思绪,一种反应。爱也好,恨也好,都是因为你们有一些共同回忆,这些回忆融入你的思维里,转变成一种自然而然的反应,所以你才会有情感。你的设计要有空间感和参与感,它是一个场所,人们在这里,当下应该有对未来美好的憧憬,未来也应该有对当下美好的回忆。自己体会吧!"

宇轩看着图纸静静地体会着陈思话里的含义,旋即似乎有了一种豁然开朗的感觉。

十 九

1

正月十五，元宵节，是正月里最后一个重要节日了。下午，陈思就早早地来到了父亲家，陈思的母亲对元宵节很重视，所以陈思买了菜和元宵，一进屋就开始在厨房忙活，准备来一桌丰盛的晚餐。

陈思知道母亲照顾父亲很辛苦，就让母亲在客厅里看电视，然后关上厨房的门，让父亲坐在厨房看着自己做菜做饭，并陪着父亲说说话，父亲的老年痴呆症又有点儿加重了，只是看着陈思在厨房里麻利地忙活，眼里满是慈爱的光芒。陈思切好菜，就颠起了大勺，碧绿的青菜在大勺的油火中翻腾着，陈思的父亲突然兴奋地笑了。

父亲问："你是哪里的师傅哇？手艺不错呀，这是谁家办事情？"

陈思知道，在父亲的遥远记忆里还留存着在农村结婚吃流水席的记忆，那个时候，谁家办喜事都是在家里搭上席棚和灶台请一个大师傅来专门炒菜。陈思回答："哦，我是枫树村的，这是老陈家办事情。"

父亲听了连忙颤巍巍地站起身来说道："那我得去找我儿子，办事情，我儿子不到场怎么行！"

陈思赶紧放下手里的活，把父亲又扶到椅子上坐下，说："陈总马上就回来了，一会儿就进屋。"

父亲说："那你快炒菜吧，我儿子吃不了凉东西，他胃不好。"

陈思心里一酸，麻利地把剩下的两个菜炒好，放到了餐桌上。陈思打开门叫母亲来吃饭，随即坐在了父亲身边，父亲见到老伴来了，问陈思："刚才做菜的师傅呢？大冷天的怎么不留下吃口饭？"

陈思已经习惯了父亲的这种遗忘，连忙说："人家还有活要忙！来咱们吃饭。"说完，给父亲的碗里夹了他平时最爱吃的几样菜。

看着满桌子的饭菜，陈思的母亲说："我儿子手艺真是不错，这一大桌子菜，妈是做不动了。思儿啊，你也得找个对象，得后继有人哪。"

陈思一边给父亲夹菜一边"嗯嗯"地敷衍着母亲。

母亲说："其实我看水灵那丫头也不错，心地善良，对你也挺好，就是有个孩子呗，那不算啥。"对于母亲来说，她已经把儿子择偶的标准降得很低很低了。

陈思说："妈，水灵的丈夫，去世才一两年，这时候提这个事怕不好吧。再说我们两个各自有各自的生活，我也不知道，在一起能否合适。我对水灵现在就是觉得挺亲的，有时候挺心疼她，挺不容易的。"

母亲说："孩子，亲，是最重要的，你看看，现代人都是说，亲爱的，亲爱的，可见亲是第一位，爱是第二位的。"

陈思笑道："老妈讲得还挺有哲理，我一个人好像已经习惯了，也不觉得孤独。"

母亲说："你不孤独，可是妈担心你寂寞呀！万一哪天，父母都走了，你妹妹也有自己的家庭，谁能惦记你呢？"

陈思说："妈，有时候寂寞这东西，一个人时能忍受，但是如果两个人在一起仍然寂寞，那就不能忍受了，您哪，别担心我，岁月很多时候会让人的内心欲求，越变越淡，也许将来有一天，什么都不是问题了。"

母亲摇了摇头，慈爱地看着自己的丈夫和儿子。

吃过了晚饭，陈思拉着父亲走到阳台的落地窗前看着窗外漫天的烟火，父亲好像是一个老小孩，拍着手，兴奋地看着。陈思在想水灵一定是在按照农村的习俗来过这个正月十五吧。

在梅城的乡下尤其是溪源县境内，一直有着在正月十五给故去的亲人"送灯"的习俗。所谓送灯就是在家里做好了灯笼，在正月十五天黑之前送到故去亲人的坟前，希望他们也能有一个光亮的节日，并能找到回家的路。水灵一家人早早地吃过了晚饭，把糊好的纸灯笼和蜡烛都准备好了便分头出发，水灵带着自己的女儿去给自己的丈夫送灯，而张叔则是给自己的老伴和父母送灯。回到家后，还有两件事要做，一件就是打开所有屋子的灯，各屋的窗台上，都点上蜡烛，另一件就是点燃路灯。这种所谓路灯是用锯末拌上煤油，拌匀了之后，从自己的家门口，每隔几步，倒上一小堆，每隔几步，倒上一小堆，一直倒到路口，再分别点燃，大概是希望故去的亲人还能找到回家的路。月色皎洁，雪地映衬着月光，山上山下到处都是点点的灯火，一个个小红点甚至连成了线，形成了片，显得那么温馨宁静，好像阴阳之间并没有绝对的界限，偶尔会有几声烟花爆竹的爆炸声打破一下这世外桃源的宁静。

2

陈思伴着漫天的烟火开车到自己的店门口时，刘远航和宇轩早已在店门口恭候多时，虽然正月十五的夜晚很冷，但是两个人饶有兴致看着漫天的烟火，嘻嘻哈哈地说笑着。陈思打开店门，就习惯性地烧水泡茶，宇轩、刘远航两人则坐在陈思对面。

一坐下，刘远航抑制不住自己的兴奋说道："陈总，宇轩的方案我看了，简直太好了，我是坚定信心，准备干上一票了。"

宇轩也很兴奋，等着陈思怎么说。

没想到，陈思直接问刘远航："和宇轩签方案合同了吗？"

宇轩赶紧替刘远航回答："思哥，刘总很讲究，专门给我拿了十万块钱，算是预付款，如果以后工程干上了，签合同时，就抵作定金了。"

刘远航笑着对宇轩说道："你思哥就担心我骗你方案，哥是那人吗？今后咱们哥们儿一起，准能干点儿大事，十万八万还叫钱吗？"

宇轩说:"思哥,远航对于住宅的户型设计拿不准主意,想听听你的意见,我也想听听。"

陈思说:"刘总肯定是问过赵诗涵了,她怎么说?"

刘远航显然不知道赵诗涵和马宇轩的故事,毫不在乎地说道:"她说,肯定是小户型,我倒是觉得户型大点儿也没什么,咱这地块,守着大公园,环境多好哇!"

宇轩说:"哥,是,这个环境我看着都喜欢,要是奉州有这样的居住区,我肯定买。"

陈思说:"其实就环境来看,确实不错,但是环境只是这个地块的唯一优势,而且地理位置还是相对较偏,另外园区规模小,物业会是一个问题,要么就是大平层别墅,一层一户,但是风险太大,不适合远航做,要么就是小户型,而且越小越好。"

宇轩说:"哥,按照住宅规范,最小的也得四五十平方米,还能多小哇,再小了就是公寓了,很多功能都组织不开了。"

刘远航说:"所以诗涵觉得,应该以两室的房子为主,厅不厅的倒无所谓。我觉得全是小户型,品质就下降了。"

陈思说:"还是看如何把握客户定位呗。我觉得,这个楼盘就是面向年轻人,你们两个一直住在城里,家里条件还都不错,你们不会理解,有一个自己的小房子是什么概念,但是对于我们这些从农村打拼出来的人来说,能有一个自己的小窝,那就算在城里扎了根。"

宇轩说:"哥,在那个地块,做一室一厅的房子,能有市场吗?"

陈思说:"看怎么做。我觉得,这个地块,还有一种人,是你们的目标客户,营销的重点,应该是面对这种人。"

刘远航问:"哪种人?"

陈思说:"现在的农村,娶媳妇的标准除了彩礼,就是小车和房子,几手车无所谓,得能开;还要有在城里的楼房,大小不是关键,得能住,就是所谓的有车有房在市内。我们的项目在城乡接合部,这类人群很重要,我觉得最小的户型可以设计到三十平方米,甚至更小。"

刘远航惊讶道:"什么?三十平方米,那不是鸽子笼吗?"

陈思点头说道:"对,做就做到极致,口号就是十五万,让你在公园里安个家!"

刘远航听到这儿,立马显示了他的聪明,兴奋地说道:"如果是首付的话,那就是两三万块钱,让你在公园里安个家,这也太有诱惑力啦!陈爷,我服了!"

刘远航喝了口茶,继续说道:"我想,等公园建成了,再干,也许能多挣点儿。"

陈思说:"必须今年开工,但是销售可以往后拖一拖。我知道你资金可能会有困难,但是你今年必须干。"

刘远航说:"为什么?"

陈思说:"今年的地产形势不好,许多施工企业都没有活,一旦有活,价钱低一点儿,也能干,因为企业需要养人;另外,今年的原材料价格也会比较低,你的成本会低很多;还有最重要的,这个公园这么大规模,政府一定会不遗余力地宣传,按时报道施工进度,你的项目就在边上,能不跟着借光吗?"

刘远航说:"那这样看来,这个事得快,我得尽快准备好钱,5月中旬开工,到十一能竣工。现在看,跟政府接触上,明确态度是最重要的事了,宇轩,你能帮我联系一下刘书记吗?"

宇轩当然愿意帮忙,点点头说:"刘总,这个没问题!我约刘书记,咱们一起吃个饭。"

陈思摇摇头说:"宇轩不行,他是个建筑师,他还是要保持他的专家身份,不宜在这个事上介入过多,以后一旦在设计上有什么事,他还能从设计的角度替你说说话。"

刘远航说:"那我也不能直接堵书记门口来个自我介绍哇,还不得以为我是个骗子。"

陈思说:"找规划局局长吧,宇轩可以带你去见孙丽丽,孙丽丽会信任宇轩,剩下的事,由孙丽丽替你安排。宇轩给了大师姐面子,你也算给孙丽丽一个业绩,这样不挺好吗?"

刘远航说:"这个太行了,以后需要跟孙局长请示和汇报的事多了，宇轩，哪天陪我去一趟。"

宇轩点点头，却不自觉地看着陈思，希望得到陈思的首肯。

陈思说："行，明后天宇轩尽快联系你师姐，见完你师姐后，你的精力最好还是放在设计上，这几个活堆在一块够你忙的，而且工期都很紧！"

二 十

1

对于大多数人来说，只有过了正月十五，新的一年才算真正开始了，人们慢慢开始从假期的慵懒中走出来，进入为生活奔波的状态。也有人会盼着正月十五之后第一个周末的到来，那天是西方的情人节，二月十四日。但是对于陈思来说，这一天没什么两样，上午还是陪着父亲遛弯、晒太阳，锻炼身体，下午则是回到茶舍，整理整理自己的书稿，想想水灵家房子的方案，午后的光线照到茶舍里，给屋子里带来一丝暖意，陈思觉得有一点儿困倦，闭上双眼想眯一小会儿，竟沉睡了过去。

陈思一觉醒来时，已经四点多了，揉了揉眼睛发现胜男不知道什么时候来了，就坐在门口借着夕阳正在专心致志地翻看自己的书稿。余晖像是给胜男披上了柔柔的金色薄纱，顺直的长发披在肩上，也被染成了金黄色，陈思从没见过胜男还有这么宁静的一面，也许这时候的胜男才是真实的胜男吧。

陈思站起身，说道："胜老板，你什么时候来的？"

胜男捧着书稿走到陈思对面坐下，说："大叔，来了有一会儿了，看你睡得正香，就没叫醒你，这是你写的书稿？"

陈思说："嗯，你给指点指点哪？"

胜男说："拉倒吧，大叔，你可别逗我了，今天是情人节，本想叫着菲儿，咱们仨光棍儿一起去吃火锅，菲儿还加班呢，说还得一两个小时，轩少爷这是累死人不偿命啊！正好还有点儿事想跟大叔聊聊，想听听你的想法，看到你的书稿，我好像又有了点儿想法。"

陈思说："什么事呀，这么严肃正式？"

胜男说："大叔，我挺困惑的。"

陈思说："怎么啦？是打印社的生意不太好，还是别的什么事？"

胜男说："大叔，打印社的生意已经走上正轨了，还不错，我大概算了一下，一个月挣个两三万块钱没有问题，肯定比我画图挣得多。"

陈思说："那你困惑什么？"

胜男说："老师，大叔，正是因为生意还好，我才困惑，就像菲儿说的，我读了五年建筑学，难道就是为了开个小店当个老板？其实我内心，还是挺留恋当个建筑师的，你说这是不是就是所说的围城啊，我怎么觉得自己这么不定性呢？"

陈思说："建筑师作为一种职业的迷人之处，从来不在于它给你带来多少金钱、荣誉和尊重，甚至也不在于你能给世人留下多少建成作品，而是在于你在设计过程中去承受煎熬，去思考，去改变，学会不断完善自己，学会理解生活，设计生活，懂得宽容，懂得爱。站在这个角度来说，其实你做得挺好，你热爱生活，知道去不断完善自己，这就是你学习建筑学给你带来的潜在影响。不然换作一般的女孩子，一个月收入这么高，早开始换车、换包了。"

胜男又恢复了小女孩的开心，说道："大叔，你说的是真的？这么看来，我还不错，我也是这么认为的。好像学习设计的人是比一般人简单一些，就像你说的，包包哇，好车呀，我也挺喜欢，但是只是看看就好，没有多么迷恋，我就是要靠自己的努力来换取自己想要的生活，我只是希望我的生活能更有意义一些，不至于将来结了婚就当黄脸婆。"

陈思喝了一口茶，暗想，这就是胜男区别于赵诗涵的可贵之处。

胜男也喝了几口茶，还特意闻了一下杯底的余香，又说道："大叔，我想开个分店，看好了一处门市。"

陈思说："在哪儿啊？"

胜男说："在我们学校新校区附近，生意不成问题，平时学生的课程作业需要打印的就很多，再说马上就要毕业设计了，到答辩时，各个系的毕业设计图纸可得老鼻子了，哈哈哈！"

陈思说："你这个鬼丫头，我看行，毕业设计时，那边打印不完，你可以用网络传到你的总店打，大不了打完了集中开车送过去呗。"

胜男皱着眉头说："我也是这么想的，就是商铺有点儿大，上下两层，装修我不想怎么装，花不了多少钱，只是面积空着怪可惜的，大叔，你有什么好点子？"

陈思说："既然挨着学校，就在建筑系和环艺系的学生身上找找商机呗，你可以做一些培训，教教手绘呀、电脑软件哪，老师嘛，就找宇轩公司里的小孩，像菲儿那样的，教的全是干货，肯定有市场。"

胜男说："这个我也想过，只是怕生源不够，其实那附近类似的培训班挺多，有几个还是系里老师开的，教学重点多是考研培训，许多外地的学生都慕名而来！"

胜男想了想又说："其实大叔，你也是个好老师！"

陈思摇了摇头，笑着说："现在不是了。还是说你的事吧，我觉得可以不以营利为目的，你就当玩了，我们从娃娃抓起，一两年之内，就面对大一大二的新生，不涉及考研，就是为了培养基础的绘图技能，你可以重点培养学生手绘，在他们手绘技能达到一定水平时，举行手绘比赛，你来命题，你可以挑一些古典的和现代的经典建筑，让他们用线条或者淡彩来表现，你可以发奖金，但是图纸归你所有，装裱一下，就能拿出去卖，现在很多人家庭装修都喜欢放个小画，但是打印的永远没有手绘的有感觉。"

胜男兴奋地说："对呀！裱画和裱效果图差不多，我可以把二楼装成一个大绘图室，弄个咖啡机，就办成一个青年建筑师沙龙，周末时，建筑系的都可以来玩，如果行的话，还可以办个夏令营、冬令营什么的，利用假期去考察外国的经典建筑，我也能有借口出去玩了！哈哈哈！想想都觉得美好！"

陈思抽着烟，微笑地看着胜男，就像看自己的孩子和亲人一样。有一种人玩着乐着就把钱挣了，并不是他有多聪明，而是他想好了一件事，就立刻去做，并总能从工作中找到快乐，用这种快乐感染周围的人，胜男就是这种人，而现代社会，能在平凡的生活中寻找到快乐的人太少了。

2

陈思和胜男两个人从茶舍走到饭店，又足足等了半小时，已经快八点了，高菲才到。高菲一进火锅店的大厅一溜烟地跑到胜男身边坐下，拎起筷子开心地说："抱歉抱歉，来晚了，快开始吧，我都饿坏了！"说完夹起一筷子肉扔进了翻滚的浓汤里。

陈思坐在两个小女生的对面问高菲："你们老大呢，怎么没一起叫来？"

高菲夹了一片肉，蘸着调料，一边往嘴里送，一边说："我跟他说了，胜男请客，大叔作陪，他不来，一个人在办公室呢。"说完在嘴边挥了挥手，说道，"烫死了，烫死了。"才咽下这口肉，接着又说，"胜老板，别说姐妹不替你看着，你的机会来了，轩少爷那边好像出问题了，那个赵总从上班到现在可就没来过，俺们老大今天情绪不高，听了一下午《没有情人的情人节》，挺暴露年龄段哪！"

胜男说："哎呀，我太了解这帮臭男人了，你们老大现在是盼着奇迹出现呢！"

高菲说："什么奇迹呀？"

胜男说："等着那个赵总突然出现在办公室，然后赵总痛哭流涕，接下来两个人相拥而泣，海誓山盟，破镜重圆呗。男人哪，都那样，越是得不到的，越是惦记，可是一旦到手了，也就那么回事。"说完突然想到陈思还坐在对面，胜男又连忙说："大叔，你不是臭男人，你是好人哈！别多心，不是说你，哈哈哈！"

高菲点头假装认真地说："嗯，这绝对是经验之谈，到底是过来人哪，怪不得那么多学长迷恋你，看来'每周一哥'的名号绝非浪得虚名。"

胜男拎起筷子说:"信不信我打你呀!"筷子一划,却伸向火锅里夹了一片肉,送到陈思的碗里,又说道:"菲儿,你看你,就顾着自己吃,大叔还一口没吃呢!"说得高菲也不太好意思,赶紧也夹了一片肉放到陈思碗里。

三个人边吃边聊,气氛热烈,胜男把下午和陈思商量的事情又跟高菲说了一遍,高菲也很支持,觉得沙龙这个想法有意思,并跟胜男说,如果需要老师,她可以算一个,胜男开心地说:"谢谢菲儿宝贝。"

高菲吃了点儿东西后,觉得没那么饿了,就问陈思:"大叔,你这阶段忙什么呢?"

陈思说:"我天天就那样啊,上午陪父母,下午在店里卖茶,嗯,春节期间,做了个小设计。"

高菲好奇地问:"什么设计呀,你还要亲自动手?"

陈思说:"农村一个妹子的房子要推倒了盖个新房子。"

胜男说:"这也要设计呀?"

陈思说:"当然了,房间其实挺多的,而且,如果建成了,偶尔我也要带着父母去住几天,我爸脑海中还有一些远期记忆,我觉得让他每年能回到农村住一段会对他稳定病情有好处。就是我妹子她爹还想要个火炕,那边还没有煤气,厨房必须和卧室连着,你会设计吗?"

胜男和高菲对视了一下,都哈哈大笑地说道:"还要火炕啊!还得喂马劈柴呗!春暖花开的时候,有大海吗?"

陈思被两个小女孩逗笑了,说道:"大海是没有,门前有条小河。"

高菲说:"快点儿吃快点儿吃,一会儿去看看大叔火炕的设计。"说完把桌子上剩下的肉和菜一股脑儿地倒进了火锅,一顿火锅被生生地变成了乱炖。

回到昔归茶舍,陈思打开笔记本电脑,电脑桌面上,有一个名为自宅设计的文件夹,陈思点开一张图。这是一张只有建筑而没有环境的渲染草图,但是已经能清晰地看到建筑形体和院落关系了,两个建筑学毕业的小女孩立刻被这个优美的建筑打动了。画面中是一个单层建筑,缓缓的坡屋顶，深远的挑檐，厚重的石头垛起了两侧的山墙，穿过紧贴山墙的烟囱也是石头的，正面卧室的窗户在厚重的石头墙体里显得轻盈，客厅则是大片的落地窗直接落到木制大平台上，能看得出来，到了夏季打开落地窗，室外平台就和屋里的客厅连成一体，几道木质大梁从空中穿过大平台连接到平台边的柱子上，大梁上还有几个小的横梁，好像是还没有来得及覆盖上陶瓦；木制平台和主体建筑呈"L"布局，与下面一横一纵垂直相对的两道石头围墙共同围合出了一个小院。这个建筑并没有一点儿夸张复杂的造型，风格质朴，可是偏偏让两个小才女觉得这是家应该有的样子，整个方案体现着陈思对于家的理解，安全、舒适、温暖、和谐。

陈思指着屏幕介绍："这个大烟囱就是为了烧火炕用的，这个木屋架是葡萄架，夏天会有一片阴凉，冬天，叶子落了，阳光也会照进客厅；这个小院现在有一棵大枫树，一到秋天，满是红叶，美不胜收；这一横一纵并不相连的两道墙体，除了起到围合作用，还有一定的遮挡作用，这片墙后，其实是柴火垛，这片墙后，是个马厩。哈哈哈！"

高菲说："这也太美了吧！"

胜男说："这哪是农村住宅呀，这不就是别墅嘛，大叔，我也想当农民！"

高菲说："大叔这个真的要建哪，要是建成了，一定带我们俩去住几天，喂马劈柴！"

陈思说："当然要建了，这个小房子里还有我的两个房间呢！对了这几天我会完善图纸，图纸做好了之后，还得麻烦胜男老板帮我打印出来。"

胜男点头答应，看着自己的老师，心中暗想，这可能才是一个建筑师的理想状态吧。

二十一

1

　　工作一旦进入正轨，日子就显得过得很快，很快就到了2月份的最后一天，恰好还是周末。刚过春节，买茶的人并不多，陈思的小店每天都很清静，可是陈思却挺喜欢这种清静，自己可以安心地整理书稿，品品茶。但是一周不见的刘远航还是在没有预约的情况下，就直接来到了昔归茶舍。

　　刘远航把夹着的一卷图纸随手放到一边，大咧咧地坐在陈思对面，说："昨晚喝多了，赶紧来泡昔归，让我精神精神。"

　　陈思只好收拾起自己的书稿，烧水泡茶，边收拾茶具，边问刘远航："去梅城了？"

　　刘远航说："嗯，哎，你怎么知道的？宇轩跟你说了？"

　　陈思说："没有，我都有十多天没见到宇轩少爷了，估计是被你快逼疯了吧？别卖关子了，说吧，梅城一行，结果如何？"说完给刘远航倒了一杯茶。

　　刘远航说："喜忧参半。"

　　陈思问道："忧从何来呀？"

　　刘远航说："昨晚上，和开发区刘书记，还有孙局长一起吃了个饭，天哪，宇轩的大师姐，那个美女局长也太能喝了，既会说话，又会办事！"

陈思白了一眼刘远航说:"你就挑干的说吧。"

刘远航说:"我和孙局长是第二次见面了,第一次是上周宇轩陪我去的,这次是孙局长替我约的刘书记。见书记之前,孙丽丽跟我交了个底,现在想干这个公园的施工队伍不少,赶上过年纷纷请各路毛神找到书记和她。"

陈思说:"看来,你的竞争还有点儿激烈。"

刘远航说:"对于公园的施工,我其实兴趣并不大,只是能减少点儿资金压力,现在看想干公园的人还挺多,但都是一些景观施工企业,对于房地产开发没兴趣,这两块地大不大、小不小的,还要定向开发一个酒店,理论上不挣钱,估计多数房地产开发商都没兴趣,但是我算过账了,还是有很大空间,这得多谢你和宇轩。"

陈思说:"那你昨天这顿饭吃出个什么结果?"

刘远航说:"刘书记现在挺难,公园想建设,但是土地又出让不出去,大话在全开发区干部会议上也说了,所以孙局长把我的情况一说,刘书记很高兴,表示如果我有这个想法,政府会全力支持。"

陈思说:"那两块地得多少钱?"

刘远航说:"两个厂子的地上物再加上原有职工的一些善后安置,估计得七八百万,但是刘书记表态了,政府可以根据旧城改造的政策,把我这项目的出让金和配套费都免了。我得先收购这两个厂子,变成大动迁户。"

陈思说:"那实际上,跟公园的项目也就没什么关系了,政府把出让土地的钱拿来干公园,你就买块地做开发呗。可是土地的报卷组卷,还需要一段时间哪。"

刘远航说:"刘书记同意可以先施工,手续抓紧办着,估计差前差后的也差不了几天。只是现在看资金确实是个问题。"

陈思说:"你打算打退堂鼓了?"

刘远航说:"这块地的条件这么好,我可不想退,我这点儿钱,在奉州,啥也干不了,但是在梅城,兴许能折腾点儿事。机会难得,我还是决心要干。先把厂子收了,反正土地怎么都升值。"

陈思说:"你的钱交了土地款,也就所剩无几,你拿什么开工?"

刘远航叹了一口气,说:"实在不行,就只能求我大舅哥了呗,唉,有些事不愿意跟你说,郑朝东这个人哪,买树的事,唉……"

陈思说:"是不是嫌你在枫树村的树买贵了?你还别为难,我其实还真不太想卖。"

刘远航说:"买,肯定是要买,就是跟我说能否少给两万块钱,唉,我都不好意思跟你张嘴,没事,到时候,那两万块钱我给你补上。"

陈思说:"那倒不用。其实,你不了解农村人的纯朴,因为你是我朋友,就是不要钱,张叔和水灵也都舍得。"

刘远航说:"那我就厚着脸皮去吧,对了,如果我张嘴求我那大舅哥郑朝东,他肯定不是要股份,就是要利息,很多时候哇,在钱的面前,亲属也就那么回事。"

陈思笑着说:"也别这么想,生意就是生意,跟是不是亲属也没什么关系。"

刘远航说:"现在看资金计划得周密,顶房子也是在所难免了,还真被你说着了,真是有多少钱,才能挣多少钱的利润。"

陈思却突然正色说:"刘总,我知道你现在资金紧,但是第一,不能拖欠宇轩公司的设计费;第二,不要忽悠宇轩什么设计费入股,他年轻,公司也小,经不起折腾。"

刘远航说:"你看你把我想成什么人了,放心吧。这项目多少有点儿风险,我不会带着宇轩,不过,以后有了好项目,带着宇轩也是对他好哇。"

陈思说:"这个就再说吧。"

刘远航说道:"有的时候挺羡慕你们的兄弟情义。唉,走了。"说完拎起放在一边的图纸,有点儿失落地走了。

2

陈思收拾了一下茶具,刚要继续整理书稿,却发现门一开,刘远航又回来了。

刘远航苦笑着说:"我都忘了自己还是未来地产的总经理了,今天本来是要和你研究园区绿化的事。"

陈思笑着摇了摇头,说:"你不是找了景观设计院给你出了图纸吗?"

刘远航把一张景观总图铺在茶台上说:"是,就想让你帮着看看,另外咱那些大枫树,除了主广场有二十五棵,剩下的,你得给我画龙点个睛啊!现在我就能信着你。"

陈思说:"好,我看看图纸。"说完掏出一支铅笔,就伏在案子上看起图来,然后在图纸上画了一些斜线,又画了一些小圈圈,才直起腰来,点上一支烟,站在图纸前看了一会儿,又找出橡皮,擦掉了几个,重新画了几个圈,审视了一会儿,才满意地点点头。

刘远航说:"你觉得方案怎么样?"

陈思说:"挺好哇,我只是在原有方案的空间布局之下,考虑好人的视线和景观的色彩,把你的枫树很好地融进去。你就按照这个挖坑吧,大枫树移植过来,立刻就得埋到土里灌上水。"

刘远航说:"我还以为你得批评方案几句呢。"

陈思说:"每个设计师对待自己的设计都像对待自己的孩子一样,也许思考角度不同,也许确实有水平的差距,但是很少有设计师会故意把方案做得不好,都是呕心沥血之作,即便不认可,也没有必要再恶语中伤。"

刘远航说:"你要是觉得没问题,那我就安排下去,该准备的工作赶紧准备。"

陈思说:"移植这种大树,必须找专业的种植公司,可别整几个力工就把活干了,从移植到成活,这个过程必须是专业的。"

刘远航说:"这个我马上就安排,今年天气比较暖和,我想争取下周末就去移植。"

陈思说:"定好了时间,我得给水灵打个电话,让她那边也准备一下。"

刘远航说:"她那边需要准备什么呀,也不需要她干活。"

陈思说:"这个活得干接近一天,不得让水灵给工人准备饭菜呀,你以为几个人的饭菜好准备呀,够我妹子忙活的。"

看看外面,天已经渐渐黑了,刘远航说:"陈爷,要不你也别回家了,我给宇轩打个电话,让他也过来,咱们一起吃个饭,再研究一下方案,我下决心干了,3月份把那两个厂子的事定下来,争取5月份就开工。"

陈思点点头,说:"也行。你叫他过来吧,带着图纸。"

刘远航刚要给宇轩打电话,陈思突然问:"远航,你提到吃饭,我想起个事,这附近新建的园区可也不少,他们要是买菜得去哪儿?"

刘远航放下电话说:"老区里有个农贸市场,就是埋了巴汰的那种,离着还有点儿远,新建的两个小区的沿街门市里有几个蔬菜水果店,因为离着农村比较近,夏天,开发区的居民买菜都买街边来摆摊的,就在咱这两块地路边,因为菜比较新鲜,老区里不少人来买。"

陈思说:"远航,你的机会来了,这个项目,你能挣到钱。"

刘远航一听,赶紧掏出一支烟,递给陈思并给点上,自己也点了一支,笑着对陈思说:"陈爷,你快说,怎么就能挣到钱了?"

陈思说:"你的地块虽然小,但是以前我只认为有增加商业面积的基础,现在看,更有了增加商业面积的条件。除了那一撇引入式步行街,你还可以增加商业面积,虽然不多但是会很值钱!"

刘远航一听还能增加商业面积,顿时心情一振,说道:"还能增加?在哪儿啊?"

陈思说:"你可以做一个两千平方米左右的农贸市场,那个婚庆酒店可以做二层,一层的一般是后厨,另一半可以做一个婚庆用品超市,你想想看,是否可行?"

刘远航说:"太好了,但是农贸市场是否有点儿低端?"

陈思说:"你不去买菜,你不知道,现在的农贸市场设计好的也很多,很干净,最主要每个小档口,就四五平方米,但是价格会比住宅多一两倍,一平方米挣个七八千,你不干?"

刘远航眼前一亮说:"干!赶紧让宇轩过来,他住宅已经设计差不多了，赶紧按照这个来修改裙房，调整酒店的方案。"

给宇轩打过了电话，刘远航意犹未尽，说道："陈思老弟呀，这个项目既然前景这么好，你还是跟我一起干吧，有你在我心里有底。"

陈思说："你看，又来了，我只是参谋几句，项目的成败是你自己负责，所以决心还得你来下。"

刘远航又问："5月份开工，你就不能到现场帮帮我？"

陈思说："5月份我也有个现场！需要我去管理。"

刘远航问："哪个地产公司，这么大面子，能请动你？"

陈思说："我妹子，水灵。"

二十二

1

　　2009年的春天来得特别早，刚刚3月下旬大地就已经冰消雪融了，虽是乍暖还寒，但是空气中却已经开始散发春天的气息。这个周末，一大早，刘远航和陈思就带着移植枫树的车队出发了。刘远航的大吉普在前面引路，后面跟着两辆大型平板货车，还有一辆汽车吊车。刘远航在进入3月份还是头一次见到陈思，到枫树村大概开车需要两三个小时，路上两个人聊了起来。

　　刘远航说："陈思老弟，这仨礼拜，可把哥哥我忙坏了。梅城开发区的两个厂子我都弄利索了，钱花得有点儿冒，全下来，花了九百多万。"

　　陈思说："二十多亩地，四十万一亩，光是土地，你就赚了。"

　　刘远航说："幸亏下手快，不然还真轮不到我了。其实是你的策划给了我信心，你说，让哥哥我怎么感谢你？"

　　陈思说："感谢就不用了，听说你有个朋友是倒腾退役赛马的，等水灵的房子翻建好了，帮我去挑两匹，拉到水灵家，我这辈子，最大的理想就是有两匹自己的骏马。"

　　刘远航笑道："真的假的？这个没问题，马的事包在我身上。我直接给你送到水灵家。有的时候，真搞不懂你，宇轩找你当合伙人你不干，我让你当总经理你也不干，为了这么个小房子，你还要亲自参加建造？"

　　陈思说："生活简单而已。我在农村长大，如果没有父母含辛茹苦把我养大供我上大学，我现在应该在这山沟沟里准备春天种地呢，也许娶一个水灵一样的媳妇，估计孩子都要上大学了。我经历过贫穷，所以对于现在的生活，很满足了，衣食无忧，父母家人都在身边，老天已经很厚爱我了。人哪，一过了四十岁，才会明白，为什么说四十不惑，我不想让工作填满了我的生活，我也不想为了钱、地位，而对任何一个人低三下四，这个时候，应该活得有点儿尊严。"

刘远航问道："你不喜欢建筑设计了？"

陈思说："喜欢哪，但是实在不喜欢再设计高楼大厦，外表华丽但是冷冰冰的没有一点儿情感。现在才理解柯布西耶说的'住宅是居住的机器'是多么深刻。我设计过的高楼大厦不下百座，但是多数真的就是居住或者工作的机器，这些设计没有情感，像机器一样高速运转。其实人在大都市里很渺小，在一个小区里，没有邻里往来；在一个高层办公楼里，很难见到几张纯真的笑脸，在钢筋混凝土的丛林里生活，人很快也变成了机器的一个零件，每天重复同样的工作。连恋爱都变成了一种程序化，早上请安，中午问候，晚上约会吃饭，然后就互相了解经济状况，上床试试彼此零件好不好用。我是真不想这样生活。"

刘远航说："哈哈哈，陈爷，真精辟！你说你这算是逃避吗？"

陈思说："算是一种反思吧，夜深人静的时候，我总是问自己那份不算太高的薪水中，有多少是靠透支自己的身体和牺牲陪伴家人的时间换来的，仔细想想真是不太划算。建筑设计给了我一个相对较好的物质生活条件，可是我现在却真的不喜欢这种毫无情感的工作，挺矫情哈？每天我坐在自己的小茶舍里看着周围不断耸起的高楼，真的担心，有一天我的小茶舍也消失在这表面浮华的都市里。就像自己的家人一样，早晚都会离我而去，那么就好好珍惜能在一起的每一天吧。"

刘远航说："我挺佩服你的洒脱。我比你大几岁，但是我就是想当个大地产商，建立自己的商业帝国，这种执念，我就是改变不了。而且，我这个人还有点儿迷信，我认为老天让我遇到你和宇轩，就是在给我机会，我不能让机会白白溜掉。"

陈思说："宇轩那边方案做得怎么样了？"

刘远航说："方案已经按照我们研究的做完了，正等着上开发区规委会呢，估计问题不大，现在都知道这是书记大力支持的项目，谁能瞎提意见呢。"

陈思说："你这两下忙活，还真是精力充沛。"

刘远航说："充沛啥呀，自打有了自己的项目，对未来地产的项目，一下子就没热情了，人都有私心，这玩意儿光靠嘴说对企业忠诚没用，自己的孩子谁不疼啊？这老郑，一天天地抓着我干这干那，就好像不知道我自己拿了地。"

陈思说："谁让你现在还是人家的总经理呢。对了，刘总，样板间应该快装修完了吧？"

刘远航说："已经装修完了，效果非常好，按你说的把那些书往上一摆，确实既有生活气息，又挺高大上。尤其是那个玻璃顶的庭院，实在太牛了，现在就等着做庭院绿化呢。老郑计划着，在五一黄金周的房展会上也许会一鸣惊人呢！"

陈思说："不是也许，而是一定一鸣惊人。"

刘远航说："你怎么这么有信心？"

陈思说："我太了解奉州的房地产设计了，真正好的设计太少了，头几年，都是人们的刚性需求，什么房子都能卖出去，以后这种情况一定会慢慢改变，房地产商卖的将不是房子，而是设计，谁的设计好，谁的房子就会卖得好。"

刘远航说："有一点，我真的挺佩服你，你知道吗，3月初，我通过江曼找到奉州艺术大学音乐学院周院长，带着他到样板区看了一下，周院长看完非常喜欢，我当场就表示，如果周院长能来，就成本价，周院长当天就带着夫人来刷卡交了定金，而且表示，就想要那套玻璃顶的样板间。"

陈思说："那你大舅哥应该乐坏了吧？"

刘远航说："给我骂颠馅了！"

陈思笑着问："啊？为什么？"

刘远航说："还不是嫌我卖便宜了呗！妈的！不过现在应该是乐

颠馅了!"

陈思说:"不用说,音乐学院也跟着都来定房子了吧!"

刘远航说:"可不是咋的,这个月,一下子定出去了十五套!老郑还问我,能否联系一下美术学院的!妈的,你说跟着他干,不得把我气死!!白他妈挨一顿骂!"

陈思说:"还是再忍一段吧,你们本来就是亲属,你现在又是郑朝东的总经理,而且,你该知道,梅城的项目一旦在资金上出了问题,能帮你的也只有你的大舅哥。"

刘远航说:"是,这个我知道,所以挨骂时,我连个屁都没敢放!有首诗说得好,'他年我若为青帝',下句什么来着?"

陈思说:"'报与桃花一处开'!志向挺远大,祝你成功哟!"

说完两个人同时哈哈大笑,谈笑间,枫树村已经不远了。

水灵家的枫林,准确地说是在自己家的自留地里。水灵上初中时,每天要步行十几里的山路到镇上的中学去上学,水灵很喜欢枫叶,有时候在放学的路上见到小枫树,就抠一棵回家栽到自家自留地的地头,十几年竟然慢慢地形成了一小片枫林。枫树的生长速度很缓慢,虽然长了十几年,但是树干并没有多粗。

这片枫树林里承载着水灵很多美好的记忆,坐在枫林里听着陈思讲着设计的趣事,与自己的丈夫完成了初吻,带着女儿在满是落叶的霜红中蹒跚学步……想到陪伴自己十几年的枫树就要被迁走了,水灵的心情有几分不舍。地刚刚开化,还没有种上庄稼,刘远航和陈思的车队就这样碾过庄稼地,直接停到了枫树林边,车上跳下了刘远航和陈思,还有园艺师和一众工人。

水灵迎了上去,说:"哥,刘总,你们来了。这怎么干哪?不能把树都弄死了吧?"

陈思先是点了一支烟,抽了一口说:"没事,这都是专业干这种活的,张叔呢?"

水灵说:"你说要来十几个人,我爹一大早去镇里买菜去了,西屋原来堆的苞米都收拾出来了,足够大,中午就在西屋吃饭。"

刘远航说:"妹子呀,可别做太多菜,不是有煎饼吗,炖一大锅酸菜,多炖一会儿,就着煎饼大葱吃多好!"

水灵笑着说:"那可不行,怎么也得弄几个菜呀。"

刘远航说:"那就开干!"

与陈思同车的园艺师好像是个工头,他和刘远航走进枫林看了一圈,又确定了吊车的位置,就拿出红油漆,在每棵要移植的枫树主干的北面上做了标记,这也是为了确定枫树的生长方向,移到奉州也不能弄错了。随后,工人五个一组,每组一棵树,就开始工作起来。移植大树是一个技术活,每一步都需要严格按照程序走,但是关键的就是那么几步,工人确实很专业,很快就已经有几棵大树被装上了车。

水灵看着自己亲手栽的枫树就这样被弄上了车,心里一阵难过。陈思看了出来,把水灵拉到了一边,说:"让他们弄吧,已经快十点了,我帮你做饭去,我给你烧火。"

水灵说:"好,爹也快回来了。"

陈思边走边小声对水灵说:"刘总带来了六万块钱,他的老板嫌贵,剩下的两万,哥补给你。"

水灵用她那水灵灵的大眼睛瞪了一眼陈思说:"哥,你说什么呢,还用你补钱,其实我都没想到能卖这么多钱,都够盖房子了!我就是怕把树挪死了,那可就白瞎了,怪心疼的。怎么突然有种嫁女儿的感觉呢?"

陈思说:"过几天,咱们去苗圃买点儿树苗,再补栽上,没几年又一大片枫红。对了,上午咱们先做饭,吃完了午饭,他们干活,我们一家研究研究新房子的方案,你看一下,有什么不满意的,我好回去修改,咱们争取天暖了,过了'五一'就开工,我亲自来监工,把我爸妈也带来,住上一段时间,房子也就盖完了。"

水灵的心情好了一点儿说:"真的呀,那盖完了新房子就让咱爸妈多住一段时间呗,夏天这儿多凉快呀。"

陈思说:"不是怕给你们添麻烦嘛!吃完了中午饭,你先看看设计再说!"

水灵说:"你这大建筑师做的,我能看明白个啥,你咋设计就咋盖呗!"

2

吃过了午饭,刘远航便带着工人继续去挪树,陈思则和水灵一家人研究上了马上就要翻盖的房子。

陈思打开了封包的效果图,两张透视、一张鸟瞰把整个建筑表达得一清二楚。看着这三张由陈思亲手设计绘制的效果图,水灵一家人都露出了惊喜的表情。

水灵兴奋地说:"哥,新家就这样啊?这也太好看了,这是画吗?"

水灵的女儿叶子则是目不转睛地看着效果图,对这位大舅满心崇拜。

张叔有点儿担心地问陈思:"陈思呀,这,这得花多少钱哪?"

陈思说:"张叔,这是我根据设计做的效果图,咱家将来建完,跟这个差不多,应该比图纸还漂亮。至于钱嘛,花不了多少,跟咱们村里盖房子一样,只是在设计上有些不同。你看,山墙就是用咱们当地的石材,很便宜;坡屋顶的梁就是木头梁,施工时去趟镇里的木材加工厂,只要按照我给的尺寸加工就行了,就客厅这个落地玻璃造价高点儿,但是面积也不大,总共下来多花不了多少钱,而且这次花多少钱都我出。"

张叔说:"你出什么钱?!你陈思一家要是来住,想住多长时间住多长时间,还拿钱。"

陈思并没有接张叔的话,而是继续介绍方案:"您看这两片墙,一个后面是堆柴火用的,一个后面,我想养两匹马,水灵说您老是专家,您得帮我养好了。"

张叔说:"这个没有问题,你就放我这儿,我保证给你养得膘肥体壮的。"

陈思又给一家人介绍起了住宅的平面布局。水灵家的小院上几步台阶,左转就是连接客厅的大平台,直走,就是住宅的主入口玄关,走出玄关，左手边就是大客厅，穿过大客厅，最西边的房间是水灵的卧室；从玄关往前走几步是一条东西向的走廊，右转，两个南向房间是水灵女儿叶子和张叔的房间，走廊北侧，从东到西，依次是厨房餐厅，客房，卫生间，客房，另一个厨房，这个厨房其实是水灵专门摊煎饼的工作间，工作间北面也是个平台，到了夏季，在屋里摊煎饼太热，就挪到平台上摊，正对着远山和小枫林。东西两个厨房都与卧室连着，是因为，张叔和水灵冬天还是习惯睡火炕。

水灵的女儿小叶子说："大舅，我不喜欢睡炕，太硬了，可是我的房间到了冬天会不会很冷？"

陈思耐心地笑着说："不会，你没看你们家整个地面是抬起来的吗？你房间和客厅地下做的是土地热，到了冬天还怕你热呢。"所谓的土地热就是地炕，东北的劳动人民还是有智慧的，现在新建的农村住房，多数是把室内的地面抬高，形成一个小地下空间，到了冬天，把里面放上拌了水的锯末，或者苞米瓢，让锯末或者苞米瓢缓慢地燃烧，就形成了土地热。

张叔笑着说："这个好，房子还是得高点儿建，你别小看咱家门前这条小河沟，头两年发大水，水都到炕沿了，我们一家三口跑山上的看参小屋里住了好几天。"

陈思看了一眼水灵问道："你们现在还养人参吗？"

水灵说："我爹当年包的一小块山，原来种点儿人参，也没挣着钱，现在都被我爹种上树了，就是有时候上山累了，在那屋里歇会儿，那地方有个小泉眼，那水可好喝了。"

陈思说："张叔、水灵，还有小叶子，你们看，这个设计还有什么不满意的地方？"

水灵笑着说："哥，你做的设计我们能有不满意的地方吗？"

张叔也说："满意满意，我都不相信，这辈子还能住上这样的房子。"

陈思说："5月中旬开工吧，正好这段时间你们把家里东西也先收拾一下，春耕的事也不能耽误哇，到时候，我过来，你们忙你们的，我带着工人干。"

在这样一个春日，水灵一家人心中都对未来充满了期盼，与陈思聊着聊着，不知不觉就快下午四点了，水灵说："哎呀，是不是得准备晚饭了呀？"

陈思说："我去看看，他们干到什么程度了。"说完起身刚要出门，发现刘远航已经晃晃悠悠走进了小院。

陈思说："远航，还差多少了？是不是得让水灵准备晚饭了？"

刘远航说："剩最后两棵了，我就是来告诉水灵妹子不要准备饭了，陈总，你也收拾一下，再有几分钟，就能装车了，专业的干活就是快！我想赶回去，明天就给栽上。"

水灵一家人送陈思和刘远航来到小枫林边，小枫林因为被移走了五十棵树，空出了一片空地，虽然枫树还没有发芽，但是可以感觉到，今年秋天，红叶一定会少了一大片。陈思看着躺在车上的一棵棵带着土球的枫树，心想，到了奉州，真的会有人珍视这一抹枫红吗？

二十三

1

奉州4月份通常风都很大,可是这个4月中旬的周日,却阳光和暖,连一丝微风都没有,人的心情都跟着明媚起来。陈思上午陪着父亲在公园里晒太阳,散步,抽烟,充分地享受着这难得的春日。

陪着父母吃完午饭后,陈思回到昔归茶舍,打开所有的窗户,自己坐在小院子里,看着对面公园那里已有的蒙蒙浅绿,心情畅然。这时,宇轩耷拉着脑袋怏然走来,也搬了一个凳子坐到小院里。

陈思见到宇轩情绪不高,便问:"大师,这是怎么啦?"

宇轩递给陈思一支烟,两个人点上之后,宇轩抽了一口,然后有点儿愤恨地说:"哥,那个刘远航,最近来找过你吗?"

陈思说:"从枫树村回来之后,就再没来过,应该是很忙吧。怎么啦?"

宇轩说:"他也太不是东西了!梅城那个方案我们帮他做完了,可是施工图他却给了'都会设计公司'!你说我跑去给他找我大师姐帮他拿了地,他转眼就把施工图给了别人。这人什么玩意儿啊?"

陈思低下头,抽了一口烟,沉声说了一句:"嗯,这事刘远航干得确实不太好,但是你同学何鸿你该知道,一贯都是低价抢活,知道点儿什么信息就跑去找开发商毛遂自荐,然后就是降低报价。也不知道,这些年全是低价干活,他们是怎么生存的。对了,你姐夫不就是被她从你孙姐身边抢走的吗？"

宇轩说："对！你知道这个何鸿啊？你知道更可气的是什么吗？"

陈思看着宇轩，等着宇轩继续发泄。

宇轩说："胜男前天还给我来电话，说是那个刘总在她那儿打了很多效果图，账都记到了我公司的名下，我开始也没觉得什么，但是现在一想，这也太能占便宜了吧？"

陈思摇摇头，似乎也没想到刘远航会这么做，接着问宇轩："那你打算怎么办？需不需要，我给刘远航打个电话，问问怎么回事？"

宇轩颓然说："还不能闹僵了，他现在毕竟还是未来地产的总经理，未来地产还欠我一半设计费呢。哥，我就是挺憋屈的，他也不怕我把这事告诉刘书记。"

陈思说："在通往建筑大师的道路上，谁还不遇到几个王八蛋的甲方呢！憋屈啥？"

宇轩愤愤地说："我再也不想见到刘远航这个王八蛋了。"

陈思笑了，说道："这大可不必，你刚才不说未来地产还欠你设计费吗，怎么，不要了？唉，做建筑设计的，谁没被骗过几个方案哪？你能被骗，说明你的方案还有价值，而且毕竟人家还给你拿了十万块钱，也没算白干，顶多就是没有利润罢了。"

宇轩说："那要是哪天见到刘远航，怎么说呀？"

陈思说："做了亏心事的是他，又不是你，有什么不好面对的。大大方方，不卑不亢，你要学会看破不说破，这样彼此都有台阶下，让他永远欠你一个人情，以后还有合作机会无所谓，他不过就是你的一个客户，你不要把他当成朋友，没有了情感，也就不会有那么多伤害了。记住，如果有一天，他还来找你合作，你是经营者，你还是要笑脸相迎，来的都是客！"

宇轩说："哥，我懂了，只是太憋气了！"

陈思说："有什么好憋气的，不过，通过这件事，你也要清楚，经营者和建筑师想都做好可是挺累的。"

宇轩倔强地说："可是我都想做好。"

陈思说:"这就不太现实了!"

宇轩说:"大哥,你是很不看好设计市场了?如果设计市场真的不好,我岂不是也没饭吃了。"

陈思说:"恰恰相反,设计市场越不好,你才越有机会,中国不是一个人才过剩的国家,其实是个人才稀缺的国家,就拿建筑师来说吧,真的有那么多优秀建筑师吗?我看未必,只是作为国家的支柱产业,我们中国的建筑师有着比外国建筑师多得不知道多少倍的实践机会,但是又出过多少优秀的作品呢?你的强项是方案,你是个优秀的建筑师,这一点你要自信,但是,你要充分发挥自己的强项,而不是弱项,经营其实是你的弱项。"

宇轩说:"大哥,你这么一说,我好像确实需要好好思考一下自己的发展方向了。这么经营公司,确实很累。"

陈思说:"对呀,你也不要太责怪刘远航,这是人家的第一个工程,我们也不知道,是不是有人说情了,是不是设计费报价很低,等等吧,所以打铁还需自身硬。你更是需要有一个宽广的心胸,你是个大男人,设计公司的老板。走,太阳有点儿晒,咱俩进屋,我给你来泡好茶,安慰一下未来的大师。"

2

"哎呀,两位大咖都在呀!"

陈思和宇轩刚坐下,就见多日不见的胜男从门外一阵香风地走了进来,胜男一进屋,便坐到了宇轩的旁边、陈思的对面,看到宇轩没精打采的,胜男习惯性地一只手搭到了宇轩的肩膀上。

宇轩没好气地说道:"男女授受不亲,你别一见面就勾肩搭背的好不?"

胜男也不生气,收回了手,说道:"师兄好像心情不太好哟!"

陈思笑着说:"行了,胜男,你别逗你师兄了,来,喝杯茶,你今天怎么有闲工夫过来了?"

胜男说:"大叔,我的建筑大学分店已经开业了,现在看嘛,还不错!"

说完吸溜喝了一口茶。

陈思说:"最近不忙啊?"

胜男说:"忙!大叔,我的建筑沙龙也开始了,我都没想到,人气还挺旺!"

陈思说:"鬼丫头,你这个沙龙现在都是什么内容啊?"

胜男说:"现在每周三晚上和周六晚上,有一堂手绘教学课,时间是两个小时,我和菲儿教,哈哈哈,每人每学时是三十块钱,一晚上就六十块钱,要是十个人上课就是六百,我和菲儿一人一半!讲究不?"

宇轩没好气地说道:"我说高菲一到晚上也不加班了,原来被你拉去讲课了!"

胜男说:"别那么小心眼好不,也不是天天讲,再说,没事的时候还不兴员工挣点儿外快呀!"

宇轩说:"有人听吗?就你们俩?"

胜男骄傲地说:"切!别瞧不起人,人家常说,女人长得漂亮是优势,活得漂亮是本事,我和菲儿,是没什么本事,但是我们长得漂亮啊,有优势!小学弟,一见到我们姐儿俩二话不说就订课!现在第一期都招满了,第二期排队呢!"

陈思说:"是嘛!我相信胜男是有这个本事和魅力的!"

胜男又喝了一口茶,瞄了一眼宇轩,对陈思说:"大叔,师兄,以后别老叫我大号,现在都叫我胜老师!"

宇轩双手捂着眼睛,表示哥已经听不下去了,但是又关切地问:"那剩下的等待报名的会耐心等吗?可别被别的培训机构抢走了,生源很重要。"

陈思心中暗笑:宇轩倒是善良,刚吃完的亏,不想让胜男再重复一遍。

胜男得意地说:"本姑娘有招儿,我的二楼其实是个大图书馆,里面我放了很多图书资料,都是咱们系图书馆没有的,平时没有课的时候，免费开放，来打图的就当休息区了，但是，看书免费，喝咖啡和茶不免费，每杯十五。"

宇轩说："你可够黑的，开水吧不说开水吧，还定价这么高，小学生能喝起吗？你当你是星巴克呀还是太平洋？！"

胜男假装生气地说："师兄，你能等我把话说完不？！"

陈思笑着打圆场："快说你的高招儿！"

胜男说："买咖啡消费的钱，凭票可以直接折合零点五学时！他喝我两杯咖啡就可以白听我的课！"说完用手指头点了一下宇轩说："换你，你不喝！"

陈思笑着说："你就当是请你的学生先喝杯咖啡呗！嗯，高！高，实在是高！"

胜男笑着点头说："还是大叔懂我。"接着看着陈思有点儿不好意思地说："大叔，其实今天来是有两个事求你，嘿嘿，你可不准说我。"

陈思说："你说吧，什么事？"

胜男说："我和高菲教手绘吧，教教就觉得没什么可教的了，没当过老师，就觉得没什么头绪，课上得不成体系，您不是准备出草图方面的书嘛，能不能把您的书稿借给我们当讲义呀！"

陈思笑了，说："你可真是有心，书稿我是不会借给你们的。"

胜男满脸失望地说："我也知道这个要求有点儿过分。"

陈思一笑，指了指门口的窗台下，宇轩和胜男都没注意到，原来窗台下整整齐齐地堆了几十个大纸包。

陈思说："我的第一本书，《建筑草图》已经出版了，刚送到，胜男哪，一包是十二本，你拿走五包吧，宇轩一会儿也拿走一包，我可不给签名啊。"

胜男和宇轩走到窗台下，打开一包，一摞精美的书呈现在眼前，封皮是用陈思自己的一幅作品草图做的背景，上面写着书名，《建筑草图》，书名下，三个小字，"陈思著"。胜男和宇轩各自拿了一本翻看，边看边夸。

陈思说："胜男，你就拿这个当教材吧，算是我赞助你的。"

胜男知道这个时候提钱，绝对会伤了自己老师的心，便没说什么，只是点头道谢。

宇轩则说："思哥，我买两包吧，我想给我们公司建筑学专业的每人发一本，让他们好好学学什么是多年老建筑师的草图。"

陈思笑着说："你是得买，你是大老板，这算是公司的学习费用，不过，我可没有发票哈。"

胜男连忙说："大叔，这一本，算是您的赠送，剩下的我也买哈，不能老占您便宜。"

陈思说："这种专业书，估计也没人爱看，胜男你们能用得上，至少说明它还有点儿价值，还提什么钱。"

胜男爱不释手地翻看了一遍，自言自语："没想到我身边的朋友也有能出书的，哎，大叔，我有时候真搞不懂你，你说你也不做设计了，为什么还要写书呢？"

陈思说："我只是希望能给自己这么些年的建筑师生涯做个总结和交代，而且，我写书，其实是为了我未来的孩子写的，我希望我未来的孩子知道他的父亲是个有追求的人，我们家也是诗书传家。"

听着陈思这么说，宇轩、胜男两个人虽然都对陈思暗自敬佩，但是异口同声地笑着问道："大叔，你什么时候结婚哪？"

陈思也哈哈一笑，对着胜男说："婚期都定好了好几回了，就是一直没找到人！对了，你不是说求我两件事吗，还有什么事？"

胜男说："我办那个沙龙得有点儿沙龙样啊，我合计每周日的晚上都请一个我们学校毕业的校友或者我们市知名的建筑师来和我的学生进行座谈。"

宇轩说："嗯，这个主意好，你那些前男友粉丝啥的一周一个能排好几年，哈哈哈。"

胜男假装生气地说："师兄，你信不信我现在就动手，我可是刚喝完牛初乳。"

宇轩说："你不用喝都够粗鲁了！"

陈思说："好，这周就找你师兄宇轩吧！"

胜男说："你们两个我都得请！"

陈思说："宇轩，你去可以，把你的作品好好给小孩子讲讲。我呢，等我从枫树村回来，我也一定去，我拍点儿自己施工时的照片，不是挺有意思？"

宇轩见陈思这么说，便也不好再说什么，胜男则是满心欢喜，让宇轩抱上几包书，自己也抱上了几包书，押着一脸不情愿的宇轩走了。

3

宇轩虽是一脸的不情愿，但是既然答应了陈思和胜男，还是要有所准备，于是带着胜男回到公司，把自己近几年比较满意的作品都整理了一下，用优盘拷好，看时间已经快五点了，就带着胜男在附近的小店简单吃了碗面，开车拉着胜男来到了自己的母校门外胜男的小店。

两个人一进到店里，虎子就迎了出来，他和小五现在都是店长，小五管着城里的店，虎子管着这家分店，高菲也许因为参加考研辅导班并没有来。

这个分店的店面要比城里的总店大得多，店面是南北向的，入口在道路的北侧，采光很好，面宽八米多，但是进深足得有十六七米，一进门不远就是前台，靠窗的位置是一个小的休息等候区；前台后面一道背景墙隔开了接待区和工作区，工作区由两部分组成：一个部分是打印区，一个部分是装裱区。紧挨着工作区的是一条长长的直跑楼梯一直通到二楼，楼梯下的空间被改造成了卫生间和贮藏间。

胜男带着宇轩沿着楼梯走到了二楼，一走到二楼，宇轩就有点儿对胜男刮目相看了。二楼一百多平方米的空间被胜男用一横一纵两个木质大书架巧妙地分成了三部分——小走廊、图书水吧区、绘图区，这两个大书架并不相连，所以三个空间相互连通，深得建筑大师密斯·凡德罗所谓"流动空间"的精髓；进入水吧区，就能看到整个侧墙全是大书架，连接着水吧区和绘图区，这三个书架上摆满了建筑图书，有的已经十分老旧，有几个小女生正在认真地看书；靠近楼梯的侧墙，从南到北，是一条突出墙体十几厘米的木质背景墙，距地面一米左右，距离棚顶也是一米左右，好像一个加长的绘图板被钉到了墙上，背景墙上用图钉钉满了大小不一的各种草图，应该是胜男和高菲以及她俩的弟子画的；进入绘图区，就能看到，两个超大的木质工作台拼到了一起，工作台的中间摆满了一盒盒的各种草图笔，一台投影仪正对着留白的侧墙，从棚上吊下来两个大的古朴的工业灯泡照着写字台；整个二楼地面都是刷的灰色油漆，顶棚是黑色油漆满棚喷涂，几排白色的轨道筒灯照射着大书架上的图书，非常有设计氛围。

这一刻，宇轩有点儿心生惭愧，觉得自己设计公司的装修还真没有胜男这儿有感觉，也难怪学生都爱来，也许有一间这样的工作室，是每个青年建筑师的理想吧。

两个人轻松地聊着天，已经有学生三三两两地来到了二楼，有的看着墙上的草图，有的翻看着资料。刚到六点，出乎宇轩的意料，屋里已经坐满了人，学生纷纷向胜男老师问好，有的则是好奇地看着一派建筑大师范儿的宇轩。六点半，宇轩的讲座准时开始了。

胜男先是简单地介绍了一下宇轩，学生都对这位少年得志的设计公司老总充满了崇拜，似乎找到了自己日后的发展方向。接着就是宇轩来介绍自己的方案，宇轩先是简单地介绍了一下自己比较满意的一些作品，有的重点讲解平面构思，有的侧重介绍立面造型，有的则是强调实施工程中材质对于建筑气质的影响，最后的高潮当然是播放梅城开发区婚纱摄影主题公园的全景动画。动画播完后，参加沙龙的三十几名建筑系学生更是报以雷鸣般的掌声，两个小学妹更是意乱情迷地看着宇轩，连胜男也有点儿情不自禁地看着才华横溢的宇轩，心生喜欢。

到了与学生互动的环节，宇轩更是妙语连珠，好好地展示了一下自己的博学和幽默，而面对学生发自内心的崇拜，宇轩也很享受这种轻松愉快的氛围，早把相亲和工作中的挫折忘到九霄云外。很快就到了晚上九点半，胜男宣布，今晚的沙龙到此结束，背景音乐里更是播放出了历年春晚的结束曲《难忘今宵》，学生在不舍中慢慢散去。

胜男和宇轩刚想聊点儿什么，虎子跑了上来，神色紧张。

虎子跑到胜男对面紧张地说:"老大,总店那边小五来电话,说跟一个客户发生了口角,客户叫嚷着要找老板,还要包赔什么损失。"

宇轩赶紧说:"那走,我们快过去看看!"

晚上,奉州的车比白天少了不少,宇轩一路超车,只用了不到二十分钟就赶到了在奉州城里的总店。这家店,离陈思的昔归茶舍并不远,路过时,宇轩还不忘往陈思的茶店方向看了一眼,陈思的小店已经关门了。宇轩、虎子、胜男三个人下了车,屋里传来一个男子的叫喊声。

小五见自己的老大和虎子来了,迎出来说:"大姐,这个人是都会建筑设计有限公司的。"

宇轩听到这个公司名不禁有点儿气上心头。

那个来打印的男子岁数并不大,应该也是刚参加工作一两年,见到宇轩个子最高,又是站在中间,还以为宇轩是老板,走过来指着宇轩问道:"你是老板?"

宇轩点点头,并示意胜男先不要说话,掏出一支烟,递给那个男子,说道:"来,先抽支烟,消消气,有什么事,慢慢说呗。"

男子并没有接过香烟,而是依然气愤地质问:"你们什么服务质量,说好的九点来取图,这都九点半了,图还有一半没打呢,你们没有能力干就别接单哪!"

胜男看了一眼小五,小五委屈地说:"刚才打印机出了点儿故障,打出来的图有点儿偏色,我就调了一会儿,耽误了时间,我也是想出图效果好一点儿。"

宇轩说:"不好意思哈,兄弟,这个项目图纸这么多,是投标吗?"

男子说:"不是,但是明天早上八点在山城市政府给市长汇报方案,晚了,能行吗?"

宇轩说:"你们怎么过去?"

男子说:"我们老板已经从外地直接过去了,我晚上带着图纸,坐火车过去,现在还有一个小时就开车了,就这一班火车!"

宇轩问小五:"小五哇,现在开始到全部打完裱完还得多久?"

小五低声说:"怎么也得两个小时。"

宇轩说:"兄弟,你看这样行不,你要信得过我,你就先坐火车过去,我们打印完了,由我开车给你送过去,从这儿到山城,走高速三个小时也就到了;如果你不放心,你就先找个地方休息一下,十二点半,你来这儿找我们,我们一起开车过去,你看怎样?这次的责任在我们,我们一定不会耽误你们的事。"

男子想了想,知道赶火车是不可能的了,便说:"我就在这儿等着!"

宇轩说:"小五,你赶紧抓紧打印,虎子,你看看这位兄弟吃饭没有,如果没有赶紧给兄弟买个肯德基。"

胜男一直在旁边看着宇轩的安排,一句话也没说,突然有一种有人依赖的感觉,这种感觉,以前从来没有过,温暖踏实。

宇轩安排好打印男子坐下,拉着胜男走到一边说:"姑奶奶,你可真会找时间,偏偏今天找我去什么沙龙,我是真欠你的,你回家吧,一会儿打印完了,我拉着这小伙去山城。"

胜男心里感动,却依然嘴硬,翻了一眼宇轩,说:"你就是欠我的!我不回家了,我陪你一起去山城,路上累了,也可以换着开一会儿。"说完,就跑进了屋,和小五他们一起忙起来。宇轩则跑出去给自己的汽车加满了油。

到了半夜十二点,都会建筑设计有限公司的图纸已经全部打印装裱完成,宇轩把封好的文本和效果图都装进了车的后备厢,才叫醒已然在沙发上睡着了的都会设计公司的小建筑师,动身开车前往山城。

开往山城的高速公路上没有什么车,高速公路在群山之间蜿蜒向前,这一天正是农历三月十六,月亮正圆,群星璀璨,胜男刚上高速公路时还跟宇轩说着这在都市难得一见的星空,没一会儿就悄无声息地睡着了,而那个都会设计公司的小员工则是一上车就进入了梦乡。宇轩扭头看了一眼睡在副驾驶位置上的胜男,月光照在胜男长长的睫毛上,这个平日里风风火火、大大咧咧的女孩原来也有这么温柔妩媚的一面。很多时候,心动就是一瞬间的事,宇轩心头突然有一种想追求胜男的冲动。

二十四

1

5月上旬的这个周末下午,陈思的茶舍高朋满座,宇轩、胜男、高菲都跑到陈思的小店,大家都知道陈思要去枫树村盖房子,一两个月会见不到这个老大哥了。陈思坐在主泡位置上,宇轩、胜男、高菲坐在对面,眼神中都对陈思有些不舍。

宇轩说:"哥,这一去一两个月,再有事想找你商量都费劲,晚上小弟做东一起吃个饭吧。"

陈思说:"不吃了,你们都来喝茶了,我们聊会儿天,晚上我得回家陪父母吃顿饭,再收拾收拾老爸的东西,明天一早就出发了。"

高菲说:"大叔,我们老大请你吃饭,可能还有大消息要宣布哟。"说完调皮地看了一眼胜男和宇轩。

陈思当然意会高菲的话外之音,问胜男:"是吗?你们?"

胜男有点儿不好意思,打了一下高菲,说:"臭丫头,你的嘴怎么这么快呢?!我现在还是在考察阶段,我可还没下定决心和他好呢!"

陈思笑着看着宇轩,说道:"看来是真的喽?宇轩那你可要把握住机会呀,我一贯主张先成家后立业,你得抓紧!别学我!"

胜男更不好意思了,抢着说道:"大叔,别听高菲瞎说,本姑娘就是那么好追的吗?"

反倒是宇轩满脸通红,低头默认了自己在追求胜男。其实恋爱就在这一刻是最动人的，明知道有希望，却还要努力追求，这种伴随着忐忑的幸福夹杂着憧憬和不安最是让人迷醉。

陈思也不愿再刨根问底，想来两个人想要明确关系尚需时日，便问高菲："小丫头，你决定好报考哪所大学的研究生了吗？"

还没等高菲回答，胜男就抢着说："哎呀大叔，你不知道，我这几天快被菲儿这臭丫头折磨疯了，她一会儿想考清华，一会儿又想考同济，再过一会儿呢又想考东南，要我说呀，就考我们学校得了，还能帮我带带学生！"

高菲叫道："就惦记帮你带学生！"

胜男说："哎呀，我是为你好，这不是惦记让你多挣点儿钱嘛，行了，你的事，你问大叔吧，我还不管了呢！"

陈思说："其实全国建筑学专业最好的学校就是这几所，清华、天大、同济、东南，我觉得如果菲儿现在开始备考，这几所大学随便挑一所，都能考上。"

高菲说："大叔，你对我可真有信心！"

胜男问："那陈大叔有什么推荐？"

陈思说："这个还是要看高菲自己的想法，我个人认为嘛，同济和东南这两所学校选一个，从学风上看，东南似乎更扎实一点儿，我建议是东南大学建筑系。"

胜男小声地说："大叔，其实菲儿想考清华，我懂。"

高菲的眼睛则盯着陈思，等待陈思回答。

陈思说："清华大学当然最好了，只是清华每年本系直读研究生的很多，对外招生数很少，竞争压力会很大，高菲需要更努力。"

高菲说："我也纠结在这，我实在是很向往清华，但是现实一点儿可能考东南把握性会大一点儿。哎呀，纠结！"

陈思说："其实这选择呀，就跟做方案一样，每个方案都有可取之处，但是不能每个方案碰一下，就掉个方向，这样就怎么都做不好了，白搭时间了，恋爱也是一样啊，对不对，宇轩？不要把时间搭在选择上，在不断地选择中浪费自己的生命。"陈思说着高菲的事，还不忘捎带上宇轩，而聪明的胜男更是听懂了陈思的话外之音。

高菲说："大叔，你帮我做个决断！"

陈思看到桌面上有个硬币，笑着说："这事我可决断不了，这样吧，扔个钢镚儿，听天由命！花朝上，清华，字朝上，东南！"

胜男一听来了精神，说："菲儿，我帮你扔！"说完捡起桌上的硬币用手轻轻一弹，硬币旋转着飞向半空中，又落在桌面上，飞速转着，几个人都围在桌面上，等待硬币停下来的结果。硬币转了一会儿，停了下来，花朝上！清华！胜男兴奋地拍起了手掌，可是高菲却没有想象中的那么高兴，毕竟报考清华对谁来说都不是一件轻松的事。

高菲抢过钢镚儿对胜男说："谁让你帮忙！这把不算，都说了让大叔抉择，大叔你扔！"

陈思笑着说："好，我替你扔。"说完也学着胜男样，把硬币抛在半空中，硬币没有如胜男扔的那么旋转，只是掉在桌面上转了几圈，还没来得及众人反应，就躺在桌面上，露出了上面的菊花。

胜男笑得眼泪都要出来了，大声说道："大叔，你怎么那么笨哪，连个硬币都不会扔，这是明摆着要让菲儿考清华呀！"

高菲郁闷地看着陈思，好像也觉得陈思是故意的，陈思说："这样吧，你自己的事自己做主，最后一次，你扔的就算数，天意不可违呀！"说完郑重其事地把硬币交到高菲手里。

高菲手握着硬币闭了一会儿眼睛，便也学着胜男的样子，把硬币弹向半空，硬币旋转着飞向半空中，又落在桌面上，飞速转着，几个人都屏住呼吸，等待硬币停下来的结果，硬币转了一会儿，停了下来，还是花朝上！

陈思、宇轩、胜男同时站起身来一起鼓掌，那架势好像高菲已经拿到了清华大学建筑系的录取通知书。高菲，呆坐在椅子上，无奈地点点头说："好吧，既然天意如此，我就拼上一回！"

陈思说："累，恐怕是要累半年了！既然下决心了，就拼搏一下，一定要心无旁骛。"

高菲说："我准备去北京待半年，就在清华附近租个房子。就是北京那边的房租太高,要是去南京,花销能小很多。"

胜男说:"不是还有我们嘛!"

宇轩说:"高菲,你在我这儿工作正好一年,这个月底,你办离职手续时,我把奖金也给你算一下,应该有几万块钱,省点儿花也够了。"

陈思说:"宇轩,你现在的财务情况怎么样啊?"

宇轩说:"还行,未来地产的别墅项目在房交会上还真的一鸣惊人了,郑朝东通知我抓紧出施工图,6月份全面开工,并承诺了,图纸出完就把剩余的设计费给结清了。"想了想又说,"思哥,你介绍的那几个开发商,虽然活都不大,但是很讲究,都签了合同,付了定金,其实今年这几个活要是都干完了,还能不错,我师姐也介绍了两个当地的小开发商,正在接触中。看来今年还不错。"

几个人就这样如同一家人一样,说着,笑着,聊着,有关切,有不舍,不知不觉中已夕阳西下。这时,陈思的母亲打来电话,让陈思回家吃饭,并希望陈思能给她带一包他的书回家,陈思满口答应。

2

陈思抱着一包书走进母亲家门时,发现父亲就坐在餐桌旁边,餐桌上摆满了父亲和自己平时爱吃的菜,足有八九个,陈思放下书,过去跟父亲贴了个脸,每次跟父亲一贴脸,父亲都是满脸开心。

陈思看到这一大桌子饭菜,对母亲说:"妈,这又不是不回来了,怎么整这么隆重啊?"

母亲说:"唉,跟你爸结婚以来,我还是头一回要离开你爸这么长时间,我不跟着去,实在是有点儿不放心。"

陈思说:"我会照顾好老爸,把老爸带走,主要是想让您能放松一下,调整一下身体,等水灵家房子建完了,正好天也热了,我就回来接您去水灵家避避暑。"

母亲说:"这个我懂,但是总归是有点儿不放心,你爸什么时候吃饭,什么时候上厕所,什么时候睡觉,总怕你找不准规律。"

陈思说:"妈,您儿子这么聪明,几天就找到规律了,这样,我天天跟您打电话汇报。您万一要是身体有什么不舒服,也赶紧给我打电话,从枫树村开车回来也快。"

母亲说:"我你不用担心,离你妹妹家也近,有事,我就找你妹妹了,她说她晚上也要来,如果有时间,她和你妹夫也会开车去枫树村看你爸。来先吃饭吧。"母亲把最后一个菜也端到了桌上。

陈思说:"这也太多了,能吃了吗?"给父亲夹了一些菜先凉着,接着说,"告诉妹妹放心,不用一趟趟地折腾,她又有孩子老公,又有公婆的,不必再添负担。"

母亲说:"这个季节,农村该是最缺蔬菜的季节。我就担心你爸到那儿不适应,也没什么吃的。"

陈思说:"谁说的,我们小时候,这个时候您不也是带着我和妹妹满山遍野地挖野菜,不也一样过来了吗。现在不是满地野菜吗,水灵勤快,田间地头的,有什么吃什么呗,我还真就喜欢吃那些个婆婆丁、车前菜啥的,山菜也该下来了,猫爪子、猴腿儿、蕨菜,不都下来了吗,对了还有大叶芹,我最喜欢那玩意儿炒土豆丝了,实在没有了,就去镇上买点儿蔬菜呗。我倒是想让我爸吃点儿这些东西,没什么污染,这城里的菜,水了吧唧的,一点儿味儿都没有,如果山菜多,我给你捎回来点儿。"

母亲说:"不用啊,我在农村的那些同学还打来电话,要给我拿呢,你就照顾好你爸,不用惦记我。"

陈思拿过一个小碗,给父亲挨样夹了一些菜,一边喂给父亲,一边说:"妈,天越来越热了,你可别给我爸拿太多衣服,我带的东西也不少。"

母亲说:"我衬衣、外套每样都准备了三套。"

陈思说:"那够了,足够换洗了,天热了,水灵家门口的小河沟洗什么可方便了,过了6月份,还能在中午给老爸洗洗澡。挺好!"

母亲说:"别的我不担心,就是担心你爸上厕所,农村的旱厕确实不适合老年人,尤其像你爸这样颠三倒四的。"

陈思说:"这个您不用担心,我给我爸买了个坐便凳,已经放车上了,从枫树村开车到镇上或者到县城也就十几分钟,缺啥买啥呗。"

陈思又喂了父亲几口饭菜问父亲:"好吃不?"

父亲清晰地回答:"好吃!"陈思听完,又喂了父亲一大口菜,父亲大口地吃着,使劲地嚼着,眼里看着陈思满是欢喜。

母亲说:"你爸的生命力是真的很顽强,每顿吃饭都是大口大口地吃,唉,其实每个人都在努力地活着,活着都很不容易。"

陈思怕母亲伤感,就转换话题说:"妈,你要那么多我写的书,干吗?"

母亲说:"孩子,你送我的那本书,我看了好几遍,虽然文字不多,但是言简意赅,我是看了你的书之后,才觉得原来自己的儿子专业水平这么高,妈很替你骄傲。"

陈思说:"唉,现在爱看书的人不多了,没想到我最忠实的读者竟然是我妈,一个非专业人士,哈哈哈!"

母亲说:"你记住,妈永远是你最忠实的粉丝,你的书是我一生中收到的最珍贵的礼物,所以妈才想多跟你要几本,妈是买哈,妈想把它也当成最珍贵的礼物,送给我的老师,我的朋友,对了,你别忘了给水灵和她女儿带上几本,她们也是亲人。"

陈思说:"哎呀这个不用啊,你想要多少,我就给你拿多少,都在我茶舍堆着呢,我也会给水灵娘儿俩带几本,您放心。"话虽然是这么说,陈思的心里还是一阵感动,没有自己父母的含辛茹苦,自己也许这个时候正在农村忙活种子化肥呢。

二十五

1

5月的山色是最淡雅的，无论是树林的嫩绿鹅黄，还是花枝的浅粉纯白，都是清新中带着朦胧，不像夏天满是浓绿那么单调，也不像秋天层林尽染那么浓烈，更不像冬天叶落枝干那么萧瑟。总算逃离了都市中的钢筋混凝土丛林，满眼再不是明晃晃的玻璃幕墙，陈思的心情极度明快，坐在副驾驶上的父亲，沐浴着阳光，看着不断变化的山色，心情也非常好，嘴里哼着陈思听不明白的小曲，陈思真的希望时间就在这一刻定格。

陈思并没有走高速公路，而是选择乡村公路，一路上走走停停，本来不到两小时的路程，竟然用了四个多小时，开到枫树村水灵家时，已经快到中午十二点了，水灵和张叔正在院子里焦急地等待陈思到来。

陈思刚下车，水灵带着泉水般的笑声迎了过来，说道："哥，不是七点就出门了吗，怎么才到哇，真担心你们路上出了什么事。"

张叔也走了过来，与陈思打了招呼后，和陈思一起把陈思的父亲从车里搀扶出来，水灵笑盈盈地问道："您认识我不？"陈思的父亲竟然清楚地说："怎不认识呢？！"几个人都被逗乐了。

院子里，大枫树的叶子已经发芽了，透过树荫，陈思才注意，原来的那个土坯瓦房早被拆除，只剩下原来院子里的木栅栏、原来放杂物的仓房，看来是用作临时指挥部的，小院打扫得干干净净，地上能看出拆掉的墙基留下的深色印记，好像在告诉陈思，这里曾有一座房子。

陈思说："张叔，您可真是个立整人，收拾得这个干净啊！"

张叔说："早就收拾好了，上个月趁着几个侄子还没出去打工，就让他们帮我把房子扒了，我们都搬过去半个多月了，几个侄子都出去打工了，房子已经空出来了，给你们爷儿俩腾出一间大屋来。"

水灵说："哥，你跟咱爸住一个屋子能休息好不，不行的话，就我带着小叶子和她姥爷睡一个屋，你自己睡一个屋。"

陈思说："不用，老爸晚上起个夜啥的，我照顾着方便，多年的建筑师生涯，练就了睡觉的绝活，有动静能醒，躺下就能睡，特别适合打更。"

张叔说："先别说了，车就停这院吧，没事，咱们先回家吃饭，你车里的东西咱吃了饭之后推个车子一趟就过去了。"

陈思说："我爸走得慢，你们两个先走，我陪着他慢慢走。"

张叔说："那水灵你赶紧先回去炒菜，我陪着陈思和陈大哥慢慢往回走。"

水灵答应了一声，一溜烟地走了。

回到了农村，陈思的老父亲似乎找到了一些记忆，很兴奋地嘟囔着什么，张叔听不懂就问陈思能不能听懂，陈思苦笑着摇头，表示自己一样也不懂，张叔摇头叹息。

水灵家的房子离自己堂兄弟家并不远，就在村里，张叔带着陈思父子走了十几分钟就到了。农村的住房习惯就是南边开门，即使院子的主入口在北面，也是南边开门，水灵堂兄弟家的房子前面不远就是树林了，后院临着路，需要穿过菜园绕到前面的小院子才能进屋。

这是一套没盖几年的大瓦房，按照当地人的说法算是六间房子吧，对称布局，一边三间，这三间房子的设计已经和水灵家原来的房子不太一样了，一进门是个走廊，走廊的左右两侧各一个房间，往前走是厨房；左边比较大的房间里面只有北炕，南边放着一张木床，右边比较小的房间里只有一铺炕，一堵带着小窗户的墙，分割着居室和厨房，厨房很宽敞，里面还有一个小仓库；这是东边的三间房子，西边三间房子的格局跟东边的完全一样。

水灵已经在屋里摆好了饭菜。水灵是个有心人，知道陈思的父亲行动不方便，就摆的地桌。陈思一看桌子上六个菜，小鸡炖松蘑、鸡蛋炒尖椒、肘子、炖豆腐、拍黄瓜，还有一盘油炸花生米。陈思扶着父亲坐下，水灵已经麻利地给两人盛好了饭，并给自己的父亲也盛了一大碗饭，自己坐在两个老人之间，刚坐下又站了起来，拿起给陈思父子盛好的饭，回到了厨房，片刻回来，陈思发现自己和父亲的米饭里都被泡上了浓浓的鸡汤。

陈思说："水灵你也坐下咱们一起吃。"看水灵也坐下拿起了筷子，陈思接着说："我这次来是要住一段时间的，水灵、张叔，你们千万不要每天都费心思做这做那，你们吃啥，我们爷儿俩吃啥，已经很给你们添麻烦了。"

张叔说："陈思呀，你这说什么话呢，谈什么麻烦，你一个大建筑师，能跑我这山沟沟里来，帮我设计房子，我哪儿找去呀，你不知道这村里多少人羡慕哇，都等着看你的大作呢，上梁那天，我还要大摆酒席呢！"

水灵说："哥，你可千万别多想，我这饥荒一还完，心里豁亮着呢，现在都有几万存款啦！哥你不知道吧，我现在这煎饼，县里面也有人来订，我都没时间帮我爹种地了，育稻苗都是雇人干的！"

陈思说："张叔，妹子，我说句真心话哈，作为建筑师，我一直想有个机会，做一个完全按照自己想法来盖的房子，我想一点一滴都记录下来，其实是你们给了我这个机会。"

张叔说："陈思呀，你就当是你自己家，你想怎么弄就怎么弄。行了，这些事吃完了饭慢慢说，咱先吃饭，别把老爸饿着了，来，动筷，动筷。"

2

吃完了饭，水灵先是带着陈思父子来看看他们住的房子，房间很大，南边的木床上铺着新被褥，北炕上铺着一层厚厚的炕被，一看就是新做的，陈思知道，这一定是水灵怕自己和父亲嫌炕热或者硬而特意做的。在农村，挨着里屋灶台的这部分炕叫炕头，靠近山墙烟囱的那部分，叫炕梢，北炕的炕梢上是一个炕柜，上面整整齐齐地叠着一排被褥，木框玻璃窗擦得干干净净。屋里的活动区，靠墙放着一个可折叠的小桌子，上面放着一个暖水壶，陈思知道这是水灵为了给自己泡茶方便准备的。

陈思和水灵看完了房子，又扶着父亲回到吃饭的那个屋子，扶着父亲在炕头的炕沿上坐下，张叔挨着坐下，水灵和陈思坐在地下的凳子上，陈思刚坐在木头凳上，发现自己的父亲脱掉了鞋子，往炕里挪了挪，竟然在炕头端坐，乐呵呵地看着屋里的几个人，那情景一下子就让陈思回想起自己儿时，父亲吃完饭，盘腿坐在炕上看自己背诵诗词的场景来。水灵和张叔看到这个情景也笑了。

水灵说："哥，你看，让咱爸来对了吧，还得是火炕舒服。"

陈思笑着看着父亲，心想，这也许真的就是无数游子思念故乡的原因吧。

几个人坐下后，陈思问："现在村里、镇子上有好瓦匠吗？得是能砌清水砖墙的那种瓦匠，现在这样的好瓦匠在城里可不好找，那墙能给你砌出溜直一道弯。"

张叔被陈思逗笑了，说："有，能找到，好的老师傅，其实都在农村哪，镇上我认识好几个小施工队，多是老师傅，都是家里有老人的，脱不开身，孩子都出去打工了，还得侍弄家里那几亩地。"

陈思说："那太好了，现在城里盖房子，都是贴外保温，再罩面，刷涂料，贴瓷砖啥的，没几年，涂料得重刷，瓷砖也往下掉，我们家原来的房子，就直接清水砖墙，而且，我想厚点儿砌，也不贴什么外保温了，这样冬暖夏凉的，住着舒服也踏实。"

张叔说："行，我看行，那涂料一掉色，可是寒碜去了，咱们就清水砖墙，素灰勾缝。"

水灵说："哥，那墙边能种点爬山虎不，我就喜欢砖墙上爬满那玩意儿，我看电视，人家那外国的庄园别墅啥的，都那样。"

陈思被水灵逗笑了，说："这个没问题，明天咱们去镇里的种子站，买点儿种子，再买点儿各种花种，先在后院找块地种上，等房子盖好了，找个雨天给挪过来，今年夏天，就能爬半墙。"

水灵说："这个太好了，哥，你咋那么聪明啊！"

陈思说："基础，我看就用毛石基础吧。"

张叔说："咱这儿就毛石便宜，石头场那有的是。"

陈思说："外面那两段围墙和咱们房子的墙裙我也想用咱们当地石头，有没有加工好的，稍微规整一点儿的？"

张叔说："有哇，什么尺寸的都有，还有加工成片的呢，你们城里人屋里屋外地贴，叫什么文化石，就是有点儿色，我是看不出什么文化来！"

陈思笑得一口烟没喷出来，给自己呛够呛，水灵赶紧站起来帮陈思拍打一下后背，陈思边笑边说："张叔，其实我也没看出来这石头，有什么文化。"

坐在炕上的陈思父亲这个时候也是笑得前仰后合，不知道他是否也听出了门道，陈思心想，只是看到父亲这些笑容，这次来枫树村就很值了。

陈思又问："张叔，说到清水砖墙，咱这附近能买到好的实心黏土砖吗？现在城里都是混凝土砌块。"

张叔说："有，咱镇上就有个小窑厂，旁边镇上也有一个，那个窑厂的砖更好，就是贵一点儿，但是烧得瓷实，那个镇上有个黄泥岭，那黄泥种庄稼不行，烧砖可是一等一的好材料。"

陈思说："咱这房子，内墙可以用空心砌块，但是外墙一定得挑好的红砖，没有多大面积，多花不了几个钱，这一半天，咱们开车挨个窑厂看看，把砖就定了。"

张叔说："行，你看准的东西，肯定没有问题。"

水灵这个时候也上来了积极性，说："哥，是不是得准备木料哇，这个坡屋顶得用不少松树干吧？"

陈思说："不用，我想房盖还是做钢筋混凝土的，一劳永逸，支上模板，绑上钢筋，打点儿混凝土，施工也快，我找人计算过了，费不了多少钢筋，有承重墙也不用梁。"

水灵说："没有梁，那怎么上梁啊，我爹不是还要摆酒席呢吗？上梁在农村可是大事，邻村村主任家盖个猪圈，还张罗上个梁收礼呢！"

张叔说："丫头，你就听你大哥的。"

陈思说："一般来说，咱们支好了房盖模板，绑好钢筋，准备打混凝土前一天，就算上梁了，再说，咱们客厅和葡萄架，也有木头梁，也得上！"

水灵点点头，似懂非懂，张叔问："客厅里怎么还有木头梁呢？"

陈思说："我是希望咱家客厅有点儿老房子的感觉，到时候木头梁露着，不用装修，也好看，您就相信我吧。"

张叔说："那还得早点儿跟木材厂打个招呼，别没有那么大的木料。"

陈思说："不用找木材厂，县城里有一家专门卖防腐木的，并不贵，园林绿化用这种防腐木比较多，我把尺寸给他们，他们按尺寸加工就行了，咱们连油漆都省了。"

张叔心悦诚服地说："陈思呀，你可是真能啊，你这大学可没白念！你这么一说呀，我是彻底放心了，我原来就担心你们这些大建筑师，都干惯了城里的活，咱这农村庄稼院你反倒不会干了。"

陈思说："我还真有不会干的，就是那火炕的炕洞我是真不会设计，我爸在农村时还真会，但是没传给我呀！"说完看了一眼在炕上乐呵呵看着自己的父亲。

陈思这话一说完，水灵和张叔都乐了，水灵说："哈哈哈，哥，你也有不会的呀，这个你放心，爹是行家，村里一多半炕是我爹砌的！我爹砌的炕，没有倒烟的！"张叔在一边点头笑着看陈思。

陈思说："那就没有问题了，明天先挖个坑，看看地质情况，张叔去找瓦匠，后天咱就开工，先把槽开了。"

张叔说："现在就是有一点问题。"

陈思问："什么问题？"

张叔说："现在农村孩子也一样吃不了苦，都出去打工了，怕是力工不好找，唉，也不算什么力工，就是筛筛沙子，和灰儿，倒倒灰儿。"

陈思说:"找找看,再说,我不是一现成力工吗?"

水灵哈哈哈大笑起来,说:"哥呀,你快拉倒吧,你想得轻松,你这些年在城里也没干过啥重活,干两天你就得躺下,那还不如我教你摊煎饼做饭,我倒灰儿当小工呢。"

陈思苦笑着说:"这也太瞧不起我了,我想锻炼锻炼身体还不行吗?"

水灵说:"哥,你可别逞能,你要累倒了,谁指挥干活呀?爹,咱还是让那些瓦匠带力工来,大不了就是多花点儿钱的事,没事,你姑娘能挣!"水灵自从煎饼的销路好了以后,自信心是大大增强,说话底气明显变足。

张叔点头同意,水灵这一刻才觉得原来新的生活真的马上要开始了。

3

陈思、水灵、张叔三个人不知不觉就聊到了下午两点多钟,炕上传来陈思父亲均匀的鼾声。几个人停止了聊天,水灵跳上炕,从被垛上拽出一条薄被,轻轻地给陈思父亲盖上,轻轻跳下火炕,示意到院子里说话。

来到院子里,陈思笑着说:"我爸这一道都很兴奋,估计是有点儿累了,看来老人还是喜欢火炕,你看睡得这个香啊!"

张叔说:"以后房子盖好了,过了'五一'就来住,你忙,就把老太爷扔这儿,有水灵和我呢。"

陈思说:"以后一定常来,对了,张叔反正闲着也是闲着,咱俩拿上铁锹,去挖个坑,我看看,地质情况怎么样。"

张叔说:"行,你等着我去拿锹。"

水灵说:"哥,我就不跟你们过去了,姑娘快回来了,咱们农村吃饭早,姑娘回家就喊饿,我收拾一下,就做饭,晚上你想吃点儿啥?"

陈思说:"中午剩的那么多,热热吃就行了,鸡肉你再添点儿汤,老爸就爱喝汤,对了,再切个土豆扔里吧,以后别特意做。"

水灵说:"那行,也没特意,就是想让老人家吃点儿蔬菜。"

陈思说:"我和张叔先过去,老头儿要是醒了,你就扶他到外面坐会儿。"

陈思和张叔一人扛着一把铁锹来到老院子,陈思看了看原来的建筑基座,合计了一下新的平面和老房子的位置关系,就指挥张叔在他指定的一个区域,同时挖起土来。一动手,才发现,张叔虽然比陈思大上十五六岁,可是干起活来,陈思却远远比不上,陈思挖了几锹土就觉得有点儿力不从心,心中暗想,这他妈还吹牛要当力工呢。张叔则是拿起铁锹,不一会儿就挖了一个大坑,看着气喘吁吁的陈思,说:"哎呀,陈思呀,你哪能干了这个活,你呀,在旁边坐着,指挥我干就行了。"

陈思有些不好意思,说:"张叔哇,你慢点儿挖,我努力跟上,这在城里每天就是坐着,不想这体力还真是不行,干几天活就好了。"

两个人又挖了一会儿,也就一米多深吧,坑底已经再没有黑土,而全是沙子了。陈思看了看门前的小河,说:"张叔,这原来是河床吧?"

张叔说:"是,这条小河原来就在院子那边,这边原来都是沙溜地,你看我家那后园子,那是经过多少年才把地养成那样啊,这些年,猪粪牛粪大粪可没少上啊,山根子枫树林那边地,还是以沙土为主。"

陈思说:"这盖房子倒是挺好,基础条件很好,只要挖到冻层以下就行了,地基是一点儿问题都没有。明天哪,你就去镇里找瓦匠,我去石材厂订石头,后天咱们就挖沟开槽,大后天就让石材厂给咱们送石料;这还有一个礼拜估计就大面积插秧了,咱们在插秧前把基础干完,地梁打了,正好可以给混凝土养养生。"

张叔说:"陈思呀,你对这农活的时间还挺掌握呢。"

陈思说:"我是农村长大的,其实这育苗、插秧从种到收的活我都干过,你可别当我是城里的少爷崽子。走吧,回家吃饭。"

陈思、张叔从车上把从奉州带来的几只皮箱搬了下来,两个人拖着行李箱回到村里的大院时,陈思的父亲已经睡醒了,被水灵安排到院子里的木凳上,正乐呵呵地对着满院子跑的母鸡不知道说着什么,小叶子已经放学回来了,正端着一碗水,站在陈思父亲身边,等着陈思父亲喝,见到两人回来了,高声喊了一声"姥爷"又怯生生地喊了一声"大舅"就端着水碗跑回了屋里。

水灵从厨房里走了出来,说:"爹,哥,你们怎么这么快就回来了,我都没着急做饭。"

陈思说:"唉,我现在体力是真不行,活全是张叔干的。"

水灵抿嘴一笑,扭身回厨房忙活晚饭去了。陈思则掏出电话,给母亲打了电话,报了平安,电话里当然少不了母亲的千叮咛万嘱咐。揣起电话,陈思挨着父亲坐了下来,父亲突然兴奋起来,拉着陈思语重心长说了起来,虽然能感觉出他对儿子的关爱,只是有的话说得很清晰,稍微长一点儿的就发音模糊,陈思根本听不懂,只是拉着父亲的手赔笑听着。说了一阵子,父亲就有点儿累了。

陈思问父亲:"你饿不饿?"

父亲并没有听懂,只是看着陈思,陈思柔声说道:"爸,跟儿子贴个脸,一会儿就有好吃的了。"

当陈思把自己的脸贴到父亲的脸颊上时,明显能感觉到,父亲知道了陈思的意思,用脸使劲顶了一下陈思的脸,接着发出爽朗的笑声。

其实现在很多人都习惯了用语言表达感情,但是在陈思心里,说一百句想你爱你,也抵不上一个深情的拥抱,一个亲昵的脸贴着脸,对于亲人如此,对于爱人也是如此。

夕阳西下,小山村里不断升起袅袅炊烟,陈思突然感到一种前所未有的放松,一时竟然忘了这到底是现实,还是梦境。

二十六

1

  一般农村早饭吃得都很早,而且是正餐,就是米饭炒菜。由于合村并校,小叶子要到邻村杨树村小学去上学。这主要是因为,现在农村人家也多是独生子女,不再使劲生小孩了,而且外出打工的年轻人越来越多,适龄儿童越来越少,一个农村小学根本招不了几个学生;再加上枫树村小学除了操场,其他的诸如教室、办公室、收发室都已经破旧不堪,被列入危房行列。吃过早饭,小叶子早早就背上小书包上学去了。

  别看是山村,但是水灵家不但有几亩旱田,还有几亩水田,旱田种苞米,已经种完了;水田则是刚刚犁完并放满了水,就等着稻苗再长一长,再过个十天八天就开始插秧了。所以未来的十天八天,是个短暂的农闲时间。

  吃完饭后,水灵在院子里临时搭的煎饼鏊子旁准备生火,现在订煎饼的人越来越多,水灵每天除了做饭就是摊煎饼。陈思把父亲扶到院子里的小木凳上坐下,离水灵摊煎饼的地方不远,以方便水灵照看,自己就开车拉上张叔,去往小镇和那几处砖窑。

  上车后,陈思说:"张叔,现在市里已经不让用黄泥烧的实心黏土砖了,我们这儿还能买到,可不容易。"

  张叔说:"唉,咱们农村就是什么方便什么便宜用什么,老百姓盖房子可是大事,这事呀,其实也管不住,要不是因为有你,我家盖房子，还不得猴年马月呀。"

陈思很喜欢红砖这种建筑材料，红砖给人的感觉，厚重温暖，有一些文质彬彬，只是在城里，都是在外墙上贴的，而不是砌筑出来的，作为一个建筑师，陈思并不喜欢这种贴在墙面上的装饰，他喜欢材料的真实性。陈思知道，再想做这么一个纯正的清水砖墙的房子，估计是没有机会了。先不说材料还能不能买到，单说砌墙的师傅，就不好找了。想到这，陈思问道："张叔，咱们是先去找施工队伍，还是先去石材厂、砖窑呢？"

张叔说："我认识的那个工头，我知道，这个点，他应该下地干活了。咱们先去石材厂，看看石头符合你的要求不，再去那两个砖窑看看，中午赶饭点再去工头家，不行的话下午就拉工头回咱家看看。"

陈思说："行，你和那个工头看来很熟呗！"

张叔说："我给他当过力工，跟着他一起干活的还有他两个堂弟，一个叫赵文，一个叫赵武，赵武和我姑爷是中学同学，我的几个侄儿还有姑爷就是跟他学的手艺，但是那手艺照人家可差多了呢，这个人叫赵大明白，具体叫什么，我们还都不知道，在家里排行老大，那可真有个大哥样，大孝子，老妈在床上瘫了十年了，媳妇身体也不太好，也就能帮着做个饭，所以除了种地，就在这附近干点儿活，我侄儿说，就赵师傅那手艺，要是去城里施工队干，一年挣个十万八万的不成问题。"

陈思说："你听没听说过，赵师傅一天能砌多少块砖？"

张叔说："听过，我侄儿说过，这赵师傅年轻时，一天能砌两千多块，我见过他干活，那真是又快又好，个子矮，拿砖方便，我侄儿也就能砌一千多块吧，还得是吹着唠的。"

陈思说："那挺厉害了，两千块砖，那可是差不多一卡车呀，那怎么叫赵大明白呢？"

张叔说："这可不是吹，这小子，挺专哪，啥都明白，普通房子，你一跟他说几间，他就能大概告诉你买多少砖，买多少水泥。"

陈思说："是嘛，我算过咱们用多少砖了，一会儿见到他，我问问，看看有你说的那么神没有。"

张叔说："这算啥，什么工种都会，钢筋工、电工、水暖工，这小子什么都能比画，要不怎么叫赵大明白呢。"

陈思想了想，也是，自己曾经设计过的项目当中，甲方的亲信中，也总有这样的人，什么都明白，什么都懂，关键是什么馊主意都出。这个赵大明白应该是在农村，活干多了，本来农村房子难度也不大，如果加上人聪明，什么都明白也就解释得通了。

两个人开车先到了石材厂，看了看石材，陈思看到这些暗红色的地产石头，心里就充满兴奋，这种石材厚重而温暖，和砖墙很配。所以当场就订了建筑基础用的毛石和墙裙的条石，而且还大致算了一下，把小院子铺装用的石板也订了，并根据数量当场就交了定金，并告诉厂家，后天就送货，货一到，就付剩余的钱给厂家。陈思留好地址后，厂家满口答应。张叔和陈思撕吧了半天，不想让陈思交钱，最后还是没有犟过陈思。

等张叔领着陈思来到小镇上的砖窑时，陈思立刻就摇摇头表示不行，这个砖窑烧出的砖质地比较疏松，像桃酥点心一样，一碰直掉渣，张叔被陈思逗笑了，告诉陈思，其实小镇上人家盖房子多数用的都是这种砖。但是陈思却摇头表示坚决反对，坚持还是去另一家砖窑看看再说。

再看时间，已经快十一点半了，陈思和张叔商量，给水灵打个电话告诉她不回去吃饭了，两个人就到镇上的小店吃个筋饼豆腐脑儿，然后去找那位赵大明白。

2

陈思和张叔推开赵大明白家临路的大铁门时，赵大明白正在窗户前光着膀子洗脸。进了大铁门，才看到，这是名副其实的赵家大院。院子很宽敞，中间是一条一米多宽的红砖铺的路直接通向屋子，红砖都是立着铺的，很是美观，两边的场地是水泥地面，一侧停着辆旧皮卡，后面的货仓里整齐地放着六七把铁锹，还有一些小工具，另一侧则是齐刷刷

221

地放着一排推水泥沙子的独轮车。住宅前面是一个一米多高的平台，得有三四米宽，红砖路的尽端是七八磴青条石大台阶，平台的边缘是红砖砌的花池，靠近平台一侧，沿着平台栽的水蜡树墙，树墙高出平台三四十厘米，水蜡叶子上都发出绿油油的光芒，让整个空间变得挺有层次。

赵大明白见有人进来，用毛巾擦了擦脸，认出是张叔，便赶紧下台阶迎了出来，把两个人让进屋里。赵大明白应该比陈思大不上几岁，只是在农村结婚早，又整天干体力活，风吹日晒的，皮肤黝黑，很结实，却很是显老，反倒是陈思虽然满头灰白的头发，可是跟赵大明白一比，则显得年轻许多。张叔给两人互相介绍了一下，并说明了来意，赵大明白并没有直接回答行还是不行，只是说最近还有点儿农活，可以先到张叔的宅基地看看再说。

每个人都会有一些自己的小骄傲，在某一个领域。陈思很聪明，看出赵大明白虽然表面上很客气，但是说话却是流露出一些小小的傲气，毕竟人家是当地施工界的名人。赵大明白似乎是并没有看上张叔这个小活，也许是对张叔很熟悉，怕张叔拿不出多少钱吧。

陈思看出了赵大明白的心思，便说道："赵哥，张叔夸你的手艺好，我回车里把效果图拿过来您看一下，有一些细节，不知道如果是纯靠砖砌能否实现，你先帮着参谋一下。"陈思的话里有话，软中带硬，说完走出房间到停在路边的车里拿回了效果图和施工图。

陈思回到屋里时，张叔显然已经向赵大明白介绍了陈思的身份，所以赵大明白的态度明显恭敬了不少。陈思先是让赵大明白看了一下效果图，然后拿出施工图给赵大明白介绍一些细节，陈思的图纸画得很细，赵大明白其实很少看图纸，尤其是施工图，农村盖房子顶天也就是用铅笔画个平面图，而且，赵大明白负责盖的房子基本上都是他设计的，大同小异。但赵大明白就是赵大明白，很多施工上的事确实很明白。

赵大明白问："陈总，这外墙不贴外保温？"问题提得很专业。

陈思说："赵哥，没给你看平面图，这房子，我希望做一个纯正的砖的建筑，所以，墙体是三七墙，局部墙体还是四九的。"所谓三七墙、四九墙，是指墙体的厚度，三七墙就是墙体厚度是三十七厘米，四九墙就是墙体厚度是四十九厘米。

赵大明白还是很明白。

赵大明白说:"那三七墙倒是也够用,但是做四九墙是不是有点儿浪费呀?这也犯不上吧?"

陈思说:"赵哥,如果是简单盖个农村三间大瓦房,我也就不用设计了,直接找你就完了,但是我是学设计的,我希望这个房子厚重一点儿,而且有很多细节,都是砖活,我想把砖的特点发挥到淋漓尽致,你看这个位置,其实我是希望你在砌筑时,能出挑出墙面半砖,这样层次会更丰富。"随着陈思对方案的细节讲解越来越深入,张叔是越听越迷糊,赵大明白则是越听越兴奋。

赵大明白是个匠人,而且是个优秀的匠人。

匠人渴望有机会施展自己的手艺,挑战自己手艺的极致。无论任何人,都有一个自己擅长并喜欢的领域,无论遇到什么挫折,遭受什么样的打击,只要到了这个领域,就能找到自我,找到快乐,这种快乐,无关金钱,无关荣誉,很多时候,甚至无关世人的认同。匠人是这样,建筑师也是这样。

聊了将近一个小时,赵大明白对方案已经了然于胸,赵大明白自信而诚恳地说:"张叔,你的这个陈总可不得了哇,这才是设计师。但是这活,全镇,甚至全县,只有我能带人干好。你这个活,就交给我吧。"

陈思说:"这个没问题,我跟你聊了半天,你确实经验丰富,对了,外镇那个砖窑的砖怎么样?我们镇的窑厂我和张叔上午去了,质量太差,我不想用。"

赵大明白说:"老弟,你说对了,要是按你的设计干,只能用黄泥岭那个砖窑烧的砖,那砖杠杠的!不过价钱会贵一点儿。"

陈思问:"多少钱一块?"

赵大明白说:"得四毛多,咱这个房子得四万块砖,光砖钱就得一万六七。张叔不是外人,我也喜欢你这个专家,下午,你们别去那儿了,我去买,三毛能买下来!"

张叔一听能省下四五千赶紧对赵大明白表示感谢。

陈思问："那你们工钱怎么算?"

赵大明白说："这市里像我这样的一天不得三四百呀，我想这样行不，咱们这乡亲里道的，我们三个大工一天三百，再带几个小工，一天二百，陈总、张叔，你们看怎么样?"

张叔见连赵大明白这样的人都很佩服陈思，更是信任陈思，说道："俺家的事，就是陈思做主，都听陈思的!"

陈思并没有直接表态，而是先和赵大明白商量了一下工期，考虑到农忙时节大家都要插秧，房子的建设分三阶段进行，头一阶段是完成基础和墙裙，这个工作一周左右，这个阶段完成后，休息一周，大家回家插秧直到端午节；一过端午节，开始砌墙，十天左右，支坡屋顶模板，支完模板的第二天定为上梁，张叔请全体施工人员和亲友举行上梁仪式，并设宴款待；然后就是打混凝土屋面，做保温和防水，挂瓦，最后就是安装门窗，内墙抹灰刮大白、外墙美缝，安装灯具，竣工验收。

见赵大明白没有意见，陈思说："赵哥，这样哈，都不容易，你报的人工费，我就不和你讲价了，而且如果你们按照我们定的工期保质保量地完成了，我还会给你五千块钱奖励!"

赵大明白当然同意，对陈思和张叔表示下午就召集人手，做好准备工作，第二天就开工。

二十七

1

赵大明白就是赵大明白,执行力很强。

只用了六天,赵大明白就带着赵文、赵武等手下一票兄弟把住宅室内地坪以下的工程全干完了,也就是毛石基础、地梁和出地面一米二高的条石墙裙,都干完了。葡萄架的几个木头柱子的基础也做好了,并预埋了钢板和钢筋,而按照效果图砌筑的平台东、南、西三面的花池更是让陈思有些意料之外的惊喜。

张叔显示了自己作为炕洞专家也绝非浪得虚名,指挥着工人用砖砌好了地垄墙,盖上了预先买好的预制混凝土板之后,土地热也就是地下火炕也完成了,第一阶段工作就算结束了。

当然,赵大明白也有不明白的时候。小院子东南角那两道石墙,并没有用条石砌筑,陈思在工人做好基础后,就在地梁上预埋了钢筋,并让赵大明白焊出了两个半米宽、一米八高、六米长的两个钢筋笼了,但是笼子上并没有封口。看着密密麻麻的钢筋网格,赵大明白有点儿困惑,砌这么矮的条石墙犯得上还配筋吗?但是赵大明白毕竟也是专家,有些事不能很随便问,按东家要求把活先干好,再静观其变。

几天后,来了一辆小翻斗货车,卸到了院子里一车河卵石,陈思指挥赵大明白的手下直接把卵石装进了已经焊好的钢筋笼子里,两道石墙就这样只用了半天就完成了。

赵大明白再次对陈思的设计水平表示赞赏。陈思只是淡淡地解释道，张叔家门前这条小河，到了雨水大的年份也会涨水，虽然张叔的地势还算高，但是大水也有进屋的时候，万一赶上山洪，这两道石头笼子墙即便倒了，也能起到护坡作用，替房子挡挡水。对于这个设计，赵大明白满是钦佩，而水灵和张叔则是满心感动。

赵大明白借题发挥，在两道石墙的西北角钉了一根木头柱子，上面横纵搭上几根木杆，并盖上了几块大帆布，一个简易的帐篷就这样诞生了，并从此成了中午的休息室，陈思的父亲偶尔还会在行军床上打个盹儿。

其实，从开工那天起，陈思就用自己的相机记录着这个房子诞生的每个精彩瞬间，专业的单反相机安在三脚架上就立在枫树下。这一幕一幕从挖基础到小帐篷诞生，包括水灵每天在家做的饭菜，工人狼吞虎咽吃饭，都被陈思用不同形式记录了下来。陈思有时候拍点儿照片，有时候也会录一小段视频，到了晚上用笔记本电脑整理出来，有时候也写点儿小日记，记录一下当天的趣事。每当看到水灵抓拍的几张自己和工人一起吃饭干活的照片，陈思就想笑，他妈的，自己怎么比工人还黑呀！

陈思这些天经常参加劳动。陈思的老父亲被陈思带到工地，就坐在大枫树下，陈思跟着干一会儿活，就回来陪老父亲说会儿话，抽支烟。一般下午，老父亲都喜欢在热炕头上睡个午觉，在父亲睡觉期间，陈思更是主动积极地参加劳动，充当一个小力工。由于都是专家和孝子，陈思和赵大明白很快就成了朋友，在不断接触中结下了深厚的战斗情谊。

端午节就要到了，工友马上就要回家插秧，再见面就是节后了，陈思从车里拿出早就准备好的茶叶，作为端午节的礼物每个工友一包。而对于赵大明白，陈思私下里把他叫到一旁，塞给了两千块钱，赵大明白百般推辞，但是陈思说这是给老母亲的，既然是过节，作为朋友看看老娘有什么不对吗，赵大明白才勉强收下。

赵大明白带着工人走后，陈思和张叔回到村里，水灵已经做好了晚饭，陈思的父亲已经坐到了饭桌旁的炕沿上。小叶子已经和陈思从陌生到熟悉并慢慢地产生了感情。这个年龄的女孩子其实已经有了对于世界的一个认识，陈思刚来时，小叶子并不是很亲热，她觉得这个人是来和自己抢母亲的。这一个多星期以来，小叶子发现，母亲和陈思虽然很亲，但是并没有什么肢体上的暧昧不清；而且陈思是个学霸，小学里的那点儿知识无论是语文、数学，还是自然、品德，陈思都能给小叶子讲得头头是道，陈思的记忆力天生就好，随口就背诵着小叶子熟悉或者不熟悉的诗词，更是画得一笔好画，这对小叶子来说简直就是神一样的存在，可比学校里任何一个老师都强太多了；尤其是看到大舅对他的父亲又那么好，小叶子开始慢慢接受并喜欢上这个大舅还有爷爷。

张叔今天心情特别好，特意拿出了那瓶茅台，给陈思和自己都倒了一小杯，本来想给陈思的父亲也倒上一杯，却被陈思拦住了。当水灵把一盘黄灿灿的玉米面山菜馅菜团子端上桌面后，丰盛的晚餐开始了。

陈思边吃边对水灵说："妹子，咱家什么时候插秧，我干过，可以去帮帮忙。"

水灵端着饭碗笑着说："哥呀，你可拉倒吧，插一天秧，你连炕都上不去。"

张叔说："陈思呀，没多少地，就那几亩地，我和水灵俩一天就能干完，用不着你，你就看好老太爷就行。"

水灵说："哥，咱不着急插，让苗再长长，咱们五月节头一两天插就赶趟儿，插完了正好过节，休息一天。"

陈思看着小叶子，想起自己小时候过端午节时，除了系五彩线，就是给女孩子染手指甲了。那个时候母亲都是用捣碎了的凤仙花叶，对上一点儿明矾再用整片的凤仙花叶包在妹妹手指甲上，几天后妹妹手指甲就被染红了。

陈思问："妹子，现在还有用凤仙花叶染指甲的吗？"

水灵说："大哥，那都是什么年月的事了，现在谁费那个劲哪，都是用指甲油了，还凤仙花叶！"说完，一脸的不屑。

陈思说："那明天我开车去趟县城，去买点儿五彩线，再买点儿好吃的，咱们好好过个五月节。"

水灵说:"去什么县里?! 明天十九号,是镇上的大集。让我爸看一天老太爷,咱俩去赶大集。"

2

在明朗的春日去赶集,心情也一定是明朗的。陈思开着车慢悠悠地行驶在乡间马路上,音箱里应景地放着莎拉·布莱曼的《斯卡布罗集市》,两侧的田地里山坡上都有劳作的农人在忙碌。

水灵说:"哥,这首歌可真好听,叫什么名?"

陈思笑着说:"斯卡布罗大集!"

水灵说:"净瞎说!外国人也赶大集?"

陈思笑着说:"咋的,外国人就不买东西啦?"

水灵瞪了一眼陈思,但是想想也是,就继续陶醉地欣赏音乐。

陈思看着身旁路过的小村子,问水灵:"你说,这么多年了,农村住宅怎么还是这样啊,一点儿变化都没有,也不说找我们这些建筑师给设计一下。"

水灵说:"要是找你设计一个咱家那样的房子得多少钱?"

陈思说:"三五万吧。"

水灵说:"那不得了,都够盖一个大瓦房了!"

陈思哑口无言。

水灵接着说:"哥,在农村,一年到头能挣几个钱,老百姓要是有个吃喝没病没灾,就很乐和了。不然的话看病都看不起,有个大瓦房住就不错了,我都这把年纪了,不才住上新房子吗,哎不对,是快要住上了。我告诉你哈,一会儿到了集市上,你可别乱花钱,干啥都不讲价!"

两个人说着聊着,没几分钟就到了小镇,陈思在离集市不远的地方把车停好,水灵拎着一个大帆布包前面带路。

虽然现在交通发达了,连枫树村这样的小村子,走上几里路都有通往小镇和县城的公交车,但是很多人还是喜欢逛大集。一般一个县城管辖好多村镇,每个大镇子,都会有固定的大集日期,有的是逢一,有的逢六，水灵这个镇子是逢九，也就是每个月的九号、十九号、二十九号就是大集的日子。大集上，有卖日用百货服装鞋袜的，这些商贩基本上都是跑集的，哪个镇子有集就到哪个镇子上去；还有牲口交易区，有外地的一些牛马贩子，也有当地农民自己想买想卖的；更多的是农产品，很多的农产品都是当地农民自己家种的，赶到集市的日子拿出来换点儿零花钱，用水灵的话说，"生活在农村，只要勤快就饿不死"。

水灵挽着陈思走在集市里，像个没结婚的小女孩，这个摊位看看，那个摊位瞧瞧，步履好像轻盈了许多。

陈思跟在水灵身后问："你都想好了买什么了吗？"

水灵说："老想啥呀，看到啥，喜欢就买呗！"接着又补了一句，"你那么有钱，哈哈哈！"

陈思说："倒也是，你就想买啥买啥吧，反正我一句话都不说，就管拎着和付钱。"

水灵把大帆布袋子递给了陈思，自己走到前面，不时地在小摊前停下看看，走走停停的，水灵突然快走了几步在一个小地摊面前蹲下，招手示意陈思过来，兴奋地说道："哥，你有口福啦，这儿有'青毛广'！"

陈思知道"青毛广"也是一种蕨类植物，但是十分稀少，在城里根本见不到，这种蕨类植物通身浅绿，但是味道清香，用鸡蛋一炒，十分可口。

水灵挑了两把最好最嫩的"青毛广"，又挑了几把蕨菜说："哥，今年这又是盖房子的又是摊煎饼的，也没时间上山弄，这几把蕨菜一看就是晚蕨菜，拿回家就腌上，你走的时候带给咱妈。"陈思心里一阵感动。

这一上午，水灵的东西可是没少买，山菜、野菜、粽子叶、鹅蛋、鸭蛋、糯米、大枣，还包圆了那个老农的大黄米，当然也没忘了五彩线、彩色纸葫芦等端午节用品，还买了几尺红绸子和鞭炮留着上梁用，让陈思意外的是，水灵还买了十个红皮鸡蛋。

开车回家的路上，陈思问："妹子，家里不是有鸡蛋吗，你怎么还买鸡蛋哪？"

水灵说："这几个鸡蛋是给姑娘的，家里的鸡蛋都是白皮的，皮太

229

薄，一顶就碎，过五月节，你没顶过鸡蛋哪？反正都是吃，过节嘛，让孩子玩个开心，让小叶子和咱爸也顶个鸡蛋，哈哈哈！"

陈思说："看来这节还过得很正式，是不是还得弄艾蒿哇！"

水灵说："那当然了，过节就得有个过节的样子，要不还过啥节呀？艾蒿每年我爸都早早去弄，你就好好睡你的觉！你看看你们市里人，每天都吃得跟过节一个样，但是过节也跟平时一个样，那还有啥意思呀？"

陈思说："还真是，很多时候在市里都过得很麻木，盼着过节也就是盼着休息几天不用上班，什么节都一样。"

水灵说："这回让你过个像点儿样的五月节，哎呀，今年可真好，这好日子都连上了。"

陈思说："啥好日子呀？"

水灵说："哥，你看，马上就五月节了，过完节，没几天就得上梁了吧，上梁那可是大事，亲戚朋友都能来；再想想，七八月份就能搬到新房子住了，还是大建筑师给设计的，连赵大明白都说好，想想都觉得好。你知道吗，哥，我都没想过，摊煎饼会成为一种职业，而且收入还挺多，我现在可知足了。"

陈思看着开心的水灵，心想，其实日子可能就是这么简单，简单了，快乐就变多了。

二十八

1

过了端午节的赵大明白还是赵大明白，技术上的事确实挺明白！

水灵家的房子，在赵大明白和手下工友共同努力下，外墙不到五天就已经砌到三米标高，内墙更是只用了两天就干完了。这让陈思也很佩服，因为陈思知道，自己设计的这个房子虽然只是一个简单的砖混建筑，但是并不是一圈三七墙的简单围合，砖的细节很多，工法的组织自己也是费了很长时间，对于建筑来说，画图有多烦琐，施工就有多麻烦。可是赵大明白却能一点就透，甚至还能小有发挥，来弥补一下陈思设计中不太完善的地方，两个人就像是舞者突然碰到了默契的舞伴，这种快乐绝对是花多少钱都买不到的。

赵大明白和陈思研究了一下工期，水灵又算了算日子，把上梁宴请就定在了6月12日，那天正好是农历二十，都是双数，吉利，并特意说明，那天就在小院子里大摆宴席。

6月12日，就这么到来了。

水灵一大早起床就发现父亲那屋的门已经开了，屋里空无一人，跑到院里看看陈思的房间，发现窗帘早已拉开，陈思和他的父亲也没了踪影，就赶紧炒了个土豆片，热上几张煎饼给女儿作为早餐，没等女儿吃完就跑到了工地。刚跑到工地的水灵，被眼前的景象美呆了。只是两天没到工地，坡屋顶拆除了模板，安装上了木梁的小房子在朝阳下简直是熠熠生辉。

那个令人着迷的大屋檐南北方向出挑深远，石头砌筑的大烟囱则紧贴着山墙穿过挑檐，显得厚重有力，仿佛破土而出。屋檐下，红色砖墙在阳光照射下，显得温暖、宁静，砖墙下的暗红色条石墙基，朴实、厚重，就像从土里生长出来，而平台上已然安装好的木质梁架，则是与砖石完美协调，通透而质朴，木头横梁上绑着大条的红色绸带，宣布着今天是个大好的日子。用石头铺砌一新的小院上，摆满了鞭炮和礼花，这些鞭炮是赵大明白和工友赠送的礼物。看到眼前的景象，水灵的眼睛有点儿湿润。

陈思正扶着父亲站在大枫树下欣赏阳光下自己的作品，张叔和早就到了的赵大明白等人用砖在院子边上研究着什么。水灵走到陈思身边，紧紧挨着陈思站住，轻声说道："哥，谢谢。"陈思很想搂住水灵给这个苦命的女人一个深情的拥抱，但却只是笑着看着水灵，轻拍了一下水灵的肩膀。

水灵家今天准备了六桌饭菜，一桌是陈思和赵大明白等施工人员，一桌是陈思认识的老村主任和家里的长辈，还有两桌是水灵的一些平辈亲属，岁数都不太大，因为成年的都跑去城里打工了，两桌年龄大一点儿的，都是村里的老邻居。水灵还通知了几个要好的朋友，和买她煎饼的商户，能不能来不知道，虽然水灵很希望他们能来分享自己的喜悦。

现在的农村，办婚丧嫁娶等酒席也都不是自己做饭了，有些流动的酒席服务团队上门服务，而且是带着全套工具用具，从桌椅板凳到杯、碟、碗、筷，应有尽有，炉灶液化气罐也都随车带着，还有事先点好的菜品原料。饭菜都是陈思定的，在当地来看绝对是上档次的，所谓的上档次无非也就是鸡、鲤鱼、肘子都有，海鲜就是一盘大虾，再炒个鱿鱼，剩下都是四喜丸子、熘肉段、熘三样之类的肉菜，肉菜多，就是所谓的"菜挺硬"。但是因为消费还是有地区差的，在陈思看来，这个小团队最好的饭菜也就是那么回事，还是个农家院的水平，所以挑了一个最高的每桌六百五十块钱的标准，但是酒水由陈思自备，陈思开车去镇里的商店买了一箱白酒、好几箱啤酒，还带了几箱饮料。

这个厨师团队不到九点就赶来了，也还算训练有素，一到院子，搬东西的搬东西，摆桌子的摆桌子，一个年轻的胖厨师则是放好了铁制的灶台，安上炉灶，连上了小工拎过来的液化气罐，嘭的一下打开了火，烧了两大勺热水，并开始指挥小工把菜品的原料都搬到利用两片石墙搭建成的小帐篷里。上梁仪式的时间定在上午十点五十八分，其实也没什么复杂仪式，就是放上点鞭炮，然后就是开怀畅饮，给工人放个假。

就在大家快要燃放礼花、鞭炮的时候，一辆大吉普和一辆货车开到小院的门口戛然停下，车上跳下来两个人，陈思一看，竟然是多日不见的好兄弟宇轩和刘远航。这两人的到来把陈思一下子从梦境拉回到了现实，也来不及多想，便赶紧喊上水灵和张叔迎了出来。

水灵和张叔并不知道陈思、宇轩和刘远航的恩怨纠缠，只是知道没有刘远航买树就没有眼前这个漂亮房子。刘远航热情地和张叔、水灵打着招呼，走到陈思面前时还给陈思来了个深情拥抱，并拍着陈思的后背说道："兄弟，想死哥哥了。"

陈思被刘远航放开后，宇轩走到陈思和水灵面前，叫了一声："思哥，水灵姐。"虽然声音不大，但是依然叫得水灵满心欢喜。

刘远航本来就高大威猛，今天更是精神焕发，看着眼前的小房子，对着张叔和陈思说："张叔，到底是陈总的大作！漂亮！比我们公司的别墅都漂亮！"

水灵和张叔不知道如何回答，只是哈哈哈地赔笑着。

陈思和宇轩站在几个人的后面，陈思小声问道："宇轩，你们怎么来了？出什么事了吗？"

宇轩小声说："思哥，给你送礼来了，详细的事，一会儿再说。"

陈思又问："你俩怎么知道今天上梁？"

宇轩说："这个真是碰巧了，要知道是这日子，我就多带点儿现金了。"

陈思拍了一下宇轩说："真不用！"

刘远航转回身来，眼睛放着光对着陈思说："陈总，走，到外面看看，我给你带什么礼物了。"

刘远航和宇轩的车就停在路边,有石头墙和小河边的树丛挡着,陈思并没有注意后面的货车拉的什么,兄弟三人走到小桥,陈思才看到货车边上一个人牵着一红一白两匹体态修长优美的骏马。连一向沉稳的陈思也没想到,竟然是这个意外的惊喜,站在马的面前,有点儿不知所措。

刘远航好像早就知道陈思会有这个反应,搂着陈思的肩头笑着说道:"怎么样,老弟,喜欢不?"

陈思的眼里放射出灼热的光芒,虽然点头回应,但是眼睛却没有离开那两匹骏马,不得不承认,刘远航很会送礼。

这时,水灵、张叔、赵大明白等人也都来到了路边,张叔到底是养过马的行家,围着两匹骏马绕了一圈。"刘总,这不是蒙古马,这是伊犁马!"他对刘远航说道,并指着那匹带着菊花状斑点的白马,"这匹是青骢,菊花青,古代叫'铁连钱',老话说,'青马不看口,跟上毛色走',带着菊花斑点的都基本上是五六岁,正是好时候哇!"这番话,确实显示了张叔对马的了解,一般这种青马的毛色确实随着年龄增长会发生变化,大致上是每两三年一个差段,由铁青色变到菊花青,再变到灰青、白毛最后是斑点青。

刘远航竖起大拇指说:"张叔厉害呀,陈总,本想给你弄两匹国外的赛马,奉州几个马场我都看了,都是退役的,要不年龄有点儿偏大,要么受过伤,而且那玩意儿太娇贵,我就给你挑了这两匹年轻的伊犁马,这种马,长得俊美,还很皮实。再说你能骑几天,你还不回奉州了?!"

陈思看着两匹宝贝,说道:"刘总,谢谢啦,这样的我就很喜欢了。我就是一句笑谈,你还当真了,不过我是真的喜欢,我可舍不得骑!"

陈思看到人群中的赵大明白略显落寞,不想冷落了这位热心的匠人,招呼道:"赵哥,你来!"给刘远航和宇轩介绍后,又对着赵大明白说:"赵哥,你又有活干了,明天靠着东边那道石笼墙,还得给我建马厩和仓房。"

赵大明白知道陈思是不想自己受冷落，笑着说道："这个没问题！我还送你一个好东西，青石的大马槽子！"

宁轩和刘远航带着两匹青骢骏骑到来，把这个上梁仪式带动得气氛热烈，看到时间差不多了，陈思告诉水灵，让工人把鞭炮放了吧。

在一阵轰鸣的鞭炮声中，整个小院的气氛被推向了高潮，鞭炮的硝烟还没有完全散去，张叔就宣布，宾主落座，酒宴开始！

2

酒宴开始后，随着一道道硬菜流水般地端上桌面，酒也慢慢地喝出了感觉，从开始的举杯同庆慢慢地演变成了推杯换盏。张叔不断地说着感谢刘远航的话，没有刘总的慷慨大方，也就不会有这么漂亮的房子，云云。在座的各位也知道这位刘总是位开发商、大老板，看看人家礼送得大方阔绰，而且人长得高大魁梧，却一派儒商风度，也都不由得纷纷向刘远航敬酒，赵大明白更是和刘远航连干了三杯才算作罢。众人都知道陈思不喝酒，又要照顾自己的父亲吃饭，宇轩是开车来的，所以，目标更是对准了刘远航，一定要让刘远航喝个痛快。

刘远航本来酒量很好，再加上心情大好，是来者不拒，尽显男人气概，但是一个半小时后，也架不住这群亲友和瓦匠的围攻，终于喝多，被陈思和宇轩架到了小帐篷里的行军床上倒头酣睡。

又过了一会儿，客人大多酒足饭饱，慢慢散去，赵大明白带着喝多的弟兄也都回家休息，那个酒席服务团队则是不到半小时就收好了所有的用具，拿了钱后开车离去。

张叔因为胃病并没有喝几口酒，出于对马的喜欢，牵着两匹骏马，绕过房后的小枫林，去山根儿一片草地上喂马；水灵则给陈思和宇轩泡了一壶茶后，扶着陈思的父亲回村里的热炕上午睡。小院又恢复了宁静，只能听到微风吹着枫树叶的沙沙声，陈思和宇轩坐在枫树下聊了起来。

陈思说："宇轩，换车了？"

宇轩说："嗯，你介绍的那几个开发商的项目都画完报批图了，进了点儿钱，最近总出差，换了个吉普，安全点儿，拉的人和图纸也能多一些。对了，思哥，我给你买的马鞍子和头盔还有一些马具都在后备厢呢，一会儿找个地方放一下吧。"

陈思说："嗯，行，谢谢兄弟了。"

宇轩狡黠地笑了一声，小声说："哥，其实本来连马我都想给你买，但是那天刘远航来找我，我就故意说给他听，他拍着胸脯说马的事交给他，正好我也想让他出点儿血，也解解我心头之气，嘿嘿。"

陈思说："他怎么又跑来找你了？是未来地产的事？"

宇轩说："不是，可能刘市长跟他说什么了，这个老大哥对我倒是确实不错。"

陈思问道："刘市长？哪个刘市长？"

宇轩说："开发区的刘振国书记呀！刘书记现在是代理副市长主抓城建，并兼任开发区党委书记。现在公园和广场的项目都在火热建设中，嘿，我头两天被刘市长叫到了公园现场，一看，效果还真不错，我都没想到作品的实现度会那么高。刘市长也很满意，对了，刘远航在场。"

陈思说："刘远航的项目呢？"

宇轩说："开工了，干得也挺快，住宅都干到三层了，婚庆酒店也出地面了，靠近公园这边的单层商铺都快封顶了，现在形象挺好，好多人要买呢，刘远航现在反倒不着急卖了。"

陈思说："远航没提施工图的事？"

宇轩掏出烟给陈思一支，说："提了，说是有领导找过他，让他帮帮都会设计公司，未来地产曾经求人家办过事，他也没办法，然后骂了一顿都会设计公司，说设计得太浪费，害他多花了不少钱。"说完，抽了一口烟，接着说道，"思哥，远航又给我补了十万块钱，方案费，倒也不算白用了我的方案。"

陈思看了一眼还在帐篷里酣睡的刘远航，有点儿不太相信地说："这小子，还有这觉悟？"

宇轩说："开始我也纳闷儿，后来我师姐孙丽丽给我打来电话，我才明白现在大师姐已经是市规划局副局长了，主抓规划和设计，还兼着开发区规划局局长。刘市长更是帮了远航一个大忙。"

"什么大忙？"陈思问。

宇轩回答："刘市长给刘远航介绍了一个卖红酒的富商，把那个婚庆酒店给买了！那个富商就一个女儿还不太成器，就想给女儿留点儿资产，怕女儿把他的钱都败霍了。"

陈思问："多少钱卖的？"

宇轩说："那个酒店连同一层带的两千多平方米的商铺，得有一万多平方米吧，均价才五千，最后据说是刘市长给定的就是五千万，跟住宅一个价，能挣点儿，估计也挣不了太多钱，这不是卖孩子买猴，就图一穷乐和吗？"

陈思听完却摇了摇头，说："均价五千，刘远航已经挣了大钱了，那块地太便宜了。"

宇轩点头说："我说现在远航花钱可大方了，看来是有底了。对了，思哥，梅城城区内有一块商业用地，原来的开发商挖了个坑就跑了，这块地已经闲置很多年了，现在政府已经收回了，刘远航想接手，刘市长大力支持。远航说，地拿下来就让我给他做设计。"

陈思听到这些，就有些心烦，转换话题说："不管怎么样，你和远航能来，还给我带来宝贝骏马，我还是很感谢的，这两匹马我确实很喜欢！"

宇轩说："会送礼的是刘远航，我们这次也是来送礼的，不光是给你送，更主要的是给刘市长送。"

陈思问："给刘市长送什么礼？"

宇轩说："我们来这儿时路过一个小村子叫杨树村。"

陈思说："我知道哇，水灵的女儿就在杨树村小学上学。"

宇轩说："杨树村是刘市长的一对一扶贫村，村里的小学校舍已经老旧了，再赶上合村并校，教室有点儿不够用了。头几天，刘市长吃饭时念叨了几句，远航当场就拍胸脯表示，他捐建一个希望小学，既然挣了钱，就要回报社会！这一路上，一直跟我说这是功德之举，让我也要做点儿慈善，我脑袋一热，答应了设计免费赠送，现在合计起来，他妈的，上了他当了，我说他怎么给我补设计费呢，在这儿等我呢！"

陈思摇摇头，苦笑着说："这个货可是太能算计了，一点儿亏也不吃！"

陈思又问："唉，不说了，你怎么样啊，和胜男处得怎么样？"

提到胜男，宇轩脸上露出阳光笑容，嘿嘿一笑，说："思哥，基本确定关系了，只是，我提出想见见她父母，她一直说再等等，还不是时候，哥你说是她自己还没想好，还是她父母不太同意？"

陈思听宇轩这么问，突然想起了那次跟胜男和高菲吃火锅时，胜男说起过她父母希望她找个富二代或者官二代，估计以宇轩现在的条件，应该是胜男父母还不满意。但是陈思并没有说破，而是说道："宇轩，什么原因你不用管，只要你真心对胜男就好，另外努力把公司经营好，毕竟这是你的事业，你还有一堆员工。"

宇轩的脸上微微露出愁容，有些无奈地说道："思哥，这个社会有很多人都不是很努力，这挺可怕的。但是更可怕的或者是更无奈的是，有时候，你很想努力，却没机会努力或者找不到努力的方向。"

陈思知道，宇轩的公司现在的设计任务还不饱满，所以总是对未来充满担忧，于是宽慰宇轩说："只要你踏踏实实地一个工程一个工程干好，机会会越来越多。对了，这次怎么没把胜男带来？"

宇轩说："高菲去北京了，胜男不放心，跟着一起去了，等高菲安顿好了，她就回来，听说我要来这儿，还整得挺遗憾，说下回一定要带她来！"

陈思说："等水灵房子入住了，我要接我妈来住两天，你带着胜男也来，咱们找个周末，这样你和胜男都会有时间。先不要想太多，把手头能干的事一样样先干好。"

宇轩说："好哇，放了暑假，找个周末，我直接拉着胜男和你们家老太太一起来。对了，立峰不是副教授了吗，硕导资格下来了，可以带研究生了，我合计着，不行，让胜男考他研究生得了，我就不信，他还敢让我媳妇不毕业！"

陈思说:"呀,现在立峰都是硕导啦!那可不容易,立峰是个实在人,也不会拉关系走后门,就是实打实地搞科研写论文,看来材料得老硬了!但是,宇轩,我提醒你,胜男是个很有主见的女孩子,你不要让人家觉得跟你了就得接受你对人家未来的安排,很多事还是要多沟通,尊重人家的想法。"

宇轩说:"别光说我了,思哥,你咋晒得这么黑呢,看起来倒是精神了不少,看来这地方挺养人哪!"

陈思哈哈笑道:"我也没少跟着干活,别看就这么个小房子,真做起来,事也挺多,作为一个建筑师,怎么也得亲自下工地待上一段时间,刚才那个赵哥别看就是个农民,也很厉害,高手在民间哪!"

宇轩说:"思哥,你还要躲在这世外桃源多久哇?"

陈思说:"既然是躲,那就能躲多久躲多久呗,但是早晚也得回去,农村哪儿都好,就是医疗条件太差,我老爸的老年痴呆会越来越重,一旦哪儿有个什么不舒服、什么病的也说不清楚,还是在大城市待着放心一点儿。"

宇轩说:"是呀,现在这老人的事是最大的事。不过哥你说实话,是不是这马给你一牵来,你更不愿意回奉州对着钢筋混凝土丛林和满街的汽车了?"

陈思点点头,说:"对呀,我现在一看到高层住宅和写字楼就犯恶心,以前设计得太多了,都设计出妊娠反应了。其实设计想做好不难,难的是很多背后的事,我想这一年来,你该是深有感触吧?"

宇轩没说话,只是点了点头,抽了口烟,接着略带愁绪地说道:"哥,你说得是,开发商内部的不同声音,各种材料商不厌其烦地上门推销都挺耗费我的精力。唉,我现在压力挺大的,最近公司又招了几个新员工,每个月的运营费用可真不低。按照现在的市场和成本,其实一年也挣不了几个钱。"

陈思说:"其实建筑师这个职业本来也不是一个能挣大钱的职业,你想想,如果你一直在东北院干,现在的年收入也得有几十万。"

宇轩说:"嗯,现在看,其实收入差不多,自己经营压力是挺大,不过，我不喜欢被束缚思想，在大院里一群老资格总是左右我的设计。但是，现在一群小员工跟着我，突然感觉自己其实又担负着好多家庭的生存，唉，各有各的压力和烦恼。"

陈思说："好了，先不说这些闹心的事，等胜男来了，哥给你找个地方，你知道吗，水灵家在山上有个小木屋，那地方还有个泉眼，绝对是采天地之灵气，吸日月之精华，你们俩就在那儿，沐浴更衣，洞房花烛，感情用事一下，兴许，一下子就能生出两个古灵精怪的大胖小子！"

宇轩眼前一亮说道："真的呀？那行！"可是当看到陈思这个老大哥一脸坏笑看着自己时，宇轩说道："大哥，你真能糊弄我，就一小泉眼，能沐浴吗？"

两个人同时哈哈大笑起来，多日不见，两个人忍笑的功夫都大幅下滑。

"什么事把你们哥儿俩乐成这样啊？"

陈思和宇轩边笑边顺着声音抬起头，原来是刘远航在酣睡了两个多小时后终于睡醒了。

3

陈思给刘远航倒了一杯茶，刘远航端起来一饮而尽，打了个酒嗝儿，让陈思再给他倒一杯，陈思左一杯右一杯地倒了四五杯，刘远航的茶水喝透了，天又热，出了不少汗，感觉这回是醒酒了。

陈思掏出烟来，递给宇轩和刘远航一人一支，分别点上后，说道："远航，醒酒了吧，谢谢你的骏马，我很喜欢，让你破费了。"

刘远航满不在乎地说："陈总，你咋这么见外呢，你帮我多少呢，两匹马算个六哇，等我挣大钱了，给你弄两匹英国纯血马。"

陈思说："行了，这两匹就足够好了，外国那洋玩意儿咱也养不好。"

刘远航说："宇轩跟你说没？"

陈思说："说什么，希望小学的事？"

刘远航说："那点儿小事，至于兴师动众地请教陈总吗？哥们儿又看上一块地，宇轩，你去车里把我包拿来，那里面有地形图。"

宇轩答应了一声，跑回车里，取来了刘远航的背包。刘远航从背包里拿出一张地形图，铺在地上。又从背包里，拿出一张梅城政区图，给陈思详细地讲了一下地块在城区中的位置。陈思认真地听着刘远航讲解，时而抽口烟，仔细地看着政区图。宇轩没看政区图，而是看着一身农民工打扮的陈思，还是那件被陈思称作"吊带"的黑色跨栏背心，领口处因为出汗，能看到一些浅浅的盐渍，可是当陈思把目光一投向图纸时，那个深思熟虑的建筑师就立马又灵魂附体回到了农民工陈思身上。

陈思看了一会儿，又点上一支烟，边抽烟边思考了一会儿，便问刘远航："这块地多少钱一亩？"

刘远航说："得二三百万一亩吧，虽然不是传统的商业区，但是毕竟还算城区以内，人口密度也挺大，这个价倒是不高，这地方一层门市能卖到两万多一平方米。"

陈思又问道："这土地钱可就不少哇，六七千万，你能拿得出来吗？"

刘远航说："肯定不能，我估计主题公园附近的项目大概能挣个几千万，但是肯定是远远不够。不过，嗯。"刘远航有点儿欲言又止。

陈思问道："不过什么？"

刘远航看了一眼宇轩说："肯到梅城投资的开发商现在不多，整体房地产市场不太好，这块地又是个遗留问题，现在就是个大水坑，老百姓都开始在这儿钓鱼了，市里领导看着这块地也闹心，如果想干，能给一些政策，配套费肯定是免了，还可能有一些优惠政策，可以研究。"

陈思想了想，说："远航说得也有道理，商业契机稍纵即逝，关键我是担心你工程干到半道就歇菜了，这个项目可比那几栋住宅的销售压力大多了，销售周期会很长。"

刘远航皱着眉说："是呀，这也是我举棋不定的原因，所以才特地跑来听取您陈总的意见。"

宇轩看着刘远航心里暗骂："你大爷的！拿两匹马就来套我哥商业核心技术了！你可真是会把钱都花在刀刃上啊！"

陈思对着政区图又看了半天，又看了一下详细的地形图，合上了眼睛,在那儿盘算着,刚一睁开眼睛,刘远航已经递过来了一支烟,并立马态度恭敬地给陈思点上,说道:"陈爷,您老想出啥高招儿了?"

陈思反问:"你知道原来的开发商为什么跑路了吗?"

刘远航说:"听说是资金链断了。"

陈思说:"不是,应该是算明白账了!"

"啊?!"刘远航和马宇轩同时发出惊叹。

陈思接着说:"这个项目原来的规划应该是四栋塔楼,沿着地界一圈二层商铺吧?"

刘远航惊奇地问:"陈总,你看过原来的设计呀?"

陈思摇摇头:"没看过,一般设计院都会这么设计,甲方也都是这么想的!"

宇轩不屑地说:"对,这个设计是都会建筑设计有限公司做的,虽然是商业用地,但是公寓的户型是按照住宅平面弄的!"

陈思对着宇轩说道:"这个开发商就死在这个'都会设计'手里了,唉,虽然叫'都会',它还真不太会,这是个典型的馊主意!在梅城这种三线城市,公寓没有什么市场,成本也比住宅高,本来挣不了多少钱,又都搭在配套的两层地下停车场里了!"

刘远航又是点点头,脸色已经彻底变绿了!沉默了一会儿,带着哭腔低声说道:"他妈的,这回吹大了!"

陈思明白刘远航肯定是跟刘市长拍胸脯了。

刘远航点起一支烟,看着远处,使劲吐了口烟,说:"得怎么在刘市长面前把吹过的牛收回来呢?"

陈思说:"也不用那么悲观,如果楼面价高了,那就做利润率高的项目。这个地块,有一个最大的优势,就是四圈都是马路,东南两面是城市主要干道,西北两侧是小马路,所以现状为你提供了很好的商铺销售条件。现在缺的是人气!"

刘远航说:"那得想办法拉动人气呀!"

陈思说:"想要拉动人气,你需要个发动机!这个项目一定要有个大型超市来拉动人流,你的项目的价值才会增加,最好是国际品牌的,世界五百强的企业，政府才更会大力支持。"

刘远航说："对！我能联系上那家大型超市，我能通过关系找到他们的发展经理。"

宇轩说："思哥，我设计过这家大型超市的连锁店，但是他们也要一些门市，而且他们内部也有商店街。这会不会减少我们的门市数量？"

陈思说："你说得对，但是你该知道，他们的入口一定要面对主干道的十字路口，因为他们的流线要求是单线循环，所以他们的商店街只能占据一条主要马路的沿街商铺，我们还有三面可以利用，远航这点儿利益你得舍弃。"

刘远航说："这个我懂，陈爷，你接着说。"

陈思说："他们的商店街是商业内街，那我们为什么不能结合他们的商业动线沿着那南、西、北三侧马路做一条商业外街，也就是商业复街呢？这条商业复街的建立，由于建筑进深会变小，会让你划小商业单位的面积，但是商铺的面积却能增加，单价也会提高。"

宇轩立刻会意了陈思说的商业复街的空间形态，刘远航也是设计出身，又是聪明人，拍着大腿说道："太牛了，真是山重水复疑无路，柳暗花明又一村哪！"

陈思冷静地说："先别忙着得意，这块地，放在那儿闲着，谁也想不起来，谁也不敢碰，但是一旦有人想要，就会有人跟着抢，你的牛吹得有点儿早，风声传出去了，就会有人跟着研究，所以你这块地拿得并不一定顺利！"

刘远航点点头，对着两个人说："看来得消停一段时间，一方面筹措资金；另一方面，好好研究一下设计。"

陈思笑着对宇轩说："宇轩哪，不给钱，咱可不挨这个累哈！"

宇轩听完哈哈大笑，刘远航则露出一脸的无奈。

陈思和宇轩、刘远航聊完已经下午四点多了，水灵来找几个人回家吃饭，刘远航和宇轩恳切推辞，最后在陈思的同意下，在卸下马鞍等马具之后，两个人开着车匆匆赶回了奉州。

243

回到村里的小院时，张叔已经牵着两匹骏马回来了，马就拴在院子里，陈思的父亲坐在窗台前，而小叶子则是好奇地看着这两个漂亮的新伙伴，却不敢靠近。

陈思则跑到马的面前，亲昵地抚摸着马的鬃毛和额头，转身问小叶子："孩子，你说给这两匹宝贝起个什么名字呢？"

小叶子说："我不会起名，大舅，你最有学问，你起吧！"

陈思想了想说："那这匹骝色的就叫'金风'，这匹青色的叫'玉露'吧。"

小叶子说："大舅，为什么起这个名字呀？"

陈思说："北宋大词人秦观秦少游，曾经填过一首词，其中有一句叫'金风玉露一相逢，便胜却人间无数'，就是说相爱的两个人一旦遇上了就可以抵过世间所有的美好。"

这时候水灵端了一盆清水走出来说："哥呀，你净教孩子些什么呀，小小年纪，什么情啊爱呀的，赶紧洗把脸，咱们吃饭！"

陈思冲着小叶子做了个鬼脸，一头扎进了洗脸盆，脑袋里却飞速运转着，构思着明天的马厩怎么弄。

二十九

1

　　上梁后的第二天，水灵家的小工地恢复施工。水灵家的房子，马上要进行的是坡屋顶的保温防水和挂瓦等工作，这部分工作一完成了，就该是安装门窗、内墙抹灰刮大白、铺设地板、安装灯具等工作了，一般农村家庭的装修没有城市里住宅装修那么烦琐，这些工作一旦完成了，就意味着，打开窗子通通风，过几天就可以搬家入住了。可是赵大明白一到工地，陈思就拉着赵大明白研究起马厩的施工设计来。

　　赵大明白现在巴不得这活一直干下去，也头一回干活干出这种感觉，钱不钱的真的无所谓，只要是能和陈思在一起工作就好，因为这种工作的快乐，也许以后再也不会有了。一听还要盖个马厩，当然那是来了精神。研究马厩当然不能少了张叔这个养马专家，三个人来到小院子东南角的石笼墙附近，开始研究起来。

　　张叔说："陈思呀，这马的草料得有个干净的地方放着，这些天咱们光研究房子了，也没考虑仓房啊，这农具啥的也得有地方放，冬天蒸点儿黏豆包、馒头啥的也得放仓房里呀。而且你看这小院子里石头一铺也太干净了，连个堆柴火的地方都找不到了，这劈柴放哪儿都觉得碍眼。"

　　陈思说："我原来也考虑了，你看这道石墙离你家的木栅栏还有那么四五米的距离，只是没想到这刘远航还真把这马给我弄来了。"

　　赵大明白看了看石墙和东边木栅栏的距离说："宽度是足够了，长度差了那么一点儿。"

陈思说:"那就把马厩露出来,我还真不想让我的宝贝整天对着大石头墙,面壁思过,而且牵进牵出的也不方便。石头墙后面这六米的距离,就是柴棚、仓房和草料库房,这样,在院里也看不到,往北面再砌出来四米多,我的两匹宝贝每天能对着大枫树看着风景、吹吹风、晒晒太阳。"

张叔说:"我看行!这就什么都有了!"

陈思突然说:"哎呀,张叔,这个马厩离你的房间就八九米远,到了夏天,会不会有味儿啊?"

张叔笑着说道:"这马收拾得干干净净的,马厩也得总打扫,能有什么味儿!我可不能让你的两匹心肝站在尿窝屎窝里,再烂了蹄子。"

陈思真心地说道:"哎,张叔这回可是给你添麻烦了。"

张叔笑着说:"我可是比你还稀罕这马呀,你能来几天?这两匹马就是我的宝贝,今后这水灵要是再嫁人了,还真就这俩宝贝是我的伴,你就放心吧。"

接下来的日子,陈思过得优哉游哉,每天除了晚上给母亲打个电话,报个平安,手机干脆就关机了,过上了与都市毫无联系的生活。陈思每天的生活都很规律,早上一大早五点半,父亲还没睡醒,陈思就悄悄地起了床,牵着"金凤"和"玉露",在山谷里吃草;六点半,回到村里,照顾自己的父亲洗脸吃饭;上午则是带着父亲坐在大枫树下,看着赵大明白带着工人一点点把工程收尾;下午则是在父亲午睡后,打着给两匹爱马买胡萝卜的旗号,没事就开车跑趟县城;傍晚吃完了晚饭,则是让张叔陪着父亲在院子里纳凉,有时候自己有时候带着小叶子,牵着"金凤""玉露"在乡间的小路上漫步。

对于"金凤"和"玉露",虽然宇轩带来了马鞍和头盔,但是陈思从来没有骑过这两匹宝贝,在陈思心中,马是忠诚而高贵的动物,他并不需要那种在马背上策马扬鞭的快感,马只是陈思心中一种理想和情怀。

赵大明白的工作就快结束了,赵大明白很舍不得陈思。

有两天是连雨天，赵大明白吃完晚饭还是从小镇里跑来了，带着赵文、赵武帮着陈思和张叔把早已栽到后院菜园的花和葡萄一一挪到葡萄架下的花池里。说到葡萄藤，还是陈思想的高招儿，4月初的时候，就让水灵去要了五棵葡萄苗，并让水灵买了五个便宜的陶土大花盆，直接把葡萄苗栽到了花盆里。这个时候葡萄的叶子已经长出来了，陈思和赵大明白在花池里刨了五个大坑，在张叔的帮助下，小心翼翼把花盆放到坑里，并打碎花盆，捡出碎陶片，完成了移植，这些葡萄苗都是山葡萄，生命力也确实顽强，等到赵大明白撤场那天竟无一例外地都存活了下来，并长出了新叶。

最让陈思感动的是，赵大明白真的给"金风"和"玉露"弄来了一个青石的大马槽子，这个可是个不太好找的老物件，现在城里很多爱玩的有钱人都到处淘弄这玩意儿，放在自家院子里养个荷花金鱼什么的。陈思知道这个赵大明白是真拿自己当知己了。

一个建筑师和一个匠人的完美合作，就这样结束了，陈思和赵大明白约好，搬家燎锅底那天，一定请他过来喝酒，而赵大明白则反复告诉陈思，不管什么时候，再来枫树村，一定要告诉他一声，在这小镇上还有一个喜欢他的大哥。

很多时候，男人之间的情义就是这样，并不关乎身份、地位、财富，只是那样简单、真挚、深厚。

2

就快7月份了，房子已经晾几天了，这个上午，张叔牵着"金风"和"玉露"去山里的小木屋了，张叔对这两匹宝贝也是宠爱有加，说山里的水草好，没有污染，而且小木屋旁边的泉眼更好，那水可是纯正的山泉水，最适合饮马。水灵在客厅里，工人正在铺着地板，大落地窗都向外开着，陈思站在院子里也能看到屋里忙碌的景象。陈思抽着烟，陪在父亲身边，陈思的父亲坐在大枫树下，嘴里兴奋地说着什么，满脸笑容。

在枫树村这段日子，父亲的身体明显好了很多，有的时候还能自己背着双手在院子里踱步，甚至还有两回站在马儿面前，用舌头打着卷嘟噜噜地学着马的响鼻声。

水灵突然从屋里跑了出来，对着陈思说："哥，你一个大建筑师，怎么整的，算个地板面积都算不对，一下子多买了那么多！"

陈思走上平台，看着站在平台上的水灵和几个发愣的安装工人，轻描淡写地说："多了吗？不是正好吗？"

水灵说："哥，你自己看，还剩了那么多！"

陈思说："地面不是铺完了吗？"

水灵说："对呀，剩下的还得退。"

陈思说："剩下的往墙上铺哇！"

水灵问："往墙上铺？哥，这是地板！"

陈思说："谁规定的地板不能往墙上铺了，高兴了，我还往棚上铺呢！"

说完，走进客厅，开始告诉工人，要怎么样把地板铺到落地窗对面的墙上，并交代了具体的尺寸和一些细节，然后又叼着烟，坐到大枫树下，继续陪着老父亲，水灵则是一脸狐疑地看着这地板铺到墙上的效果。

在树下坐了一会儿，陈思对着水灵说："妹子，你也别在这儿盯着看了，你回家做饭去吧，做完了饭再回来就有效果了。"

水灵一边做饭，一边犯合计，自己的这位大哥还能把这个新房子折腾成啥样。一晃，就到了中午十一点半，水灵刚把饭菜在饭桌上摆好，就见自己的父亲扶着陈思的老父亲走进了院子。

水灵迎了出来，问父亲："大哥呢？"

"他说他不饿，想在家门口的小河沟里给他那两匹宝贝洗洗澡，告诉你，吃完了饭，下午过去时，带两张煎饼给他就行。"张叔笑盈盈地回答。

水灵说："哎，他可真是的，那两匹宝贝比什么都重要。风啊，露哇的，怎么就那么稀罕！"

可是说归说，水灵倒也是没什么心思吃饭，勉强陪着二位老人吃了口饭，饭后收拾完，又把陈思的父亲扶上了炕，看老人睡了，才让自己的父亲也歇一会儿，自己拎着两张煎饼、几棵小葱去了新房子。

水灵一路上望着新房子寻找陈思的身影，却没有发现，走进院子，才发现"金风""玉露"被拴在马厩里吃草，陈思正在厅里往墙上钉东西。水灵走上台阶，站到平台上看着眼前的景象，眼睛瞬间就有了一种湿润的感觉。

客厅里长长的背景墙除了两侧一边各留了几十厘米的白墙，都被地板铺满，这木质背景墙，直接落到地上与地板完美地连接到一起，顶棚上粗大的木梁和背景墙与地板完美地协调统一，一下子让这个房间的氛围变得温暖、质朴。

陈思正在往墙上挂着镶好了本色木框的照片，旁边露出了已经挂完的一些照片，照片的大小虽然不太一样，但是明显是按照一定的构图放的，看似随意却不显零乱。照片有水灵和家人的，也有新房子建设过程中的一些场景，还有几张是"金风"和"玉露"的，最显眼的一张是水灵在摊煎饼时的照片，不知道陈思什么时候抓拍的；背景墙前面不知道什么时候放好了一组布艺沙发，浅灰色的布面，深咖啡色的靠垫，木质的茶几，茶几上放着一个青瓷的小花瓶，茶几前面还有两个布艺面的圆木墩；靠近落地窗的两边墙角各放着一个陶质的大花瓶，古朴淡雅，落地窗前的平台上还放着两把木质躺椅。

水灵被巨大的幸福感笼罩着，有一点点眩晕，勉强稳定了一下情绪，柔声说道："哥，你这都什么时候准备的？"

陈思转过身，并没有回答水灵的问题，而是退了几步，斜着眼睛看了看墙上照片的整体构图，掏出烟来，点上一支，一笑才说："怎么样，妹子，地板铺到墙面上是不是很好看？墙角的这两个花瓶是插干花的，到了秋天弄点儿稻穗儿、芦苇、蒲棒啥的插里面，茶几上的小花瓶你可以插点儿鲜花，我就喜欢你采的婆婆丁花。"

水灵看着屋里的一切，说道："哥，这得花多少钱？这也太漂亮了，我都不敢在屋里动弹了，以前就在电视里看过这么漂亮的房间。"

陈思说:"其实真没花多少钱,关键是你哥我会设计会搭配!"

水灵看着陈思的一头白发有点儿心疼,说道:"哥,你这脑袋也装了太多东西了吧,怪不得头发都白了,我都没想到,还有这么多事,就以为,过两天干一干,把原来的东西搬回来就完事了呢。"

陈思笑了,说道:"那大客厅还能空着呀,是给你放煎饼还是堆苞米呀?"说完一屁股坐在沙发上,又掏出了一支烟,悠闲地抽了起来,看着跟在后面傻愣愣的水灵。

水灵也坐在了沙发上,突然有些伤感地说:"哥,这房子都弄完了,是不是你也快回奉州了?"

陈思看着水灵刚要回答,突然门外传来汽车的鸣笛声,陈思站了起来,一边往外走,一边对水灵说:"应该是赵武把窗帘送来了!"

赵武和山根、水灵都是中学同学,自己有个小货车,小伙子朴实认干,所以除了赵大明白,一众工人中,陈思最喜欢的就是赵武,有些小事,就总是安排赵武来做,顺便也让他挣点儿钱。这个下午陈思和水灵又忙了一下午。

吃过晚饭,西边漫天云霞,小山村里,晚归的牛铃阵阵响起,离水灵家不远的池塘和稻田里,蛙鸣叫成了一片。水灵一家人和陈思还有陈思的父亲,包括陈思的宝贝"金凤"和"玉露"第一次全体相聚在了新房子的小院里。窗帘安上后,新房子家的感觉更加浓了,质朴、温馨的感觉侵袭着每一个人,陈思让父亲坐在了葡萄架下的躺椅上,自己则和水灵、张叔坐在沙发上,抽着烟、喝着茶享受凉爽的夜晚。小叶子则是好奇地挨个房间看了一遍,逛了老半天,才回到客厅坐到母亲水灵身边。

小叶子小声对水灵说:"妈妈,我们什么时候搬回来?我不喜欢住在二舅家,我喜欢我的小床和窗台前的书桌。"

水灵说:"咱家房子漂亮不?"

小叶子说:"漂亮,而且屋里还有厕所,再也不用冬天在外面了,冻屁股!"话刚说完,全家人都被小叶子逗笑了,小叶子则不好意思地把头埋在母亲怀里。

水灵推了一下小叶子,说:"什么时候搬家,得问你大舅,大舅给咱家设计了这么漂亮的房子,你也不谢谢大舅。"

小叶子不好意思地看着陈思。

水灵又说道:"孩子,你也要好好学习,可别跟妈学,天天在家摊煎饼,你得学你大舅,将来也当个大建筑师。"

陈思抽了口烟,淡淡地说:"学什么都行,叶子要是你亲生的,就是别让她学建筑学,这个行业太累了。"接着对着小叶子说:"你看你大舅这一脑袋白头发,都是画图累的!"

张叔说:"陈思呀,十年前,你来时,那可是个帅小伙呀,还扎着小辫儿,一脸的锐气呀,过年时,见你呀,我都差点儿没认出来,也真犯不着那么累,干啥不吃口饭,以后一年就回来住一段,看看我们,你赵哥,还有你的宝贝'金凤''玉露'。"

水灵说:"爹,看你这话说的,好像要撵大哥走似的。"

张叔说:"你看你这孩子,陈思,叔可不是这个意思,这个家,你爱住多长时间,就住多长时间,别的没有,大煎饼还能管够吃。"

陈思说:"会总来的,我也特别喜欢这个家,这可是我从设计到施工全程参与的唯一作品,也是我最满意的一个作品。"

水灵说:"大哥,明天就开始陆续往回搬东西吧,全整利索了,也把咱妈接来住一段时间,现在这院子里的菜都快下来了,比你们市里的强多了。"

张叔说:"对!对!"

陈思说:"嗯,看看下周末吧,宇轩和他女朋友也要来,正好带着老太太,不用我回去接了。这还有十来天,咱们也就能搬利索了,这几天你们两个屋的炕都多烧一会儿,门窗也都打开,趁着没下雨!"

水灵说:"行,明天就回来摊煎饼,当着烧炕了,我得给宇轩他俩还有咱妈摊点儿煎饼,你们走时带着;做饭就在我爸那边厨房,现在我是真阔气呀,光厨房就整了两个,这还有点儿不太适应呢!"说完哈哈大笑起来,笑声明朗得像山里的溪水。

三　十

1

7月中旬的这个星期天，还不到九点半，宇轩开着大吉普带着自己的女朋友胜男和陈思的母亲就到了枫树村。车开到门口的时候，陈思带着父亲还有水灵和张叔早已在小桥上等候了。

陈思的母亲和水灵、张叔打了个招呼后，就拉着已经两个月没见的老伴的手问道："老头儿啊，在这儿住得怎么样啊？"

陈思的父亲好像也很兴奋，竟然点着头清晰地说着："好！好！"

陈思的母亲拉着老伴的手，看着陈思说："儿子，你怎么晒得这么黑，倒是结实了。"

陈思说："妈，你看我爸挺好吧！"

母亲满意地说："嗯嗯，真挺好！"

陈思边给水灵和张叔介绍胜男边带着众人走进了客厅。

进了屋，水灵挨着陈思的母亲坐下，陈思的母亲一直拉着老伴的手，陈思的父亲一下子看到这么多人，一直笑着，好像知道了自己的老伴来看自己，眼睛就没离开过自己的老伴。

陈思的母亲看着这个设计优美的大客厅说："孩子，这个房子可是真漂亮啊！"

水灵说："这不都是大哥的功劳哇！"

胜男一直就是个自来熟，冲着水灵说道："水灵姐，房子漂亮，人也漂亮啊！对不宇轩！"宇轩当然点头称是。

水灵说："哎呀，漂亮啥呀，妹子，你才漂亮呢，你看我姑娘都上学了，我都中年妇女了，你还大姑娘呢！"

"姐姐，我是真喜欢这儿，我都不想走了！"胜男说，推了一下宇轩，"我也要一个这样的漂亮房子，要不你别想娶我！"还不忘表扬一下陈思，"大叔，不愧是多年的老建筑师，还是有功力，房子设计得不错！"

水灵笑着说："那就多住几天，我给你们做好吃的！"

陈思的母亲笑着说："孩子，你可别麻烦，我看这地里的菜也下来了，咱们有啥吃啥，不用特意弄。"

胜男说："宇轩总是夸嫂子做饭好吃，我叮得尝尝，对了，宇轩，一会儿别忘了去车上把咱给嫂子和张大爷买的东西搬下来！"

水灵说："你思哥说你爱吃农村菜，妹子，我让你尝尝你没吃过的，水面子我都磨好了，今天下午，我和大哥去山里弄玻璃叶和苏子叶，回来给你们做好吃的玻璃叶饼和苏子叶黏豆包。"

胜男好奇地说："咱这地方还有玻璃叶呀？苏子叶吃过，这个玻璃叶饼可真没吃过！"

陈思解释道："这个玻璃叶其实就是椴树叶，当地人都这么叫，这个玻璃叶饼可是名吃呀，把水面子摊到这嫩椴树叶上，里面放好馅，用手一合，就窝成了半个树叶状的大馅饼，带着叶子一起上锅蒸，熟了之后，里面是好吃的馅，外面的皮都是透亮的，还带着树叶特有的清香，可老好吃了！我姥姥在世的时候总做，对不，妈？"

陈思的母亲只要看见儿子，那就满脸笑容，听陈思问自己，说："嗯，看看水灵做的玻璃叶饼跟你姥姥做的是不是一个味儿！"

宇轩说："哥，你说得我都馋了！"

胜男说："嫂子，中午咱们简单吃点儿，我们买了很多东西呢，就爱吃你做的煎饼，咱们吃完了，就上山弄玻璃叶呗，带着我跟宇轩呗？"

水灵说："行啊，山上有个小木屋，你们累了，就可以在那儿休息。"

253

一听到小木屋，陈思一口水差点儿没喷出来，宇轩赶紧一脸坏笑地把陈思拉出客厅，两个人坐在树下笑了半天。屋里的人并没有太在意陈思、宇轩到底笑什么，毕竟离做饭的时间还早，还能再聊会儿，三个女人一台戏，屋里的聊天气氛，愉快而热烈，真的就好像久别重逢的家人。

陈思说："你和胜男相处得怎么样？"

宇轩说："胜男人是真好，只是，唉，手也拉了，吻也接了，也算确定关系了，下一步就怎么也进行不下去了！"

陈思被宇轩逗笑了，说道："胜男这个女孩子是一旦认定了，就不会改变的性格，所以不要着急，看来小木屋也派不上用场！哈哈哈！"

宇轩说："这个臭丫头，来之前就说了，晚上要跟嫂子一个房间！"

陈思笑着说："好了，不说这个了，那是你们俩的事，你得有点儿耐心。对了，公司运行得怎么样？"

宇轩说："这一阶段，又没有活了，要不哪有时间来这儿看你呀，唉，这一没活，心里就发慌，毕竟还有十几口人等着吃饭。"

陈思说："你以后再遇到不熟悉的甲方，可以考虑，先签方案合同，让人家一点点认可你，而且，开始甲方拿的钱也不多，比较好接受，我也是希望你能慢慢做个专业的建筑事务所。"

宇轩说："可不，刘远航就这个要求，说毕竟地还没拿，能否先签个方案合同，其实我想想也是，就同意了。"

陈思说："老弟，你选择这条路，是相对比较艰苦的，方案好坏是你公司生存的基础。"

宇轩说："嗯，只是高菲一走，方案好的就剩下张桐了，我一天天地净被刘远航缠着，连跟胜男去研究房子装修的时间都没有。"

陈思说："都研究装修房子了，好！"

宇轩说："我把我的小公寓卖了，凑了个首付，买了一个四室的房子，是现房，我和胜男正在研究装修方案呢。"

"在背后说我什么坏话呢？"胜男不知道什么时候走了过来，拍了一下宇轩的肩膀。

宇轩赶紧说:"你问大哥,哪敢说你坏话,全是夸你!"

陈思说:"对,宇轩跟我夸了你半天,对了,你们怎么不聊了呀?"

胜男说:"水灵姐准备做中午饭去了,张大爷说要去遛遛马,我赶紧出来让宇轩把车里的东西拿出来,好给嫂子打打下手哇,宇轩,你快去拿东西,一会儿帮着烧火!好好学学怎么做饭!"

宇轩看了一眼陈思,一脸幸福的苦笑。

陈思回到客厅,看到自己的母亲正在给父亲喂水果,厅里就剩下了陈思一家人,母亲小声说:"儿子,你跟水灵的事是不是有什么眉目啦?我怎么看宇轩他们两个都跟水灵那么亲热呢?"

陈思也小声说:"妈,在我眼里水灵就是妹妹。"

母亲摇摇头,说:"我们就快回奉州了,下午上山的时候,侧面地聊聊,原来我是没见过水灵,一见了面哪,妈是喜欢她,一看就是个善良孩子,命也挺苦,这要是跟了你,能对你好一辈子,不就有个孩子嘛,你俩再生一个,小孩还有个小姐姐,多好!"母亲叹了口气,接着又说:"儿子,你呀,啥都聪明,怎么就不会处对象呢?你看这大房子盖的,你是得多用心哪?"

陈思说:"妈,其实,来这儿盖这个房子,并不都是为了水灵,很大原因,是我还是喜欢做个建筑师,盖一个自己设计的房子,不受什么束缚,另外以后每年我都想带着我爸来住一段,也不能白住哇。"

母亲说:"这再好,但是毕竟不是自己的家呀。儿子,妈还是希望你也能有个自己的家,有自己的孩子。"

陈思说:"好好,都听您的,成家,成家!"

母亲说:"你呀,当着我,就是好好好,是是是,然后该干啥干啥,我还不知道你?!"

陈思知道,一直想要个孙子是母亲最大的心愿,本来想再跟母亲解释一下,见宇轩搬个折叠桌子出来,就没再说什么,宇轩大咧咧对着陈思说:"水灵姐说,厅里宽敞还风凉,就在厅里吃饭!"说完,回到厨房,开始一盘子一盘子地往桌上端起菜来。

2

　　水灵住的枫树村就是一个相对比较大的山谷，地势东高西低，是夹在两个相对大的山岭中的一片平缓坡地，水灵家在最东边，也是地势相对高的一边；绕过水灵家的枫树林，还有几条小山谷，有的相对狭窄，有的水源不足，没有人居住。山上有些农民的开荒自留地，也有一些村里所属的林地被农民承包，所以也有一些小路通往山梁。水灵家原来的人参种植园就在后面的这片山谷里，现在已经被种上了松树，只有那个小木头房子还在，张叔有的时候给林地割割杂草或者砍砍柴火会偶尔在这个小木屋里休息一下，最近"金风""玉露"来了之后，张叔还在小房子里搭个小木头床，偶尔打个盹儿。

　　陈思、水灵、宇轩和胜男四个人吃过饭后，开始向山里进发，本来家附近山脚下也有椴树，但是一般做玻璃叶饼是采集没有长高的椴树棵子的嫩叶，这种嫩叶叶片肥大、叶脉柔软，不容易折断，而且香气十足，跟茶叶的道理差不多。

　　几个人走进了小山谷，陈思才发现，这些年这里的生态环境已经发生了巨大变化，自己小时候甚至是十几年前来的时候，这里的山林还是以原生的阔叶混交林为主，树下都是多年的叶子腐烂后形成的肥沃的腐殖质土层，而到了秋天，就是五色斑斓的五彩山；但是近些年来，山上的树种发生了变化，原来的阔叶混交林已经被有计划地分片砍伐，取而代之的是长得较快的落叶松，这种落叶松又直又高，高的可以长到三四十米，外表看起来，挺拔茂密，但是一旦进入林子，你会发现，巨大的树荫下植物却没有多少，走在这种林子里很是轻松。由于分片砍伐的年代不一，所以落叶松种植的年份也不一样，小山谷里有的地方刚刚采伐完，虽然补种了松树苗，但是依然显得光秃秃的。山里的景色也由不同的树林构成了不一样的景致，茂密的椴树林一片浓郁的深绿，而挺拔的落叶松则是一身浅绿的挺拔俊秀，刚刚采伐完的山岗则是被树苗和野草覆盖露出来山体本来的柔和曲线。

宇轩和胜男很少进山，看着什么都觉得美不胜收，尤其是胜男，手机相机就那么一直地咔嚓着，一会儿合影一会儿自拍，不一会儿就把手机折腾没电了，还抢过了宇轩的手机继续玩得不亦乐乎；可是陈思的心里却有一点点的忧伤，这片山林，再也不是十年前遍地是清泉和小溪的那片原始森林了，难怪水灵家门前小河的水量明显减少了。

7月中旬的中午，山里很是炎热，胜男蹦跶了一会儿就觉得又热又渴，好容易坚持到小木屋，就再也走不动了。陈思笑着让这小两口坐在小木屋外的阴凉里，去屋里拿过了一只大水瓢，在泉眼里盛了一大瓢水递给胜男，水灵只是抿着嘴笑着看这两个城里来的娇贵人。好在小木屋附近还残存一片椴树林，椴树棵子也在和刚栽上不久的落叶松争抢着生长空间，油嫩的大叶子在阳光下闪着亮光。

胜男说："水灵姐，我实在是走不动了，以后回去一定好好健身，下次再陪你摘树叶吧。"

宇轩说："早说在家给'金风''玉露'洗澡，你非要逞能跟着上山。"

胜男叫道："你给我闭嘴！"随后又笑着柔声说道："大叔、水灵姐，你们两个去采玻璃叶吧，俺俩在这儿等你们。"

宇轩皱着眉头说："妈呀，这都什么辈分哪！都乱套了！"

陈思笑着拎起大筐随着水灵朝椴树林走去，边走边跟水灵开着玩笑说："妹子，别回头哇，万一人家乘机亲热一下，你回头看了，那多不好！"

水灵说："你看你这当大哥的，一点儿大哥样都没有，也没个正行！"

陈思说："我怎么没正行了？我是关心我的弟弟，希望他和胜男早点儿在一起，把事给定了！"

水灵笑着说："你还好意思说人家呀，你自己呢？"

说话间，两个人就已经走到了椴树林边，水灵认真地扒拉着大一点儿的树叶，边挑叶子，边说道："哥，咱妈是多希望你能成个家，她能抱个孙子呀，我也希望自己早点儿当上姑姑。"

陈思说:"妹子,你听到我妈跟我说话了?"

水灵说:"没有哇,咱妈说什么啦?唉,真没听到,只是哥,我也是母亲,我能理解咱妈的想法,你这么优秀的一个建筑师,这不生一窝,你的基因都白瞎了!哈哈哈!"接着神色一黯,低声说道:"哥,我得过妇科病,已经不能再生小孩了,要不然当年就和孩子他爸要个老二了,管他罚不罚款呢,反正孩子是得着了。"

陈思听到水灵这么说,心头一紧,心疼眼前这个善良而苦命的妹子,旋即又想起母亲期盼的目光,竟一时间不知道该说什么了。

可是水灵却哈哈笑了起来,说:"哥,你看你,怎么没嗑了?你可真是的,你难受什么,你赶紧找个对象,凭我哥,啥样的找不到哇!哥,你知道吗?我可喜欢听宇轩和胜男喊我姐了,就像一家人,听着就高兴!"

这时宇轩的声音从小木屋方向传来:"思哥、水灵姐,弄完没有?用我过去帮忙不?"

水灵笑着转过身去大声说道:"不用啊,你和弟妹再歇一小会儿,我们一会儿就下山!"

陈思看着水灵的背影,心里五味杂陈,这个善良的女人,总是用自己的笑声温暖别人,而在背后一个人咽着苦水。

陈思几个人下山后,水灵又在自己地头采了一大撮苏子叶,用来蒸黏豆包,这种用苏子叶包着的大米面黏豆包,由于蒸出来后像个小老鼠那么大,农村都管它叫"苏耗子"。

一回到家,水灵就脚下生风地忙活起来,蒸苏耗子的豆沙馅上午就已经准备好了,可是蒸玻璃叶饼的馅却要现准备,水灵跑进后园子,麻利地掰芹菜、拔葱,又摘了几个青西红柿,就回到厨房叮叮咣咣地剁起馅来;拌好了馅以后,水灵拿出了一块干净的台布盖在茶几上,把早已准备好的两盆发酵的水面子连同豆沙馅和芹菜馅都搬到了客厅,一边陪着陈思的母亲和胜男聊天,一边包起黏豆包和玻璃叶饼来。就这样忙活着,说笑着,等苏耗子和玻璃叶饼都做好了,水灵又跑到菜园子,拔了一棵大白菜还抠了两个土豆，准备起菜肴来。

短短的一个下午，胜男就和水灵好得像亲姐儿俩一样，不但聊得投机，而且简直成了水灵的跟屁虫，水灵到哪儿胜男就跟到哪儿，一边有点儿添乱地帮着忙，一边和水灵聊着天，完全忽视了宇轩的存在。玻璃叶饼蒸上了之后，厨房里慢慢地弥漫起椴树叶清新的香气。

胜男说："这种自然的味道，我真是头一回感受到，在奉州也吃过荷叶包饭，也有荷叶的味道，但是绝对没有这种大自然的清香！"

水灵说："山里的东西没有污染，小时候就盼着吃点儿这些东西，其实就是苞米面换了个做法。那个时候没有肉，就全靠这些叶子来调剂味道。"

胜男说："姐姐，这还用做菜吗？光是吃这个我就能吃饱，这也太香了，咱别做菜了，就端着玻璃叶饼坐在大枫树下吃呗！"

水灵说："其实也没什么菜，中午你和宇轩拿的那么多肉都没吃几口，我呀，晚上做点儿清淡的，青西红柿炒个土豆片，拌个咸蕨菜，再炖个大白菜粉条汤，都是爽口的，这样你们能多吃点儿玻璃叶饼和苏耗子，回奉州可就吃不到了。"

胜男说："嫂子，我都不想走了，这种感觉真好，一家人坐在一起忙活着吃的喝的，怪不得大叔不愿意回奉州。"

水灵笑着说："那你就常来，我和你陈思大叔可喜欢你俩了，你大叔这人外冷内热，拿宇轩当亲弟弟一样，背后没少夸你们两个，你呀，和宇轩早点儿结婚，以后有小孩了，到了寒暑假就送这儿来，妹子，姐跟你说，什么是家呀，过日子过的什么呀，就是过个一家人在一起热热闹闹地吃顿饭，趁着年轻，多生几个，管他呢！哈哈哈！"

听到了水灵爽朗的笑声，胜男慢慢地明白了，为什么大叔陈思总是用泉水来形容水灵的笑声了，如同水灵的心地一样，简单干净，一尘不染，沁人心脾。胜男真的喜欢上这个姐姐了。

水灵和胜男在厨房忙活的时候，陈思正和宇轩拿着胡萝卜喂着"金风""玉露"，陈思也知道，自己的世外桃源生活要结束了，一边抚摸着两匹宝贝，一边和宇轩聊着，内心的情感复杂地翻滚着。

宇轩看出陈思似乎有些心事,问道:"哥,水灵姐将来能否跟我们回奉州?"

陈思摸了摸"金风"额头上的白毛,轻声说:"弟弟,水灵属于这片小山谷,就像那些被移植到奉州的枫树,离开了这里就再也没有了灵性,也许会看着鲜活,但是灵魂早就留在了这儿,这里才是你水灵姐的家,也许,也是我最后的归宿。"

陈思说完走进马厩站在"金风"和"玉露"中间,一手搂着一匹宝贝,他很想告诉宇轩,什么是家,家其实是一种思念,家更是一种眷恋。

三十一

1

8月末的奉州，天气炎热，连植物都和人一样无精打采的。这个下午，宇轩却兴高采烈地来找陈思。

宇轩一进陈思的小店，就说："哥，这天太热了，快来杯冰岛古树解解暑！"

陈思似乎知道这几天宇轩会来，边泡茶边说："看轩少的兴致，似乎有什么好事呀？"

宇轩坐下来把手里拿的一张地形图放到茶台上，说："思哥，项目哇，还真得一个个地认真做，你看未来地产的项目现在卖得太好了！"

陈思说："能好到什么程度？"

宇轩说："好到有开发商因为看了那片别墅，来邀请我投标了。"

陈思哦了一声，给宇轩倒了一杯茶。

宇轩见陈思反应平淡，对着陈思加重语气说："哥，大项目哟！"

陈思笑道："能有多大？"

"一千多亩地的总体规划！就在未来地产那块地的南边不远，真是近水楼台先得月呀！"宇轩兴奋地说，"哥，就算容积率再低，也得一百多万平方米的建筑面积，哥，这个项目要是中标了，那可发了！"

陈思淡淡地说："那你就努力吧！"

宇轩一副踌躇满志的样子，继续说道："哥，我就说，还得方案能力强，你看，我一个小小的乙级院不也能接到投标邀请？"

陈思说："你知道还有哪些家设计单位参加投标？"

宇轩说："省院、市院、东北院，还有几个民营事务所，对了，还有那个都会建筑设计有限公司，但是最小、最没有名气的就是我的小公司，不过好在有我这个大师坐镇！"

陈思点点头："那竞争还是挺激烈的。"

宇轩突然有点儿气愤地说："我那个大学同学何鸿给我打电话了。"

陈思好奇地问："说什么呀？"

宇轩说："她通过甲方内部的消息，知道参加投标的单位有我的公司，希望我主动退出去，还说即使不退出去，也没什么机会！"

陈思说："她倒是很有自信！"陈思本想说，她也不想想，一个小乙级公司能受邀参加这个投标，背景就一定很简单吗？

宇轩说："一有项目，他们就上蹿下跳的，后来见我不同意，何鸿又提出，我们的方案由他们做，算是借我的公司名，他们围个标，不管结果如何，都会给我一笔补偿费。"

陈思说："不用理她，你做你的。"

宇轩说："对呀，这次的甲方出手大方，每家单位的补偿费就是十万，练练手都划算，我是不会退出的。不过说实话，这么大的规划，我还真是头一次接手，虽然我是个大师，哈哈哈，但现在多少有点儿麻爪儿，所以，您老人家得帮我出出主意。"

宇轩说完，把地形图平铺在茶台上，开始给陈思介绍地形和甲方的一些要求。陈思并没有怎么认真地听宇轩在说什么，只是认真地看着地形图上的地形地势，思考着什么。

宇轩以为陈思在思考这个方案应该怎么着手，但是他并不知道，邀请他参加投标的地产公司就是陈思曾经工作过的地产公司，老板陶林更是对陈思非常器重和认可，而陈思作为陶林的顾问总建筑师，没少给陶林出谋划策。

陈思出看守所后，被学校开除了公职，陶林还是想请陈思来他的地产公司任职，陈思以父亲需要照顾，自己身体也需要调整婉言谢绝了。

但是对于陶总的情义，陈思还是记在心里，所以陶总有些在地产方面的重大决策，还是会和陈思见面，听取陈思的意见。这次，宇轩的公司能接到投标邀请，也正是陈思告诉陶总，那个公司其实就是他和朋友一起合作的，所以宇轩那家小小的乙级设计公司才会被邀请。只是这些背后的事情，陈思并不想告诉宇轩而已。

宇轩见陈思思考了半天，忍不住问道："大哥，这样的居住区该怎么做呀？如果全是密密麻麻地摆上住宅，这图面效果可不会怎么好看。"

陈思说道："宇轩，想问题，要退一步，再上一个台阶，这样，你看问题会更加全面。这个方案，其实是应该由规划设计院来做，但是规划院的控规往往只有路网和各地块的土地性质和指标，其实甲方找你们建筑设计公司来做这个方案，是希望能看到一个良好的形象，因为建筑设计院长于设计的表达。这个项目从拿地到实施，还有很长的路要走。"

宇轩不解地问："那甲方有钱烧的？找这么多设计院，花这么多钱，就是为了看看画？"

陈思说："这么大一个项目，百八十万的前期设计费根本不叫钱，甲方一是集思广益，另外也是要跟政府表明一个态度，讲一个好故事。其实，你说得没错，就是画张漂亮的画，但是你得会画，还要画得好看，画得有道理！"

宇轩被陈思说糊涂了，有点儿结巴地问："哥，那，怎，怎么画？"

陈思被宇轩逗乐了，旋即认真地说："宇轩，这是一个土地整理的项目，你做的方案准确地说，应该叫'概念规划'，其实应该说这是一个策划。"

"土地整理？"

"对！土地整理！"陈思点点头，"房地产，房地产，有房产，有地产，有挣房子钱的，就有挣地钱的！"接着简单地解释了一下。

宇轩挠挠脑袋说："思哥，你要是不告诉我，我是真看不透这后面的事！"

陈思说："唉，有时候，看不透累，看透了更累！这也是我现在不愿意接触地产和设计的原因，我们做设计的人都比较简单，但是，很多事情恰恰没有我们理解中的那么简单。"

宇轩说:"哥,我才开始有点儿慢慢懂你了。"

陈思说:"不说这些了,我们还是说说这块地,你该怎么设计吧。这块地,要把握一个基本点,一个亮点。"

宇轩赶紧问:"什么基本点?什么亮点?"

陈思点上香烟,抽了一口,不紧不慢地说:"既然这是个土地整理的项目,你就要让这块地有其价值,亮点就是要有好的居住环境,你看,这个基地边上有一条小河,基地里面也有几处鱼塘,你首先要把这水系连到一起,让这片区域,有一个整体的水系景观,再结合水系来布置商业,这是你方案的亮点;方案的基本点是回迁区的位置选择和详细设计,这涉及甲方对这个项目的真实投入,也会是甲方关注的焦点。"

宇轩皱皱眉头,说道:"大哥,我大概明白了你的意思,只是这块地太大了,而甲方给的时间只有二十天,这时间也太紧了!"

陈思说:"不紧,而且你时间紧张,其他设计院也一样。你的设计重点,就是要放在商业水系景观上,这条景观带一定要设计得漂亮,形式感强,能通控你的画面,再有就是回迁区,一定要设计得翔实,剩余的区域,怎么漂亮怎么来,不用太费心思!"陈思拿起笔在一张纸上大概画了一个基地的轮廓,接着在轮廓内画了几个圈,还有几条漂亮的曲线,画完,把草图递给宇轩,说:"大概就是这么个意思,剩下的你自己发挥吧!"

宇轩看着草图说:"哥,你的草图可真是大巧若拙呀!"

2

没过几天,宇轩拿着画好的草图来找陈思,当陈思看到草图上那漂亮的水系、潇洒的构图时,陈思知道,宇轩这个聪明的小子完全理解了自己的想法,这个项目,只要后期的表现做得好,再加上陶林对自己的信任,那不出意外,宇轩的小公司会爆冷拿下这个项目。

果然,半个多月后的一个下午,陶总打来电话:"陈思老弟呀,还是你小子懂你老哥,这个总体规划一看就是你小子的手笔。我会尽快安排下面与你们公司把合同签了,你小子是不是应该来看看大哥,大哥很想你这臭小子。另外,有些事,大哥还想听听你的意见。"

陈思知道,跟这位陶总也不需要客套,直接说道:"好,正好我给大哥还准备了一点儿好茶,一块给你带过去。"

陈思刚放下电话,就见宇轩从门外兴冲冲地走进茶舍,一坐下,就说:"思哥,拿下!"

陈思看着情绪极高的宇轩,只是淡然一笑,给宇轩倒了一杯茶,问:"这几天,累坏了吧?"

宇轩说:"累什么累,要是一年能中标一个这样的项目,怎么累,我都认!思哥,你说,那几家设计院现在是什么心情?哈哈哈!他妈的,你没看都会建筑设计有限公司孙姐前夫那天投标时的臭样,穿着背带裤,抽着小雪茄,我那大学同学,就那何鸿,愣装不认识我,好像这个项目肯定是他们中标,我看着就生气!"

陈思微笑道:"你老跟一个建筑表演系毕业的人较真干吗?"

宇轩笑道:"建筑表演系?哈哈哈,哥,你总结得可真精辟!"

陈思说:"你呀,先别高兴得太早,合同还没签呢!"

宇轩说:"思哥,你不知道,这家地产公司那可是我见过的最高效的,刚才我已经接到电话通知了,合同明天就签。概念规划有点儿调整的地方,需要修改一下,陶总觉得水系应该再加大点儿;但是回迁区定了,总建筑面积三十万平方米。概念规划设计费一百万,回迁区设计费四百五十万,定金百分之二十!而且连价都没讲!"

陈思知道,陶总做生意一贯如此,从来不在这些小事上斤斤计较。

宇轩继续兴奋地说:"哥,光是定金就是一百多万!去年郑朝东、刘远航的项目总设计费才一百多万,我就得像对待祖宗一样伺候他们。对了,哥,等钱到了,咱哥儿俩一人整一块江诗丹顿戴一戴,我就看看这表能走得多准!"

陈思喝了口茶,说道:"宇轩,我对那些东西不感兴趣,你可别得意忘形了!合同签多少不是关键,钱进到你的账上才是你的钱,不然,合同就是一张废纸。"

宇轩说："思哥，你看你，怎么那么扫兴呢，你就不能陪我开心一会儿？"

陈思说："我是替你高兴，但是，这么大的工作量，你和你的员工该是要累一段时间了。"

宇轩点头说："是，我手下的人还都太年轻，而且，这回迁区虽然设计的难度不大，但是挺麻烦的，再说，后面还有上百万平方米的商品房和配套公建，回迁区在设计上一定不能出一点儿毛病。"

陈思说："商品房现在想有点儿远，你现在需要考虑的是怎么把回迁区干完。有些事情慢慢来，一切等合同签了再说。不要急于发展，不然，你公司的运营成本会一下子增加太多，给你带来没必要的压力。"

宇轩点头称是，却并不以为然，只要合同一签，定金一到账，本少爷立马开始招兵买马、聚草屯粮，办公地点也应该考虑换一换了，甚至心生懊恼，早知道会有这么一个大活，自己的婚房就不买那么小的了，直接在未来地产买个别墅住住多好。

3

宇轩如愿签了一个大单，这个消息，很快就被刘远航知道了，几天后，赵诗涵也知道了。赵诗涵很懊恼，她懊恼自己没有当机立断离开王君，从而错失了宇轩这个和自己很般配的潜力股。赵诗涵并不乏追求者，以赵诗涵对自己的自信，她认为宇轩离开她后，不出几天，就会回来找她，如果宇轩真来找她，她会毫不犹豫地告诉宇轩，她爱他，她会放下过去的一切，全心全意地爱他。可是一晃就过去了大半年，除了偶尔听到刘远航谈到宇轩，就再也没有了宇轩的音信。

赵诗涵并不是一个没有头脑的人，与宇轩分手后不长时间，赵诗涵就与王君公开摊牌，要么离婚娶我，要么我离开。王君的答复很肯定：离婚不可能。赵诗涵得到这样的答复，倒也没客气，直接拉走了王君公司一小半员工，借助刘远航的项目开始自己创业。

离开了王君，赵诗涵才知道原来自己当老板并不是那么容易，追随她而来的员工当然不是因为赵诗涵的工作能力或者人格魅力什么的，而是赵诗涵在之前许诺过的更高的年薪和福利待遇。

　　更让赵诗涵犯愁的是，到现在，除了刘远航在梅城的项目，暂时还没有新的项目接手，如果今年接不到新的委托，光靠刘远航那个项目收入，自己别说挣钱，能把员工的工资奖金都解决就不错了。得知了宇轩签了一个超级大单，赵诗涵决定放下身段去找宇轩，如果能拿下宇轩身后的这么大一个市场，那么今后几年就会有一个稳定的收入，最主要的，顺便想了解一下宇轩现在的感情状况，如果能与宇轩重修旧好，那就更是天遂人愿了，即便是自己以后乖乖地做宇轩身后的贤内助也在所不惜。

　　据说，人在晚上的感情一般比较脆弱敏感，工于心计的赵诗涵决定晚上去找宇轩，而在她看来，接到这么一个大单，宇轩一定会在单位加班，而事实上，赵诗涵判断得很正确。那天晚上八点半，赵诗涵来到宇轩办公室的时候，宇轩正在埋头画着回迁区的户型。

　　见到半年不见的赵诗涵走进办公室，宇轩还是心脏一顿狂跳，并迅速调整了自己都觉得奇怪的紧张情绪，不失风度地站起身来，说道："赵总，今天怎么这么闲了，来，坐。"

　　赵诗涵并没有说话，而是直接坐到了她原来总喜欢坐的大沙发上，宇轩也是习惯性地坐到了沙发的对面，茶几的另一侧，开始烧水泡茶，办公室里的两个人陷入短暂的沉默。

　　赵诗涵看着宇轩，这么久不见，宇轩有点儿瘦了，可能这几天太忙，宇轩的胡子都已经长长了，反倒是让宇轩多了一些成熟男人的味道。

　　宇轩一边泡茶，也一边偷偷地看了赵诗涵几眼，这个女人散发着成熟女人的味道，与胜男相比，她是那种更容易激起男性荷尔蒙的女人，不可否认，即使过去了这么长时间，宇轩仍有把她弄上床的冲动，这与爱情不爱情的一点儿关系没有，只要是个正常男人可能都会有这种想法。想到这里，宇轩哑然失笑，轻轻地摇了摇头。

赵诗涵并不知道宇轩在笑什么，见宇轩不说话，主动打破了尴尬，说："宇轩，你挺好吧？"

宇轩抬起头，正视着赵诗涵说："挺好哇，赵总找我什么事？"边说边把倒好了茶的茶杯递到赵诗涵面前。

赵诗涵端起茶杯，低头抿了一口，说："听说，你签了一个大合同。"

宇轩说："听远航说的吧？"

赵诗涵说："嗯，宇轩，我离开原来那家公司了。"

宇轩听到赵诗涵说起原来那家公司，心里突然一阵刺痛，冷冷地说："哦，是吗？"

赵诗涵说："宇轩，过去，是我不懂事，其实……"

宇轩没等赵诗涵说完，就打断了她的话："赵总，过去的事，都过去了，你今天来找我，就是为了说这个事？"

赵诗涵喝了一口茶，掩盖一下自己的情绪，直接说道："宇轩，我是来求你的。"

宇轩问："赵总能求我什么？"

赵诗涵说："我现在自己干了，压力挺大的，听说你现在在做一个大开发商的设计，能否把那家老板介绍我认识？"

宇轩心里一阵生气，旋即又笑话自己虚荣心在作怪，他更希望赵诗涵是来找他乞求原谅的，那样，就会告诉赵诗涵，他现在有女朋友了，而且感情很好。但是看着赵诗涵楚楚可怜地看着自己，宇轩一阵心软，抽了口烟说："赵总，现在这个项目刚刚开始回迁区的设计，我和项目的老板也没见过几面，还谈不上熟悉；而且，他们好像现在还没有研究商品房的计划，如果有机会，我会帮你问问。"

宇轩刚说完，放在桌上的电话响了，宇轩站起身来，回到桌子前面拿起电话，并没有一点儿犹豫地接通了电话，来电话的是胜男。

"宇轩，你还在公司吗？"

"嗯，老婆，你那边忙完了？"宇轩加重了"老婆"两个字的音量。

"嗯，我都饿死了，你也没吃饭吧？"

"嗯，咱俩去皇城老妈?"

"不行，我都胖死了，你在公司等我吧，我去找你，见面再说。"胜男挂断了电话。

看着宇轩大大方方地接起电话，又听到那一声"老婆"，赵诗涵内心一片酸楚，再也坐不下去，拎起包，站起身来，对着宇轩酸酸地说，"不耽误你了，宇轩。"便头也不回地转身离去。

回到自己的车里，赵诗涵双手抱住方向盘，把头也顶在了方向盘上，她知道，自己已经彻底地失去了宇轩，可是自己真的有那么爱宇轩吗，她也不知道，也许宇轩不过是遇到的人当中一个不错的选择。

这时候，电话响了，来电话的是刘远航："诗涵，在奉州吗?"

"在。"赵诗涵平静了一下情绪。

"我在君悦酒店顶层的酒吧等你，想跟你碰一下销售情况。"

"好，我一会儿就到。"说完，赵诗涵发动了汽车，奔向君悦酒店。

三十二

1

金秋十月,无论是城市还是乡村,植物的色彩都变得浓艳起来,"十一"长假的到来,让人们终于可以从工作中解脱出来,尽情地享受大自然的恩赐。梅城的山区又变成了五彩山,各种阔叶植物的叶子变得五色斑斓,间或有大片的落叶松把一抹青绿硬生生地插入这纷杂的色彩中,却也显得那么和谐明艳。

夕阳西下,在余晖中,一对身着户外服饰的情侣正手拉着手,从枫树村的山梁上缓慢地行走,也许是太累了,每个人肩上的双肩背包都显得很沉重,压得两个人步履沉重。

两个人在山梁上歇了一小会儿,顺着山谷的方向远眺着,突然女孩子好像发现了宝藏一样,喊道:"亲爱的,你看那边,好像有条小路,林子边,还隐隐约约有个小木屋!"

男孩顺着女孩手指的方向看去,也开心地说道:"是,咱们过去,这附近肯定有人家,天黑前,兴许能赶到附近的县城。"

两个人又恢复了体力,兴冲冲地走到小木屋前才发现,屋子里并没有人,一个小木板床上只有一个枕头和一条干净的褥子,但是门口不远处,有一眼清泉汩汩地冒出清水,一条小路上长满了车前菜,但是马蹄的印记清晰可见,更是清晰地指示着出山的方向。转了几个弯后,山脚下,一片枫红让一栋建筑若隐若现,也能清晰地看到升起的袅袅炊烟。

两个人沿着小路穿过一片火红的高粱地，又过了一条小河，才看到那栋优美建筑的全貌。

院子大门是防腐木的，门的两边一边是木栅栏，一边是一道大石墙，院里的一棵大枫树满树艳红，挡住了住宅的一半。看着这个和其他农村大院不一样的建筑，两个人在院门口讨论了半天。

女孩说："亲爱的，现在农村的房子都设计得这么好啦？"

男孩说："不像，看着像单层别墅，你看那砖墙和屋顶的檐口，明显是设计了的，不像普通的农家院。"

女孩沿着石头墙往前走了几步说："这个墙肯定是学设计的人才会这么做，难不成，我们还真遇到隐居的世外高人了？"

男孩也往前走了几步，看了看说："你小说看多了吧，你看这儿还有柴火垛呢，不像是摆样子的。有可能又是哪个文青弄的什么民宿吧！"

女孩说："那更好，不行就在这儿住一晚，我在同济读研时，去看过几个所谓的民宿，其实就是宾馆，挂着民宿的幌子，但是设计得确实挺有味道，没想到东北山村也有了。"

男孩说："管他呢，先进去看看，打听打听道也行啊。"

两个人走进院子，发现正面是一个带着大落地玻璃的建筑，开满了花的花池围着一个大平台，大平台上的木梁直接伸进落地玻璃里面的房间，只是葡萄刚刚爬到了柱子的一半高度，虽然也挺茂密，但是看得出是当年栽植的。当两个人目光转向大枫树时，看到一个老头儿正在给两匹漂亮的骏马往一个大青石槽子里添草料。

老头儿听到脚步声，转过身来，见是两个年轻人，问道："你们找谁？"

男孩问道："大爷，这是宾馆还是个人家？"

老头儿骄傲地回答："什么宾馆，这是我家，都有好几伙人这么问过啦！"

这时屋里走出一个三十多岁的女人，旁边还跟着一个小女孩，正是水灵和小叶子娘儿俩。

水灵走下台阶，来到两个人面前说："你们两个是学生吧？"

女孩说："我是，他不是，他是我男朋友。"

男孩说："打扰了，看这个建筑设计得好看，还以为是小宾馆呢！"

女孩说："大姐，这地方离附近的县城有多远哪？"

水灵说："往前走三四里地，有大客车通往县城，远倒是不远，三四十里地，可是这个点，都没有车了。"

女孩看了男孩一眼，眼神中多少有点儿抱怨，接着对水灵说："大姐，你们家卖不卖吃的？我们两个都饿了。"

水灵说："吃的有哇，我是专门摊煎饼的，有摊好的，我给你们拿，还要点儿小葱啥的卷着吃不？"

小叶子似乎对这对情侣印象很好，说："我妈摊的煎饼可好吃了。"

水灵笑着对自己的女儿说："你去给大哥哥大姐姐倒杯热水，让两个客人到客厅坐会儿，妈去后园子拔几棵葱，再拿几张煎饼。"

张叔见女儿已经出来了，转过身去，继续喂他的宝贝马。这对小情侣则跟着水灵上了台阶，被水灵让进客厅坐在沙发上，小叶子已经倒好了热水。水灵对着女儿说："你在这儿陪着大哥哥大姐姐，妈去拿煎饼。"小叶子点点头，坐到了小木墩上。

大男孩坐在沙发上看着屋里的摆设，又抬头看了看顶棚的大木梁，当他扭头看到背景墙上的那些照片时，突然被两张大幅的吸引，惊奇地站了起来，指着照片对女孩说："你看！这不是陈总吗？这不是陈思老师吗？"

那女孩子本来是背对着照片，听到男孩子这么说也站了起来，仔细地看着墙上的照片，男孩子说的那两张照片，一张是陈思和赵大明白一起支模板时照的，另一张则是陈思光着膀子站在"金凤"和"玉露"两匹爱马之间。女孩也惊喜地说："是，是陈老师！"

小叶子说："那是我大舅。"说完，就要去找妈妈水灵。水灵已经端了一盘煎饼和小葱进来了。

男孩子站了起来，对水灵说："大姐，您是陈总的妹妹呀？"

水灵笑着问道："你们认识大哥？"

女孩子抢着说:"大姐,我叫陆晖,陈思老师教过我,是我老师,他叫张桐,在陈老师朋友的设计公司上班。"

水灵说:"那你的老板,是宇轩吧?哎呀,这怎么这么巧哇。叶子,你去告诉姥爷,这两个大哥哥大姐姐,是你大舅的学生,让他进屋陪一会儿,妈再去给他俩做个汤。"说完,就转身去了厨房。

张叔还没跟张桐和陆晖聊上几句,水灵已经端出了一菜一汤,放在这对小情侣面前。

水灵对着两个人说道:"你们两个呀,可真有口福,这个汤是灰蘑炖小白菜,今年天旱,灰蘑特别少,这可是你们陈老师最喜欢吃的。鸡蛋都是自己鸡下的,就给你们拿小葱炒了一下,就着煎饼吃,可好吃了。"

两个小青年确实饿了,又知道是陈老师的妹妹,也就不再客气,开心地吃了起来。陆晖喝了一口汤,惊喜地说道:"张桐,你尝尝,你尝尝,太鲜美了,从来没吃过!"张桐也喝了一口,也是不住地点头,接着咬了一大口煎饼,煎饼的渣渣掉了一地,陆晖嗔怪地说:"你看你,弄了一地。"

张桐用手抿了一下嘴说:"这个煎饼也太酥太脆了,不信你吃吃看。"

小叶子看着两个人的吃相,在一旁捂着小嘴偷乐着。

水灵说:"这是刚摊完不长时间的煎饼,所以又酥又脆,没事,吃完了再收拾,你们就是别吃太快了,慢点儿,不急。"

陆晖也不好意思地说着张桐:"你这么吃,太给陈老师丢脸了!"

水灵笑着说:"你们陈老师吃饭也和张桐一样,你们做设计的好像吃饭都快,跟赶火车一样!"

看着两个人风卷残云地吃完了东西,水灵对着两人说:"你们两个呀,一会儿歇一歇,洗洗脸,晚上就别往县城赶了,也没有车,就住这儿吧,反正你们陈老师的房间也空着,你们就住那屋吧。"

陆晖实在是喜欢这个房子的感觉,更喜欢这个热情善良的水灵大姐,当然是求之不得能在这儿住上一晚了。

2

张桐和陆晖两个人第二天下午返回奉州后，直接去了陈思的昔归茶舍。茶舍里除了陈思还有一个人，张桐认识，是刘远航，几个人正在研究梅城市内那块商业用地。

一进屋，陆晖就给陈思鞠了个躬，说道："陈思老师好！"而张桐则是向刘远航问了声"刘总好"。

陈思见是陆晖和张桐来了，很意外，也很高兴，让两个人挨着刘远航坐下，并分别给两个人倒了一杯热茶。

陆晖说："老师，我给你带来了个惊喜，想不想知道？"

陈思说："你和张桐要结婚了？"

陆晖说："嗯，这个一会儿再说，还有更大的惊喜！"

陈思笑着说："那我可猜不到了。"

陆晖把放在凳子上的两个口袋拎了起来放在茶台的一边说："这里面一个口袋里是一件毛衣，还有一个口袋里是你最喜欢吃的灰蘑！哈哈哈！"

陈思接过口袋说："你这个鬼丫头，怎么知道我最爱吃灰蘑呀？这玩意儿在市里可没有！"

陆晖说："是水灵姐姐让我俩带给你的！这个蘑菇可真好吃，水灵姐姐给我们做了一半，剩下的都给你带回来了。"

陈思一脸困惑地问："你们两个怎么认识我妹子，是不是跟你们老大宇轩去枫树村了？"

张桐说："不是，陈总，我和陆晖6号结婚典礼，本来是准备5号来特意给您和我们老大送请柬的。这不还有几天工夫嘛，家里也不用我们两个忙活，陆晖就想去你设计的那个大峡谷漂流去玩，漂个流，再爬爬山。"

陆晖抢过话来接着说道："我们一到漂流的起点，我的天哪，几万人在那儿排队买票，河里的人跟下饺子似的，太多了，我就不想漂了，我们俩就去爬野山了，嘿嘿，迷路了，结果误打误撞走到水灵姐家了，张桐看到墙上你的照片了，我们一聊才知道水灵姐是您妹妹。"

刘远航说："那个漂流是陈爷您设计的呀，早就听说风景多美，人有多多，哪天我也得去玩一回。"

陈思说："是呀，那可能是我设计过的甲方最挣钱的项目了，开始时只是投资了四五百万，第一年门票收入就几千万，这些年，每年的门票收入都过亿，从6月份到10月份这几个月，一天平均是四五万人吧，最高峰时，我听说一天漂了十万人，现在到了夏天，县城里的宾馆都爆满，赶上节假日，都订不到房间。"

刘远航羡慕地说："这钱可挣老了，关键是一本万利呀，以后也得琢磨琢磨这种项目。"

陈思却摇摇头说："唉，钱是挣老了，环境也破坏够呛，人的素质呀，唉，确实有待提高！有的时候真不知道自己是替家乡做了件好事，还是干了件坏事。"

陆晖说："陈老师说得是，我俩在那儿等着买票时，看着游客不少都拎着吃的喝的，估计那塑料袋都扔河两岸了，但是山里景色是真美，那边的枫树好多呀，太美了。"

张桐说："是挺美，就是路不好找，我现在还腿疼呢。"

陈思说："从漂流的起点到水灵的家的距离，其实并不远，你们只不过是在山上绕圈罢了。"

刘远航说："我去枫树村的时候，怎么没注意到峡谷漂流呢？"

陈思说："你去枫树村的时候就惦记那些大枫树了，而且一路上都是我给你指的路，你也不看路牌呀？"

接着陈思跟几个人解释起了那一带的地形地势特点，说道："溪源县城的城区夹在两座山之间，地势并不高，我们开车向枫树村行驶时，要先爬到一个大岭上面，那个岭当地人都叫'南大岭'，那一片山岭是这个区域地势最高的，原来都是原始森林，水资源丰富，是好几条河的发源地，我们从南大岭上往西开二十多公里时，有个十字路口，直行，就是漂流起点，那一带山势陡峭，形成了一个峡谷，漂流主要的路线就在峡谷中，水流湍急，山色也很美；在那个十字路口左转，地势相对高一点儿，有个村子叫柞木沟；而右转，则先路过杨树村，再走几里路就是枫树村了，所以你如果去枫树村，没看到峡谷漂流也就正常了。"

接着对张桐说："那一带我都走过，你们从起点绕到枫树村，相当于都是在爬坡，有句话，叫望山跑死马，你们不累才怪呢！"

刘远航说："陈爷可真是胸中自有沟壑呀，来点上一支！"

陈思抽了口烟，说："你们两个异地恋得有两年多了吧，可真不容易，真心祝贺你俩能最终走到一起呀！"

陆晖说："唉，老师，也总吵架，就是一点，无论闹得多厉害，谁也不敢说分手，离得这么远，就怕分手两个字一说，就真的是一辈子了。"说完，深情地看了一眼张桐。

陈思暗想，这也许是这些年自己听到的最质朴最感人的情话了。

张桐怕失礼，就跟刘远航说："刘总，6号您要是有时间，我和陆晖也真诚邀请你参加我们的婚礼。"

刘远航说："好，我一定去，我和陈总、轩大师都去。"

陆晖说："陈老师，在大学时，您对我的影响很大，没想到，结婚前还能见到您的作品，我太喜欢了，那种家的感觉设计得真是味道很足。您是我最尊重的老师，婚礼上，我很希望您能代表亲友给我讲个话！"

张桐也跟着说道："陈老师，那天我们看到您设计的那个房子，我们可感动了，没有花哨的形式语言，夸张的造型，但是看着就是舒服，感觉那就是家，陆晖第二天上午拍了一个多小时照片，婚礼上您一定得讲两句。"

陈思哈哈一笑说道："你们两个呀，少拍我马屁，陆晖呀，婚礼上我就不讲话了，但是确实有几句话想对张桐说，嗯，作为建筑师，作为一个男人，要会一个基本技能，就是'哄'！很多时候，你在家需要哄着老爸老妈，将来要哄着老婆孩子，工作中要哄着员工、甲方，设计和生活一样，从来都不是严谨到不能容许出一丝差错，哄好了你周围的人，你的日子也一样会好过。"

陈思说完话，眼睛停留在了茶台上的大口袋上，眼前浮现出了水灵亲手织着大毛衣的画面来。

三十三

1

11月，奉州进入漫长的冬季，这些年，人们常说，奉州只有两个季节，一个是冬天，一个是夏天。陈思的茶馆里，暖暖的，每到这个季节，陈思就更喜欢喝红茶。最近陈思更是迷上了一种叫"古树晒红"的红茶，这款红茶是利用云南普洱茶的茶青按照红茶的工艺制作的，兼有普洱茶的耐泡厚重和红茶的甘甜绵长，冬天喝上一泡，觉得胃里暖暖的。

"这是泡的什么茶呀，怎么满屋都是茶香，快，给我们哥儿俩倒一杯尝尝！"

刘远航开门进屋便大声嚷嚷着，后面跟着背着一个大包的宇轩。

陈思笑着让两个人坐下，给每个人都倒了一杯茶，说道："这一个月没见，刘总忙什么呢？"

刘远航一屁股坐在大木头凳上，说道："这不是忙着卖房子嘛，梅城开发区的，未来地产的，我每天两个城市来回跑，这一个月，可是累得不轻。"

陈思又问宇轩："你这一段时间忙什么呢？"

宇轩笑着说："白天研究建筑设计，晚上和胜男研究装修设计，周六周日，不是逛建材市场，就是家具市场。"

陈思说："嗯，这才是恋爱应该有的状态。"

刘远航说:"看来,我得准备红包了!"

陈思看了看刘远航,似乎觉得刘远航最近一定是有什么好事,大大咧咧地抽着烟,一脸的轻松,便问道:"看来梅城的房子卖得不错?"

刘远航说:"嗯,还真挺好,我现在看了,市场要是好,设计再做得好,什么销售公司都能卖出去,要是市场不好,什么销售公司都没招儿。"

陈思说:"是这么个理。"

刘远航说:"赵诗涵的团队就挺好,那小嘴就能忽悠人!我这两栋楼,赵诗涵是自己招人干的,根本没跟她原来的公司签合同,这个丫头野心还真不小,自己在梅城注册了一个公司,按照我们两个谈的,要是项目都卖了,这丫头还真能跟着挣点儿。"

宇轩听到刘远航这么说,脸上微微流露出一丝不屑。

陈思说:"远航,那块商业用地你考虑得怎么样了?"

刘远航说:"宇轩,把你的方案拿出来,让咱们陈总指导指导!"

宇轩从皮包里拿出方案本,递给陈思,并给陈思点上了一支烟,宇轩知道,陈思习惯夹着烟思考方案。

陈思看了半天,有时候抽口烟,有时候闭上眼睛盘算着什么,刘远航和宇轩两个人都没敢吱声,只是抽着烟看着陈思,过了一会儿,陈思放下方案本,给两个人倒满了茶。

陈思说:"远航,这个容积率还是挺高哇。"

刘远航说:"是呀,你陈总真是料事如神哪,盯上这块地的开发商并不少,容积率估计想要下调,政府不会同意。我和宇轩研究了很长时间,如果不做高层塔楼,这个方案已经是最佳方案,空间挺好,就是商业面积有点儿大。"

陈思说:"嗯,这是个问题。"

刘远航说:"我现在有点儿犹豫,就是能把这块地拿下来了,这么大的商业面积,咱也不会经营啊,一层二层还好说,一大半给超市了,但是这三、四、五层呢?怎么经营啊?"

宇轩也眉头紧锁看着陈思。

陈思说:"不管什么商业项目都要有一个培育市场的过程。这个过程会很痛苦，我怕你挺不住。"

刘远航说："挺住挺不住的再说，关键是，什么项目哇，市场能否培育起来呀，我现在发现，商业项目确实比住宅难干哪！"

陈思说："传统商业肯定不行，我们得在商业模式上动动脑筋。"

刘远航说："除了超市、百货还能干什么？"

陈思说："教育。现在怀孕开始，就有早教，然后就是幼教，上了学就是各种补习班、兴趣班，再往后，就是中考补习，高考补习，考研补习，还有出国英语！我们得在这方面下下功夫，研究一个全新的商业模式。"

刘远航说："我就觉得陈总总会给我意外的惊喜，你快说说你的想法。"

陈思说："你们看，现在每到周末，这孩子家长就太辛苦了，一会儿这钢琴，一会儿那舞蹈，再一会儿这国学，再一会儿那奥数，辛苦就不说了，最主要是孩子们去上课时，家长就没事可做，只能在车里干待着。"

刘远航说："对，我媳妇就老抱怨这事，但是别的孩子都上这些课，咱孩子也不能落下呀！"

陈思说："所以你这个建筑，我觉得可以做一个一站式的培训中心，三层还是商业，四层、五层全是培训，你可以找一些在奉州或者梅城比较出名的培训机构，把四、五层招满，头两年不要租金，这个条件够有诱惑力吧，只要他们肯进来，你想想这些孩子还有家长那是多大的客流和消费群体，你这又是商街又是商铺的，这些家长不就有地方待、有地方逛、有地方吃了吗？只要有人流，商业就会火爆，而且事后不用你来安排业态，经营者自然就会顺应需要来安排挣钱的项目，你还愁你的商铺卖不出去？"

宇轩和刘远航同时眼前一亮，这个想法确实是太好了。

陈思还是那么冷静，继续说道："只是这个流线还需要再考虑考虑，应该把集中商业部分直接覆盖到商业内街之上，这样你集中商业的标准层面积会加大，在内街要增设自动扶梯，让人流能直接到达三、四层，这样，人流就循环开了。"

宇轩立刻领悟了陈思的想法，盯着图纸说："思哥这么做，空间更好了，老现代了，这项目在梅城可是有点儿超前了，在奉州还差不多。"

刘远航说："陈爷就是个牛人哪，太厉害了，有的时候真的不知道你的脑袋是怎么长的。"接着盘算起来，自己在那自言自语地嘟囔着："四、五层加起来得有一万五千多平方米，要是每个培训单元三百平方米一个那就是五十多家，要是二百平方米一个那就是七十多家，如果算每个培训单元每天能招一百人，那就是七千多小孩，就算每家能招五十人，那也是三四千，再加上家长，也得差不多八九千人，再加上超市的人流，这些商铺得老火了！陈爷，我现在就想给你磕一个！"

陈思说："行了，别吹捧了，现在方案并不是主要问题，最主要的两个问题：一个是你能否拿下来那块地；第二，能否把楼建起来，并坚持运营一两年，那可是需要巨大的前期投入的。很多想法虽然很好，但是毕竟一次性投入会很多。"

刘远航说："陈爷你说得对，宇轩，方案先不用调了，我心里大致有数了，我还是先张罗钱拿地吧。我已经跟我大舅哥郑朝东说了，他可以先借我一部分钱。"

陈思说："你大舅哥不跟你一起合作？"

刘远航说："我大舅哥哪有那个魄力，他就是借我钱，还带利息的，利息多少就不跟你说了，对我伤感情，对你们，怕你们笑话，我的股权还得抵押给他。"

2

还真被陈思说着了，半个月后，刘远航带着宇轩又来到了陈思的昔归茶舍，刘远航垂头丧气，马宇轩耷拉着脑袋。陈思一看两个人的神情便明白了大概，估计是那块商业用地没拿下。

陈思说："刘总，那块地考虑得怎么样了？"

刘远航说："考虑个屁呀，地已经被一个上市公司拿走了，摘牌那天我去了，竞争那叫一个激烈呀，最后那两家争得简直是惨烈呀，那小牌举的，一伸手，一台跑车没了，一伸手，一台跑车又没了，开始我还跟着举了几下，咱不能白去呀，后来连举都不敢举了，光是看着都心动过速！陈爷，您知道最后是多少钱不？"

陈思和宇轩都摇摇头，表示猜不出来。

刘远航咬着后槽牙说："二十多亩地，最后成交价一个多亿，我现在想着自己都觉得可笑，拿个几千万就想去拼地！"

陈思叹了一口气说："地价这么高，确实有点儿离谱了。"

刘远航说："有的时候真想不明白，这些地产公司怎么活下去的！"

陈思说："你是个个体户，那些大地产公司，就像一部车，跑起来，就很难停下来了。而且，很多项目，由于决策失误，甚至是因为背后的利益有些人故意失误，往往这个项目留下了一个坑，只能靠下一个项目来补，可是也许又挖了一个更大的坑，那就只能再找下一个了。"

宇轩说："哥，那图个啥呀？"

陈思说："至少这样，地产公司还不会死，一旦停下了，可能就一种结果，那就是破产了。宇轩，你只见过成功的开发商，我可是见过开发商跳楼的！这是一门生意，但是更是一门学问，不是谁都能干好开发的。"

刘远航说："现在我太理解陈爷你的话了！"

陈思又问："未来地产的别墅卖得怎么样？"

刘远航说："唉，别提了，我那位大舅哥，一看市场开始升温了，又听说，在园区西边的地铁快要开工了，决定捂盘不卖了，说要挣个大的！我跟他呀，可真是尿不到一个壶里！"

陈思说："住宅地产，最好还是快建快出。别墅，跟地铁站的建设关系不大，有几个住别墅的坐地铁上下班哪？"

宇轩调皮地说："思哥，也不一定，你不还要骑马上下班呢吗？"

一提到骑马，刘远航突然来了劲头，再也憋不住了，眼睛放光地说道："陈爷，我这回可是找到了一个好项目，我谁也不用求，自己就能干了！"

281

陈思说:"什么项目,让你刘总这么兴奋?"

刘远航说:"绿色产业,旅游项目!"

陈思问:"在哪儿?"

刘远航说:"陈爷您隐居的地方,枫树村!"

陈思说:"你在那儿要干什么项目?"

刘远航说:"我想建个游客中心,再把附近条件好的民宅租个十几二十套,就做成民宿,一点点地把整个枫树村变成一个旅游度假村。"

宇轩看着陈思,说道:"哥,水灵嫂子家的房子,现在可有名了,陆晖回到同济大学后,在网上发了一个帖子,叫'家住红枫林',把在嫂子家拍的那些照片都发了,圈了一大批粉丝,我转载过来,跟刘总显摆了一下,谁知道,刘总还上心了。"

刘远航说:"之前,我是更想干市里的那块商业用地。"

宇轩说:"现在,尤其是南方,这种民宿可老火了,预订都预订不到,我们北方由于天气原因,冬天太冷了,有点儿做不起来,但是现在看关键还是设计做得不够好。"

陈思内心有点儿烦乱,如果把枫树村建成一个度假村,到时候水灵一家平静的生活也会受到打扰了,好在水灵家离村子还有那么一小段距离。

看着陈思突然陷入沉默,刘远航说:"陈爷,你是担心,地段有点儿偏,怕没人来?还是怕政府不支持?"

陈思应付着点点头,拿出一支烟,抽了一口,眼睛看着茶台上的那只枫叶茶杯。

没想到,刘远航却兴奋地说:"陈爷,你不必多虑,你不知道,刘市长原来当书记时,那个开发区党委办公室杨主任,现在是溪源县副县长,主抓城建和旅游,刘市长当着我的面给他打的电话,我想投资,他当然愿意大力支持。"

陈思说:"我记得,我当时做设计时,原来漂流项目的投资商和政府有协议,在这个区域内,如果建设旅游项目,同等条件,他们有优先投资权。"

刘远航说:"没错,但是他们的合同明年就到期了,旅游局要收回大峡谷漂流的经营权,这些年这伙人就知道捞钱,钱是没少挣,但是再也不投入了,现在有些设施已经严重老化了,配套的餐饮设施也不够用,但是他们自己不投资完善项目,别人投资还不让!"

宇轩说:"我带着员工去漂过一回,刘总说得也对,现在的配套明显不够了,而且,漂流时间太长了,沿岸风景是挺美,但是三个多小时漂下来,再打着水仗,划着船,也确实很累。"

陈思说:"我当时设计时没预料到会有这么多人,原来是按照平时一千人,节假日高峰期三千人设计的,就是这个三千人的目标,我还跟投资商干了一架呢,投资商还说我是做梦,糟践他们投资人的钱呢。结果,现在平时都是一两万人,高峰时八九万人,服务设施不够用太正常了。"

刘远航说:"上次去杨树村,我在杨县长和旅游局局长的陪同下,彻底把那一带转了一下,现在我对那一带的地形地势可老熟悉了。水灵妹子家门前的那条小溪,原来是漂流主河道的一个小支流,绕过杨树村,再流过一个小山谷,就汇入了漂流那条大河,汇入点正好就在漂流的起点和终点的中间位置!那条沿着小溪的小山路我看景色更美!"刘远航越说越兴奋。

陈思的思绪一下子被带回到了十年前,刘远航说得没错,那条小山路自己确实走过,那条小溪在汇入漂流的大河之前,在山脚下还形成了一连串的小水潭,景色静谧优美,小水潭里清澈见底,站在岸上就能看到一群群小鱼在水里游动。考察时,陈思还当着那个时候的旅游局局长的面背诵了《小石潭记》。陈思也曾经建议过,在那个小山谷里建一个小一点儿的休息区,来此漂流的游人可以在此休息一下,不愿意继续漂流的人也可以由此上岸,骑马回到起点,这个建议当然遭到原来投资商的反对而没有实现。这个刘远航倒是并不白给,他还是看到了大峡谷漂流项目中的一些不足和由此带来的商机。

宇轩见陈思不说话,感觉有点儿冷场,枫树村、杨树村他也都去过,便问刘远航:"刘总,你准备建多大规模的游客中心哪?"

刘远航说："我打听了，到了漂流的旺季，景区主要有三个问题：一个是住的问题，县城里就那么两个好一点儿的宾馆，其他的小旅店条件都太差了，每天来漂流的那么多，根本没地方住；第二个问题，就是吃，虽然现在那一带确实有不少农家乐饭店，但是卫生条件比较差，吃一顿还凑合，连吃两顿你看看；第三，旅游项目太单一，真要是住下来了，到了晚上没有其他的游乐项目，所以大量的客流就留不住。而且，外地来漂流的人，大老远来的，再漂流半天本来就挺累，再赶回去就更累了。如果，我们有一个好的游客中心，这几万人我们就是留住一两千人，这应该不是问题吧，你算算，人均消费就是二百块钱，这不高吧，就算是一千人，这个数可就不小了，一人二百，一千人就是二十万，不用多，一百天就是两千万！而我的目标就是留住个几百人就行，这个要求很难实现吗？"

刘远航一仰脖喝了一杯茶，又点上一支烟，吞云吐雾地继续说道："我是这么想的，我的游客中心，大概想建一百间客房，按照准四星级宾馆的装修标准装修，餐厅得好一点儿，带上后厨一千平方米左右吧，最好能有一个多功能厅，万一什么单位来开个会什么的，得有地方。我估计着六七千平方米的规模吧；如果条件允许，我想再建一个小商业街；也想租上一些附近的民房，我们重新简单地装修和改造一下，这个可以慢慢地持续投入，先弄几套，做成民宿，但是我们统一管理，现在这小文青特别多，肯定有市场。哈哈哈，到了晚上，可以弄点儿篝火晚会，小剧场什么的，再看看有没有合适的地方建个汽车营地，不火才怪呢！"

宇轩说："到了冬天，可就不好维持了吧？"

刘远航说："夏季当然是主要收入季节，到了冬天，就主打冰雪项目呗，咋的，就黑龙江有雪，咱这地方不下雪呀？万一咱这儿要是点儿正，打出温泉呢，这题材不就来了？"

宇轩说："那深山老林的上哪儿有温泉去？"

刘远航说："你个书呆子，咱们奉州都建了好几个温泉小镇了，往地下狠劲钻呗，再说，那小溪不就是矿泉水吗，加热了，不就是温泉吗？"

陈思无奈地说:"唉,刘总,您现在是越来越会讲故事了,您可别哪天自己都陷入自己编的剧情当中去了哈!"

刘远航笑着说:"不会,不会,我清醒着呢,可是老百姓爱听故事呀!"

宇轩说:"按照刘总你的设想,这个建设规模可也不小哇,那你准备在哪儿建游客中心哪?"此话问完,陈思也看着刘远航,等待刘远航的回答。

刘远航得意地说:"这是干什么都不白干哪,宇轩,杨树村的小学不是我捐建的吗?"

宇轩说:"对呀,怎么的,你还想给它扒了?"

刘远航说:"扒它干什么,枫树村小学那块地不还闲置着呢吗?"说完,看了看表,站起身来说道:"你们哥儿俩聊哈,我得先走了,今天杨县长来奉州开会,这个点估计快完事了,我们约好了,晚上一起吃个饭,陈爷,你给我拿几饼好茶叶,挑好的拿,这是一万块钱,你先收着。"

3

刘远航走后,宇轩看着自己的大哥陈思一直在沉默,就问道:"大哥,怎么,你担心这个项目有风险?"

陈思叹了一口气,说:"风险倒是没什么风险,这个刘远航还是有点儿投资眼光的。"

宇轩松了一口气,说:"那就好。"

陈思说:"这个项目,估计刘远航是志在必得了。唉,我是真不希望这个项目能通过审批。"

宇轩问:"为什么?思哥你好像挺反感刘远航干这个项目。"

陈思说:"我们这些年干了太多违背自然规律的事,枫树村那片宁静的山谷,恐怕再也不是世外桃源了。"

宇轩说:"哥,没你说的那么严重吧,就建一个游客中心,把环保设施做好了不就完了。"

陈思说:"其实大自然是最好的设计师,哪个地方应该是村庄,哪个地方应该是城镇,好像早就替人们安排好了;大自然是有一定的自我净化和自我调节的能力的,在一种自给自足的条件下,人们可以安逸地生存,人与自然和谐共生,比如枫树村,她的自然资源能承载的人口大概就是那几百人,可是现在一下子要塞进去几千人,即便你做了生态环保的一些措施,可是那也仅仅是一个基础的及格线,环境污染是避免不了了,尤其现在有些人的环保意识还这么低。所以,我宁愿枫树村保持现在的状态。"

宇轩说:"哥,我怎么突然发现你活得那么沉重了呢,你我都是小老百姓,很多事情我们做不了主哇。"

陈思说:"是,是很多事情我们做不了主,而且很多时候,我们还要靠设计挣钱吃饭,只是有些事,我实在看不过眼,你看哪,现在很多地方都大搞建设,新城、影视基地、开发区、旅游区建了一大堆,可是有多少半途而废,有多少荒弃闲置,又有多少空城耸立呀!这些项目可以废弃,但是那一片土地呢,想要恢复到原来的生态,就不知道要多少年了。"

宇轩说:"思哥,今天你怎么突然有点儿忧国忧民呢?这种事现在是很常见,但是,我们就是一个画图的,甲方让我们怎么画,我们尽力怎么画好就完了呗,想那么多多累呀,你不是一再告诉我,我们是服务行业吗?"

陈思说:"是,我们是服务行业,但是我们是知识含量很高的服务行业,于我本人认识而言,我一直认为自己是个知识分子,知识分子自应该有知识分子的情怀和担当,不能只想着自己专业的那点儿事。"

宇轩说:"哥,穷则独善其身呗,咱们管不了那么多大事,咱就做好身边的小事呗。反正我是一听到有机会做一个作品,我就激动,我就希望,我的作品能让使用它的人都喜欢。"

陈思无奈地苦笑着,说道:"我相信你的设计水平和态度,可是真如你所说,这个项目要是真火了,以后想去水灵家住都得不到清净了。"

宇轩倒是没有陈思想得那么多，反倒是很期盼能做一个这样的项目，接着说道："很多时候，我喜欢建筑设计是因为我觉得自己在创造着美好，毕竟我会认真地对待我的设计。思哥，我一直想做个纯正的具有中国气质的设计，可是什么样的算是呢?"

陈思说："如果让我来说，什么是最典型的中国式的建筑语言，我觉得还是院落吧，无论是皇宫还是民居，中国最典型的空间形态都是院落，不要说什么天人合一的那套说法，院落的核心，就是一家人在一起，共同生存，共同发展，回到了家，就回到了自己的领地，安全，私密。"

宇轩说："思哥，你倒是提醒了我，如果游客中心真的要我来设计，我也想用院落的平面布局，那个小山村，不适合大型公共建筑，把宾馆的标准间做成一个个小院落，随着现在汽车的普及，现在家庭全家自驾游越来越多，到了周末带上双方老人，老婆孩子，一家人包个小院落，比住标准间强！"

陈思笑着说："那就是你轩少爷的事了，我现在是对设计越来越没兴趣了，来吧，还是喝茶吧。"

三十四

1

不知不觉中，2009年就悄然过去了，又快到春节了，陈思的小店又开始忙碌起来，人来人往的，陈思又是包装又是送货的，忙得不亦乐乎。不光是订茶叶的，当然还有订煎饼的，现在水灵的煎饼越来越受欢迎，陈思怕水灵太累，往往还少接了不少订单，这样做的结果，反倒是来订水灵煎饼的越来越多了。

这一天晚上七点多钟，二十多天没见面的宇轩拎着一个方案本过来了，见到陈思后，把方案本递给陈思，让陈思欣赏一下他的大作。这个作品就是刘远航在枫树村的游客接待中心。

陈思看着方案本，边看边聊，陈思说："宇轩，我说你怎么这段时间连个声都没有，原来是在公司闷头做设计呢。"

宇轩说："上次和刘远航过来，没多久，他就把地形图拿给我了，还给了我一个设计任务书，内容写得很详细，看来是动了一番脑筋的，思哥，是不是你帮着刘远航写的？"

陈思说："嗯，前些天，刘远航来找过我，非磨着我，让我帮他写个策划案，不过，最近他是有什么事吗？"说完，又继续翻方案本。

宇轩说："没什么大事呀。"

陈思说："看着没什么精神头呢，不像以前一坐大半天，那天没坐一会儿，刚聊了几句就跑出去接了个电话，回来就走了。"

宇轩说:"管他呢,你先看看我的方案。"

宇轩的方案做得确实很细,总体上是三部分:一部分是游客接待中心的餐饮会议部分;一部分是院落客房部分;还有一部分是通往漂流的山路上的几个休憩驿站。从总体布局上说,餐饮会议部分的体量最大,这个建筑宇轩形式上也采用了院落式的空间处理,只是这个院落是个变形的院落,手法处理很新颖,现代感很强,这个大的院落周围是一圈小的院落,也就是客房区,每个小院落又通过长短不一的室外连廊相连,空间既相对独立,又能相互联系,连廊上还设计了一些小的饮茶空间,高大的枫树触手可摸,建筑和植物相映成趣;每个单独的客房小院落,又有着不同的主题设计,有枫园,有白桦园,有柞园,还有一个小院里放着一盘大石磨,显得那么古朴厚重。

陈思看了看方案说:"宇轩哪,方案做得很不错,这片建筑,应该是建在原来的小学那块地吧?"

宇轩说:"对呀。"

陈思说:"做得挺有味道。只是这个山路是表现需要,才画得这么宽吗?"

宇轩说:"不是,刘远航说这条山路,他想要拓宽,即使不是铺上石板,也要做个基层,至少也要沙石路面。"

陈思说:"别小看这条小路,没有个百八十万可下不来。"

陈思合上了方案本,两个人分别点上了一支烟,看着宇轩好像不太兴奋,陈思说:"宇轩,你怎么好像有什么心事呢?"

宇轩说:"这一段时间,我才慢慢理解,思哥你说的那种为了生存的状态,马上年底了,又是工资又是奖金的,我也有点儿困惑,自己一年到头,在忙活啥,现在又开始愁明年的设计任务都在哪儿呢。"

陈思说:"公司财务有问题了?"

宇轩只是微微摇摇头,没有正面回答陈思的问题。

陈思说:"老弟,如果是财务紧张,明天让你的财务过来,我把我的身份证和银行卡准备好,你去年给我那二十万我根本没动,我还有些钱,先给你拿三十万,你应该能过这个年了,你是老板,不能在员工面前垂头丧气的。"

宇轩感激地点点头说:"谢谢思哥,现在还不用,陶总那个项目,做完方案一直没开施工图,所以钱有点儿紧。再说,给你的就是给你的,那是你应得的。"说完抽了口烟,又问陈思,"思哥,你是搞设计挣得多,还是卖茶叶挣得多?怎么感觉,你很有钱呢?"

陈思笑了,说:"你怎么感觉我很有钱的?"

宇轩说:"你一张嘴,就是三十万,这里面有兄弟情义,但是没有实力,也说不出这话来呀。"

陈思说:"宇轩,我现在有点儿钱,但是没有你想的那么多,而且,都是固定资产,有那么几套房子,还有这个小门市。只是我自己用钱的地方不多而已。"

宇轩说:"哥,有时候觉得你很孤独,有时候又觉得你很自由。"

陈思说:"唉,宇轩,我现在只是看着自由而已,父母年龄大了,身体都不好,我现在有的时候来茶舍,就是希望自己还有一个空间能静一静,放松一下自己,我现在其实很怕接到家里的电话,基本上都是每隔几个小时,我就主动打个电话,尤其是到了晚上,家里一来电话,我的心都抽抽一下,不知道是不是父母出了什么事。十年之后,你会理解我的感受,所以我现在在努力地调整自己的心态,跟父母在一起时,我就一点儿也不想工作的事,到了茶舍,我也专注于品茶、看书,努力地让自己把有些事情看淡放下,每个人的心理承受能力都是有限的,只是我不表现出来而已。"

宇轩说:"思哥,你们当年的钱比现在好挣吧?听说那个时候,给设计费全是现金,都拿大口袋装着。"

陈思说:"哪有那么夸张,那个时候确实都是现金,但其实说来让我很惭愧,也很讽刺,我的钱多数不是靠设计挣的,也不是卖茶叶挣的,而是靠炒房子挣的。"

宇轩惊讶地说:"炒房子?"

陈思笑着说:"嗯!宇轩,你知道,我不是很喜欢那些开发商,但是我却也靠倒腾房子挣钱,你说可笑不可笑?生活有时候就是这样开我们的玩笑。"

宇轩说:"思哥,其实不管怎么样,你在多数人眼里已经是中产阶层了,而我,唉,无论是我的公司还是我,都还在为生存苦苦挣扎,在外人眼里,我是少年得志,但是我自己知道,其实我离中产还差老远呢。"

陈思说:"老弟,我算什么中产阶层,无非就是要求比较低,可是我知道生活的不容易,尤其是认真生活的人更不容易。"

宇轩说:"思哥,我经历得少,也一直比较顺利,有的时候确实有点儿理想化,生活其实有时候真挺残酷的。"

陈思也点点头说:"是呀,从看守所出来后,有一段时间,我的心态非常不好,后来我就开了这家小茶舍,每天看书喝茶,也想明白了很多事,慢慢地算是把自己调整过来了。其实,凡是认真对待生活的人往往生活得很苦,但那也许只是外人的看法,可能他们自己内心都装着向往和希望,还有阳光,你不是吗?"

宇轩说:"我的内心确实装着希望,但是思哥,现在的市场太不好了,你还能开个茶馆,我要是不做建筑师,我都不知道还能干什么,我就会下挂面,难不成我也要开个面馆?"

陈思说:"别这么没信心,我相信,你这些年的设计不是白学的。"

宇轩点点头,自己点上一支烟,也没给陈思,低着头抽了半天烟,陈思也没有说话,只是静静地看着宇轩,因为陈思知道,宇轩一定还有别的什么事要说,果然,宇轩掐灭了烟头,看着陈思,说出了自己的想法。

宇轩说:"这个项目,远航哥,希望我跟他一起干,他把建筑设计、装修设计、景观设计都委托给我了;虽然这个项目总面积并不大,但是设计费都定得挺高,总计算起来按一百万定,他想注册一个公司,他出资八百万,我出资一百万,嗯,我的设计费就算我的注册资本金,但是给我百分之二十的股份,将来,他是公司的董事长兼总经理,我是副总经理兼总建筑师。"

陈思说:"你都叫上远航哥了,看来你是准备答应了。"

宇轩低着头，满脸涨红地说："我想考虑考虑，哥，你会不会怪我？"说完盯着陈思，等待陈思的反应。

陈思说："我怪你什么，你就是我的亲弟弟，你也有自己的选择。只是，我需要提醒你，你也应该明白，股东，不仅仅是将来挣了钱跟着分红，你也承担着百分之二十的风险。我真正担心的是，这个项目，投资一千万远远不够，将来追加投资，你也要按比例追加投入，就算这个项目需要两千万，按照股份比例，再让你投入二百万现金，你拿得出来吗？你要知道，这个项目可没有可销售的面积，也就没有资金回笼，就是实打实地投钱，直到项目开始盈利。"

宇轩说："这个我确实开始没想到，后来开始想明白了，所以才有点儿忧虑，才想跟你合计一下。"

陈思说："这个项目我相信会挺好，虽然在感情上，我特别不希望在枫树村建这个项目。但是，我是不看好你来参与这个项目。宇轩哪，这个项目即使是你能坚持投入到正常运营，你也很累，你需要筹集这么多资金，你还有那么大一堆人需要养，我是不希望看到你心理压力和身体压力都过大，你毕竟还年轻，这项目没有投机取巧的空间，就是实打实地投入，一旦有点儿什么意外发生，对你的承受能力是个巨大的考验。我真正担心的就是这个。"

宇轩说："思哥，我知道您把我当成了亲兄弟，才会跟我说这些，我确实想赌一下。作为一个建筑师，我也一样很想有一个作品是属于我自己的，我投资，我设计，我建设，可能再也没有这样的机会了，我是真的不想失去这个机会。思哥，我相信你会理解我的感受，我太喜欢这个设计了，我也太喜欢枫树村了，我是真的想在枫树村也有一个我的作品，甚至是将来退休了，我们一起在枫树村养老做伴。"

陈思说："嗯，我理解，宇轩哪，你还年轻，你做什么样的决定，大哥都只有两个字，那就是支持。但是我还是要给你两个建议，希望你考虑。"

宇轩诚恳地说："大哥你说！"

陈思说："第一，你要把这个事告诉胜男，她是你的女朋友，你需要得到她的理解和支持；第二，趁着现在公司还没有注册，我希望你能跟远航再谈谈，按照你设计公司的营业收入，你最多再投入一百万现金，你的股份可以低一点儿，收益也许会少一点儿，但是你的身心压力会少很多，与钱比起来，我相信，无论是你的父母还是胜男，还有我，都会更在意你的身体。"

宇轩点点头，眼睛有点儿湿润，低声说道："谢谢思哥，我明白了。"

陈思、宇轩两个人喝着茶，正聊着方案的细节，胜男从外面走了进来。

胜男对宇轩说："我就知道你在这儿跟大叔显摆你的方案呢！"

陈思说："还真不是，人家宇轩跟我夸你呢，说你太过优秀，弄得宇轩少爷都有压力了！"

宇轩一见胜男，就只剩下傻笑了，胜男拍着宇轩说："你刚才真是夸我了吗，我怎么那么不信哪？"

陈思很喜欢看着两个人打嘴仗，也不吱声只是笑着抽烟，看着两个人。这时，陈思的电话突然响了，陈思的心头一紧，赶紧拿起电话，果然是母亲家的座机电话。

陈思紧张地接通电话，电话那头传来母亲的声音。

"陈思，你在哪儿？"

"妈，我在店里，怎么啦？"

"你爸刚才摔了一下，眼角磕破了。"

"严重吗？"

"不太严重，你别急，妈就是想问问你，那个酒精让你放哪儿了。"

"在窗台的角上，窗帘背后，我怕老爸给误饮了。"

"好，我找一下，你不用过来哈。"母亲说完放下了电话。

陈思站起身来，对宇轩和胜男说："你们两个替我把门锁了，我得回趟我爸那儿，不看一眼我不放心，对了，胜男，那俩饼'古树晒红'你给高菲拿着，学习累了喝两泡。"说完就往店外走。

宇轩和胜男追出来问："严重不？用我们过去不？"

陈思说："没事，我就是不放心，过去看看。"说完开车急驰而去。

293

2

陈思到家时，母亲已经替父亲清洗了伤口，陈思看到父亲眉角上的伤口并不大，只是有点儿青肿。

母亲说："我去烧水的工夫，他可能要跟出来，撞到柜角上了。"

陈思过来仔细地看了看伤口，觉得没有什么太大的问题，就抱了一下父亲，用自己的脸贴了一下父亲的脸，父亲好像已经不疼了，用力顶开了陈思的脸，冲着陈思笑了，可是陈思看着父亲的笑容却心如刀绞。

陈思拉着父亲的手坐在床边，对着坐在对面的母亲说："妈，是不是得请个保姆了？"

母亲摇摇头说："儿子，我还不太想请个保姆，你看，你每天上午都过来，我以后下午尽量少出去，或者等你爸睡午觉时再出去买买菜，倒不是差雇保姆的钱，我主要还是不想把你爸当成一个病人。其实现在我和你爸分开房间睡觉，我都觉得很愧疚。"

陈思说："妈，这个事您真不用愧疚，现在老年夫妻很多都分开房间睡，宇轩头一段时间，相个亲，女孩子还提出要分开房间睡觉呢，分开睡，对你们两个的休息都好。"

母亲说："你爸是个刚强的人，生命力真的很顽强，其实每个人都在顽强地活着，所以，我觉得我累一点儿没什么，我还想带着他再走一段时间，这也是对你爸的尊重。现在最主要是拖累儿子你了，妈其实知道，你每天上午都回家陪你爸运动，耽误了你不少正事。"

陈思说："妈，什么是正事，不同人眼里的正事不一样，在我看来，父母老了，儿女尽孝就是正事。"

母亲说："妈曾经想，不行，我和你爸我们两个找个好的养老院吧，这样有人照顾我们，你也能多一点儿时间，挣点儿钱，找个媳妇。"

陈思说："妈，这个我不会同意，妈，人老了，最希望的是儿女的陪伴，养老院的条件再好，那也不是家；从感情上，我实在不忍心，让我的父母将来进到养老院；毕竟从时间上，从经济上，我都能负担得起。你们如果真去了养老院,我还是一样会天天去看你们陪你们,那不是更浪费我的时间吗?"

母亲说:"其实,我跟你爸这么些年了,老夫老妻的,只要我们两个在一起,在哪儿都是家。"

陈思说:"妈,这个道理我懂,家确实是人在哪儿,哪儿是家,但是在有条件的前提下,还是在自己的家好。"

母亲叹了一口气说:"唉,那就累你了,儿子。"说完看了一眼好像是在很认真听着聊天的父亲。

母亲说:"这几天,你爸嘴里总是叨咕着枫树村,看来他还是喜欢在农村哪,人哪,最眷恋的还是故乡啊。"

陈思说:"等明年天气暖和了,再去枫树村住几个月,我也看了,老爸在枫树村的时候,好像活动能力要强很多。"

母亲说:"唉,水灵再亲,那毕竟是水灵家,老了,就该待在自己家里,在别人家,怎么都是有些拘束。"

陈思说:"妈,还像今年一样,我带着我爸去多住几天,您也能轻松轻松;这边最热的时候,你也去少住几天,避避暑。"

母亲说:"唉,你的时间都搭在你爸身上了,你说你哪有时间再去找女朋友恋爱呀,妈是希望你能有一个自己的家,你能过正常人的生活,我们都是普通人,妈希望你能有自己的孩子,自己的妻子。"

陈思知道,即使天天回母亲家,母亲每天也还是会提到婚姻这个话题,毕竟又快过年了,自己又老了一岁,刚想说点儿什么,自己的电话突然响了起来,已经快九点了,这个点还有谁会给自己来电话?陈思掏出电话,发现来电话的竟然是自己的大师姐徐晓燕。

"陈思,你没在茶舍呀?回家了?"电话里徐晓燕低声询问。

"哦,在我妈家,怎么啦?"陈思问。

"如果你方便的话,能出来一趟吗?"

"好,你在茶舍等我吧,我十多分钟就到。"陈思说完抱了抱父亲,站起身来。

母亲似乎听到约陈思出去的是个女人,忙看向陈思。

陈思知道母亲心里想什么，便笑着说道："妈，是大师姐徐晓燕，你现在是不是就盼着有个女的约我。"

母亲无奈地看了一眼陈思，叮嘱："开车慢点儿！"

陈思赶到茶舍门口时，发现大师姐徐晓燕正呆坐在车里，一脸憔悴。两人走进茶舍，刚坐下，陈思就发现那个丰润的大师姐竟然瘦了很多，脸上也堆着掩饰不住的疲倦。

陈思一边忙活着烧水泡茶，一边问："燕姐，你怎么啦？状态怎么这么不好，瘦了好多。"

徐晓燕并没有看陈思，也没有回答，而是把眼光投向窗口，一只手挡在鼻子下边，眼泪流了下来。

陈思给徐晓燕倒了杯茶，点上一支烟，才又问道："姐，到底怎么啦？"

徐晓燕拽了一张纸巾擦掉眼泪，抽泣着说："你姐夫病了。"说完眼泪又流了下来。

陈思心头一紧，听到徐晓燕这么说，好像这个病应该很严重，不然一贯开朗乐观的大师姐不会哭成这样。陈思一时不知道该说什么好，等着徐晓燕情绪稳定了，才问："什么时候检查出来的？"

"几个月前。"徐晓燕低低地说，"你姐夫头一段时间，一直发烧，怎么也不退，后来去检查，发现肺里有肿瘤。"

陈思脑海中想起徐晓燕老公的形象来，那个男人高大帅气，第一次见到徐晓燕和她老公时，连陈思都觉得两个人很般配，甚至生出自己确实没有师姐夫帅的自卑感，可是谁想到，这个看起来完美的组合，竟然会发生这么多的坎坷。

陈思心疼地看着眼前这个曾经让自己很心动又帮助过自己的大姐问道："燕姐，那你们家现在老老小小的，就靠你一个人？"

"嗯，那有什么办法。你姐夫需要尽快手术，干完手里这个活，估计就得把这个小公司关了。"

陈思不解地问："为什么？"

徐晓燕说："我们挂靠的那家甲级院，马上就要换老板了，估计也不会给我们俩这么好的政策了，而且说是要审计，一直扣着我们的设计费，不知道什么时候才能给我们。我看看我不行就重新找个设计院上班吧。唉，只是我们这个团队如果解散了真是太可惜了，都是配合默契的施工图老手。"

陈思问："换老板？姐夫那个大学同学不干了？"

徐晓燕摇了摇头："唉，我们建筑师这个行业，外人看来挺好，收入挺高，其实压力太大，就是拿命换钱呢，你姐夫那个同学，没了，心肌梗死，就死在办公室里了。"

两个人半天都没吱声，整个茶舍里的气氛异常压抑，陈思知道，以自己大师姐徐晓燕的水平，找一份工作倒不是问题，年薪也不会低于三十万，但是现在一家人的开销如果都靠大师姐一个人，那就有点儿举步维艰了，陈思也大概知道了自己师姐的来意。

陈思不想让自己的师姐为难，对徐晓燕说道："燕姐，你觉得我能帮上你什么，你就说。"

徐晓燕感动地看着陈思，低声说："陈思，能否借我点儿钱，我知道，我实在不应该张这个嘴，可是我太难了。"说完低下了头。

陈思想都没想就问："多少？"

徐晓燕说："二十万，行吗？不行的话，十万也行，我给你写欠条，等工程款结了，我立刻就还给你。"

陈思说："二十万，没有问题，师姐，你不用急着还，我用钱的地方不多，孩子重要，你的身体也同样重要。不管什么时候，我都愿意帮助你。你告诉我一个账户，我明天打给你。"

徐晓燕感动地点点头，什么也没说，她知道对这个重情义的师弟来说，再说什么都显得那么多余。

三十五

1

这段时间，刘远航无论是事业还是感情都有那么几分跌宕起伏的感觉，尤其在感情上，刘远航陷入了麻烦，不是小麻烦，而是个大麻烦，一个遇到了"真爱"的麻烦，之所以是麻烦，毕竟刘远航有家有口，而且，大舅哥就是自己的老板郑朝东，而这个"真爱"就是赵诗涵。

去年，赵诗涵离开了王君，在梅城以刘远航开发区的项目作为自己艰苦创业的起点，自己运营公司多半年之后，赵诗涵渐渐明白，自己当老板原来并不是一件容易的事。本以为是自己的能力撑起了王君公司的半边天，现在看来，没有王君通过他的人脉揽到客户，自己就是再有能力也无用武之地。

离开王君，赵诗涵仍然对与宇轩重修旧好抱有幻想，在宇轩的办公室得知宇轩已经有了女朋友后，赵诗涵知道自己错过了幸福，也很可能再也遇不到爱情，毕竟三十多了，自己的行情会随着年龄的上涨不断下跌。只是现阶段，赵诗涵对于自己的优势还没丧失自信，而且，赵诗涵近乎偏执地认为，自己的优势也只有漂亮，就像开发商想要一个漂亮的建筑外立面得多花钱一样，想要得到她的男人也一定要有钱。赵诗涵在大学毕业之前，几乎所有回忆都是痛苦的，所以赵诗涵内心深处有一个根深蒂固的念头，那就是将来我的孩子一定要是个富二代。

在与刘远航合作的过程中，赵诗涵曾经有过这样的闪念，其实刘远航就是结婚了,不然他可是不错的选择,闪念过后,也觉得自己有点儿可笑,怎么看上的都是一些结过婚的老男人,也许是自己从小就缺少父爱吧,这些有头脑又多金的成功男人总是让自己更有安全感和崇拜感。在未来地产那段时间,这些想法也只是工作过程中的一闪念,毕竟她知道,郑朝东是刘远航的大舅哥,而且自己的身边还有一个暧昧不清的老板王君。

到了梅城之后,赵诗涵与刘远航的直接接触更多了。赵诗涵发现,刘远航除了有一副儒商的外表,更有独到的投资眼光,这么个不被看好的小项目,竟然有这么大的盈利空间。刘远航当然不会告诉赵诗涵,这些策划是出自陈思的脑袋,更多的是不显山不露水地吹嘘着自己的思维,当然还有对未来的远大抱负。

其实刘远航的远大抱负,就是"江山美人",对于泡妞,刘远航也有自己的原则,那就是不主动,不拒绝,不负责。原来一直在自己的大舅哥眼皮底下,说实话,刘远航多数时间是有那心没那胆,到了梅城,自己那颗花心终于再也按捺不住。对于赵诗涵,刘远航当然会有些心心念念,能把梅城开发区项目的销售交给赵诗涵,与其说是看中了赵诗涵本人,倒不如说是看中了赵诗涵的身体。但是毕竟是两个老板,还有工作上的合作,所以头半年,刘远航也只是偶尔开两句玩笑,试探一下,进行火力侦察。赵诗涵这么聪明当然觉察到了刘远航心中那点儿猫儿腻,只是赵诗涵对于宇轩还是抱有一些幻想。

最后一次见到宇轩的那个晚上,赵诗涵和刘远航在君悦酒店,借着朦胧的酒意把在酒吧里的工作会谈,转变成了在豪华套房里的床上之战。赵诗涵借着酒劲,带着发泄的情绪与刘远航疯狂着,而刘远航则是彻底地被赵诗涵迷人的肉体和亢奋的情绪征服了。

从那以后,赵诗涵,再次加入了小三的行列。原来,刘远航很少在梅城住,与赵诗涵在一起后,慢慢地,几乎就长在了梅城,只是偶尔回一趟奉州。当然,两个人毕竟表面上都是各自公司的老板,当着各自的员工,还是装作正常,毕竟这种事还是知道的人越少越好。只是,梅城的那些高档宾馆里,常常留下这两人的身影。

平安夜那天晚上，刘远航刚回到自己家中，就感觉到气氛不太对，自己的宝贝女儿没有在家，自己的妻子郑好则是坐在沙发前，呆呆发愣。刘远航打了声招呼，郑好并没回应，见妻子还没吱声，便也坐在了沙发上，掏出烟，刚想点燃，郑好木然把自己的手机推到了刘远航面前。手机屏幕上显示的是一条长长的信息，内容竟然全是他和赵诗涵在梅城各大宾馆的开房时间和房间号。

刘远航内心狂跳，脸色阴沉，使劲地抽了两口烟，斜视着自己的妻子，突然冷冷地说道："什么意思？你竟然派人跟踪我？"

"我没有！你自己明白是怎么回事！"郑好转过身来对着刘远航喊道，眼里满是泪水，嘴角抽动着。说完，站起身，进了卧室，接着，传来一阵阵哭声。

刘远航呆坐在沙发上，听着卧室里不时传来郑好的哭声，刘远航一阵心烦，起身穿上外套，开上车，回到了梅城。一路上，刘远航慢慢地冷静下来，并没有去找赵诗涵，而是一个人回到自己的办公室。

第二天一早，赵诗涵推醒了睡在沙发上的刘远航。刘远航坐了起来，揉了揉惺忪的睡眼，看着妩媚的赵诗涵。

赵诗涵给刘远航倒了一杯热水，就坐在刘远航身边柔声说："傻瓜，回来了怎么不去找我，大冬天的睡这儿。"

刘远航喝了口水："我老婆知道了。"

赵诗涵站起身，关上办公室的门，拉把椅子坐在了刘远航对面，低声问道："那你是怎么想的？"

刘远航叹了一口气："我想了一晚上，诗涵，你该相信，我是真的爱你，可是我有家庭，你还年轻，唉，我给你准备了二百万，这几天打到你公司账上，你趁着还年轻，找个正经人早点儿结婚吧。"

赵诗涵听到这，眼泪如断线的珠子流了下来，低声抽泣道："远航，你以为我跟你是因为你的钱吗？我自己能挣钱！我就是觉得跟你在一起，我很开心，我也能从你身上学到很多东西。"说完，转过脸去，用手擦去眼泪。

刘远航还真被赵诗涵说的感动了,而且,刘远航也确实舍不得赵诗涵,再叹了一口气,说:"诗涵,给我点儿时间,我们都好好考虑一下。"

赵诗涵没说什么,只是拿出纸巾,轻轻地把眼角的泪水擦掉,就回公司了。

之后的几天,出奇地平静。郑好一个电话也没再打给过刘远航,而赵诗涵也没有约刘远航,这反倒让刘远航内心一阵阵发毛。

2

那段时间,刘远航每人如坐针毡,刘远航不知道事情会发展到什么地步。他约过赵诗涵几次,分手的价码从二百万涨到三百万,再涨到了五百万,可是只要一谈到钱,赵诗涵便立马泪流满面,而且一再表示,我跟你刘远航在一起绝对不是为了钱,就是因为我爱你!刘远航才知道,原来遇到了真爱有的时候也不是一件好事。

刘远航回过两次家,郑好都只是打个招呼,便带着女儿去书房学习,把女儿哄睡了,自己也上床睡觉,完全忽视了刘远航的存在,好像那条短信从来没有发生过。

这种平静太可怕了,这两个女人太可怕了!刘远航突然发现,自己已经根本不知道该怎么控制这件事了。

赵诗涵毕竟还年轻,这些天难忍的平静让她也失去了耐心,赵诗涵决定自己的命运还是要掌握在自己手里,既然郑好这个女人这么难缠,那就直接上门找她,逼她让位吧。

赵诗涵敲开了刘远航家别墅的门,门开了,郑好站在了门口,见到眼前这个年轻漂亮的女人,郑好知道这个人应该就是赵诗涵。

赵诗涵看门见山:"你是郑好吧,远航已经不爱你了,我劝你还是把他让给我吧!"赵诗涵鼓着劲,盛气凌人地说出酝酿了半天的话。

郑好并没有一丝生气的样子,看着赵诗涵,冷冷地说:"刘远航在我眼里,就是堆垃圾,我还真不稀罕!不过这堆垃圾就算我把他装进袋子里扔在门口，没有我的同意，谁也别想把他拎走。请你离开我家，不然我会报警！"

说完，转身砰的一声关上了大门，把赵诗涵就那样晾在了冰天雪地里。

现在的小三也太猖狂了！郑家终于震怒了！面对郑好委屈的哭诉，郑老爷子拎起拐棍就要去跟那个忘恩负义的刘远航拼命。但是大哥郑朝东很是镇静，先是安抚住了愤怒的老爹，又告诉妹妹，这件事大哥来解决。

在郑朝东看来，这其实不算什么，因为他自己也有三四个情人，只是郑朝东管理水平高超，更主要的是这几个小三都是胸无大志、小富即安型的，住着郑朝东的房子，每月再有个万八千的零花钱便很满足了，谁也没有抢班夺权的念头。更让人佩服郑总管理水平的是，这几个情人还都相互认识，偶尔聚在一起逛个街、打个小麻将，除了郑总夫人不知道她们的存在，这几个情人之间倒是相互了解得清清楚楚，连郑总在谁家过夜都不是什么秘密。

郑朝东把刘远航叫到了自己的办公室。

刘远航坐下后，郑朝东直截了当："远航啊，这么点儿破事，弄得满城风雨的，你是不想让咱家老头儿老太太过好年了呗？"

刘远航低着头，并没有说话。

郑朝东说："这年头，在外面做生意，逢场作戏玩玩可以，可是别太认真。哪个女孩子还不是图你手里那点儿钱！"

刘远航跟了郑朝东很久，内心还是挺敬重这个大舅哥，声音嘶哑地说："大哥，我知道是我做得不好，但是诗涵真的不是为了钱。"

郑朝东哈哈一笑："屁！远航，你四十多岁的人了，我原来觉得你挺精明的，没想到在这件事上这么糊涂。"突然又收起笑容冷然说道，"远航，我一直拿你当弟弟看，甚至有时候有点儿纵容你，你在未来地产和施工队那点儿破事你以为我不知道吗？"

刘远航听到这抬起头，略带紧张地看着自己的大舅哥。

郑朝东接着说："你平时收点儿回扣，帮哥们儿个忙，这我都不捅破，为什么？谁来当总经理多少都会这样，况且，你是我妹夫。我就是想让你手里也有点儿零花钱，对我妹子好一点儿。梅城的领导，哪个我不认识，你想干事，我会帮你，原因只有一个，你是我妹夫，我想你们能过得好。"

刘远航突然感觉汗流浃背，原来在大舅哥面前，自己什么也不是。郑朝东是在点自己，我能帮你，也能毁你，一切都在于你是不是我妹夫。

刘远航低声说道："嗯，大哥，我会处理好的。"

郑朝东说："嗯，开发区那个项目也快卖完了，把钱给赵诗涵结了，再给她拿点儿，远航，你记住，越说不是因为钱，就越是因为钱，再拿多少你自己定，赵诗涵这种女人很贪婪，离她远点儿。一个礼拜内，把这事处理好，让她赶紧夹包滚蛋！快过年了，今年别在奉州过了，我怕老太爷见到你生气，你带着郑好和孩子出国去玩几天，好好哄哄郑好。"

刘远航知道，郑朝东是相当于最后通牒，在这件事上已经没有商量余地。事实上，郑朝东判断得很正确，当八百万打到赵诗涵账上后，赵诗涵立马就带着手下员工撤了场。刘远航则在春节前两天带着全家去了马尔代夫。

这场风波似乎就这样平息了，但是刘远航知道，山城的项目自己是没法向郑朝东开口求援了。而且，自己也需要建立自己的事业，来摆脱郑家对自己的束缚，现在资金紧张，找个合伙人变成了当务之急，马宇轩成了刘远航眼中一个无奈的选择。

三十六

1

2010年3月中旬,这个早春阳光明媚。高菲的心情和阳光一样明媚,考研成绩出来了,高菲通过了清华大学建筑系的录取分数线!高菲第一时间把这个好消息告诉了自己的父母,然后就打电话给自己的闺密胜男,约上她一起去陈思店里喝茶。

陈思和胜男、高菲见面后,当然是首先对高菲的好成绩表示祝贺,高菲当然是喜滋滋地谦虚着,胜男拽着高菲坐下,亲热地聊着,陈思则像以往一样,拿出了最好的茶,一边泡茶,一边说:"你看扔硬币这招儿挺好吧!"

一提到扔硬币,几个人又回忆起那天扔硬币决定考哪个大学的情景,不禁又笑成一团,胜男笑得眼泪都要出来了,对着陈思说:"大叔,你好笨哪,连个硬币都不会抛!哈哈哈!"

高菲说:"我觉得大叔就是故意的!"

胜男笑着说:"但是菲儿,你真应该感谢陈大叔,你还是考上了,不管怎么说这都是应该高兴的事,亲爱的,真替你骄傲,清华的研究生,多好!"

高菲说:"虽然高兴,但是有的时候也挺迷茫的,考完试,我去看我几个在北京的同学,有几个也在北京院或者部院上班,一个月也就万八千的工资,在北京生活得其实也很艰辛,不结婚还好一点儿,这要是结婚了，光是房子就能愁死人，真买不起呀！"

陈思说："房子的问题，可以慢慢来。将来等有了男朋友一起奋斗呗！"

胜男说："能再次上学多好哇，菲儿，我可羡慕你了，我现在整天一堆闹心事，那个臭宇轩还总是给我添堵。"

高菲说："研究生成绩出来了，我心里也就踏实了，我得9月份才开学，这还有大半年呢，我也不能在家干待着呀，我想去上班，挣点儿生活费，不知道你们家宇轩少爷能否同意。"

胜男说："同意，肯定同意！高菲你知道吗，张桐辞职了，你们老大现在公司缺人，尤其是方案能力强的！"

陈思听到这个消息顿时一愣，问道："胜男，宇轩不是着力培养张桐呢吗？难道张桐被别的公司挖走了？"

胜男说："没有被别的公司挖，被他新媳妇挖走了！"

高菲问："谁呀？陆晖呀？"

胜男说："对，陆晖今年就从同济大学研究生毕业了，在上海找了工作，她还是觉得上海更适合发展，张桐也想出去看看，就跟宇轩辞职了。这也没办法，人家毕竟是夫妻，咱们也没办法挽留哇！你都不知道，现在安然都是公司的主力啦！她那方案能力连我们家菲儿一半也赶不上啊！"

陈思说："年轻人出去见见世面是好事，只是累了宇轩了，这又要去工地，又要研究公司的生产组织，压力确实有点儿大！"

胜男说："他呀，就是逞能！我看就是那个刘远航忽悠的！我真不想他跟那个刘远航搅在一起，那个人我是真的不喜欢，忽忽悠悠的，没几句真话，我觉得他就是个大忽悠、大骗子，我真怕宇轩跟他学坏了。"

陈思说："哎呀，开发商都那样，宽容地看，很多人都不想成为骗子，又都有自己的理想和抱负，只是有的人的理想过于远大，远大到不符合实际，忽忽悠悠地就把自己变成了骗子，刘远航在我眼里虽说是个奸商，但还算是在脚踏实地地干着实事，宇轩嘛，倒不至于学坏，他骨子里的那种单纯和骄傲，我懂，你放心。"

胜男说:"我是怕他压力太大了,其实想想,我们相处都快一年了,但是真正在一起的时间真的没几天,都忙,整得跟异地恋似的,就靠打电话。"

陈思说:"胜男,这个项目成也好,败也好,无非是损失了一点儿设计费,其实就像菲儿考清华,张桐去上海一样,宇轩想做这个事,对他也有好处,他也能更深刻地理解感受一下设计,你只要记住了,万一项目有什么不顺利,你不要去埋怨他就好。"

胜男说:"大叔,我知道,我不会埋怨他,即使他现在身无分文,我也喜欢他,我喜欢他画草图时的专注,也喜欢他讲解方案时的激情。"

高菲说:"大叔,咱们还是喝茶吧,我这一身鸡皮疙瘩都要起来了,还真看不出来,几天不见,你这么能煽情!"

胜男掐了一下高菲说道:"本姑娘这可不是煽情哈,我这是真情流露!"

这时,胜男的电话响了,胜男停止了打闹,拿起电话,说了一声"呀,宇轩",就接通了电话。

"老婆,你在哪儿呢?"

"陈大叔这儿喝茶呢!"

2

半小时后,宇轩风尘仆仆地进屋了。宇轩挨着胜男坐下,见到高菲也在,宇轩问道:"大才女,你考得怎么样啊?"

高菲说:"老大,没考上,这不正在向您夫人求情,希望还回到您麾下继续当个小兵嘛。"

胜男说:"你呀,现在满脑袋都是枫树村,也不想想,没考上,能这么谈笑风生吗?笨!"

宇轩说:"考上啦?可以呀,高菲,还真行!"

高菲说:"其实都是你们一直在帮我,我心里明白。对了,老大,还有半年才能开学呢,我想回咱们公司再上半年班,你看行吗?"

宇轩说:"行是行,但是现在不太忙,没什么活。"

陈思说:"高菲,你先歇几天。宇轩,今天跑到枫树村干吗去了?"

宇轩说:"思哥,两个事:一个事是去再实际考察一下地形;第二,找几个村里的住户谈谈租他们房子的问题。"

陈思问:"感觉怎么样?"

宇轩喝了一口茶,说:"都没有想象的那么如意。"

听到宇轩这么说,胜男和高菲都关切地看着宇轩,陈思也夹着烟,等待宇轩继续往下说。

宇轩继续说道:"从枫树村通往漂流终点的那条路,其实扩建起来不太容易,那条小路很窄,如果硬是加宽,工程量可是挺大;另外,当地的老百姓好像听到了什么风声,以为是要动迁,所以都不肯出租房子,现在有的院子已经开始拉砖了,估计是要盖一些仓房,将来好多一些回迁面积,也有一两家好像是也想开家庭旅馆,院子外也砌了一道水灵嫂子家那种石笼子墙,哈哈哈,估计连基础都没做,过两天彻底开化了,还不得下沉了呀,唉,这些人,有的时候质朴,有的时候也挺狡猾。"

听宇轩说完,胜男和高菲都看着陈思,等待陈思的意见。

陈思抽了一口烟,缓缓地说道:"这两个事都不难解决。我们是希望游客有不同的体验,两三公里的距离,走路也不是很累,我看这样,那条路,就保持原汁原味,现在是走得少,将来马队也好,马车也好,走多了,会好很多,就不要再投入了。但是人走的路,我不建议走那条。"

宇轩说:"思哥,那怎么走?"

陈思说:"木栈道!那一带是天然阔叶林,尤其到了秋天,景色太美了,在林间结合树木和地形,做一条木栈道,如果走路,就走木栈道,现在很多人都想锻炼身体,走走路也挺好。"

高菲问道:"大叔,这个想法确实好哇,那会不会很贵?"

陈思说:"大致规划好路线,算好用料的总量,现在防腐木你可以成吨进,不会太贵。你的木栈道离着原来的小路大致平行就可以,忽远忽近的,听听马铃声音,走在林间,多好;这种木栈道,走起来,平坦，有弹性，不像走在山石路面上那么累脚；只是，宇轩可能会辛苦一点儿，需要现场盯着点儿，不然的话，工人不一定给你干成什么奶奶样！"

宇轩说："村里的住户那关不太好解决，村民不配合。这个不好弄啊。"

陈思说："这得怎么看啦，如果能共赢，就没什么不能谈的，关键看是什么思路。"

宇轩说："大哥，那要是你来操作这个事，你准备怎么做？"

陈思说："宇轩，往大了说，或者往高尚了说，作为一个建筑师，如果能够通过自己设计的一个项目，造福一方百姓，是个很有意义的事。而且，项目一做，我们本来就打扰了人家原本平静的生活，这还不说，你在这边挣钱，却让人家那边眼巴巴地看着，能不眼红？"

胜男说："大叔说得是，要是换成我，我也不平衡。"

宇轩说："哥，那你说应该怎么办？"

陈思说："其实从游客的角度，即使选择民宿，他们也希望住得舒服，能洗热水澡，吃得干净放心；枫树村现在民居多还是旱厕，晚上也没法洗澡，就这两条，就会让很多想住上一夜的人望而却步。从投资角度，我不希望你们一次性投入过大，我建议，餐饮部分可以按照你的规划来做，但是住宿部分还是先做一部分，然后慢慢地持续投入。"

宇轩说："我也跟远航提出过是否分期开发的思路，但是远航担心规模不够，游客没地方住。"

陈思说："你们可以租一部分民宅。"

宇轩说："可是怕村民不干哪！"

陈思说："让村民得到实惠就能干。而且你还有文章可做，你可以指导当地的农民，对他们的房子进行改造，让他们去经营民宿。"

胜男说："大叔，那他们会不会跟我们抢生意呀？"

陈思说："不会，毕竟有价格差，提供的服务不一样嘛，而且有规模了，人才愿意聚堆，这也是让游客有个选择。"

宇轩说："指导他们设计？那我也不用干别的了！"

陈思说："你呀，不用事事都亲自动手，这个事，我给你推荐一个人，他肯定同意！"

宇轩说："谁呀？"

陈思说："立峰教授哇，他可以带着学生做呀！利用'五一'长假，或者干脆再跟学院申请个设计集中周，二十天，足够了！每三两个学生一组，每组负责一户老房子改造。"

宇轩说："这个想法太好了，让学生也能真正地了解一下施工过程！"

陈思说："你还可以送远航一个礼物，或者说送给杨县长一个礼物，你联系杨县长，让他们县和建筑学院成为战略合作伙伴，高校服务地方，地方为高校提供实习和科研基地，现在国家也在大力倡导新农村建设，特色中小城镇规划，这都是多好的题材呀，政府肯定会大力支持，甚至能给予一些改造补贴！而且，你也为村民干了点儿实事！宇轩，你应该学会善于调动你身边的可用资源。"

宇轩心悦诚服地说："思哥，我明天就联系立峰！也让远航联系县里领导。"

几个人聊了一会儿，胜男拉着高菲站起身来，对着宇轩说："宇轩，今天给你放假了，我和高菲回家说点儿知心话，你陪大叔聊吧。"说完，向陈思告别，带着高菲离开了茶舍。

胜男、高菲两个人走了之后，宇轩的脸色突然凝重起来，自己点上一支烟，低头吧嗒吧嗒地抽了几口，突然抬起头来对陈思说："哥，有两个事，想跟你说一下。"

陈思也点了一支烟，看着宇轩，平静地说："说吧。"

宇轩说："思哥，陶总那边今天上午已经通知我了，那个项目已经被别的公司接手了，我们两个公司的设计合同会有新公司的人员与我们接洽。"

陈思点点头，抽了一口烟，并没有说话，陈思知道，也许这一天早晚会到来。陶总是一个会造势的人，研究回迁区的过程，也是他在市场上联系卖家的过程，他肯定不会急于开工，这样他才会用最小的投入，换回最大的效益。看来这个买家也是看好了这块地的前景，陶总这回又挣了一笔大钱；其实所谓的新公司会与宇轩公司接洽，不过就是个礼貌的说法，每个公司都会有自己的合作公司，新的公司绝对不会再用宇轩这个小公司。

宇轩失落地苦笑着，接着说道：“哥，就好像做了一个梦，本以为公司有了这么一个大客户，就有了发展的基础，没想到梦醒得这么快，头一段时间我还计算着钱进来了该怎么花，现在资金一下子就紧张了。我还刚招进来几个成手，唉，公司账上的钱也就够维持半年的，现在想想自己挺幼稚可笑的。”

陈思听出了宇轩话外之音，便接口问道：“你想怎么办？”

宇轩说：“思哥，这个公司我不想干了，早该听你的。”

陈思抽了一口烟，没有接话。

宇轩接着说道：“思哥，我想先给员工放假，他们能找到新工作就找新工作，这半年的工资我会继续发，半年之后，找不到工作，我也没办法了。另外，思哥，你认识的人多，你也帮我联系着，我想把这个乙级资质卖了，现在这样经营，太累了。”

陈思说：“宇轩，卖掉资质我可以帮你，你是下定决心赌一下了呗？”

宇轩说：“嗯，我其实也是犹豫了很久，但是今天上午接到陶总电话后我就下了决心，就像你说的，当建筑师这辈子收入也就是个小康水平，所以我想赌一下，反正把公司卖了，我再筹点儿钱，拿出来二三百万，跟着博一下，大不了，再回东北院画图呗。但是，这个项目我认真研究了一下，至少不会赔。”

陈思说：“你已经下定决心了，那我就不多说了，可是这也是个大事，你跟胜男沟通了吗？”

宇轩说：“还没有呢，我想先听听你的意见，再和她说。”

陈思没再说什么，只是脑海中浮现出了刘远航那副奸商嘴脸，心里总是对宇轩这次豪赌有着丝丝隐忧。

三十七

1

4月上旬的一个下午,不是周末,陈思的小店很清静。高菲神色有些落寞地来了。高菲坐下后,皱着小眉头,也不说话。

陈思给高菲倒了一杯茶,说:"小才女,这是怎么啦?"

高菲说:"宇轩少爷没跟你说?"

陈思问:"说什么?"

高菲说:"听办公室李姐说,老大要把公司的资质卖了。大叔,那个资质能卖多少钱哪?"

陈思说:"你们公司的资质是乙级的,正常来说,能卖个五六十万的,如果有的公司有特殊需要,出价会高一些。"

高菲说:"大叔,我都困惑了,宇轩老大这样的都混不下去了,我这个研究生还读个什么劲,等研究生毕业了,几年后,这个市场上的活是不是更少了,我都不知道我要靠什么吃饭,靠什么生存了,真的就得寄希望于找个有钱的老公,生孩子,带孩子吗?"

陈思说:"小家伙,这也太悲观了,宇轩的设计公司经营不下去,和你的工作能不能找得到不是一回事。"

高菲说:"怎么不是一回事?"

陈思说:"宇轩是他的企业生存有问题,他本人没有问题,只是他年轻,人脉不够;以他的水平,会有很多设计公司愿意要他,只是他自己不愿意而已。在中国，现在设计市场其实远远还没有多少规范，你想靠自己的水平，通过参加招投标来承揽设计任务本身就很艰难。以你们老大宇轩的年龄，他其实没有那么多社会资源，以前有孙姐帮他，现在全靠自己，他的肩膀真的担不起这个重担，其实把设计公司卖了，也未尝不是一件好事。尤其现在，在他看来，他也有了更好的机会，他当然想好好把握了。"

高菲说："大叔，你这么一说，我也有点儿理解老大了，只是胜男好像不太理解，两个人最近好像冷战呢。"

陈思说："是吗？胜男希望宇轩做个纯粹的建筑师，但是从宇轩经营起设计公司那天起，他再想做个纯粹的建筑师就很难了，公司的经营管理都压在他一个人身上，身边又没有得力的助手，什么都需要他事必躬亲，其实他的心理压力不是你们能理解的。"

高菲说："那大叔你也是支持老大把公司卖了吗？"

陈思想了想，点点头，说："怎么说呢，不支持，但也不反对。我们总是提倡拼搏、进取，但是也要有个度，应该在自己力所能及的范围内，人的一生，其实是要看一个全过程，而不是某一个阶段。"

高菲说："大叔，我不明白，你为什么会这么说。"

陈思说："其实接触一个全新的行业，一定是要交一些学费的，没有人总会得到幸运之神的眷顾，这是我不支持他的原因，因为我怕他输不起；好在这个行业算是和宇轩的专业挨边，如果他能善于运用所学的知识来解决问题，即使有一些风险，也会有办法解决；而且，他毕竟年轻，现在才三十出头，即使输得彻彻底底，也还有从头再来的机会，这就是我不反对的原因。"

高菲点了点头，看着坐在对面满头灰白头发的陈思，由衷地说："其实，大叔，我们都很佩服你，或者说，羡慕你，清醒，豁达，能够自由地主宰自己的生活。"

陈思点上了一支烟，摇了摇头，说："你们很多时候，都是看到了某个人某个生活片段，就加以美好地想象，觉得这个人生活得如何如何如意，其实我们都是普通人，都一样，各有各的烦恼。"

高菲说:"我是没看出来大叔你有什么烦恼,你不是一直按照你自己想要的生活方式生活着吗?"

陈思笑着说:"小家伙,你知道我最想干什么吗?"

高菲摇摇头说:"您这种大神,不是我等凡人能理解的,嘿嘿,但是我还真是很想知道大叔你最想干什么!"

陈思说:"我最希望能牵着我的爱马,'金风''玉露',驮着帐篷和相机,带上水和馒头,沿着中国的乡村公路,走遍所有的村庄,把我遇到的美都拍摄下来。"

高菲说:"哈哈,大叔,你该不是从古代穿越回来的吧,你是李白转世,还是徐霞客投胎呀?你的这种想法,现在也可以实现哪!"

陈思说:"现在走不了哇,有太多的放不下,放不下我的父母,将来也许还放不下自己的妻儿,即使环游了世界,那也不是生活的全部目的和意义,你最终还是要归家的,家才是你的归宿,可是我现在已经在家了,哈哈哈,我有时候也挺困惑,那还出去折腾什么呢?"

高菲说:"大叔,你这么一说,把我也说困惑了,那我也守着我爸我妈得了,考什么研究生啊!"

陈思也笑了,翻了翻眼睛说:"也许,就是这些放不下,才是我们生活的意义吧,所以小东西,趁着自己还没那么多放不下,出去看看,出去闯闯,才是你现阶段最应该做的。"

高菲听完,突然觉得自己的心情明朗了许多。

2

在陈思与高菲聊天时,宇轩和刘远航正在工地现场研究方案。刘远航对宇轩原来多少有点儿利用的感觉,刘远航一直觉得以前的几笔设计费支付得多少有点儿心疼,给宇轩股份也好,让宇轩当总建筑师也好,只不过是抓个便宜劳工,顺便省点儿前期资金,毕竟给赵诗涵的那笔分手费不是个小数目,一个人干这个项目确实在资金上很紧张。

但是几个月接触下来,刘远航暗自庆幸,自己选对了人。宇轩单纯、执着，对这个工作或者说这个项目专注而充满热情，尤其是让刘远航没想到的是，宇轩竟然关闭了自己的设计公司，把全部精力都放在了这个项目上。可以说，宇轩的真诚、专业和敬业，让刘远航很感动，甚至有时候还有一点儿小小的惭愧。所以现在，刘远航什么事都要跟宇轩商量一下，听取一下宇轩的意见。

听从陈思的建议以后，两个人把当地村民的事情都交给了村主任，让村主任挨家挨户地做工作，讲明白带领全村共同致富的道理，而且也说出了今后会有大学生来这儿，帮着进行改造，最主要是作为试点单位，县政府会给一些经济上的补偿。经村主任一番努力，租房子的工作竟然做得十分顺利。沿着河边，又离着餐饮中心比较近便的十几户房子都被租了下来。这十几户住宅，有的房东出去打工了，房子空着；有的老年人虽然在家，但是搬到了儿女出去打工而留下的空房子里。

现在形势一片大好，刘远航觉得，如何把环境打造得更加迷人，如何让新建的游客中心，与租来的十几套房子甚至与整个枫树村融为一个整体是一个亟须考虑的问题。刘远航和宇轩两个人站在操场前的小河边，看着小河流向山谷，又看着小河上游已经租下来的民房，你一句我一句地聊了起来。

刘远航说："老弟，你的那个餐饮中心的设计已经很好了，但是我觉得还是要在环境氛围上更打人一些。你看游客从杨树村那边过来基本上都是小村子和庄稼地，到这地方时，应该一下子觉得不一样。"

宇轩说："对！远航哥，你看哈，我想把停车场放到建筑后面去，整个餐饮中心连同接待中心往前提，提到靠近河边十几米的距离，把这十几米也做成水面，上面做上亲水平台，夏天可以当露天餐厅，平台靠水的一面做上大台阶，可以顺着台阶走到水里，这么清的水，洗个脚都是开心事，再看着演出，多惬意！"

刘远航说："这个主意太牛了，停车场放在山根儿我看行，做个林下停车场，反正也不砍树，把树底下平巴平巴就停车呗！"

宇轩说："大哥，你别处处算计，那村里能同意吗？"

刘远航说："我去找村主任，做做工作呗！"

宇轩看看这条小河，突然有点儿担心，对着刘远航说："远航哥，你说咱这建筑离这小河近不近？万一这小河沟发个水，能否把咱这房子给淹了？"

刘远航说："你这个小乌鸦嘴，怎么不盼着点儿好，你还学建筑学的呢，你看看按照你说的，就是我们把房子提前到距小河十几米，还比那些民宅离河远呢！你想，要是总发大水，那些老百姓谁把房子放在河边？你再看看这河床，为什么这么宽，这就是发大水的极限了，咱们的水面只要宽度，不要深度，全是满水坝，水一大，过去了！你哥我提出扩水面，那也是深思熟虑的，哥也是建筑学毕业，放心！"

宇轩说："行吧，什么都听刘董事长的！您老人家还有什么建议？"

刘远航说："已经基本完美，但是还是要锦上添花，我得发动村主任，沿着河边全给我栽上枫树，这枫树太美了，宇轩少爷，你想到时候一大片枫红倒映在水里，想想都觉得美翻了！也许将来会成为什么艺术院校的学生写生基地呢！你说呢，老弟！咱们项目建成了，我先整个摄影大赛！"

宇轩说："看不出来，你个奸商还奸得挺有审美！你这么说，这个项目可是会越来越美，我都盼着到秋天了！"

刘远航说："我就当你是夸我啦！我也是建筑学毕业，也是有追求的人，我要用实际行动，给你思哥来个响亮的耳光，总说我奸商，宇轩，这么长时间，你该知道，你哥我，骨子里那是儒商，来给儒商上支烟！"

宇轩笑着掏出烟，两个人站在河边抽着烟憧憬未来。

两个人抽了几口烟，刘远航说道："我们想要在七八月份竣工营业，现在任务很重啊，咱俩得分一下工。"

宇轩说："是呀，你说怎么分工吧？"

刘远航说："现在是几大块，工程上，从下游到上游，林间木栈道，小河的河道改建，餐饮中心，还有那几套民居的装修改造；游客中心按图施工，还好说，林间木栈道和民居改造，都得现场盯，咱哥儿俩有点儿忙不过来呀！"

宇轩说："还有服务人员的招聘和培训呢，各种设备和原材料的采购呢。"

刘远航说:"这么一想,头有点儿大!要是你思哥能来帮咱们就好了,那个家伙老谋深算的,他往那儿一坐,就让人放心!"

宇轩说:"思哥估计不会感兴趣,咱们有些事问问他就得了,我不爱勉强他,到时候被他拒绝了,我们都下不来台。"

刘远航说:"我感觉,你思哥对你是真好,但是好像从来没拿我当朋友,帮我出主意很大程度上是为了给你揽活。很多时候,我都很羡慕你和你思哥的兄弟之情。"

宇轩说:"你也别这么想,你是不了解思哥。思哥是个矛盾的人,极其简单又极其复杂,心思敏感,你要是带着目的和他交往,他就是一部机器,思维缜密,可是如果你就拿他当个朋友,他又会是一个性情中人,我还真有点儿想他,给他打个电话吧,听听他的建议也好。"说完掏出手机拨通了陈思的电话。

"思哥,你在茶舍呢?"

"对呀,和高菲聊天呢,你回奉州了?"电话里传来陈思的声音。

"没有,我和刘远航哥在枫树村呢,有点儿事想听听你的意见。"

"说吧。"

"我们现在有点儿忙不开,林间木栈道,民宿的改造装修,都需要有人盯着现场,我和远航哥商量,想把河道的水面也扩大一点儿,你看看这个工期怎么能保障啊?"

"你不是都说出事情的关键点了吗?得有几个人帮着现场管理和指导。"

"哥,这小地方,我上哪儿找懂设计的呀?指望立峰带着一群大学生,我可是有点儿没底。"

"我给你推荐个人,高菲!"陈思说完,看着对面目瞪口呆的高菲。

"高菲?她能行吗?"

"当然行!我再给她找个施工经验丰富的助手,你还记得那个赵大明白赵哥不?"

"记得呀!"

"民宿的改造,先让立峰带着学生现场测绘一下,然后就交给高菲设计,手绘就行,让你赵哥带着人施工,没有问题。"

"思哥,你觉得没问题,那就没问题。"

"宇轩,高菲的工资一个月两万!她可是驻场设计师,你们负责好食宿,我们过几天送她过去,同时给你联系赵哥。"陈思看着高菲,眨眨眼,点点头示意高菲没有问题。

"思哥,工资我和远航商量一下,一会儿给你电话。"

放下电话后,宇轩说:"思哥让高菲过来,再配上赵大明白,就是工资有点儿高,我没敢答应,得跟你商量一下。"

刘远航说:"你这个傻子,商量个屁呀,多少钱都答应!你没想想高菲背后的导师是谁?你思哥!他能让这个事掉地上吗?高菲和赵大明白都是你思哥的死党,你思哥能袖手旁观?你跟你思哥说,让高菲尽快来上班。"

宇轩摇着头说:"远航哥,不怪思哥说你,你确实就是个奸商,脑袋反应真快!"

刘远航只是哈哈一笑,看看远方的工地,轻描淡写地说道:"唉,这一笔,那一笔,钱有点儿花冒了,宇轩哪,咱们今天下午得好好地把预算重新做一下,不行的话,下个月,我们按照我们的股份比例再分别拿点儿钱,怎么也得把项目给弄起来呀。"

宇轩听到这,才意识到,自己现在也是股东,一谈到设计,光想到效果怎么好了,却忘了效果好是要花钱的,看来自己的建筑师思维也应该改变改变了。宇轩回答了一声好,便在心里犯愁,刨除设计费,自己实打实地也往项目里投了一百多万,现在手头基本上没有什么钱了。

刘远航看了一眼宇轩,似乎知道宇轩有些为难,便说:"咱们是合作,你要是手头紧,我可以借给你,但是如果你不想再投入了,就退回一部分股份也行,咱哥儿俩好商量。"

宇轩点点头,说:"嗯,我再想想办法,我会按照股份比例投资,这毕竟是两个人的事,钱也不能让你一个人拿。"

三十八

1

刘远航的分析很正确，虽然4月下旬的枫树村还不是那么暖和，陈思带着老父亲还有高菲还是从奉州来了。上午水灵一家高朋满座，除了主人水灵和张叔、小叶子、陈思父子、高菲，到场的还有刘远航、宇轩、老主任和赵大明白。赵大明白一见到陈思就来了个粗犷的熊抱，陈思知道这位老哥的兄弟之情，也是热情地抱着赵大明白，拥抱完了赵大明白，宇轩和刘远航也跟着凑个热闹，跟陈思来了个拥抱。

简单叙叙旧之后，陈思就直接奔向自己的爱马"金风""玉露"。这两匹宝贝被张叔照顾得膘肥体壮，它们好像认识自己久已未见的主人，打着响鼻点着头，来回踏着碎步，似乎在欢迎主人到来。陈思走进马厩，站在两匹爱马之间，一手抱住一匹马的脖子，用自己的脑袋分别顶了一下两匹马，两匹马就这么乖乖地任由陈思抱着。

和自己的爱马亲热了一会儿，陈思回到客厅，坐到父亲身边，和众人聊聊工程上的一些事，并把赵大明白隆重地介绍给了高菲，陈思告诉高菲这个漂亮房子就是赵大哥施工的，并叮嘱高菲，要跟赵大哥好好学习、好好配合，高菲本来也是个谦虚的女孩子，连连点头称是。

水灵则在厨房忙活着午饭，时而出来给大家倒倒茶，拿点儿水果。没有心理压力、充实而豁达地生活着也许是女人最好的滋补品，多半年未见，水灵早就已经还完了以前的欠债，现在虽然每天摊煎饼累了一点儿，但是生活安逸富足，这让水灵很满意很幸福。整天在屋里摊煎饼，不用风吹日晒，水灵有些微微变胖了，也变白了，大眼睛闪着亮光，笑声更加爽朗了。陈思和屋里的人聊了一会儿，就走进了厨房，看看水灵有什么需要帮忙的。

见到陈思来到厨房，水灵小声问："哥，跟你来的这个小妹子可真好看，一看就是个好姑娘，是你的小女朋友？"

陈思连忙低声说："别瞎说，她是宇轩的员工，也是我的学生，只是很熟而已，人家才二十五六！"

水灵说："二十五六怎么啦，都是大姑娘了，我那个时候都当妈了，人家美国那个华人大科学家叫什么来着，八十多了还娶了个二十多的呢，那叫爱情，不分年龄的！"

陈思摇头："妹子，你就别在那儿乱点鸳鸯谱啦！"

水灵说："你怎么那么古板呢，哥，咱占便宜的事，咱怕啥呀？！"

陈思说："你可真是我亲妹子！"

水灵说："我当然是你亲妹子啦，哥，你要是不好意思说，找个机会，我替你跟那个女孩子说。"

陈思说："行了妹子，高菲在我心中，就跟咱家小叶子一样，那是个晚辈。如果我没考上大学，在农村十八九结婚，女儿估计也有这么大了，行了，你赶紧做饭吧，我还是回客厅吧。"

伴着水灵泉水般的笑声，陈思走回客厅。

吃完丰盛的午餐，赵大明白回家去召集工人了，刘远航要回一趟梅城开发区，老主任则回到村部忙着安排栽树的事宜，张叔还是习惯性地出去放马喂马，宇轩则陪着陈思父子和高菲，还有水灵母女在厅里聊天。

宇轩说："我和远航在县里石城宾馆长期包了几个房间，给高菲留了一间，晚上高菲就和我回溪源宾馆住，白天就在嫂子的堂兄家办公。我给高菲再留一辆小车，从这儿开到县城也就二三十分钟，时间她自己掌握吧。"

陈思说："行，就让高菲住宾馆吧，晚上还能好好休息一下。"

水灵本想留高菲在家住,听陈思这么一说,瞪了一眼陈思,心想也不知道抓个机会接近一下美女。

宇轩拉着陈思站在葡萄架下的大平台上,低声说:"哥,有个事跟你说一下。"

陈思见宇轩表情很严肃,问道:"怎么啦?"

宇轩说:"思哥,头几天我回奉州,有个我们学校毕业的学姐联系到了我想买我的公司,我出价七十万,以为她会讲讲价,但她没讲价就同意了,现在手续正在办理,但是钱已经打给我了。"

陈思好像并不觉得意外,反问宇轩:"怎么,有点儿难受,舍不得了?"

宇轩叹了一口气说:"我以为我会一直是个建筑师,没想到,唉,怎么突然就转行了,好像设计生涯就这样结束了。"

陈思理解宇轩的失落,安慰说:"也别这么想,学了建筑学,你这辈子都是个建筑师,骨子里改不了,而且你要记住,建筑设计是你的安身立命之本。先把这个项目做好吧,也许,今后你可以不以赚钱为目的做些设计,反倒更利于发挥你的才华,其实我们现在还都在为生存拼搏,既然是为了挣钱,也就不用在乎到底是设计师还是地产商了吧。"说完,拍了拍宇轩的肩膀,便走进了客厅。

陈思让水灵替自己照看一会儿老父亲,便让宇轩带着自己和高菲去熟悉一下现场。

2

枫树村沿河的民宅有二三十户,靠近游客接待中心的八户都被宇轩和刘远航租了下来,这些都是高菲需要改造并简单装修的;剩下的那些户都是有老人居住或者索要的租金太高,宇轩和刘远航就没有租。

这一带的河道并不宽,河道里满是大小不一的河卵石,柳茅子已经发着绿意,河水并不多,一些工人正在清理河床。宇轩介绍,小河的水量太少了,先拿混凝土按照地形,做几个小水坝,上面再盖上河卵石,就当是重新梳理一下地形吧,将来水大了,还会借着高差形成一个个小的瀑布水帘。

宇轩带着陈思、高菲两个人来到河边一个民宅,民宅里已经没有人居住,屋子已经腾空了,一些原来的物品都被锁在了仓房里。租下的这几处民房格局都差不多,篱笆院子,左右两边是仓房和底层架空的苞米仓子;正房都是标准的三间房子,中间一间是厨房,与厨房相连的左右两间是居室,居室都是南北大炕,两个大炕之间的空地就是平时的起居厅。

一进屋,三个人站在两铺大炕中间,陈思对着高菲说:"大才女,清华的研究生同学来谈谈你的想法吧,你看得怎么改造一下呀?"

高菲看着这两铺大炕有点儿发蒙,挠挠脑袋说道:"大叔,这要是我做的话,也就剩下扒房子了!"

宇轩说:"要是扒房子的话,那还用找你来吗?你动动脑筋,你可马上清华研究生了!"

高菲说:"您二位大佬别总提清华这个茬儿了,大叔,你快教教我吧,我现在一下子就蒙了!"

陈思说:"高菲你看,这个南炕正对着小河,景色很美,所以南炕得拆除了。"

高菲说:"那南炕还连着灶坑呢,拆完了那个锅没法用了。"

陈思说:"主要的旅游旺季,我看还是在夏季和秋季;即使有冬季来的游客,多数也睡不惯火炕,所以火炕只是个摆设,冬季取暖还是得靠暖气。这个火炕其实叫万字炕,你看,这个南炕和北炕在山墙一侧是连着的,摆着一排柜子那一段,实际也是一段小炕,烟囱在北炕炕梢的墙里穿出屋面。"

高菲看了看,点头说:"还真是!"

陈思说:"我们改造的步骤应该是先空间,再装饰;居室内,拆除南炕,这样这个厅就变得很宽敞了;火炕拆除后,靠近灶台这侧的墙上会有一个窟窿,我们可以接着这个窟窿正好做个壁炉,壁炉中间砌上隔层,外屋的灶台能用,屋里的壁炉也能用,只是需要加建一个烟囱;这个房间的层高比较低，我们得把原来的南窗户变大，它的宽度足够，但是高度太低，窗台离地面四五百高就可以，对于原来这种窗户的窗口应该砌上砖柱，既增加了强度，又使立面变得丰富，墙柱要里外都突出墙面一些，原有的土坯墙上要重新挂一下钢筋网，喷上砂浆，找平后，重新拿硅藻泥涂料做成泥墙的质感。"

高菲说："那这墙上的这些年画呢？"

陈思说："这个墙年年都用报纸先糊上几遍，再糊上年画，都已经成了厚厚一层壳了，得拆掉，刚才说了，墙面要重新加固粉刷，顶棚要露出木梁，这样室内空间就不会太压抑了。"

高菲和宇轩合计了一下，不住点头。高菲说："这屋里要是这么一改造，立马就来感觉了，但是这还是东北民宿吗？"

陈思说："本来也就是东北风格民宿，真让你就在这个房子里住，你愿意？"

高菲吐了一下舌头，说："确实没有水灵嫂子家舒服。"

陈思说："那不得了，游客来是体验风土人情的，也不是来遭罪的！"

高菲说："那改造后的窗户台前，我可以设计个花圃吗？我就喜欢那个大丽花，对了，老百姓叫地瓜花！"

陈思说："当然行了，这就在你的设计了，其实每个房子的细节设计都不太一样，要是这么简单，我说几句话就解决了，你们老大能给你那么高工资？"

宇轩说："思哥，你看你说的，高菲是您徒弟，您的架子大呀！"

三个人研究了一会儿改造的细节，思路一下子就变得清晰起来，宇轩对这个民宿改造建立了信心。

陈思突然问宇轩："对了，立峰他们团队来，费用问题你和远航商量了吗？"

宇轩红着脸说："商量了，原来我想给他们团队五万块钱，但是刘远航不同意，他说，宾馆哪吃住哇这费用本来也不低了，这个钱其实就应该王教授他们出，所以让我跟立峰商量，就给个三万两万的行不行。"

陈思暗骂了刘远航一句："这个奸商！"但是想了想立峰的性格，安慰了一下宇轩："立峰还是个纯正的知识分子，书呆子，就是不给他钱，他也会来，他现在研究的一个课题就是'东北山区原生居住聚落的保护和再开发'，他研究的东西都是费力不讨好的，能有点儿经费，他就会很满意了。"

几个人在屋里又研究了一会儿，陈思看交代差不多了，就跟着宇轩来到他和刘远航的总指挥部，也就是水灵的堂兄弟家。陈思对这个院子很熟悉，毕竟去年在这儿住了一段时间，几个人站在院子里就能看到小学的工地，还有小河和河边那几栋待改造的民宅。小学里已经有工人在干活了，原来的校舍现在作为施工队伍的暂时住房，工人们正在挖餐饮中心的基础，已经能大致看出餐饮中心的平面来了。

高菲看着远处的小学，兴奋地说："这地方真好，能把工地看得清清楚楚，这个项目要是建成了，一定老美了，你就看现在，就很漂亮，远处山上是什么花呀，那么好看?!"

陈思看了看说："应该是杏花，梨花是纯白色的，映山红要比这个颜色深，是淡紫色。"说完又看着小学里的工地，默不作声。看了几分钟，掏出烟来，抽了几口说："施工暂舍我怎没看到?"

宇轩说："被远航安排在小学的校舍里。"

陈思说："那个校舍是危房，我看还是让工人搭建帐篷或者彩钢房吧，万一出了事，可就是大事。"

宇轩说："嗯，回头我跟远航说。"

陈思又看了一会儿说："那个餐饮中心的位置怎么跟我看过的不太一样，好像往前提了很多。"

宇轩心悦诚服地说："思哥，你的记忆力真好，小桥下面的水面想扩大，操场有一部分也做成了水面，我们希望餐饮和接待中心临水而建，这样景观效果会很好。"

高菲说："啊，那一片都变成大水面可老漂亮了!"

陈思说："你们室内外高差是怎么定的?"

宇轩说："现在室内一层地坪距室外地面一米三，室外地面距水面半米，三百一磴的大台阶能做六磴。"

陈思说:"我建议你们把一层地坪再提高九十厘米,这样,一层地坪下可以停车,万一将来有个大雨天,暴发个山洪也不至于室内都漫进水去。"

宇轩说:"行,思哥我听你的!"

几个人走进屋,高菲突然大叫:"呀!安然,你怎么在这儿啊?"

安然见到是宇轩带着高菲和陈思走进屋,也站了起来,对着宇轩叫了一声"老大"又向陈思问了一声好,就拉着高菲走到院子里聊了起来。

陈思问:"宇轩,这个小女孩好像也到过我的茶室喝过茶吧!"

宇轩说:"对,公司其他员工都找新工作了,她一个人跑来跟我说还是想跟着我干,我问她能跟我到农村吗,她说没问题,就跟过来了。现在是我的办公室主任和档案员,还能临时帮着画画图、改改图什么的。"

陈思点点头,又提醒宇轩一些注意事项,然后说:"好了,以后我就不管了,有这两个手下就行了,别耽误我陪我老爸和我的两匹宝贝,我得舒服几天。"说完转身走出了屋。

三十九

1

　　五一节上午九点还没有到，一辆大吉普和一辆面包车就开进了枫树村的建设指挥部。车刚停稳，面包车里就跳下八九个兴奋的大学生，他们都是王立峰的学生，大吉普里则跳下了王立峰和宇轩。宇轩等学生把测绘仪器搬进屋子后，就带着立峰和他的学生沿着小河做了简单的实地踏勘。踏勘途中，宇轩边走边向立峰和他的学生介绍枫树村的一些自然情况，立峰认真地听着，一副老教授的派头，学生则是一边听一边拍照，兴致高昂。时间很快就到了十一点。

　　本来宇轩想安排所有人在工地的食堂吃饭，但是水灵知道了立峰带着学生来之后，一定要让宇轩把立峰和他的学生请到家里吃一顿农家饭菜，宇轩本不想麻烦水灵，但是盛情难却，踏勘结束后就带着立峰和学生直接来到了小河上游水灵的家。

　　来的路上，立峰已经和学生谈到了这位颇有传奇色彩的陈老师，等进了水灵家的大院，见到了陈思设计的住宅，这位陈老师立马就成了他们的超级偶像。陈思和水灵招待众人就坐在大枫树下，凳子就是几根原木加工成的大木方，平添了几分野趣，陈思的父亲就在葡萄架下的躺椅上打着盹儿，晒着太阳。水灵和高菲、安然则是屋里屋外地忙活，给众人端茶倒水。

　　陈思是个很敏锐的人，交谈中，他隐隐约约地感觉王立峰似乎心里有什么事，便对宇轩、安然和高菲说："宇轩哪，你负责招待这些小同学，高菲、安然你们去帮着你水灵姐做饭，还有点儿时间，我带着王老师出去遛遛马，顺道谈点儿事。"

说完，起身从马厩里牵出那两匹心爱的骏马，带着立峰出了院子，走向后面的小山谷，身后又是学生的一片惊叹伴着羡慕的目光，在他们看来，这才是一个建筑师应有的生活。

小山谷里春意盎然，大团的杏花、梨花怒放着，笔直的松树吐露着如烟的新绿，陈思和立峰并肩走在前面，长长的缰绳牵着"金风"和"玉露"，蹄声清脆。

陈思问："立峰，怎么看你心事重重的？"

立峰说："思哥，我媳妇怀孕了。"

陈思高兴地说道："好事呀，恭喜你呀，立峰。"

立峰说："思哥，我现在高兴不起来，我媳妇的反应比较大，而我爸妈身体也不好，老人休息得早，我媳妇睡不着，刚刚要睡，老爷子又起夜，唉，老人岁数大，走路的响声也大，他一折腾，我媳妇又睡不着了，而且，他们两个起得又早，我媳妇想睡个懒觉，也睡不成。虽然我媳妇不说什么，但是我知道，她肯定也挺苦恼的，唉，我也不能让我爸妈搬出去呀。思哥，我其实挺没用的，听着挺好听，大学副教授，研究生导师，可是你知道，大学老师其实挺清贫的。思哥，本来，我就想去找你的，可是你来了枫树村，我，唉，思哥……"

陈思说："立峰，你是不是有什么事想跟我说？"

立峰低下头，叹了一口气说："哥，有件事，我拿不准主意了，想听听你的意见。唉，我的亲属给我介绍了一份工作，是去一家房地产公司当总建筑师，年薪四十万。"

陈思听到这，停住了脚步，把两匹爱马拴到路旁的一棵小树上，在树荫下拉着立峰一起坐了下来，问立峰："立峰，你是想辞职不当老师了？"

立峰说："我现在确实犹豫不定，结了婚之后，尤其是我媳妇怀孕之后，我才觉得生活的压力是这么大，这段时间，我一直很困惑，我不知道是继续从事我喜欢的教学工作，还是去地产公司挣钱。你看现在我们一家好几口挤在一起，谁都休息不好，我作为一个男人，看到我媳妇的样子，心里真的很难受，如果将来小孩再生了，半夜一闹，老人也休息不好了。唉，我觉得自己挺没用的，连个大房子都买不起。"

陈思点点头说："是呀，我理解，有了家就不一样了，但是立峰，我还是建议你留在学校，你离开了学校再想回去就很难了，我怕你将来会后悔。从你的专业上说，你对地产研究得很少，当然我相信，以你的勤奋和知识结构，想研究地产也一定会研究明白；但是，你为人单纯，很可能适应不了地产公司里复杂的人际关系，这可是比研究专业更费心思的事，很多时候，地产的决策是没有对错的，你只看专业，就容易钻进了牛角尖；还有一个最主要的，你是个好老师，你离开了学校，是学校的一大损失，我还是希望你能克服一下眼前的困难，坚持下去，有什么困难我也会帮你。"

立峰说："嗯，思哥，其实我也是很困惑。头几天我和我媳妇看上了一个房子，10月份就能交房，四室两厅两卫，一百三十多平，八千多一平，离宇轩设计的那片别墅不算太远。可是回家后又跟我媳妇研究了一下，觉得还是不买了吧，唉。"

陈思问："为什么？是不是手头太紧了？"

立峰无奈地点点头："唉，手里的钱连个首付都不够，还要留点儿钱给我爸妈看病，还有媳妇生小孩，唉，买了都不知道上哪儿弄钱装修，我是真张不开嘴找亲友借钱。"

陈思说："先不说钱的问题，立峰啊，你换个大房子，其实很多问题依然没有解决，老爷子该起夜还是得起夜，老太太该早起还是要早起，而且，孩子生下来后，以你父母的身体状况，根本也带不了孩子，你还是要找个月嫂，或者让你丈母娘来帮你，还会有诸多不方便。"

立峰听后，唉了一声，更是无语了。

陈思说："立峰，你别上火，我还真能帮上你，我手里有两套房子，同一楼层紧挨着的，一大一小，大的不到一百平方米，东厅，但是是三室的，小的七十多平方米，两室一暗厅，房子已经好几年了，简单装修了,而且位置很好,在二环以内,虽然园区的物业和景观一般,但是我觉得很适合你,回奉州后,我把钥匙给你,你去看看,如果你觉得可以就转让给你。"

立峰听后,摇了摇头说:"思哥,那个地方,现在的房价都一万多平方米了,两套房子二百来万,我看上了也买不起。"

陈思笑着说:"立峰啊,我能按照市场价给你嘛,我还要挣你钱哪?你一个穷老师,哈哈哈!这个房子,是我和陶总合作的第一个项目,我留了两套,其实是陶总顶的设计费,当时给我时,是按照四千块钱顶的,我多少钱来的,多少钱卖给你,你看怎么样?"

立峰说:"思哥,你的设计,不用看,我也放心,只是这个便宜我占得太大了,你如果想卖,那个地段随时都能出手卖个大价钱,我不能占你这么大的便宜。"

陈思说:"立峰,我拿你当个好朋友,我能称上'朋友'的,没有几个,在我心里,情义比钱更重要。"

立峰说:"思哥,我懂,可是我还是不能占这么大个便宜,唉,有时候,我也接点儿私活,或者做个兼职,可是你知道我,我是真的不想因为挣钱耽误了教学,我觉得那样,对不起我的良心,对不起我的学生。"

陈思说:"立峰,别唉声叹气的,你是个知识分子,是个好老师。你知道吗,我很想说其实我骨子里想做个知识分子,只是我离知识分子越来越远了。什么是知识分子,知识分子,应该有自己的学术理想,有自己的风骨,有热爱家国的情怀,我是希望你能守住作为一名教师的操守,做好一个知识分子,我坚信,你必然有做出你自己成绩的一天。所以,我也愿意帮你渡过暂时的难关。"

立峰心里一阵感动。

陈思接着说:"这样吧,立峰,我知道你不愿意占我便宜,我那两套房子一共七十万,你按照银行利率算五年利息给我,就当我是把钱存在银行了。"陈思知道,立峰为人实在,但是内心又很骄傲,既要帮他,还不能伤了立峰的自尊。

立峰一脸感动地说:"行,思哥,那其实我也占了你很大便宜。"

陈思笑着说:"行了,别婆婆妈妈的了,我们是兄弟。你回去后,我就安排人把钥匙拿给你,你先看看,如果觉得满意,就打扫一下卫生,放放味儿,再添点儿家具家电就行了,别在装修上花太多钱。等你媳妇生了,正好就可以搬到新家了。钱嘛,我也不急,你们入住了,等把老房子卖了,我们再办过户手续,老房子卖多少钱就给我多少,剩下的慢慢还。"

立峰心中的一片愁云终于散去:"思哥,你放心,我卖了房子,再办个按揭,立马就把钱给你。"

陈思见立峰的心情好了,笑着说:"立峰,你知道吗,做这个设计时,我向陶总推出的概念,就是'两代居',本来,也是希望解决一下现在儿女照顾老人的问题,但是讽刺的是,据我偷偷问销售人员,真正按照两代居的概念来买房子的一户没有!他妈的,现在的年轻人都顾着自己开心,有几个愿意管自己爹妈的呀?!"

立峰问:"那卖得不理想?"

陈思哈哈大笑说:"老理想了!那个时候奉州的房地产项目,小户型楼盘特别少,一开盘被疯抢,单价虽然略高,但是总价低呀,老百姓是刚性需求,兜里的钱又不多,这个项目正适合。陶总都乐疯了,说我的概念好,他妈的,我是觉得挺脸红,也挺讽刺的,两代居个屁呀!"

两人说笑间,宇轩打来电话:"饭都好了,就等你们两个了!"

2

王立峰带着学生走后的几天,陈思真的没再来过工地,上午一般都是喂喂马,在院子里大枫树下陪着父亲晒晒太阳,和水灵、张叔聊聊天;下午趁着父亲睡午觉,拉着"金风""玉露"在附近的山谷里打转,把这一带的地形更是了解了个透彻;晚上则是偶尔听高菲说说现场的情况,看看高菲的一些草图,指导高菲做一些施工节点设计。

这一天下午,陈思牵着"金风""玉露"来到了宇轩正在指导施工木栈道的那个山谷。宇轩一见大哥陈思来了,心中明白,自己的大哥虽然嘴硬,但还是不放心自己的工程,亲自过来看看。陈思把马的缰绳随手扔到了马背上,两匹马就那么悠闲地站在一旁的树下,宇轩拉着陈思在已经铺好的一段木栈道上坐下,给陈思点上了一支烟。

"思哥,你看怎样,已经铺了二百多米了,走在这上面的感觉还真的不错,你说下面的马道不用再扩宽点儿?"宇轩问。

"不用吧,"陈思看着马道说,"我带着'金风''玉露'走过来,觉得宽度够用,把马道两侧的树枝好好地修剪一下,别刮到人就行。"陈思吐了一口烟。

沉默了一会儿,陈思说:"宇轩,你跟胜男还冷战哪?"

宇轩点点头嗯了一声,说道:"思哥,我背着胜男把设计公司卖了,胜男很生气,唉,我觉得她不太理解我,也不愿意再解释什么。而且,唉……"宇轩欲言又止。

陈思说:"跟我你还有什么不能说的。"

宇轩说:"其实冷战并不仅仅是因为我把公司卖了这一件事。处对象、处对象,还是得相处哇,很多时候,真正了解多了才能知道彼此的性格。我有时候觉得学过建筑设计的人应该是挺浪漫的,可是胜男却是一个很理性的人,前一段时间非逼着我去全面检查一下身体,我抽不出时间,她就觉得我是敷衍她,还祖宗十八代地问我有没有什么家族遗传病史,给我也弄得挺心烦。"

陈思说:"这倒也没什么,站在胜男的角度,人家希望了解自己未来丈夫的健康情况也没什么不对。"

宇轩白了一眼陈思,说:"是,没什么不对,人家胜男还抬出了你的大论,说感情是做方案,怎么浪漫都行,但是婚姻是施工图,一定要考虑实际。"

陈思说:"是我说的没错呀,维特鲁威的《建筑十书》中提到的建筑设计三原则你该知道吧,就是坚固、适用、美观,建筑设计中,坚固是第一位的。"

宇轩不服气地说:"那是建筑,我说的是婚姻!婚姻的第一要素是感情！现在倒好，她父母就在乎钱，她就在乎身体。"

陈思说："要素是感情，但是身体健康是一切的基础，久病床前无孝子，何况是夫妻呢？其实指望着靠感情、道德来维系一切是不现实的，人家胜男这么做，也是在认真地考虑这段婚姻。至于钱的事嘛，你不是一直在努力？我相信更多女孩和家长希望看到的是你是否在为了未来努力，而不仅仅是因为钱的多少。宇轩，跟自己的老婆斗气可不算什么男子汉。"

宇轩说："其实我也挺想胜男的，我也知道，我这回赌得有点儿大，可是现在经营设计公司实在是太艰难了，哥，你知道，能上能下说起来容易，你说一个人当过家、做过主，再去给别人打工，心里能舒坦吗？"

陈思说："我知道，我理解你的想法。既然还想着胜男，就主动一点儿，跟自己女朋友服个软不是丢人的事。"

宇轩说："思哥，再有几天，高菲第一个改造的民宅就能完工了，我想那个时候约胜男来看看，这几天我会主动打电话，向胜男道个歉。"

陈思笑着说："哎，这就对了嘛，大哥的朋友并不多，看来再过几天，都要聚到枫树村了，这枫树村可真是个好地方啊。"

宇轩说："思哥，你也别光说我，你呢？我看你虽然什么都不说，但是我觉得你心里很在乎水灵姐，你看那房子设计的，处处都能看出你的用心。"

陈思摇摇头，苦笑着说："你小子，就会转移话题，说你和胜男，你说我干什么？你水灵姐，我知道，心地善良，还有点儿封建，呵呵，她觉得她给别人生过孩子，配不上我。"

宇轩说："这都什么年代了，还这么想呢？你都不在意，她在意什么？！"

陈思说："一个女人要是爱一个男人，就想把最好的自己给她的男人，你水灵姐心里还有一个更大的心结，那就是不能生孩子了。再说，她现在已经在县城买了房子，一边是女儿，一边是老爹，能说走就走就搬到奉州？很多事情还是顺其自然吧。"

宇轩说:"思哥,其他的不是问题,孩子这事真就是个问题,你不一直希望能有一个自己的孩子吗,你那么喜欢小孩!"

陈思说:"是呀,我确实是喜欢小孩,但是这些年下来,有没有小孩,倒是真无所谓了,就是我妈会很上火,她嘴上不说,但心里还是很希望自己有个孙子的,我也确实不希望有一天她带着遗憾离开我。"说完,摇摇头。

宇轩说:"思哥,你说人这一辈子真的挺难,家家都有难唱的曲儿。"

陈思说:"对呀,所以很多时候,我自己也很困惑,也许再过几年,我妈也就被我整绝望了,估计就懒得管我了。"

宇轩说:"思哥,很多时候都觉得你很超脱的,怎么一回枫树村你也多愁善感起来?"

陈思笑着说:"超脱个屁,宇轩,我们都是普通人,别人偶尔吹捧我们一下,你自己可千万别当真,很多时候,我们在别人眼里就是个话题,就是个饭后的谈资,真有什么事,谁最关心你,还是你的家人;所以别总把自己想得跟别人不一样,其实都差不多,没什么两样,年轻时谁都有过远大理想,但是到了我这个年纪,其实想想,还是家最重要。"

宇轩半安慰半认真地说:"思哥,其实我有时候也在想,你要是真娶了水灵姐,我也觉得怪可惜的。"

陈思问道:"怎么这么说呢?"

宇轩说:"就是你们两个之间文化差异太大了,其实水灵姐各方面确实配不上你。"

陈思说:"感情是两个人的事,那些都是表面的,没有什么配上配不上的。其实有的时候,很多人会觉得共同语言很重要,但是到了我这个年纪才知道,无论和谁在一起,最大的共同语言就是家里的那点儿事,你和胜男也不是一见面就研究建筑吧?"

宇轩说:"思哥,也许你说的是对的,那你就大胆地把自己的想法告诉给水灵姐呗?"

陈思摇摇头:"你水灵姐心思单纯,她认定的事,就很难改变,在她心里,我现在就是个哥哥,而我,对感情很多时候是在逃避。"

宇轩说："其实，思哥，唉，我有时候挺心疼你的，尤其是看你一个人在茶舍喝茶时。"

听到宇轩这么说，陈思笑了："有什么好心疼的，路都是自己走的，我们评判自己的经历很多时候都是阶段性的，拿我来说，多年前，我一来枫树村，见到水灵，我就觉得自己来到了梦境，回到奉州，又觉得教学、没完没了的设计才是我的现实；可是现在反过来了，来到了枫树村，觉得这里才该是我的现实，而什么建筑师、盈盈才是我的梦境。所以，宇轩哪，你不知道自己有多幸运，找到了胜男这么合适的女朋友，好好待人家吧。"

宇轩点点头，认真地说："哥，我都想好了，晚上我先给胜男道个歉，然后约她来枫树村散散心，如果胜男不生气了，能来枫树村，我就向她求婚！只是还没准备戒指。"

陈思说："准备个六哇，先把婚求了，戒指先欠着，回头给买个好的！"

宇轩笑着说："哥，这能行吗？不会又惹胜男生气了吧？"

陈思说："你要是真心想娶她，她就不会生气，这次来，就求婚！"

宇轩说："哥，要是演砸了，你可得为我负责。"

陈思说："好。对了，最近怎么不见刘远航过来呢？"

宇轩说："前一段时间，不知道什么原因，赵诗涵的销售团队撤场了，刘远航又更换了一个销售团队，现在这边的资金比较紧，远航想把剩下的房子尽快都处理了，没几套了，估计过不了多久就能清盘。"

聊着聊着，已经是夕阳斜照了，陈思惦记着父亲，牵着那两匹宝贝优哉游哉地回了枫树村。

四 十

1

　　高菲的才华在改造这个小院子里得到了完全的释放,在还没正式交给自己的老板之前,高菲软磨硬泡地把陈思拉到了工地,看看她的心血。

　　这座被整修一新的小院子,完全变了模样。小院子的木栅栏都是整齐的防腐木板重新钉制的,不太高,木质的两扇小门做得古朴大气,推开院门,一条青石板路直接通向住宅的主入口,小路两侧是花田,可以想象夏天满院子繁花似锦的美艳,花田里有两条毛石小路,一条通向小仓房,一条通向苞米仓,看似随意却颇有匠心;东边的居室前是一个宽两米多、高三十厘米用砖砌起来的花坛,西边的居室前,是一个木质的葡萄架,葡萄架下,是黑色铺地,铺地上三个粗树墩支撑着一个大石磨片,很显然这个老物件大石磨片被高菲当成了一个茶台或者说餐桌,石磨片周围放着几个小木墩,就是小凳子了。走近了看,陈思也对高菲暗自称赞,因为这个黑色地面竟然是用换下来的瓦立着铺成的地面。这些黑色陶瓦本来就带着曲线,铺到地面上,好像一层层水波纹,这小块铺地虽然是废物利用,但是一下子就显示出了高菲的用心和才华。

　　住宅的外墙已经重新粉刷了,但是高菲的涂料选择了土黄色类似泥墙的硅藻泥,看起来好像还是土坯房;因为屋盖被掀开做了防水处理,高菲和赵大明白趁机把北侧的烟囱拆除了,而在建筑的南面坡屋顶上新建了两个砖的烟囱,陈思明白,是高菲采纳了自己的建议,在居室里添加了砖砌的壁炉。老建筑的屋檐本来就出挑深远,新铺设的陶土瓦又突出了几厘米,屋檐下,吊着红辣椒串、苞米串,还有一大串山蘑菇,让这座建筑充满了生活气息,这些都是高菲从集市上买的。

进了屋,陈思看到厨房的一半已经被改造了,一堵石墙正对着大门,左右两边各离墙有一米多,石墙上挂着几张老照片,都用木框镶着。陈思走近了看看,对高菲说:"嗯,这地方设计得挺好,卫生间弄个干湿分区,一进屋,看到这片漂亮的石墙就没人注意后面是卫生间了。"

高菲说:"这个石墙是我师傅提出来的。"

赵大明白说:"小才女的设计好,我只是说用砖砌,不如咱当地的石片好看,这小妹妹设计得是真细!"

陈思说:"看来你们两个合作得还挺好哇。"

赵大明白说:"我看小高菲妹妹的水平一点儿也不比你差!"

陈思说:"那当然了,人家可是清华的研究生!"

高菲说:"大叔、师傅,你们再这么吹捧,我就无地自容啦!"

几个人进了屋,陈思看到了新砌的壁炉,由衷地说:"赵大哥手艺还是好哇!看着高菲的草图就把活干成这样,菲儿你服不服?"

高菲说:"确实服气!我师傅确实厉害!"

壁炉前,放着两把木躺椅,布艺沙发和茶几放在山墙一侧,窗户是新换的,木框,上面是小格子,用窗户纸糊着,下面则是玻璃的,比例修长,又像窗户又像推拉门,站在小厅中间透过窗户就可以看到小院子以及河边的美景还有远山。

高菲说:"大叔,这个窗户,我没做平开窗,我做的推拉窗,其实是推拉门,夏天可以打开直接走到葡萄架下,就是门槛高点儿,哈哈哈,有四百高!反正是兼用,您说呢?"

陈思说:"我是觉得很好。"说完转过身去又看看改造,又笑着说道:"高菲,你观察得还挺细,这还有布帘哪?"

高菲说:"我看一般南北炕的都有个帘子。是不是营造一种空间感

335

哪？你还别说,其实过去的人也挺浪漫哈!"

陈思和赵大明白对视了一眼,一起捧腹大笑起来,高菲被两人笑得莫名其妙,不解地问道:"大叔,这个帘子还有什么说法吗?"

陈思忍着笑说:"唉,你还太小,这个用处嘛,少儿不宜知道。"笑了一会儿,陈思又说:"高菲呀,这个设计做得不错,抓住了原来的民居的味道,又有新意,确实是个大才女!"

还没等高菲谦虚,门外突然跑进来一个大个儿美女,一把抱起了高菲,叫道:"小才女,让姐姐我看看,你瘦没?"高菲听着这熟悉的声音知道,自己最好的闺密,宇轩的女朋友胜男竟然来了,后面当然跟着的是宇轩。

胜男一手拉着高菲,一面给陈思和赵大明白问好,问完了好,就拉着高菲跑出屋,说起了悄悄话。屋里就剩下三个大男人,陈思、宇轩和赵大明白,小院子里不时传来两个女生嬉闹的笑声。

整个一下午,水灵、胜男和高菲三个女人都在一起边准备晚饭,边聊得热火朝天,高菲虽然在枫树村工作半个月了,但是跟水灵交流得并不多,胜男则是很想念这个姐姐,又想念自己的闺密,拉着两个人小嘴说起没完。高菲突然觉得有一种恍惚的感觉,这种感觉真的就像一家人,更像妯娌三人一起在准备晚饭,幸福地等待各自的丈夫劳作归来。

阳光很暖,陈思挨着父亲坐在大枫树下陪着张叔、宇轩和赵大明白聊着天,晒着太阳,偶尔走到"金凤""玉露"面前抽支烟,爱抚一下自己的爱马。本来宇轩想让安然也来,但是安然却说这是朋友之间的聚会,自己一个小员工就不参加了。

现在有个词叫"后天亲人",意思好像是没有血缘关系的朋友,比有血缘关系的人相处得还好、还亲,这一屋子人就是这种感觉。这样的欢聚当然少不了酒,但是更让胜男和高菲期待的还是一下午帮着水灵忙活的那些饭菜。

水灵置办的饭菜永远都是那么丰盛,除了传统的笨鸡炖松蘑、家炖大鲤鱼、红焖笨猪肉,还有猫爪子、猴腿儿、刺嫩芽等山野菜,主食是米饭和猪肉大叶芹馅的苞米面菜包子,水灵在最后落座之前,还端上了一盆土豆丝和一种黑色细丝做的汤，宇轩、胜男和高菲都没见过。

陈思看着对这盆汤发愣的几个人，说道："胜男可真有口福，你一来总能吃到新鲜玩意儿，这可是好东西呀，去年都没吃到。"

水灵看了一眼陈思说："哥，去年开春太旱了，根本没怎么长这玩意儿。"说完，拿起小碗先给陈思的父亲盛了一碗凉上，又分别给剩下的人都盛了一碗，胜男先喝了一口，便叫道："嫂子，这是什么玩意儿，太好喝了！"宇轩和高菲也都在尝了一口之后不住点头，看着水灵，等待水灵的答案。

水灵笑着说："这叫地皮菜，只有雨水比较大、地面比较潮湿时才长，我昨天刚弄了点儿，今天胜男妹子就来了。"

胜男大咧咧地说："我嘛，就是有傻福，大叔，这东西跟木耳差不多呗？"

陈思说："嗯，差不多，但不完全一样，木耳是菌类植物，这个东西叫'地皮菜'，也有叫'地木耳'的，古代人叫'地踏菜'，它是菌类和藻类的结合体，清朝时，有个人编了一本书，叫《野菜谱》，里面还有关于地皮菜的诗呢。"

高菲说："大叔，还有人拿地皮菜作诗呀？"

陈思说："有！大致好像是这样的哈，'地踏菜，生雨中，晴日一照郊原空，庄前阿婆呼阿翁，相携儿女去匆匆。须臾采得青满笼，还家饱食忘岁凶'！"

胜男说："大叔，这诗啥意思呀？"

陈思笑着说："就是下雨天，地皮菜长了，老太婆喊着老头儿赶紧带着儿女去采地皮菜，不一会儿弄了一大筐，这下子回家有吃的了。那个时候，开春没有菜，地皮菜那可是美味佳肴，老天爷恩赐的。"

小叶子看着陈思，小声地说："大舅，你可真有文化！"逗得一桌子人都笑了，胜男已经喝完了一碗，又盛第二碗了。

除了宇轩、陈思、赵大明白和张叔几个男人都喝了几杯白酒，陈思还给自己的父亲也倒了小半杯，父亲得病后，陈思很少给他喝酒了，今天高兴，让父亲也喝上几口，父亲显然很高兴，脸色红润，大口地吃着陈思给夹到碗里的美食。

宇轩突然站了起来，大家本以为宇轩是要敬酒，但是却发现他并没有端起酒杯。宇轩说："今天在座的各位，都是我宇轩最亲的朋友、亲人，我希望大家给我做个见证！"说完，拉开凳子，单膝点地，跪在胜男面前，接着说道，"胜男小姐，我宇轩此生愿意永远陪伴在你身旁，为你遮风挡雨，不管发生什么都不离不弃，一生相守，请你嫁给我吧！"

这个求婚，有点儿突然，胜男很显然手足无措，既高兴又害羞，不好意思地说："宇轩你这是闹什么？"

宇轩郑重地说："我是认真的，胜男，我不想错过一个好女孩，这辈子，就认定你了！"

胜男扭过头去，眼泪流了下来，却笑着嗔怪说："就这么求婚哪？！也不准备个戒指！"

屋里的人都幸福地笑着，陈思看了一眼水灵，内心五味杂陈。

2

第二天中午，水灵又准备了一大桌丰盛的农家菜，快开饭时，高菲带着安然来了，一进屋说道："胜男有点儿急事，宇轩送她回奉州了，我把安然拽来了，让她也尝尝水灵姐的手艺！"

一家人吃完了午餐，陈思安排自己的父亲回到房间睡下后，又来到了客厅，水灵已经泡了清香的古树生普洱，高菲、安然正美滋滋地品着。刚喝了两泡茶，一辆保时捷吉普停到了水灵家门口的小桥边，车上走下一位年轻性感的女士，拎着一个皮包，正在向院内观望。

高菲眼尖："大叔，是赵诗涵！"

水灵问："谁呀？"

陈思说："宇轩的前女友。"说完，走到院内，叫了声"赵总"，把赵诗涵让进客厅。

赵诗涵坐下后，没有等陈思介绍水灵、高菲、安然三个人，就对陈思说："陈总，我能和你单独聊聊吗？"

陈思看了一眼水灵、高菲和安然，高菲白了一眼赵诗涵，拉着水灵姐和安然出了屋，坐到院里大枫树的树荫下。

陈思给赵诗涵倒了一杯茶，直接问道："赵总是来找宇轩的？"

赵诗涵知道，她和宇轩的事陈思肯定知道，点头："嗯。"

陈思并不喜欢赵诗涵，但是还是礼貌地说："太不巧了，宇轩上午刚走，他未婚妻来了，送他未婚妻回奉州了。你来之前没打电话？"

赵诗涵摇摇头，苦涩地说："没有，我只想见他一面，见不到就是没有缘分，就算了。"说完，从皮包里掏出一个做工精致的盒子，放在茶台上，接着对陈思说："思哥，你能帮我一个忙吗？帮我把这个送给宇轩。"

陈思看了一眼茶台上的盒子，问道："这是什么？为什么你不找机会当面送给宇轩？让我转交，我不知道他会不会接受。"

赵诗涵眼里突然闪着泪光，说："思哥，这是一块手表，宇轩一直喜欢的，就算是给他的结婚礼物吧。"

陈思唉了一声，说："这个礼物太贵重了，我猜宇轩不会要，而且也不该要，赵总，过去的事就让它过去吧，这样，也许对谁都好。"

赵诗涵说："思哥，我能跟你说几句心里话吗？"

陈思点头："既然，你都叫我思哥了，那就说吧。"

赵诗涵说："思哥，其实我是来跟宇轩告别的，我不想破坏他现在的感情。我知道我伤害了宇轩，其实，我也伤害了我自己，现在我才知道，我错过了最该珍惜的，因为直到现在我才发现，只有跟宇轩在一起时，才是真的快乐，可是我太贪心了。唉，这辈子，再也没有机会了。"

陈思说："赵总，你还年轻，而且人又聪明能干，总会遇到彼此倾心的人。手表呢，你还是拿回去，找机会当面给宇轩，其实人与人之间，除了爱情，还有友情，把话说开了，以后大家当个朋友，工作上彼此帮衬一下，倒也不错。"

赵诗涵眼泪流了下来："思哥，再过几天，我就出国了，估计没时间见宇轩了，其实，见不到宇轩也好，见到了，我怕他更瞧不起我。"

陈思问："赵总是准备出国发展了？"

赵诗涵看着桌上的茶杯说:"我怀孕了,想去美国把孩子生下来。"

陈思确实没想到赵诗涵说出这样的答案,问道:"你也有男朋友了?是要结婚了吗?"

赵诗涵说:"没有,我也不想结婚,思哥,其实我对婚姻挺恐惧的,这样挺好。"

陈思并没有追问,可是脑海中却不可控制地出现了刘远航的形象,若这个孩子真是他的,那不知道哪天,他的公司将会突然就冒出一个大股东。

见陈思沉默不语,赵诗涵说:"思哥,宇轩和我在一起时,谈论最多的人就是你,唉,如果你是我的哥哥,我该少走很多弯路,那个时候,应该多去你的茶舍坐坐。"赵诗涵拎起皮包,低声说,"思哥,我走了。"就转身走出了客厅。

陈思站在门口的小桥上,见赵诗涵的车消失在远处,转身回到了院里,大枫树下的水灵已经知道了这位赵诗涵是何方神圣,高菲以为自己闺密的情敌还没死心,迎上陈思问:"大叔,赵诗涵还想撬行啊?"安然也看着陈思,等着陈思的回答。

陈思笑着说:"没有。就是来告个别。"说完,走进客厅,收起了那块江诗丹顿手表。

四十一

1

7月份的天本来很热了，但是枫树村的傍晚却凉风习习，这天傍晚，吃过晚饭后，陈思牵着"金风""玉露"来到已经建成的餐饮中心对面，这里的水面已经完全形成，像一个宁静的小湖，但是河水并不深，清澈见底；餐饮中心的外立面是玻璃幕墙结合木格栅风格的，异形的大坡屋顶挑出长长的屋檐覆盖着木质大平台，整个建筑轻盈飘逸，倒映在被夕阳染成红色的静水里。本想给"金风""玉露"洗个澡的陈思实在不忍破坏这绝美的画面，就把马牵到河边，手拉着缰绳，把大刷子放在河边，自己也坐在河边的卵石上，抽着烟，欣赏着斜阳、远山，听着连绵不绝的蛙鸣。不远处，宇轩他们自建民宿客房的工地还在忙着，那片工地的建筑已经做完了基础，地上一层的部分，工人正在绑钢筋。

不知道什么时候，宇轩和高菲一起来到了陈思身后。高菲拍了一下陈思说："大叔，你一个人在这儿陶醉呢？"

陈思站起身，笑着说："啊，多美呀，这景色！"

高菲说："还有更美的！想不想知道？"

陈思问："什么？"

宇轩有点儿不好意思，但还是笑着说："哥，我准备10月份结婚，已经跟胜男和她家人商量好了。"

陈思听完笑了，拍了拍宇轩的肩膀说："好！对了，宇轩，婚礼在哪儿办?"

宇轩说:"婚礼嘛,我想就在这儿办,再有一个月,这儿的装修就能完事,我看看双方亲友会有多少人参加,反正定在'十一',到时候雇几辆大巴,把亲友都拉到这儿来,就当度假了。大哥,一个建筑师,能在自己设计和开发的项目中迎娶自己的新娘,这想想都觉得很美好,不是每个建筑师都有这种机会的。"

高菲说:"我得减肥了,我要当伴娘,在这儿每天吃得太好了,我都胖了十多斤了!"说完,跑到两匹骏马面前,拎起大刷子给马洗上了澡。

宇轩说:"那,大哥你当伴郎呗!"

陈思说:"你可拉倒吧,有这么老的伴郎吗?"

宇轩说:"那你也要代表亲友讲几句话,你是我最好的朋友,最尊敬的大哥,你不能不讲几句。"

陈思说:"这个让我想想哈。"说着拉宇轩走远了几步,看到高菲还在认真地给马洗着澡,转头对宇轩说:"对了,跟你说了好几次了,赵诗涵的手表你什么时候拿走?"

宇轩说:"思哥,我不想要,想到赵诗涵我就来气,再说,我怎么跟胜男解释?"

陈思说:"来气,就说明你还没有放下,我相信这次赵诗涵是真诚的。宇轩哪,也许等你到了我这个年龄,就会觉得遇到了,就是一种缘分,珍惜你每一个遇到,你也许会有不同的收获,不遇到赵诗涵,你也许就不会知道胜男的可贵。这样吧,等回到奉州,我当着胜男面,送给你,就说是我送的结婚礼物。我和高菲得回家把这个喜讯告诉水灵。"说完走向河边,带着高菲牵着马,走向水灵家。

到了水灵家,水灵刚给陈思的父亲搀扶到客厅里,见陈思和高菲有说有笑地回来,便问:"哥,什么事这么高兴啊?怎么不见宇轩呢?"

陈思说:"宇轩回山城的宾馆了,对了,他和胜男'十一'就在这儿办婚礼。"

水灵说:"哎呀,那可真好,真替他俩高兴,菲儿妹子,你也要抓紧哪!"

高菲皱着小眉头说:"我呀,那可不定啥时候了,水灵姐,你先别急准备红包哈!"

几个人正在说笑,陈思的电话突然响了起来,陈思拿起电话一看,是妹妹的电话,不免有点儿心惊肉跳,心里有一种不祥的感觉,赶紧接通电话,电话里传来妹妹略带沙哑的声音。

"哥,爸咋样?"

"挺好,你不用惦记,我这两天往家打电话,妈怎么总是不在家?"

"哥,本来不想告诉你,但是你妹夫还是觉得应该跟你说一声,妈住院了,都好几天了。"

"妈怎么啦?"陈思紧张地问道,水灵和高菲也突然紧张地等待电话里的回答。

"妈头几天总说嗓子不舒服,我带她去医院检查了一下,发现甲状腺上长了个瘤。"

"什么?"

"哥,你千万别担心,瘤很小,医生初步判断,应该是良性的,看着医生的表情,应该是问题不大,但是还是建议我们做手术,我当天就安排妈住院了,明天下午开刀,其实你都不用回来,就是想告诉你一声。"

"这种事不告诉我怎么行,这样,我收拾一下,一会儿就回奉州。"

"这个真不用,哥,你实在要回来,就明天上午回来吧,反正手术是在下午,这么晚了,开车太危险,妈都睡了,情绪也挺好,你不用担心哪。"

"好,那我明天上午回去。"

"嗯,哥,你可千万别着急哈,不严重。好了,挂了。"

见陈思放下电话,表情凝重,水灵问道:"哥,咱妈怎么了?"

陈思说:"甲状腺上长了一个肿瘤,妹妹说应该是良性的,明天下午开刀手术,我得回去看看。"

水灵说:"我跟你一起回去吧,我是女人,也方便照顾老太太。"

陈思说:"不用,妹妹照顾就行。"

水灵说:"哥,你可真是的,跟我客气啥呀,妹妹还要上班,还有孩子,要是住几天院,不把身体拖垮了呀。"

陈思没有吱声,这个时候张叔也知道了这事,对着陈思说:"哎呀,陈思呀,就让水灵跟你去吧,有我在家呢。"

陈思说:"那小叶子谁管哪?"

高菲说:"我管,中午晚上我和安然一起来做饭,我也练练。"

张叔说:"哎呀,饭我也会做,再说,还有煎饼,现在这菜都下来了,怎么还不弄口吃的,你就放心吧,就让水灵跟你去。"

陈思想想,还有老父亲需要人照顾,就答应了水灵一家人的盛情,对高菲说:"那就辛苦你了,宇轩回来后,你再告诉他,他现在工期太紧,事太多,等明天我妈做完手术看看结果再说。"

水灵说:"那我也赶紧收拾一下,找几件换洗的衣服。"

2

陈思母亲的手术做得很成功,几天后,病理出来了,医生通知陈思,肿瘤是良性的,再住几天院就可以出院了。陈思母亲住院的这几天,都是水灵在医院陪护,陈思的妹妹来过几回,也都被水灵赶了回去。这几天接触下来,陈母也开始慢慢地理解了陈思对水灵的感情,并从内心接受了水灵,这个女人心地善良,阳光明朗,总是用自己的笑声感染别人。

陈思则是负责照顾父亲和做饭送饭。陈思现在已经非常熟悉父亲的作息规律,所以非常好地利用了父亲午休和早睡的休息习惯,高效地利用着时间。在父亲不睡觉的时候,一边陪着父亲聊天,一边做好饭菜,喂完了父亲,等父亲一睡觉,就开车跑到医院,给自己的母亲和水灵送饭。

陈思和水灵都时常往枫树村打打电话,水灵毕竟还是很惦记自己的父亲和女儿,但是女儿小叶子似乎一点儿也不想水灵,并告诉自己的母亲水灵,高菲和安然两位姐姐的饭菜做得很好吃,自己和姥爷都喜欢吃，这倒是让水灵放心了不少。

奉州7月份的天气，本来是闷热异常，但是这几天却总是不时来场大雨，让天气变得清爽很多。还有两天母亲就出院了，陈思的心情也变得轻松起来。中午陪父亲吃完了饭，父亲就来了困意，安顿好了父亲，陈思开着车拎着饭菜赶到了医院。陈思的母亲精神状态很好，见到自己的宝贝儿子来了，更是高兴，水灵则忙着打开餐盒，给陈思的母亲盛饭。这时候，陈思的电话响了，来电话的是高菲。

"大叔，你说话方便不？"

"方便，出什么事了？"陈思听出高菲的语气有点儿异样。

"大叔，今天中午开始，一直在下大雨，原来的校舍倒了，给两个工人砸了。"

"什么？不是告诉宇轩不让工人在里面住吗？"

"那个校舍现在是仓库，没人在里面住，只是中午雨下得急，有几个工人跑里面避雨去了，有一面墙突然倒了，墙没有砸到人，屋面上掉下来的瓦，把工人砸伤了。"

"没出人命就好，宇轩呢？"

"宇轩刚接到电话，去现场了，应该是准备开车去医院吧。"

陈思听到这突然心里一阵阵发紧，多年的直觉告诉他，好像要出大事，他赶紧对高菲说："你马上就让安然去找宇轩，让他下午，一定要待在指挥部，防备山洪暴发，找别人送伤员去县城医院。"

"嗯，我这就安排。"高菲回答。

陈思又问："小叶子呢？"

高菲说："跟我在一起呢，下大雨她一个人在家害怕，自己跑我这儿来了。"

"那张叔呢？"

"吃过了饭，天还没下雨，张大爷牵着'金凤''玉露'进山了。"

"高菲呀，如果雨一直下，你和小叶子一定要在一起，就在你们指挥部待着，不要冒雨回家，指挥部里有吃的没有？"

"有，有煎饼，有方便面，外面地里有菜。"

"高菲,你们指挥部那地方地势最高,如果雨一直下,你们就在那儿待着,什么时候雨停了,过一两个小时再回家,记住,不要雨一停,就急着往家跑。"

"大叔,你放心,我明白,有事我会第一时间告诉你。"

"高菲,先安排安然去找宇轩,你把手机充满电,我怕万一一会儿再停电了。记住,就和小叶子在屋里待着。"陈思又叮嘱了一下高菲。

刚放下电话,水灵从病房里走了出来,见陈思有点儿心神不宁,便关心地问:"哥,村里那边出什么事了吗?"

陈思说:"宇轩工地出了点儿事,有两个工人受伤了,今天那边一直在下大雨。"

水灵说:"没有大事就好,唉,现在那边,下点儿雨,小河就涨水,对了,小叶子今天放假,她人在哪儿呢?"

陈思说:"放心,跟高菲在一起呢。"

"我爹呢?"水灵又问。

陈思说:"放马去了,张叔看天气不好应该知道回家吧。"

水灵说:"最不用担心的就是我爹,没事,你看你,哥,你最近是不是太紧张啊,咱村这几年总发水,有几次,水都进屋上炕了,我们一家三口,在堂兄弟那儿住了好几天呢,这不也好好的。"

陈思说:"嗯,我告诉高菲了,有事随时打电话。"

水灵说:"高菲那孩子办事稳当,小叶子跟她在一起,我就放心了,来吧,回屋吧,别让咱妈误会出什么事了。"

陈思陪着母亲和水灵在病房坐了一会儿,强作轻松地聊了几分钟,就拎着餐盒回到了自己的车上。一坐下,陈思就拨通了宇轩的电话。

"宇轩,你在哪儿呢?"

"工地呢,思哥。"

"那几个受伤的工人怎么样?"

"没啥大事,已经送医院了。"

"雨还在下呢?"

"嗯,思哥。"

"那你还待在工地干啥?"

"新进来的厨房设备和一些家具还在车上呢,我合计一会儿带着工人冒雨把东西先搬到屋里。"

"宇轩,那些东西是小事,你先把工人都安排到地势高一点儿的地方,我怕有山洪。"

"没事吧,思哥,都下了好几回大雨了,也没咋的呀!"

"小兔崽子,正是雨下得次数多了,我才怕危险,山上林子里水都饱和了,很容易暴发山洪。"

"好,没事,放心,思哥,你放心。"宇轩的口气明显有点儿感觉陈思在小题大做。

陈思放下电话,也在暗想,是不是自己太敏感了,不知道为什么,随着年龄增长,自己的胆子好像越来越小了。

3

晚上六点。

陈思做好了晚饭,父亲吃不了太热的饭菜,陈思用小碗把饭菜都拨出了一部分,凉在餐桌上,又拨通高菲的电话。

"高菲,雨还在下?"

"嗯,大叔。"

"宇轩呢?"

"一直在工地吧,没回来,打电话也不接。"

"这个兔崽子!你们吃饭了没?"

"我们下的方便面,刚吃完。"

"你张大爷回来没?"

"没有,我往家都打好几个电话了,没人接。大叔,张大爷不会出什么事吧?"

"不会,你张大爷在山里多少年了,应该知道找地方避雨。"

"高菲,你们几个就待在屋里,千万不要乱跑哈!"

"大叔,这个你放心吧,现在都没地方跑了,河水都漫到路上了,如果再下一两个小时,咱们新改造的那几处民宿屋里都得进水了。"

"现在雨还没有停的迹象?"

"没有!"

"高菲,你们几个不用害怕,不行我一会儿就赶回去。"

"你可别折腾了,大叔,应该没事,我们就待在屋里。不用担心。"

"好。有事随时联系。"陈思放下电话,习惯性地掏出烟来。

好容易挨到了晚上七点半,陈思的父亲已经开始犯困了,陈思把父亲扶上床,父亲很快就入睡了。陈思轻轻地关上了父亲卧室的门,手机又响了。

"大叔!出事了!"高菲的声音明显带着恐惧。

"怎么啦?"

"我现在就站在院子里,山洪暴发了,沿河的房子,已经倒了一半了!"高菲显然是被眼前的景象吓到了,声音颤抖着,陈思的电话里还传来了洪水和房子倒塌的轰轰声。

"你们有危险吗?"

"我们没有,洪水离我们还很远,现在也看不太清,那边刚才还亮着,现在已经没电了。"

"宇轩呢?"

"他手机没信号了,应该是没电了。"

听到这,一贯冷静的陈思也有些慌乱了。

"大叔,我们这儿应该没事吧?"

"高菲,你别害怕,你们那儿肯定没事,我收拾一下,这就赶过去。"

"估计都没有路了,大叔,就这几分钟,我们刚改造完的房子已经全倒了,现在就剩下山根儿比较高的地方还能隐约看到房子。"

陈思心里一阵慌乱,对着电话说:"菲儿,你别害怕,我们这就赶回去,你们就待在屋里不要动。"

"嗯,大叔,我知道。"

陈思又点上一支烟，定了定神，拨通自己妹妹的电话。

"喂，陈佳，你在哪儿？"

"我在家，怎么啦，哥？"

"枫树村那边出事了，我得赶回去，你和妹夫赶紧开车来妈家，让妹夫看着咱爸，你跟我去医院，你照顾咱妈，我和水灵赶回枫树村。"

"好，大哥，你别着急，我俩马上过去。"

陈思的妹妹妹夫赶来时，陈思已经把车开到小区外的路口，见到妹妹妹夫，也没多说，就拉上妹妹直奔医院。到了病房，水灵接过陈思带来的餐盒，发现陈思妹妹也走了进来，心里也有一些慌乱。陈思把水灵拉到走廊，自己也努力地平静了一下。

水灵紧张地说："哥，是不是，家里那边出事了？"

陈思说："山洪暴发了，刚改造完的房子都被洪水冲倒了！"

水灵连忙问："那我们家呢？"

陈思说："雨还在下，现在看不到！"

水灵又问："我爹和叶子呢？"

陈思说："家里现在电话打不通，不知道张叔在哪儿，小叶子跟高菲在一起，在你堂兄弟家，很安全。"

水灵稍微放下了一点儿悬着的心，又关切地问道："宇轩呢？"

陈思摇摇头说："手机没电了，现在联系不上，工地那边根本过不去，也不敢让人过去呀！"

水灵说："哥，宇轩会不会出什么事？"

陈思说："我也担心，这小子，不听话，让他下午待在指挥部，他偏不听。唉！"陈思本想说，我也担心张叔，却怕水灵害怕，硬生生地把话咽了回去。

水灵说："哥，我想回去。"说完，眼泪就在眼圈里打着转地看着陈思。

陈思说："我也是这么想的，我让妹妹来照顾一下妈，咱俩现在就走，半夜应该能赶到枫树村。咱们去跟妈说一声就走。"

349

陈思和水灵还没走到病房门口，电话又响了。陈思现在最怕的就是接到电话，真不知道又有什么坏消息传来，掏出电话一看，是胜男。

"喂，大叔，我是胜男。"

"胜男，怎么啦？"陈思故作镇静地问。

"宇轩电话一直无法接通，我打电话问菲儿，菲儿也说联系不上，是不是他出什么事了，你们都瞒着我？"胜男的声音明显带着哭腔。

"胜男，我下午还跟他通过电话，应该是手机没有电了，你别急，他充好了电，一定会联系你。"

"菲儿说那边发大水了，大叔，严重吗？宇轩有没有危险哪？"

"胜男，你先别着急，我和水灵这就往回赶，一到枫树村，我联系上宇轩就让他打电话给你。"

"大叔，你们等我，我和你们一起去，我不想失去宇轩。"说完，一向乐观的胜男竟然哭了。

"胜男，你听话，你先别激动，我们很快就能到，到了就联系你，好不？"

"大叔，我一定要和你们一起去，求求你，等我，我马上去找你们！"

"胜男，你听话！我们回去很可能要走山路，你的身体根本适应不了，要是出了问题，我怎么和宇轩交代？！听话，安心在家等信儿！"说完，陈思挂断电话，再不听胜男的哭闹，直接走进了病房。跟母亲大概说了一下情况后，陈思带着水灵开上车直向枫树村飞奔而去。

四十二

1

奉州的市内也一直在下雨，车在市区内走走停停地用了一小时才上了高速公路。上高速前，陈思给高菲打了个电话，告诉自己和水灵已经在路上，让她们不要害怕。高菲则显示了一个女孩子少有的坚强和果敢，告诉陈思这边的雨还在下，只是小很多了，让陈思不要太着急，注意开车，并让小叶子和自己的妈妈水灵通了电话，听到了女儿的声音，水灵的心平静了一些，现在最担心的就是自己的父亲和宇轩的情况了。

雨还在下，高速公路上的能见度并不高，陈思把车打开双闪，自己也全神贯注盯着前方，反倒是水灵比较冷静，一直在劝陈思慢一点儿开。在高速公路上艰难地行驶了三小时后，陈思终于驾车驶离了高速公路爬上溪源县南边的南大岭，平时很少有车的山间公路上今晚的车比平时多了很多。陈思驾驶着车下了坡直奔枫树村，还没到转向杨树村的那个路口，陈思就发现雨虽然停了，但是车已经没法继续前行了。原来刚过杨树村通往大峡谷漂流的公路也被冲毁了，路边上已经停满了车，有警察的车，也有部队的车，还有救护车，闪着蓝光。陈思知道，这里的灾情县政府已经知道了，并组织了救援队伍。现在看来，驾车去枫树村已经不可能了，陈思把车停在路边，跑到前面跟一个警察了解了一下情况就跑了回来。这个时候，水灵正站在陈思的车旁焦急地看着枫树村方向。

陈思对着水灵说:"公路都冲毁了,看来我们得走山路了。"

水灵说:"这山里现在太黑了,根本看不到路,我们还是跟着救援人员往里走吧。"

陈思说:"其实跟着救援人员往里走也不见得安全,现在情况未知,万一再下雨,再来个小山洪,更麻烦。"

水灵说:"我一到晚上就不认识路,进了山我连东南西北都找不到。"

陈思说:"谁用你找了?跟我走吧,'金凤'和'玉露'我也不是白放的。"

这时陈思的电话又响了,陈思掏出电话一看,是高菲。

"大叔,你们过来了吗?"

"过来了。"

"大叔,你们别着急,现在村里的人很多,来了很多解放军,现在村里灯火通明的,我们一点儿都不害怕了,你们注意安全。"

"高菲,宇轩回来没?"

"刚回来,受了点儿伤,在我边上呢。"

"你让这个兔崽子接电话。"

片刻,那边传来宇轩疲惫的声音。

"哥,我没事。"

"你小子为什么不听我的话,你哪儿伤着了?"

"刚才看到洪峰来了,带着工人往山上跑,被树枝刮的,没事。"

"你给胜男打电话没有?"

"刚打完,没事,你放心吧。"

"好,等见了面,看我怎么收拾你!"陈思嘴上狠狠地说着,但是心里一块石头又落了地,现在要担心的就是水灵的父亲、水灵的家,还有自己那两匹爱马了。

水灵看陈思揣起了电话,说:"哥,宇轩没事吧?"

陈思说:"没事了,受了点儿小伤。"

水灵问："你确定你能找到路？"

陈思说："没问题，手机上有指北针，我们这个位置，往北走一二里地就能到你们村山里的那个小水库，找到了水库，顺着小河就能找到家。咱们往回走几百米，有一条小路，走吧。"说完紧紧地拉起水灵的手往回就走。

这是水灵和陈思最亲密的接触，但是水灵并没有把手从陈思的手掌中挣脱，而是任由陈思牵着钻进了山里那条漆黑的小路。这条小路其实平时走的人并不多，小路上确实有两条浅浅的车辙，路上已经长满了荒草。陈思在前，水灵在后，两个人就这样深一脚浅一脚地走了四十多分钟，走到山梁上时，满天的乌云已经渐渐散去，大片的天空露出了点点繁星，老天爷终于像是渐渐平息了怒火，变得平静了起来。

陈思指着下面一片反射着星光的水说："那里好像有水光，是不是我们快到小水库了？"

水灵看了看说："不像，水库的水面应该比这个大得多。"

陈思说："枫树村的地形我研究过，是典型的两山夹一沟，我们的方向肯定没错，也许水库的水坝也被洪水冲毁了，不然枫树村的水，不应该这么大。"

说完，两个人手牵着手，艰难地往山下走。到了山下，陈思借着星光仔细地看了一下，说道："没错，往下走一里多地就是咱家，这个地方我带着'金风''玉露'来过，应该是小水库的水坝也被大水冲毁了。往下走吧。"

往家走的路很艰难，但是方向很明确，大水已经把附近土层较浅的植物都冲没了，有些小树丛也都被冲倒在地上，树身都是向着下游的方向，只有根系还牢牢地抓着土地，好像是不舍得离开；河床的两侧也有被洪水冲毁的庄稼地，露出了垂直的泥土断层，再往前走了几百米，已经能看到上下隐约的灯火，听到嘈杂声，继续往前走了几分钟，陈思好像已经隐约看到了亲手设计的红砖房子。

陈思紧紧地握着水灵的手，而水灵则是不管方向，任由陈思带着往前走，只是低头看着脚下的路，怕自己被一些被大水冲倒的树木绊倒了。村里的人员嘈杂声越来越清晰，陈思突然停住脚步，低沉地对水灵说："妹子，到家了。"水灵差点儿撞在了陈思身上，抬头往前面看去，眼泪突然夺眶而出，双手紧紧地抓住了陈思的胳膊才没有坐在地下。

通往自家小院的小木桥早已没了踪影，那三片钢筋石笼墙倒在地上，石头缝里灌满了淤泥，却像一双臂膀死死地护住了身前这小块土地，小院里满是淤泥、杂草、砖头和石块；马厩没了踪影，那棵大枫树，树干上挂满被洪水冲下来的杂草，树身倾斜，但是依然倔强地挺立着；那个美丽的红砖房子还在，但是美丽的花台已经被大水冲毁，露出大平台下挂满杂草的大柱子……

陈思紧紧地抱着几乎接近瘫软的水灵，心里实在不知道该说些什么来安慰水灵，水灵的眼泪止不住地一串串流下，哭了半天，水灵才慢慢平静，陈思捧起水灵的脸说："妹子，先别哭了，家还在就好，等雨停，没几天，就能把院子修好。我们先去找小叶子他们，过几天我们再盖一个更漂亮的马厩。"说完扶着抽泣的水灵走向村里。

村里的人已经忙成一团，人声嘈杂，到处都闪着应急灯和手电筒的光柱。陈思和水灵快走到堂兄弟家时，早已站在院里的高菲和小叶子已经发现了陈思两个人，而宇轩则正呆呆地看着游客接待中心的方向，旁边站着小姑娘安然。

高菲跑出院子，一把抱住陈思，突然哭了起来，小叶子也抱着自己的妈妈大哭起来，劫后重逢，除了拥抱再也没有更好的见面方式了。宇轩这时候也走了出来，胳膊上缠着绷带，叫了一声"思哥"。陈思放开抱着的高菲，来到宇轩面前，也紧紧地抱住了宇轩，宇轩也像一个受了委屈的小男孩，眼泪就在眼眶里打转，身后跟着一脸疲倦的安然。

陈思用拳头捶一下宇轩，目光坚毅地说："没事就好。"

宇轩点点头，便扭过身去，偷偷地擦掉了眼角的泪水。

几个人刚进屋，水灵就对陈思说："哥，我爹不会出什么事吧？"

陈思这个时候已经恢复冷静，说道："妹子，你别着急，我看不会出什么问题，这样，这都三点多了，马上天就快亮了，你和小叶子还有高菲你们歇一会儿，宇轩，你还有体力没有？"

宇轩点点头说："思哥，我没事。"

陈思说："妹子，我估计张叔应该在山里的小木屋，我和宇轩现在就过去看看，你们在家等我俩的信儿。"说完拉起宇轩走出小木屋奔向那个小山谷。

2

陈思两个人走进山谷时，天色已经开始有了微亮，山谷里虽有些幽暗，但也能看清去往山里的小路，这条小路有的地方也一样被冲毁了，可以想象昨天的那场大雨来势有多么凶猛，再往山里走了一些时间，陈思和宇轩已经能隐约地看到那座小木屋了。

两个人加快脚步，突然，两声骏马的嘶鸣划破了这山谷黎明的寂静，是"金风"和"玉露"的嘶鸣！陈思的眼泪夺眶而出，再也不理身后疲惫的宇轩，奔跑着冲向自己的爱马，"金风"和"玉露"。那两匹宝贝，好像知道了主人的到来，在小木屋旁一个用松枝搭起的简易马棚里跑着地面，打着响鼻，嘶鸣着。陈思跑到两匹爱马之间，一只手抱住了"金风"的脖子，另一只手则紧紧地抱住了"玉露"的脖子，任由眼泪顺着面颊流下。

这时小木屋的门开了，里面走出睡眼惺忪的张叔，张叔揉了揉眼睛，才看清了搂着爱马的陈思和蹲在地上喘着粗气的宇轩。

陈思见一脸惊诧的张叔走了过来，放开爱马，来到张叔面前，一把抱住了张叔。张叔很显然已经被两个人弄蒙了，推开陈思，说道："陈思呀，你们两个怎么一大早跑来了，这是作什么妖哇？"说完突然又拍了一下自己的脑门儿，说道："哎哟，把你们急坏了吧，老了不中用了，中午带着'金风'它俩出来吃草，结果这天就下上了，我就赶紧带它俩来这儿避避雨，没想到这雨是越下越大，我就想睡一会儿等天黑了雨停了就下山回家，结果，你看，一觉睡到现在，这是真老了！让你们担心了！"

355

陈思说:"张叔,你没事就好,没事就好。"看了看宇轩,掏出一支烟,抽了几口。

张叔这时候已经清醒了,问陈思:"陈思呀,你母亲出院啦?你们昨天回来的?不是告诉你让水灵多伺候你母亲几天吗?"

陈思低声说:"张叔,跟你说个事,你可千万别上火。"

张叔紧张地说:"俺姑娘病了?"

陈思说:"没有,没有。水灵和小叶子都很好,村里发大水了,沿河边的那些户人家多数都遭灾了,嗯,咱家的大院被冲毁了。"说完,紧张地看着张叔,生怕张叔会一时上火。

没想到,张叔只是叹息了一声,接着说道:"唉,人没事比啥都强,咱们再重新盖,只要人在,家就在!"说完,就往家的方向走去。

回到村里,张叔在自己家的一片废墟中站了一小会儿,摇摇头,什么也没说。几个人费力地打开了房门,夜里灌进屋里的水隐约还在,地上墙上满是泥沙和水渍。

水灵并没有睡觉,而是在院子里焦急地等待自己的父亲还有陈思兄弟归来,老远就看到了父亲的身影,哭着跑了出来,抱住父亲,一边哭一边说:"爹,我再也不离开你了,再也不离开你了。"张叔依然是什么也没说,只是轻轻地拍着女儿的后背,无言地安慰着自己的女儿。

天色已经大亮了,陈思和宇轩站在院里,看着满目疮痍的枫树村,这个美丽的小山村如今小河北岸那半个村子已经变成一片瓦砾,只有几户地势较高的民宅幸免于这次山洪;刚刚修好的河道和那个宽阔的水面已经没了踪影,通往游客接待中心的小石桥也只剩下了一半;那座玻璃幕墙的接待中心却依然孤独地耸立,光滑的玻璃反射着周围杂乱的植物和瓦砾,在这样的一片狼藉中,她的美丽显得那么突兀。

宇轩叹了一口气说:"大哥,幸亏听了你的建议,把平台又抬高了一米,水都从架空层流过去了,不然,这个楼也没了,唉。"

陈思拍了拍宇轩的肩膀,什么也没说,只是掏出烟来,递给宇轩一支,自己也点上一支,平静地看着远方。

上午十点半左右，刘远航从梅城赶过来了，安慰了众人的同时，也带来一些消息：这次的暴雨是一次百年不遇的暴雨，溪源县整个县域普遍受灾严重，仅仅是枫树村，就损毁民宅三十七户上百间，耕地损失上百亩，小三型水库一座；死亡一人，失踪四人，其中，老人三人，儿童一名，失踪的老人和孩子，基本都是外出打工人员的家庭留守人员；县委、县政府、县防汛抗旱指挥部正在积极组织救灾工作，并将对受灾严重的地区和农民进行物资和资金上的援助，帮助受灾群众尽快重建家园……

还没等刘远航讲完，宇轩的电话响了，只是短暂的几句话，但是陈思却发现，宇轩已经脸色苍白，浑身颤抖了。

陈思赶紧问宇轩："宇轩，出什么事了？"

宇轩苦涩地说："胜男晕倒了，正在中心医院呢。思哥、远航哥，我得马上回奉州。"

高菲说："我跟你一起回去。"

陈思这时候已经恢复一贯的冷静，拽住正要走的宇轩，说道："宇轩，既然抢救过来了，你先别着急，等一会儿，我们把这边的事情商量一下，我和你带着高菲一起回去。"

刘远航这个时候也没有主意，正准备听听陈思的想法，便说道："陈总，接下来咱们得怎么办哪？"

陈思看了一眼窗外，说道："刘总、宇轩，现在什么也干不了，先看看政府的灾后评估吧。刘总，估计你们今年是肯定没法正常开业了，你先统计一下你们的投入，看看损失能有多少吧。估计政府过几天会有一个方案，不光是你们，还有当地的村民，政府都会有一个交代。"

刘远航点点头，但是宇轩却明显已经心乱如麻了，眼睛里露出一片迷茫。

陈思又对着水灵说："水灵，你不要陪我回奉州了，你们一家，先暂时就在堂兄弟家住吧，也等等消息，我先回奉州，我妈出院后，我会再来，到时候咱们再商量。"

357

水灵和张叔也都点点头,这个时候也实在是没什么好说的了,好在房子没什么问题,小院子再收拾一下也照样能用,最主要的是人还都在,这就是最大的安慰了。陈思又交代了几句,就带着宇轩和高菲出发了。

陈思的车还停在杨树村外的公路上,几个人走在泥泞的小路上心情都十分沉重。本来这个季节应该是山花烂漫,绿树成荫,但是山洪过后的枫树村却是一片悲凉,路上还有政府的搜救人员在忙碌着,也有一些村民站在路边悲伤地看着自己已被洪水摧毁的家。当陈思几个人走过游客接待中心时,看着挂满树枝和荒草的柱子,宇轩的眼泪再也不受控制,顺着面颊不住地流下。几个月前,当高菲怀着忐忑和兴奋的心情来到枫树村时,怎么也不会想到,竟会以这样一种方式离开。

四十三

1

回到奉州的这几天，陈思突然感觉日子过得很慢。母亲已经出院了，这并不是一个很大的手术，所以母亲的身体和精神都好了起来，陈思在家陪了两天，母亲就让陈思赶紧回茶舍看看，好像一切又恢复了常态。

陈思来到茶舍，打开店门，自己却坐在店门口的小院子里，点上了一支烟，他很想给水灵或者宇轩打个电话，但是掏出电话，却又把电话放到了小木桌上。想到自己的父亲，想到水灵，想到宇轩和胜男，陈思长长地叹了一口气，在自然灾害和疾病面前，人显得那么渺小和无助；即使自己能真的做到安贫乐道，可是回归自然，找到属于自己的爱情和喜欢的生活方式在现实生活中却是这么难以实现。

这时水灵打来电话，听得出来水灵声音里已经恢复了往日的爽朗，只是略有担心地先是问了陈思母亲的情况，在得知陈母没事后，水灵打开了话匣子："哥，屋里到处都是淤泥呀，清理了好几天，那几个房间都清理差不多了，就是客厅的木地板全泡坏了，我想明儿就去县城重新买，反正是他们负责安装，哥，你知道吗，赵大哥来了，看你不在，待了一会儿就走了，临走时告诉我，明天他带工人来，把院子清理了，把马厩重新按照原样再盖起来，说这点儿事不能让陈老弟张嘴，让你回来请他喝酒，哈哈哈，哥你说你咋那么招人稀罕呢？"

水灵的电话冲淡了陈思的愁绪，想到赵大明白，陈思心里更是一阵温暖。刚想泡壶茶，宇轩失魂落魄地走了进来。一进屋，就一屁股坐在陈思对面的凳子上，一边抽着烟，一边吧嗒、吧嗒地掉起了眼泪。陈思什么也没说，也点上了一支烟，就这样心疼地看着自己已经明显瘦了一圈的小兄弟，偶尔挠挠自己的额头，长长地吐出一口烟，好像要把自己心中的压抑一起吐出来。

沉默许久，陈思先开了口，对着宇轩说："老弟，胜男出院了？"

宇轩抬起头，点了点头，声音嘶哑地说："嗯，没事了。"

陈思问："宇轩，枫树村那边怎么样？"

宇轩无力地摇了摇头："我刚跟刘远航分开，谈崩了！"

陈思一皱眉："为什么？"

宇轩叹了一口气，低沉地说道："唉，这次大水，我们投资的民宿，还有沿河的景观都被冲毁了，那几百万算是彻底打水漂了，客房那部分的基础也都被冲毁了；后来发现，游客中心靠着河边有几根柱子的基础也被大水冲坏了，现在有几块楼板和主梁都出现了裂缝。"

陈思冷静地问："政府那边有什么政策？"

宇轩说："对于老百姓，政府已经定了，在杨树村集中盖几栋住宅，按照成本价卖给枫树村的受灾群众，而且，还会给一些补贴，仍然愿意住在枫树村的，政府会给一部分补贴，现在正在统计情况。"

陈思问："那你们的项目呢？"

宇轩说："这次溪源县受灾面积大，政府财政也很紧张，会有一些补助吧，但是更多的应该是政策层面的，也许未来几年会给我们免税。"

陈思看着窗外问宇轩："是不是刘远航不想继续了，所以你们谈崩了？"

宇轩颓然点点头："嗯，因为这几百万的损失，还有游客中心需要重新做检测和加固，装修也得重新做，所以，这项目的投资回报率太低了，在他看来，现在就不应该再往里面投入了，如果将来能有人接手这个项目更好，没人接手，也是把损失降到最低了，唉，我看他是被这场大雨给吓怕了。"

宇轩接着激动地说："可是我已经把我这些年的全部收入和家里的

钱都押到了这个项目里，就这么说结束就结束了？"

陈思抽了口烟，无奈地说："从投资角度来说，刘远航是对的。宇轩，地产投资是讲究资金回报率的，对你而言，即便是刘远航想继续投资，你也没有后续资金跟进了吧？所以你的抗风险能力很差。"

宇轩激动地站了起来："如果不干了，那几百万就白扔了？一点儿价值都没有！"

陈思平静地说："宇轩，你先别激动，刘远航如果继续投资，你又没有钱继续跟进，你就只能把你的股份变少，你的收益也会变得很少，我现在倒是希望刘远航把项目卖了，毕竟你的股份少，损失也少。所以，你先别急，我们再等等，看看还有什么更好的解决办法。"

宇轩更加激动地说："哥，这个项目如果停了，我上哪儿结婚去？我拿什么结婚？好了，我自己想办法吧！"说完转身走出茶舍，出门时正撞上来找陈思的王立峰，却连个招呼也没打，就那么头也不回地扬长而去。

立峰在陈思对面坐下后就问："思哥，宇轩这是怎么啦？跟你吵架了？"

陈思说："你知道，他那个项目出事了，现在刘远航不想干了，他一时想不通。"说完，给立峰倒了杯茶，接着说："这小子，估计是在亲友面前大话说了不少，本来是想在游客中心办婚礼的，现在应该是有点儿下不来台了。项目出了这么大的事，损失不说，面子也挂不住哇。"

立峰说："思哥，那咱们现在有什么能帮他的吗？"

陈思说："现在看，还是得等等看看，最主要是要给刘远航一段时间，看看他到底是个什么想法。不说他了，你今天怎么有空过来了？"

立峰说："思哥，那两套房子已经简单地装修完了，虽然装修上没花多少钱，但是看到房间格局，我父母和老婆都很满意。我和我老婆又跟亲友借了点儿钱，首付没有问题了，剩下的就是办按揭贷款了。过个三两天，咱们就可以办手续了。"说完，顿了一下，试探着问陈思："思哥，要不我们再共同张罗点儿钱，帮着宇轩把这个难关渡了？"

陈思摇了摇头："立峰，你的房款都到了我的账上也就不到一百万，我手里的钱我妹妹买了个新房子借去了不少，再加上上货也没有多少了，对于宇轩来说也帮不上大忙，他想在游客中心办婚礼这个事是实现不了了。你知道，宇轩是小股东，刘远航才是大股东，这个项目干与不干，取决于刘远航，不取决于宇轩。如果刘远航想继续干，那点钱他会有办法；可是如果他不想继续，宇轩还想继续，那就只有收了刘远航的股份，可是怎么收，多少钱收？这个账怎么算？估计跟刘远航这个奸商的谈判都需要点儿时间。就算刘远航同意以一个相对合理的价格来转让他的股权，我们又上哪儿去筹集这么大一笔资金呢？况且还有这个项目的后续投入呢？所以帮忙也不是这个帮法儿。"

立峰说："那就只有等等看呗？"

陈思点头："对，只有等。"

立峰想到宇轩说："思哥，宇轩一直都太顺了，这种等待对于他说，可是一种煎熬。"

陈思说："是，是煎熬。宇轩从小到大都是在一片赞扬声中长大的，所以他得学会经历失败，面对失败，更重要的是敢于承认失败，并能迅速地从失败中走出来，所以这次的失败对他来说不是个坏事，他毕竟年轻，有的是机会。你想啊，我们都是建筑师，谁还没有被甲方否定得一无是处的作品呢？可是如果有了新方案，不一样还是要满怀热情地去做吗？"

立峰点头："思哥，有时候真的很钦佩你的豁达。"

陈思轻轻一笑："屁！我们之间就别互相吹捧了。唉，所谓豁达，很大程度上不过是面对现实的一种无奈而已。就拿这件事来说，我们都把所有的房产处理了，再朝所有能借给我们钱的人借钱，凑上几百万，帮助宇轩把这个项目的前期完成了，那后面的持续投入呢？我们哥儿俩砸锅卖铁可以，你让我们的家人都睡大马路？而我们就为了一个为朋友两肋插刀的名声？"

立峰无语。

陈思继续说："就算我们义薄云天地帮助了宇轩，这个天灾带来的损失已经是无可挽回了，即便这个项目进行下去，那个损失也依然还在，而且以宇轩单薄的资金实力，他也没有再次面对意外的抗风险能力，那个时候，咱们怎么帮，咱哥儿俩是卖身，还是卖什么?!"

立峰苦笑："咱们哥儿俩的长相，卖身估计是没什么市场。"

陈思说："所以，我们都该清醒一点儿，宇轩也必须面对现实。"

两个人喝了几杯茶，一时无语。立峰突然拍了一下自己的额头说："被宇轩的事整的，还有两个事都忘了！"陈思看着正在打开背包的王立峰，不知道他还有什么事。

立峰从包里拿出两本杂志，杂志是《中国建筑学报》，郑重地放在陈思面前，说："思哥，你的论文发表了，你太神了，想在学报上发表论文可太难了。"陈思并不惊讶，他知道，是他那篇题为《以阿尔茨海默病为例谈老年住宅的人文关怀和技术支撑》的论文。

立峰说："思哥，你的论文发表后，系里老师现在是一片轰动，大家纷纷在猜测，这个陈思是不是你。你该知道，在这种级别的核心期刊上发表文章那对评职称可老有用了。"

陈思只是淡淡一笑："用词一点儿不准，轰动什么，也就是一阵骚动。现在很多老师不把精力用正地方，看到别人有成果又生气眼红，我估计，我当年在学院那点儿风流韵事又被翻腾出来了吧？"

陈思这么一说，立峰终于也见到了笑容，摇摇头，又点点头，接着盯着陈思的眼睛说："思哥，你说得对，是被翻出来了，而且还有一个有点儿确切的小道消息，你的前女友盈盈在国外博士毕业了，下学期可能要回咱们学院任教。"

听到盈盈的名字，陈思并没有什么特别反应，只是说了句："是吗？"就点上一支烟，边抽烟边看着窗外。

2

几天后，进入8月份，奉州、梅城每年的雨季终于过去了，太阳毒辣辣地照着大地。宇轩回到枫树村，村里很安静，往日忙活的游客中心工地也很安静。几十户人家的小村子，一多半受到了洪水的侵袭，大自然来了一次彻彻底底的动迁，靠着河边的房子早就没了踪影，大水把一切都冲走了，多数村民都接受了政府的安排，准备搬到杨树村去，只有十几户人家，还想守着自己的房子和天地，偶尔能看到几个人还在顶着烈日收拾着自己的房子和院墙。

宇轩来到指挥部，并没有见到刘远航。这几天，宇轩一给刘远航打电话，刘远航就总是说自己在和领导谈事，有时候接了电话，就敷衍说再等几天，看看政府的意见，今天上午来的路上宇轩给刘远航打电话这家伙愣是没接。其实宇轩来到枫树村也不知道自己到底来干什么，只是他觉得他该来枫树村看看他的项目，那是他的心血，他的希望。

指挥部的屋里，只有安然和负责餐饮中心施工的工头老王。头一段时间，民宿的内部装修是高菲、赵大明白带着几个工人干的，当时赵大明白和他带来的那几个工人都每天领一次工钱，所以那几栋民宿干完了，赵大明白他们也就拿了钱，各自回家了。工头老王则不一样，他的施工队是有施工资质的，也是跟宇轩和刘远航的项目公司签订了正规的施工合同，这个工程在县里面绝对是大工程，现在出了这么大的问题，老王难免每天有些担忧，尤其是这几天，两位老板刘远航和宇轩都不见了踪影，这更是让老王有些心惊肉跳，毕竟按照工程进度收到的那点儿工程款太少了，如果甲方跑了，他拿到的那点儿钱，别说挣钱，就是给工人开支都不够。老王早就暗下决心了，我就天天在这儿守着，万一过一段时间，两个奉州的老板没影了，那么餐饮中心里的那些设备、家具，我都给他拆了卖钱。大中午的老王突然见宇轩来了，自然大喜过望，等着宇轩继续开工的通知。

还没等宇轩坐下，老王就递上了烟，问道："马总，咱们什么时候继续开工？"

宇轩抽了口烟，语气低沉地说："客房那部分施工可能要暂停几天，看看刘总什么意见？"宇轩心里难受，如果客房不建成，光有一个餐饮中心有什么用。

老王是个实在人："马总，那要暂停到什么时候？雨季过了，抓紧干，兴许，'十一'前还能完工。"

这几天以来，宇轩也大致明白了刘远航的想法，冷静想来，如果继续干，也许像老王说的，"十一"长假之前游客中心能完工，但是就算完工了,也错过了开业的最佳时期。何况看着这架势,这场大雨几乎浇灭了刘远航的志向与情怀,他似乎已经不太想继续投入了。

老王继续问道:"马总,您能否跟刘总商量一下,游客中心那部分工程款是不是该付了。"这是老王最在意的事,毕竟手下上百号弟兄还等着工钱呢,老王真怕宇轩和刘远航就这么跑了,他守着这个烂尾楼有什么用啊。

宇轩说:"老王你放心,这个项目我们肯定会继续干,都已经投入这么多了,再说这个项目还是县里的重点工程,只是现在看,今年开不了业了,我们得重新考虑一下施工计划。你再等两天,一有消息,我就通知你。"宇轩说完,自己都有一些点儿不太相信自己说的话,他突然想起了陈思说的话,很多人不想当骗子,可是过着过着,把自己过成了骗子,而且心里又在暗自埋怨着刘远航,这个时候,你躲着不见,何去何从总要有个说法呀。

工头老王悻悻地走了,安然给宇轩泡了一杯茶,端给了宇轩,宇轩喝了一口,便放在了桌子上,沉默不语。

安然见宇轩情绪低落,轻声问道:"老大,是刘总不想继续干了吗?"

宇轩无奈地点点头,点上了一支烟,沉声说道:"现在刘总那边的资金出了点儿问题,最主要是这场大水闹的,他好像对这个项目有点儿信心不足。"

安然说:"老大,你也别上火,不行我们再共同想办法呗,这两年我在咱公司上班,也攒了点儿钱,不行我今天和你一起回奉州,先拿给你应应急。"

宇轩看着一脸真诚的安然,心里又是感激又是惭愧,苦笑着说:"唉,傻丫头,你那点儿钱够干什么的,你还是留着当嫁妆吧。不过还是谢谢你,也挺抱歉的,把你带到这大山沟,现在还遇到这种情况。"

安然笑着说:"看你说的,老大,刚到咱公司时,我可怕你了,但是这两年我好像习惯了在你领导下工作,没事呀,大不了咱还回去画图呗。"

宇轩没再说什么,心里暗骂那个不露面的刘远航,当初你把这个前

365

景描绘得无比绚烂，可是一出了问题，你他妈就躲着不见了。

刘远航有刘远航的闹心事，梅城开发区的项目理论上有几千万利润，小户型住宅卖得也确实不错，但是剩下的千八百平方米商铺却是有行无市。所以去年精明的刘远航才想到一个变相变现的方法，那就是找到一个更有前途的项目，继续投资，通过顶账的方式把这些商铺顶出去，以便快速消化掉这些商铺。当时的市场环境不太乐观，所以很多材料商也被迫接受了这种以物易物的方式，枫树村项目的主材包括钢筋、商品混凝土等都是通过顶账的方式得来的，所以在枫树村的项目上，刘远航的现金投入并没有多少。只是，刘远航千算万算没想到赵诗涵的分手费会这么贵，而自己的妻子郑好也需要安抚。为了安抚郑好，除了名牌手表、各种皮包，刘远航还给她换了一辆豪车，还送了一个玻璃种的翡翠手镯，同时还奉上了一张五百万的现金银行卡。这一套下来，刘远航可用的现金很少了。

郑好被安抚住了，大哥郑朝东表示满意，但是，赵诗涵失踪了！

年初，赵诗涵带着员工撤场后，刘远航还是贼心不死地约过赵诗涵几次，赵诗涵也应约几次，两个人见面免不了床上的激情澎湃和赵诗涵关于相思之苦的哭诉，但是拿了钱的赵诗涵倒是很守规矩，没有再骚扰过郑好，这让刘远航稍感心安。可是在枫树村水灾之前，赵诗涵突然手机关机了，从此就脱离了刘远航的视线。此后，刘远航百般打听，终于找到了赵诗涵原来的司机，司机透露，赵总怀有身孕，去美国了，准备当美国人的妈了。这个消息更是让刘远航惶恐不安，这个孩子是不是我的？如果是，那不是我的孩子，那是一颗炸弹，不知道何年何月就会突然爆炸！一想到这个赵诗涵，刘远航就头皮发麻，偏偏在这个时候，老天又来了一场百年不遇的暴雨。

刘远航这段时间在努力让自己冷静下来，好好思考一下，他很想找陈思聊聊，可是他知道睿智的陈思会明白，是他把宇轩拉下水的，宇轩搭上了这些年的全部身家，而自己那点儿风流韵事也没法跟陈思说。再说，现在自己账上还有点儿钱，可是宇轩应该是没了，继续投入，多半得是自己真金白银地往里投入，若是再有项目连个参与的机会都没有了，万一明年再来个百年不遇的大水，可是哭都找不到地方。也许现在把项目停了，有机会的话，找个下家出手，把损失降到最小才是最正确的选择，刘远航越来越倾向这个选择，至于宇轩的损失那就损失了吧，毕竟我刘远航损失得更多。

3

宇轩并不知道陈思一直在思考怎么帮他，陈思知道，这个项目大不大小不小，有大钱的人看不上，有小钱的人又干不了，尤其是又赶上这么个大水灾，有谁能愿意接手这么个项目呢？陈思把自己能想到的开发商都想了几遍，想来想去，陈思想到了陶总，如果自己认识的人中有人能接手这个项目，那也就只有陶总了。

对于陶总，陈思心里除了合作过的甲方关系、工作过的老板与员工关系，还有更深一层的关系，那就是师生关系。陈思的成长经历中，陶总应该是个关键人物，在接触的开发商中，陶总看问题的角度总是与众不同，而且思路开阔，应该说，正是与陶总的接触，让陈思对于建筑设计，对于房地产开发，甚至对于生活有了更深刻的认识。陶总对方向的把控和陈思对专业细节的处理可以说相得益彰，陶总常对手下说，陈思是他最好的朋友，专业上的事，都听陈总的；可是在陈思心里，陶总根本不是他的朋友，因为陈思很有自知之明，两个人的身价根本不在一个层次上，陶总那么说，只能说明他对自己的喜爱和认可，虽然不是朋友，但是陈思一直把陶总当成自己的导师，对陶总格外敬重，陶总也能感受到这种敬重。陈思决定碰碰运气，给陶总打个电话，约他见个面，陶总接到电话后痛快地答应了，只是听出陶总的声音里有些疲惫。

当天晚上，陶总如约而至。陈思早已准备好了最好的茶。

陶总坐下后，陈思立刻泡上了自己舍不得喝的冰岛古树老茶头，边泡茶边说："大哥，这个茶就二斤，送给你一斤，剩下的我一直没舍得喝，就等你来呢。"

陶总虽然略显疲惫，但是见到陈思还是很开心。"你小子，还是了解大哥!"端起杯尝了一口,"嗯,还是比我泡得有味儿。"

陈思问:"大哥,你怎么看着这么憔悴?"

陶总叹了一口气:"唉,老太太刚走,这段时间没休息好。"

陈思埋怨道:"大哥,这么大的事,怎么不告诉我一声,我也好给老太太上炷香,磕个头。"

陶总说:"谁也没告诉,都是家里人,我们这一家子,北京、上海、广州的,哪儿都有,这次是来全了,唉,老太太走了,这个家也就散了,这一大家子,再想聚一块可就难喽。"

陈思怕陶总难受,就转移了话题:"大哥,城南那块地,你出手得也太快了。"

陶总说:"也是无奈之举,老弟呀,你大哥的身体可是不比以前了,5月份刚做了手术,胃切除了三分之二,差不点儿就两世为人了。"

陈思说:"大哥,你的嘴可是够严的,我一点儿都不知道。那还是别喝茶了。"

陶总说:"现在恢复得挺好,少喝几口没事。老弟,你不找我,我也想找你呢,大哥想你这个臭小子啦,想跟你聊聊。"陈思知道,像陶总这样的亿万富豪虽然生意上的合作者很多,但是真正的朋友并不多。

陶总看着陈思接着说道:"大哥现在的身体状况不容许再这么熬下去了,是该考虑退休享受一下生活了。"

陈思说:"大哥,我觉得也该好好休息一段时间了,您挣的钱这辈子也花不了,您的两个女儿也花不了。"

陶总说:"是,是花不了,可是现在人家也不花。大女儿现在在麻省理工读博士,人家说了,人家有自己的生活选择,对我的地产生意不感兴趣;小女儿今年研究生刚毕业,也要自己创业,都不想靠我。"

陈思说:"大哥,这样挺好。"

陶总说:"是挺好,我的家产也并不想都给她们。"

陈思问道:"大哥,那给谁呀?"

陶总说:"如果将来我死了,我想还是都捐了,回报社会吧。我们这个年纪的人,经历过'文革',又有机会考上了大学,改革开放以后，我们见证了中国地产从萌芽到狂暴，我们挣到了钱，但是这些钱有多少是我们利用了市场的不成熟、政策的不完善挣来的！钱是没少挣，可是我的女儿并不是我和你嫂子豢养的两个宠物，我把她们带到这世间，她们也应该有她们自己的经历。我的两个女儿如果有能力生活得好，那些钱也没什么用，如果没有能力，那些钱，对她们来说也不见得就是好事。"

陈思说："大哥，你为什么这么想？"

陶总说："陈思呀，你知道，大哥的钱不少，这些钱放在这儿，很难判定将来女儿的对象到底是因为爱她还是因为钱才想娶我女儿，如果是因为钱，结婚后，在外面搞个女人、弄几个小三倒是次要的，真遇到贪心的，为了钱什么事都干得出来，我岂不是害了自己的孩子。"

陈思对这个父亲肃然起敬，陶总的思维永远都是那么清晰。陈思宽慰陶总说："大哥，您多虑了，有您在这儿把关，以您识人的功夫，对自己的姑爷，您还能看走眼了？"

陶总说："唉，老弟，有时候生与死的距离真没多远。我们家老大陶然，是个学者型的，我倒是很放心，倒是这个小老二陶醉有点儿让我放心不下，一会儿想干这，一会儿想干那，折腾个没完。如果有合适的项目，我倒是想让她放手去做一次，输赢无所谓，能让她正视自己的能力和未来就好。我是想，有机会，你跟我女儿聊聊，小老二也是学建筑学的，对她陈叔你好像很崇拜。"说完，喝了一口，点头称赞，"老弟，这茶，我怎么就泡不出你的感觉，熟普洱，很少有这种带着果香的甘甜。对了，老弟，你一定找我有什么事吧？"

陈思知道跟陶总这种人精相处，需要的就是坦诚，便点头承认："大哥，是有事想求你。"

陶总说："老弟，是钱不凑手了？多少，说个数。"

陈思说："不全是钱的事。大哥，我也是考虑再三，才给你打电话的。不过，现在看来，也许，这个事，倒是可以让你们家二小姐试试。"

陶总眼前一亮："是吗？那你说说看，钱不是什么大问题。"

陈思边喝茶边介绍刘远航、马宇轩在枫树村的项目，陈思介绍得很仔细,这个项目的前因后果、枫树村项目与大峡谷的区位关系,刘远航与马宇轩的合作模式,水灾后的情况,甚至还介绍了水灵一家人。

陶总认真地听着,只是在谈到大峡谷漂流时,陶总说:"当年你小子苦口婆心地劝我投资这个项目,大哥没听你的话,错失了一个好机会呀,但是也是自那以后,大哥才对你另眼相看,你小子有时候对于自己的判断是天生的自信哪。"顿了一下,盯着陈思问道,"老弟,你这么帮他们,你能得到什么利益?"

陈思认真地说:"大哥,没有。"

陶总看着陈思:"真的没有?"

陈思说:"如果是为了挣钱,我在大哥这儿机会就多的是。这个项目我更多的是因为感情吧,对于宇轩的兄弟之情,对于枫树村的思乡之情。我不希望宇轩因为这个项目一蹶不振,也同样不希望,在那片美丽的山谷里,立着一个烂尾楼。"

陶总说:"陈思呀,我喜欢你,就是因为你小子重情义,而且对于自己该干什么、不该干什么,从来都很清晰。这个项目,大概要投入多少钱?"

陈思说:"这个项目理论上他们俩大概投入了两千多万吧,但是实际上并没有那么多,只是有几百万已经看不到影了,我们接手这个项目可能也就需要一千多万,甚至更少,后期投入嘛,我想那就该看看陶醉的思路了,但是从那个地方的发展空间上看,再有个三两千万就能干个很好的作品。其实现在中国已经进入了老龄化社会,旅游地产,尤其是针对中老年人的项目会越来越有市场,这个项目可以做一个尝试,也有这方面的环境优势。"

陶总说:"总共三四千万呗?嗯,不是什么问题。"

陈思心里一阵感慨,这个世界从来都不是公平的,几千万的资金,对于陶醉来说,就是老爸嘴里的一个数字,而对于宇轩来说,可能就是一辈子的目标。但是生命也是公平的,公平在于,人的一辈子也并不只是靠金钱的多少作为衡量成功与否的标准,只要你努力生活,你同样也会收获不同的精彩。

陶总接着说:"老弟,宇轩小伙子我见过几次,有热情,有才华,我们刚认识时,你跟他差不多大吧,只是这小子少了你的沉稳,这样吧,既然是你的小老弟,他的那部分股份可以保留,这事就这么定了,咱们尽快把这个项目接过来吧。"

陈思却摇摇头:"大哥,不能这么快就接触他们,让他们再煎熬一段时间吧,而且宇轩也要彻底出局,这个项目只能陶醉一个人说了算。"

陶总笑道:"再憋一憋他们,价格是能再低一点儿,我虽然不喜欢郑朝东那个妹夫刘远航,但是宇轩不是你小兄弟吗,差个几百万的倒不是什么问题。"

陈思说:"大哥,不全是价格的问题,还有一个心态问题。我们本来是帮他们,但是在他们没有彻底放弃之前,我们的帮忙在他们心里就是趁火打劫;而且,你们家陶醉小姐一直过着锦衣玉食的生活,她并不了解这个社会老百姓的生活是什么样的,你要是放心,我想把她送到水灵家一段时间,让她接接地气,也近距离地了解和感受一下这个项目,你不要心疼就好。至于宇轩,我帮他并不希望他对我感恩戴德,一辈子背上个情感包袱。最主要的是,我觉得他还是更适合先从一个好的建筑师、一个好的经营者做起,他太年轻了,他还是应该靠他自己成就自己,他的机会他自己寻找和把握吧。"

陶总一扫近日的疲劳和忧伤,哈哈大笑:"陈思,你这个臭小子,大哥是真喜欢你,行,我回去跟陶醉说这件事,嗯,不,还是你说吧,我那小千金逆反心理严重,我一说,她又说我们安排她的生活了。不过,这个事,你必须为你的大侄女保驾护航,不然这个事免谈。"

陈思说:"大哥,这个事我们谁也不用跟她说,这几天,我约她去枫树村玩几天,找个恰当的机会让她自己对这个项目感兴趣,我们最好是让她自己去发现这个商机,把握这个机会;至于说护航,这件事因我而起,我当然责无旁贷!"

陶总心情大悦:"行,老弟,你要是约我们家陶醉,她肯定不会往生意上想,老弟呀,我跟你聊天,时常有一种错觉,怎么感觉你比我年纪还大呢?滴水不漏,老奸巨猾!"

两人同时端起茶杯,对视一眼,一饮而尽,茶舍里一片爽朗的笑声。

四十四

1

宇轩回到奉州后,心态也慢慢地调整了过来,离原来定好的婚期还有四十多天,现在看来,在枫树村办婚礼这件事已经是不可能了,好在还没有通知亲友,这个时候必须与胜男还有她的家人好好商量一下了。

宇轩带着胜男见了胜男的父母,胜男的父母很是明理。首先,项目出了这么大的问题,并不是宇轩主观造成的,遇上了天灾是谁也不想看到的;其次,奉州的婚庆酒店不是提前个一年半载预订根本就没有,现在订酒店已经是来不及了;最主要的是,胜男的父母虽然并不是很满意这门亲事,但毕竟快成一家人了,这个时候,如果再逼宇轩那就太不通情理了。所以研究的结果是,宇轩和胜男"十一"前后先把结婚证领了,然后再出去旅个行,等回来后也看看枫树村项目到底是个什么结果,如果能继续,那就遂了心愿,明年在枫树村办,如果彻底不干了,那就预订酒店,在奉州办个答谢宴。胜男虽是心有不满,但是还是很体谅宇轩的难处,婚礼的事就这么定了下来。

解决了婚礼的事,宇轩开始找刘远航研究枫树村的项目。刘远航知道,作为合作伙伴,总躲着也不是办法,就与宇轩见过几面。这几面让宇轩认识到刘远航就是一块滚刀肉,任你马宇轩怎么说,刘远航就是那几句话,"别急,再等等看,要耐心",或者就是,"我现在资金也很紧,咱不能再往水里扔钱了,我正在努力地跟几个下家接触",当马宇轩问到工程款时，刘远航更是不以为然："现在没钱，等项目有人接手了，自然会给他们。"有一次，宇轩的态度有点儿急，可是刘远航却不急："宇轩，反正我是不想干了，你要是愿意干，你自己干吧，我把股份都让给你。"宇轩知道，再怎么找刘远航谈，也就是这么个结果，既然你不想干了，要等，那就耐心地等吧。

陈思并没有闲着，几天后的一个上午，陈思拉上自己的父亲还有陶家二小姐陶醉开往枫树村。陈思开车，老父亲坐在副驾驶上，陶醉则是坐在后座的中间，两只手分别架在正副驾驶座的靠背边上，一边看着高速公路两边的景色，一边兴高采烈地跟陈思聊着天，不时地还逗一下陈老太爷。

陶醉拍了一下陈思："陈叔，你说我叫你陈叔，会不会把你叫老了，你也没大我几岁，我还是叫你大哥吧。"

陈思说："我跟你爸叫大哥，你跟我叫大哥，这是不是有点儿乱套哇？"

陶醉说："各论各的呗，要不我叫你大叔哥吧，这样都照顾到了，嘿嘿。大叔哥，其实我知道，你约我去枫树村，一定是我们家老陶的主意，不就是想让我也上山下乡体验一下艰苦生活嘛！我告诉你，上大学时我就打工了，可不是光花我爸的钱。"

陈思说："你个鬼丫头，我的一个朋友在枫树村有个项目，现在出了点儿问题，我是想看看你们年轻人的思维，你不也是建筑师吗？"

陶醉乐了："大叔哥，你这么看得起我呀？算你有眼光！哈哈哈！"

陈思逗陶醉："你知道吗，你爸怕你嫁不出去，让你跟水灵姐学学摊煎饼，在农村，不会摊煎饼可嫁不出去！"

陶醉更乐了："大叔哥，你就逗我吧，追我的多着呢，就是本小姐没看上，你告诉我爸，不用替我担心，我爸就听你的。"

谈笑间，陈思更是佩服自己的大哥陶总，这位老大哥并没有对两个女儿娇生惯养，这两个女儿从小就受到了严格的教育，两个女儿也都很争气，大女儿陶然是清华大学毕业，本硕连读，又去麻省理工攻读博士；小女儿陶醉则是东南大学的建筑学本科毕业，之后考上了天津大学建筑学院的硕士，今年3月份刚刚毕业。陶醉活泼开朗，而且从来都不喜欢那些奢侈品，平时多是一条牛仔裤配上白色的大T恤衫。陈思知道现在的孩子，从幼儿园开始，一直再到小学、中学、大学的教育费用可是一笔不小的开销，多数家庭确实比较吃力，而像陶总这样既有经济实力又有头脑的人无疑会让自己的孩子从起跑线就已经开始领先了。这种重视孩子的教育和培养的富豪，他们的孩子既可以称为"富二代"，却有别于人们口中传统意义上的"富二代"，他们有着良好的经济条件，受着良好的教育，更是有机会去做一些平常百姓一辈子想做而做不了的事。

到了枫树村，陈思发现水灵家的小院子已经被赵大明白带人按照原来的样子整修一新，心中不禁很是感动。院子前面，小溪上一座新的木桥也建好了，厚重的桥板上面左右一边一根老粗的树木做成了桥栏，陈思一看就是出自赵大明白之手。门口停着一辆小货车，院子里传来水灵爽朗的笑声。

陈思带着陶醉跳下车，走进了院子，发现水灵正边笑边给一个黝黑的小伙子掸着身上的灰尘，突然见到陈思带着一个漂亮女孩子进了院，一向爽朗的水灵竟有几分尴尬。

水灵推了一下那个小伙子，快步走到陈思和陶醉面前，说："哥，你来了！这是谁呀，这么漂亮个小美女！"

那个小伙子一见是陈思，也有点儿不好意思，憨厚地笑了。

陈思笑着说："哦，赵武兄弟在这儿啊，我来介绍一下，这是我大哥陶总的千金，叫陶醉，小醉，你就叫水灵姐吧！这个小帅哥，你叫武哥吧。"

陶醉大方地对着水灵和赵武说："姐姐，你好，听大叔哥夸了你一路，嗯，你好武哥！"

水灵看了一眼那个黝黑的小伙子，有点儿避开陈思的眼光对着陶醉说道："什么武哥！给我拉货送货的！不用管他，我们先进屋。"说完拉着陶醉往屋里走，回头对着赵武喊了一句："你先走吧，哪天来取货，你再听我电话！"

赵武冲着陈思和陶醉笑了笑转身开车离去。陈思则从车里扶下自己的父亲，慢慢拉着父亲进了院，父亲似乎对这个小院子格外亲切，一进院就叽里咕噜地说了一大堆连陈思也听不懂的话，虽然陈思听不懂，但是能看出来，自己的父亲很兴奋，很喜欢回到这里，屋子里不时传来水灵和陶醉的笑声。毕竟有些日子了，对于水灵来说，大水已经过去了，日子还要一天天地过，煎饼还要一张张地摊，生活就应该这样。

陶醉真的没有陈思所担心的不适应，更没有富家千金小姐的架子，更让陈思意想不到的是，那个大行李箱里，竟然除了几套简单的换洗衣服，剩下的全是早已准备好的给张叔一家人的礼物。陈思早就向水灵介绍了陶醉的家庭背景，更是告诉水灵，陶醉的父亲是自己最尊重的老大哥。对于这个富家千金，开始时水灵还真有点儿小心翼翼的，怕怠慢了人家，但是没过多长时间，水灵就对这个陶醉喜欢得不得了，对她的评价甚至高过了高菲。

高菲和水灵一家人相处得也很好，高菲是一个安静的女孩，平时的话并不多，来的时候又是忙于工作，所以和水灵一家人的实际接触并不太多，即便是在一起吃饭时，也是客客气气、小心翼翼。虽然两个小女孩的年龄差不多，但是高菲的眉宇间总是有一点儿小小的忧愁，那是对于未来的担忧和一点儿迷茫；陶醉则不是，陶醉对于未来，只有憧憬和向往，从来没有过担忧和迷茫，所以骨子里就带着那种充满自信的落落大方。

以后的几天，陶醉可没闲着，一会儿让陈思带着去看餐饮中心的现场，一会儿又让陈思带着去逛逛小镇上的集市，有一天还自己偷着开上陈思的车去了趟县城，回来后还顺带拍了几张大峡谷漂流的照片。

好容易盼到这天中午，终于有点儿累了的陶醉吃了饭就跑回房间睡午觉了，陈思安顿好了父亲，就拉上"金凤""玉露"来到宇轩他们修的木栈道看看情况。到了傍晚陈思回到水灵家时，小叶子刚刚放学，父亲和张叔都已坐在葡萄架下，两人前面的饭桌上已经摆上了丰盛的晚餐，陈思刚坐下，陶醉从屋里一阵风地跑到了陈思面前。

陶醉对着陈思说："大叔哥，这下，我能嫁出去了!"

陈思一时没反应过来陶醉为什么冒出这么一句话。

陶醉指着桌上的两盘煎饼说:"大叔哥,这两盘煎饼可是出自本小姐之手!"

"真的假的?"陈思一脸的不信。

陶醉对着跟出来的水灵说:"姐,你给做证,是不是我摊的!"

水灵笑着点点头,张叔说:"陈思呀,这个陶醉可是太聪明了,我给做证。"

陈思看了一眼桌上的煎饼,又看了一眼陶醉,还是一脸的不信。

陶醉说:"大叔哥,我还真不知道,原来煎饼还分一耙的、两耙的。"

陈思说:"这个你也知道?"

陶醉指着桌上的两盘煎饼说:"这个软软的是一耙的,这个脆脆的是两耙的,一耙的不太匀,还有点儿厚,但是只耙了一遍在鏊子上的时间短,水分蒸发得少,所以软软的;那个两耙的,因为要刮两遍,又要刮得匀整,所以在鏊子上的时间长,刮好了就比较脆。"

水灵对陈思说:"思哥,这小醉妹子可是太聪明了,我教两遍就会了,除了头几张火候掌握得不太好,桌上的这些就是个老手干的一样。"

陶醉歪着头得意地看着陈思,意思是问陈思:"怎么样?我没吹牛吧?"

陈思笑着说:"水灵啊,那几张没摊好的煎饼呢?拿来,我吃吧!"

水灵一听,笑得前仰后合,指着陶醉说:"怕你笑话,都让小醉自己吃了!"

陈思也被逗乐了,问道:"陶醉呀,那晚上你还能吃进去这些好吃的了吗?"

陶醉也笑个不停:"大叔哥,我只能喝点儿蘑菇汤了,这一下午,撑死我了!"陶醉说完,全家人都被逗乐了,就连陈思的父亲也跟着开怀大笑。

笑了一会儿,陶醉认真地说:"其实撑一点儿倒是没什么,就是太热了,那个煎饼鏊子太烤人了,水灵姐一年四季这么摊可真辛苦。"

陈思说:"这回知道我们想挣钱不容易了吧?"

陶醉认真地说:"与你们一比,我真是太幸运了,老爸老妈给了我这么好的生活条件。对了大叔哥,我们能在这儿再多住几天吗?"

陈思说:"可以呀。"

水灵也说:"小醉妹子,你想住多久住多久,姐呀,就喜欢你。"

陶醉说:"大叔哥,我想亲自给我爸我妈摊点儿煎饼,他们还从来没吃过我做的东西呢。"

陈思听到这突然想,如果陶醉带着自己摊的煎饼回到家,那么陶总这两口子会不会开心得掉下眼泪呢?

2

刘远航和马宇轩的日子可就没有陈思这么悠然写意了,甚至是用"焦头烂额"来形容也不为过,因为工头老王已经发起了维权战役。老王看似忠厚老实,但是那可是奋战在施工第一线上的老战士,这些年也经历过不少开发商跑路而自己白忙活的事,这段时间,除了见过一次马宇轩,就再也没见过这二位仁兄,这让老王有了一个初步的判断,那就是这个项目恐怕是要烂尾了。眼看就到中秋节了,这在农村可以说是个大节,不能让自己的兄弟们跟着自己白忙活大半年哪,人走可以,但是钱得留下。

老王安排了两伙人,一伙人追问开工日期,一伙人直接要钱,两伙人分别给宇轩和刘远航打电话,每天三四个,从早上打到晚上。老王特意交代,态度,要注意说话态度!不能撕破脸!不能骂大街!老王的手下人忠实地执行着老王的指示。

每天早上八点就有人给宇轩打电话:"喂,是马总吗?咱们项目什么时候继续开工啊?""哦,问刘总啊,那好吧,我给刘总打电话。"

到了中午,换了另外的人:"喂?是马总吗?我们的工程款什么时候能拨呀,按照合同早该给拨款了!""哦,问刘总啊,那好吧,我给刘总打电话。"

到了晚上,又换了人:"喂?是刘总吗?咱们项目的工程款该付了,你看这眼看过节了。""哦,再等等,有个准确的日子吗?问马总?好!"

到了半夜，又换了人："喂，是马总吗？牛总说事得问你！""哦，不是牛总，是刘总，你们这到底是牛总还是马总啊？""哦，牛总是大股东，那刘总呢？""哦，没有刘总，是牛总！哎呀妈，你们两个动物世界呀！"

这样连续的电话，几乎快把宇轩弄崩溃了，刘远航则干脆又买了一个新手机号，常用的那个电话直接关机了事，只是隔一段时间偷偷打开手机，看看有没有重要的来电，便再立刻关上，好在刘远航还算没把事做绝，还把新手机号告诉了宇轩。工头老王见刘远航玩起了消失，那就只好把炮火都对准了马宇轩。几伙人的电话更密集了。

"喂，牛总？哦，马总，咱们项目什么时候能开工啊？"

"喂，马总？欠我们的钱什么时候给呀？"

"我不欠你们钱，是公司欠你们钱！"宇轩有点儿忍无可忍。

"可是马总，那公司是你的呀！"

"我只是个小股东，刘总是大股东！"宇轩气急败坏！

"牛总大还是马总大，我们不知道哇，合同上盖的是您的章啊，您是法定代表人哪！"

听到"法定代表人"宇轩恍然大悟，他妈的刘远航，你这个奸商，我说你怎么让我当法定代表人呢，原来出了事，我是没跑了！

几天下来，宇轩已经被折磨得麻木了，你来电话吧，来了我就接，接了也就一句话："再等等！"

工头老王，知道炮火得升级了，光是打嘴仗已经没什么用了，跑了和尚跑不了庙，餐饮中心里还放着没开封的家具和设备，动手吧！就在一个傍晚，老王带着十几号兄弟开着两辆货车来到了餐饮中心。虽然项目暂停了，但是工地里还有几个保安在值班，这几个保安当然都认识老王，开始还客气地打着招呼，但是在知道了老王的来意后，几个人当然不能同意老王这么做。双方开始了口角争执，几个老王的手下已经悄悄地亮出了锹把，既然说不通，就动手吧！

激烈的口角惊动了陈思。吃完晚饭后，陈思带着陶醉拉着"金凤""玉露"来到工地这片稍微宽敞的水面想给两匹爱马洗一洗，听到了争执的吵闹声，陈思把马匹拴好，带着陶醉来到众人面前。

几个保安见陈思来了，顿时感觉来了靠山，喊道："陈总！陈总！你看这事咋办哪？"

工头老王也见过陈思两面，他并不知道这位陈总到底是什么背景，只是知道，无论是刘远航还是马宇轩都对这位陈总尊重有加。陶醉跟在陈思后面，有点儿心惊肉跳，电影电视剧里常见的场面在脑海中浮现，陈思倒是很冷静，这种场面他见得多了，陶醉不知道陈思手臂上的那条刀疤就是当年替她父亲陶总挡的来自一个动迁钉子户的一刀。

陈思让陶醉站到一边，自己一个人来到两伙人中间，沉声说道："王大哥，这是干什么？"还不等老王说话，又对着拎着锹把的几个工人说道："几位老弟，先把锹把子放下，有什么话不能好好说。"

老王看了一眼手下的兄弟，点头示意，先把锹把子都放下，才对陈思说："陈总，这项目到底是干还是不干哪？这刘总和马总都躲着不见，剩下的工程不干可以，但是干完的工程得给钱哪！"

"对！给钱！给钱！"工人们跟着喊道。

陈思说："老王，要钱就走要钱的途径，你们这样那不是明抢吗？"

老王根本不服气："他们连面都不见，我看就是想跑了！奉州那么大，我上哪儿找他们去！我们把东西搬走，他们给了钱，我们肯定把东西还回来，这说得过去吧？"

陈思一笑："说得过去！但是你把一个经济纠纷已经变成了一起刑事案件。刘远航要是把钱给你了，人家什么事没有，你们却不一样，你们伤人抢东西，判个几年也不是什么大问题吧？"

老王还没有说什么，他手下一个工人拿着锹把指着陈思喊道："你谁呀，急了连你一起捕！"

陈思看了一眼那个工人，并不害怕，对着老王说："王大哥，告诉你的兄弟，我是谁不重要，但是也许只有我能帮上你们，说话做事还是留点儿余地。要不你们现在先把我放倒，最好是灭口了事，不然，无论是动一下这几个保安，还是拿走这里的任何一样东西，我立刻报警，警察开车到这儿用不了几分钟吧？"

另一个工人往前走了几步，拎着锹把喊道："你他妈吓唬谁呢！"

陈思看都没看那个工人，对着那几个保安说道："你们几个听着，今晚这件事不要对刘远航和宇轩说，就当这事从来没有发生。"接着对着老王说道："王大哥，你们再回去耐心等几天，你们不过是为了讨回工程款，别把事闹大了，谁都不好收场。这件事总会有个解决方案，不然政府也不会答应，这可是市县两级政府的重点工程。"说完，掏出烟，递给老王一支，语气转缓说："王老哥，来抽支烟，让你的兄弟，都把棒子扔车上，我看着害怕，你那工程款也就那么几百万，这一棒子下去，打谁身上都得个几十万，怎么的，你是觉得你的工程款没地方花，还是打人能白打呀？"

老王接过烟，苦笑着说："陈总啊，你说得对，咱们不也是被逼的吗？这刘总、马总不能总躲着不见哪！"

陈思拍拍老王说道："王老哥，先带着工人们回去，他们两个跑了，我也跑不了，我就是咱们溪源县人，我会帮你们联系刘远航和宇轩。"

老王带着工人走后，几个保安都围过来感谢陈思，陈思叮嘱，第一不要跟刘远航和宇轩说起这件事，陈思知道，宇轩已经经不起什么刺激了；第二，如果他们再来，不要发生争执，他们爱拿什么拿什么，也不要报警，告诉陈思便行。交代了一番后，陈思让几个保安回值班室休息，自己则牵着爱马，带着陶醉往水灵家走去。

陶醉心惊肉跳地看了一场差点儿就上演的现场交火，这在她的人生中还是头一次，毕竟身在其中，这种体验，远比看电影电视剧来得紧张刺激，同时又多了几分对陈思的崇拜。这个大叔哥，一个建筑师，一个知识分子，到底经历过什么，让他在这种剑拔弩张的情况下没有丝毫畏惧，反倒是多了几分江湖气，这种痞子气和骨子里的书卷气竟然切换得这么自然，难怪一贯眼高于顶的老爸都对陈思一直刮目相看。

陶醉问陈思："大叔哥，你不害怕吗？"

陈思说："也害怕。"

陶醉说："那你还上去！不过，大叔哥，你穿着中式小麻衫往那堆人前一站，还真有点儿大侠的感觉！"

陈思摇摇头说:"大侠个六,要是真动起手来,估计你大叔我现在已经是鼻青脸肿了。唉,他们也是一时冲动,宇轩是我们的朋友,我们内心当然倾向宇轩,觉得是他们无理取闹。其实这些工人也有自己的家庭,那些钱就是他们的辛苦钱,他们无非是想拿到钱,在中秋节,让家人吃上一顿好饭,人家没什么不对,你不让人家吃饭,人家当然要跟你拼命。"

走了几步,陈思问:"陶醉呀,如果刚才真打起来,你该怎么办?"

陶醉说:"我当时紧张得不得了,如果刚才真动手了,我估计我应该是得蒙了吧!"

陈思说:"遇到这种情况,赶紧跑,边跑边报警。"

陶醉说:"那也太不仗义了吧!"

陈思说:"这个时候,你在这儿也是于事无补,仗义在一群疯了的人面前,只会刺激他们的疯狂,你要学会保护自己,才能帮到别人。"

陶醉像是自言自语地说:"估计这种事,我爸也没少经历,唉,现在才知道,老爸也挺不容易的。"

陈思看着陶醉,突然觉得这个小丫头成熟了不少,看来这次上山下乡还是很有效果,便说道:"陶醉,你爸是我最尊重的老大哥,你该庆幸你有个好父亲,这些场面在你爸面前根本都不算什么,所以,你爸才比较矛盾,一方面想让你放飞自己的理想,有自己的人生;另一方面,又想好好保护你,不让你经受一点儿风雨,毕竟你只是个小女孩。"

陶醉点点头:"女孩子怎么啦,你和我爸怎么都有点儿大男子主义呢?"

陈思说:"女孩子的思维往往偏于感性,容易被感觉所左右,但是感觉很多时候并不都是真实的。"

陶醉问道:"大叔哥,其实是我爸让你约我来这儿的吧?"

陈思说:"也是也不是。本来我是想求你爸爸把这个项目接手了,但是我也知道,在你爸眼里这就是个小项目,你爸也不会太感兴趣,我和你爸聊了一晚上,如果你能做,你爸倒是愿意把项目接过来,给你一个施展才华的机会。"陈思适时地说出实情。

陶醉的眼前有点儿模糊,眼泪就在眼圈里打转,原来自己从来都没有真正了解过父亲对自己那份深厚的爱。

四十五

1

工头老王的维权战役还在不断升级。每天给宇轩打电话从没中断过，几天以后，陈思的劝告早已忘掉，带着人来拉走了放在餐饮中心的家具、设备，还有工地上剩下的钢筋。工地的几个保安连值班室都没出，眼睁睁地看着老王带着工人开车扬长而去。几个保安合计了一下，也算够意思地给宇轩打了个电话，告知了一下情况，到了这种情况，工地还有什么可看的，几个保安顺带着来了个集体辞职连夜散去。

工头老王的行动还没有停止，他带着手下工人还有他们的家属不下三四百人，打着"还我血汗钱""严惩奸商"的大条幅跑到县政府大院门前静坐示威去了。三四百人并不是很多，但是老百姓就是喜欢凑热闹，县城里好几百的人力车夫，出租车都围在那儿看热闹，县政府前这条交通主马路当时就水泄不通了。上百个警察组成了人墙，挡在示威群众面前，防止有人趁乱冲击县政府办公楼。连来溪源县城买材料的赵大明白也在这儿看了一会儿，看着看着，赵大明白突然想起这件事应该立刻告诉自己的好兄弟陈思，毕竟宇轩是陈思的好朋友。

县委、县政府紧急开会，会议决定，先由政府出面安抚示威群众，防止事态恶化，立刻通知投资商赶到现场给民工一个明确的说法。开完会，县长、副县长、公安局局长一同来到示威农民工面前，告诉他们，先散去，留下几个代表等待开发商到来。农民工和家属并没有散去，还是要等着开发商出现,当面给他们一个说法。

宇轩已经接到电话,可是当他打电话给刘远航时,刘远航的两个手机都处在关机状态。宇轩知道,这个时候,这个家伙肯定也得到了信息,只是躲起来了而已。

还没到县政府,宇轩就看到了政府门前拥挤的人群,宇轩把车停到了一旁,内心狂跳着走进人群,这时几个眼尖的工人已经认出宇轩,立刻把宇轩围住,喊道:"还钱!""还钱!"

宇轩还是头一次见到这种场面,硬着头皮挤出人群,来到几位县领导面前。这个时候,任何解释都是多余的,宇轩从县长手里接过话筒,转过身来对着示威的工人。人群渐渐安静下来,等着看宇轩要说什么。

马宇轩努力地平复了一下紧张情绪对着工人说道:"大家知道,这次我们遭遇了百年一遇的洪水,我们公司在这个项目上也蒙受了巨大的损失,我们现在正在筹措资金,请工友们放心,一个月之内,无论这个项目干与不干,我们都会按照合同约定,支付给施工企业应得的工程款,请大家相信我马宇轩!"话虽说得掷地有声,但是马宇轩都不知道一个月之内,这个项目将何去何从。

宇轩说完,县长接过话筒说道:"工友师傅们,请相信政府会监督帮助开发商处理好这件事,保证大家的合法权益,现在,还请大家散去。"

有了政府的保证,也见到了开发商马宇轩,工人在工头老王的带领下慢慢散去,政府的几位领导把马宇轩带进办公楼,再次重申了事情的严重性,并敦促马宇轩回去和刘远航尽快拿出解决方案。

马宇轩知道再多说什么也是没用,心情极为恶劣,连见陈思的心情都没有了,开车直接回了奉州。

水灵家的葡萄架下,赵大明白正向陈思介绍着县政府前的示威活动,水灵和陶醉也在一旁听着,不时给两个人添上茶水。赵大明白介绍完了情况又闲聊了几句,就起身离开。水灵虽是很挂念宇轩,却也知道自己其实帮不上什么忙,回到北屋里继续摊她的煎饼。葡萄架下,只剩下了陈思和陶醉。

陈思点了烟，抽了一口，像是自言自语："要是宇轩一个人来的话，看来刘远航对于这个项目是准备放弃了。"

陶醉说："大叔哥，他们这么容易就放弃了？"

陈思说："现在的情况是，宇轩想继续，却没有后续资金，刘远航有资金，但觉得这个项目有风险，不想继续投资了。小醉，你也来几天了，如果让你接手这个项目，你敢不敢接？"

陶醉想了想说："敢！"

陈思又问："那愿不愿意接呢？"

陶醉点点头："愿意。"

陈思吐了口烟，笑着说："你的胆子倒是不小，说说你的理由。"

陶醉想了想说："大叔哥，其实我挺喜欢这里的，这里的山，这里的水，还有这里的人，我在奉州，原来真不知道离家不远还有这么美丽的地方。"

陈思问："就因为这个？有点儿太感情用事了吧，光凭这点儿感情可说服不了你爸给你拿钱投资这个项目。"

陶醉说："大叔哥，其实这个项目也许根本不用我爸拿钱，我就能把它做了，只是有些事，我还没考虑好，其实也很想听听大叔哥的意见。"

陈思问道："你爸不投资，你上哪儿弄那么多钱去？"

陶醉大咧咧地说道："谁还没几个朋友？！我和我几个闺密，还有追我的那几个少爷，一个人拿点儿钱就差不多。"

陈思说："你是想联合几个富二代呗？"

陶醉知道陈思心里对"富二代"的看法，认真地说道："大叔哥，我知道你们这些人都瞧不起我们这些富二代，确实有不少富二代整天吃喝玩乐、花天酒地，但是一般家庭的孩子整天喝小酒、打游戏无所事事的其实也大有人在吧？"

陶醉的话问得陈思一下子哑口无言。

陶醉见陈思没有说话，而只是看着她，继续说道："我们父母那代人,吃过太多苦,拼搏了这么多年,现在有钱了,总想把自己的孩子放到保险箱里,安排好我们的人生,让我们享受他们的胜利成果,生怕我们受一点点伤害和打击。其实我知道,我的那些小伙伴也很想干点儿事,只是家长不让,这也管,那也管,把他们管得只好每天无所事事了。有的时候,我们也在一块抱怨,既然什么都安排好了,那还让我们读那么好的大学,受那么好的教育干吗?反正就是替他们活着!我们学习好,很多时候也不过是他们酒桌上相互炫耀的谈资。其实我们不想当寄生虫,如果给我们机会,让我们干点儿正事,我们不见得比父母差!"

一番话让陈思觉得自己确实有点儿轻视了眼前这个小富二代,吐了口烟,笑着问:"小醉,如果是你做,你打算怎么做?"

陶醉说:"大叔哥,那我可瞎说啦!"

陈思笑着说:"你尽管说!"

陶醉喝了口茶,看着陈思说:"我看了一下大峡谷漂流,确实每天都有几万人,其实客源会有一定保障,宇轩他们的总体策划没什么大问题,只是原来他们项目的起点和定位都太低了,所以计算收益,他们觉得投资回收期会很长。大叔,我上大学和读研期间,没少旅游,南方那些民宿我也很喜欢,可是那些所谓的民宿,更多的就是打着民宿旗号的高档酒店,目标客户其实就是高端客户,宇轩他们只是把农家院改造一下,也就能吸引中低端客户吧。枫树村这片山谷,景色实在太美了,这样的环境,还连着大峡谷,交通也很便捷,就应该建一个高端小酒店群。其实很多人,一年就那么一两次旅游的机会,多花点儿钱,他们也不会在乎,只是怕钱花得不值而已。"

陈思点点头,表示赞许,但是心里却也在思考,唉,这人哪,机会需要把握,但是运气也很重要,陶醉说的小酒店群,宇轩他们可能也想过,只是资金紧。

见得到了陈思赞许,陶醉继续兴奋地说:"这两天我仔细看了一下这里的地形地势,你等着,我还画了个小规划!"说完一溜烟地跑回卧室,没几分钟就跑了回来,手里拿着铅笔和一张草图。

385

到底是建筑学的高才生，陶醉的小草图画得有模有样，陶醉对着草图说出了自己的想法："大叔哥，你看，我仔细地研究了村里的地形地势，这里我大概画了一下，从水灵姐家往下一直到已建成的游客中心，以这条小河为景观主轴，还能依山傍水地建大概十多个六七百平方米的小酒店。"

陈思说道："嗯，小规划做得不错！"

陶醉骄傲地说："那是！让你老是瞧不起我们富二代。对了大叔哥，还真有事情想请教你，对于成本我可就不知道了，一栋建筑六七百平方米，大概建成了得多少钱？"

陈思说："在这儿嘛，算上土地钱，设计得好的话，大概每平方米四五千块钱吧！"

陶醉一拍陈思："那我就不挣他们钱了，不就一辆跑车钱嘛，卖他们几栋，他们肯定乐意！剩下的让老陶出钱，我自己设计，好在我也是个建筑学研究生，这回想怎么干就怎么干！"

陈思笑着问："不挣钱，你把你的小朋友都弄来干什么？"

陶醉说："这你就不懂了吧，大家一起玩哪，这叫规模效应！而且，我的这些朋友家里都是做生意的，这种有品位的特色小酒店盈不盈利对他们来说不重要，遇到想要合作的人，拉到这儿住几天，谈成一个单子，什么费用都解决了！"

陈思看着陶醉，心里却想着自己和宇轩，这就是差距！这个项目如果是陶醉带着几个富二代来做，凭着他们父辈的雄厚财力和社会关系，玩着乐着就把事做了。可是换成刘远航、宇轩或者是自己，都得前算计后合计，还要赌上自己的身家。

2

吃过晚饭，陈思带着老父亲和张叔在葡萄架下聊着天，因为第二天陈思和陶醉就要赶回奉州，水灵忙着把要给陈思母亲还有陶醉父母带的东西都打包好，陶醉跟水灵一边聊着天，一边忙活着。

天色将黑，陈思的电话突然响了，来电话的是刚到清华读研的高菲。

高菲的语气很急："大叔，你在奉州吗？"

"不在呀，我在你水灵姐家。"

"大叔，胜男和宇轩吵架了，刚才在她妈家跟我哭了半天，还吵吵要分手！"

"唉，可能宇轩这段压力太大，情绪有点儿不好。"

"我说的嘛，宇轩回家跟胜男要房产证，说是要抵给小额贷款公司贷点儿款，胜男不同意，两个人就吵起来了，宇轩把家里的茶几、电视机都砸了！"

"那宇轩现在在哪儿？"

"不知道哇，他闹完就摔门走了！胜男一个人跑回了娘家，跟我在电话里大哭了一场。大叔哇，你回奉州后劝劝宇轩，胜男也挺委屈的。唉，这事闹的。"

"好，你不用管了，我知道该怎么办。"

陈思放下电话，心里一阵担忧，在这么大的压力面前，宇轩的情绪可能已经失控了！

想到这，陈思拿起电话拨给宇轩，宇轩的手机却关机了。陈思赶紧又打给胜男，电话刚接通就传来胜男的哭声："大叔，宇轩是不是疯了？还要把婚房抵出去，他家的钱都让他投到项目里了，我们结婚留了点儿钱也让他拿走了，大叔，"胜男抽泣了两声，"今天从县城回来就冲我大发雷霆，还把新房给砸了，大叔，这可怎么办哪？"

陈思耐心地说道："胜男哪，我知道你受的委屈，现在还不是哭的时候，你该知道宇轩现在的压力有多大，我刚给宇轩打过电话，但是宇轩关机了，胜男，你冷静一下，我怕宇轩情绪失控，会出什么危险，你先平静一下，就赶紧回新房看一下，如果十点半以前宇轩还没回家，你赶紧给我打电话。"

那边哭着的胜男听到陈思这么说也意识到问题严重，渐渐停止了抽泣，对陈思说："大叔，我听你的，我这就回家等他！"

陈思又拨通了王立峰的电话:"立峰啊,在奉州吧?"

"在,在学校呢,思哥怎么啦?"

"立峰啊,宇轩刚跟胜男大吵了一架,情绪有点儿失控,我怕他出什么问题,你赶紧找到他!"

"思哥,我这就打电话!"

"他关机了,你去他公司看一看,再有就是到他公司附近那几家酒吧看一看,留意一下门口有没有他的车。立峰啊,放下手里所有的事,赶紧去!"

"好,放心,思哥,我马上走!"

水灵和陶醉从屋里走了出来,她们也听出了陈思的语气有点儿不对。水灵问陈思:"哥,宇轩怎么啦?"

陈思面色凝重地说:"跟胜男吵架了,但是我总是隐隐约约觉得要出事。"他点上烟,坐在父亲身旁想了一会儿,又说道:"等一会儿吧,听听胜男和立峰的回信。"说完,又站了起来,在大枫树下来回踱着步。

等待的时间总是漫长的,陈思已经抽完了多半盒烟,整个小院子的气氛变得格外压抑。到了九点多,还是没有胜男和立峰的电话,陈思的父亲已经在椅子上打起了瞌睡,陈思扶起父亲,把父亲扶进卧室,安排老人睡下,就又走到大枫树下,再点上一支烟。

眼看已经快到十点了,一贯沉稳的陈思终于忍不住了,拨通了立峰的电话:"立峰,还没找到宇轩?"

"没有,思哥,这小子能去哪儿呢?"

"办公室去过了?"

"去过了,还问了门口的保安,保安说都半年多没看到他了,周围的酒吧什么的也找遍了,没有,连我俩老去的那家小饭店我都去了,也没有。"

"立峰,宇轩的新房你去过吗?"

"去过!"

"那好,你现在就赶到宇轩家,在楼下等着,听我电话,别让胜男知道你在。"

"好，思哥，我这就过去。"

又等了几分钟，陈思拨通了胜男的电话："胜男，宇轩回来没有？"

胜男的情绪已经平复了，现在剩下的都是对宇轩的关切："大叔，宇轩还没有回来，我给他爸妈也打过电话，也不在他爸妈家，两个老人还问我是不是吵架了。大叔，宇轩不会出什么事吧？我不该跟他吵架，大叔。"说完，又要哭出来。

"胜男，你先别急，隔几分钟就打个电话，如果他开机了，就把他劝回家，他回家后，让他给我打个电话。"

陈思说完，又点上一支烟，努力地思考着宇轩还能去什么地方。走着走着，陈思突然转身，对着水灵说："妹子，给我找个手电筒，宇轩会不会来枫树村了！"

水灵跑回屋里拿来了手电筒，对陈思说："哥，宇轩来这儿应该能找你吧？"

陈思摇摇头说："水灵，你和张叔在家，陶醉你跟我过去看看。"说完拿起手电筒，转身就往院外走，陶醉一溜小跑在后面跟着。

两个人匆匆地赶到餐饮中心工地，工地一片漆黑，值班室的门紧锁着，陈思仔细看了看周围，突然发现，在餐饮中心边上的空地上停着宇轩的大吉普车，车虽然没有发动，但是隐约感觉车门是开着的。陈思顾不上后面气喘吁吁的陶醉，就跑向吉普车。车里并没有宇轩，这时陶醉也跑到了跟前，对着陈思说："大叔哥，宇轩呢？"

陈思看了看周围，拉着陶醉说："应该在这附近，我们找找看，小醉，你别害怕。"说完，带着陶醉围着餐饮中心边走边喊："宇轩！""宇轩你在哪儿？"

四周一片寂静，只能听到不远的山谷似乎传来回响。两个人围着餐饮中心转了一圈，又走进这个院落式建筑的内庭院，仍然不见宇轩的踪影。陈思点了一支烟，定了定神，说："走，进到楼里看一看。"

两个人走进大厅，这个大厅是游客中心的接待大厅，大厅的侧面原来是布置好的前台，正面则是一片整片的玻璃幕墙，幕墙外面隐约能看到木质大平台和一点点水光，可以想象，如果那片水面还在的话，游客一进大厅就会看到如画的景致；大厅的地面上虽然已经做完了地面，但是地面上满是灰尘，灰尘上留下许多杂乱的脚印。陈思拿着手电筒照了一圈，突然发现，在紧靠着玻璃幕墙的墙角处，坐着一个人，那个人半坐半倚地靠在墙角，脑袋无力地扭向窗外，那个角度刚刚能看到那条流过的小河。

"宇轩！"陈思大叫一声，跑了过去。宇轩并没有回答，陈思几步跑到宇轩面前，发现宇轩紧闭着双眼，地上放着一只空的塑料瓶，陈思摸了摸宇轩，宇轩的心脏还在跳动，陈思知道，宇轩一定是服用了大量的安眠药，想要在这曾经承载他美好梦想的地方结束自己的生命。

陈思回头冲着已经有点儿吓呆的陶醉喊道："小醉快去发动车！"说完就抱起宇轩往外跑，陶醉则发动了汽车，并打开了大吉普的后车门，让陈思把宇轩放到了后座上。陈思跳上驾驶座，陶醉则是坐在副驾驶上，两个人开着宇轩的车赶往县中心医院。

宇轩苏醒了，病床两边站着的陈思、陶醉，还有昨天夜里陪胜男一起赶来的王立峰都松了一口气，胜男拉着宇轩的手，见宇轩睁开了眼睛，哭着说道："宇轩，你怎么这么傻呀？"

宇轩目光呆滞，眼睛直勾勾地盯着天棚，眼泪顺着眼角流了下来，嘴里嘟囔着："什么都没了，什么都没了。"

胜男哭着说："你还有我，我什么都不要，就要你，宇轩！"

宇轩的目光依然呆滞，陈思心疼地看着明显瘦了一圈的宇轩，那个昔日潇洒阳光的大男孩的眼睛里再也看不到以往的锐气，刚想对宇轩说点儿什么，宇轩突然坐直了，拉着胜男声嘶力竭地喊道："开工！我叫你开工你听见没！"

陈思掰开宇轩紧抓着胜男的手，对宇轩说："宇轩，宇轩，我是你思哥。"

宇轩抓紧了陈思的手使劲地喊道："谁也不好使！开工！我叫你马上开工！"

四十六

1

　　一个人的不幸最后的承受者或许只有两类人，生你的人或者你生的人，如果还有人牵挂这个人，无论是因为友情还是因为爱情，那只能说这个人足够幸运。宇轩被送到奉州精神疾病康复中心已经快三个月了，对于宇轩周围的多数人来说，这个事件早已没了热度，甚至连饭后的谈资里都没有了，虽然只有陈思、立峰等少数人是例外，但是即便是陈思、立峰，每天的日子还是要按部就班地过。

　　陈思还是每天上午都拉着父亲去公园里晒太阳、散步，有时也偶尔慢跑几步；下午则是依旧来到茶舍，卖卖茶，看看书，生活还是和以前一样，如果硬是要找出些不同，那就是每个周末因为妹妹一家来陪父母，他则忙里偷闲去看看在奉州精神疾病康复中心的宇轩。

　　这个周末的中午，陈思拎着一大堆水果走进宇轩的病房时，宇轩刚刚在午后暖暖的阳光照射下沉沉睡去。病床旁边，两个女人正在小声聊着什么，一个是宇轩的妈妈赵姨，另一个年轻的女子，不是胜男而是宇轩的忠实员工安然。

　　陈思小心地把水果放在桌子上，赵姨和安然见到是陈思来了，都站了起来，宇轩示意两个人不用说话，而是站在床边看着躺在床上的宇轩。宇轩有点儿胖了，不时发出轻轻的鼾声，陈思叹了一口气，心中暗自伤感，不知道那个精力充沛、热情开朗的宇轩什么时候才能回来。这时,宇轩的母亲赵姨拉了拉陈思的手臂,示意陈思跟她出去聊点儿什么。陈思跟着赵姨走出病房,来到走廊尽端的一个小厅,那里有几个座位,大概是供来访客人等候的地方。

赵姨拉着陈思坐下,说:"小思,你看你还得照顾你爸,还周周往这儿跑,阿姨是知道为什么我们家宇轩那么喜欢你了,就是亲兄弟也做不到这样啊。"

陈思说:"阿姨,您别跟我客气了,我一直拿宇轩当我的弟弟一样,其实可以避免这些事发生的,我一直心里挺内疚的。"

赵姨连忙说道:"小思呀,你可别这么说,你帮助我们家宇轩够多了,你看那个刘远航从宇轩出事到现在连个面都没露过。后来一想,唉,小思,你也别怪他,他的损失也不小,宇轩变成这样,估计他也不好意思来。唉,其实阿姨也没怪他,说到底,还不是宇轩这孩子脑袋一热想跟着挣大钱,你说说好好地做个建筑师不是挺好嘛。"

陈思知道陶醉已经彻底地接手了刘远航的股份,并把钱都已经给了刘远航,现在这个项目已经跟刘远航再无关系了,只是因为宇轩现在的状况,陶醉还没有跟宇轩谈股份转让的事,陈思也曾试探地问陶醉,如果宇轩还想继续持有股份她会同意吗,陶醉大咧咧地说看大叔哥的面子,什么都好商量。

陈思叹了一口气,说道:"阿姨,当时我也没想到会发生这么大的水灾,还以为让宇轩试试也不会有什么太大的问题,大不了回来继续画图呗,再说那段时间我也一直在枫树村,也能帮他盯着点儿。对了,阿姨,经过这一周的观察和治疗,医生对宇轩的病情是怎么评价的?"

赵姨说:"经过这一段治疗,医生说,宇轩的病情已经有明显好转了,至于说痊愈嘛,一方面要继续治疗;另一方面,要好好休息一段时间,避免外界不必要的刺激,只要配合治疗,应该能恢复。"

陈思松了一口气,说:"这样就太好了,阿姨,您如果有什么事就跟我说。"

赵姨点点头,说:"少不了麻烦你,现在也没什么困难,我和他爸都收入不高,这些年口攒肚挪地攒了点儿钱都搭在这个项目里了,他爸把我们住的房子卖了，治病的钱暂时不愁了！"

陈思说："阿姨，有件事我也想跟您说一下，接手刘远航项目的人是我的一个朋友，我希望他们能保留宇轩的股份，而不是还你们钱，宇轩是因为这个项目受的刺激，心病还要心药医，我想如果明年开春宇轩能有所好转，就跟我回枫树村，让他看到他的项目还在，希望能对他康复有所帮助，而且，宇轩也能一直有个稳定的收入。"

赵姨见陈思这么说，连忙点头："小思，这个事我听你的，我们现在不急用钱，如果能给宇轩保留股份，我想宇轩也会开心。"

陈思说："既然您也觉得保留股份对，那我回去会跟他们商量一下，我就替宇轩做主了。另外阿姨，其实宇轩的设计公司是被我买了，宇轩曾经给我拿过二十万，我当时没有拒绝，我是怕他乱花钱，也想着他什么时候用，我再拿给他，现在我把他的钱也折算成股份了，那个公司现在由我一个大师姐在打理，每年都会有宇轩的分红，所以，阿姨钱的事，你不用担心。而且我相信宇轩会康复的，将来他还会是一个优秀的建筑师。阿姨，您还有什么难处，您就说，不用跟我客气。"

赵姨眼里满是感激："小思呀，阿姨就不说谢谢你了，宇轩是多亏有你这么个大哥呀。唉，很多人哪，还是得事上见哪，唉！"

陈思不知道赵姨想说什么，又不方便多问，便问道："最近怎么没见胜男过来？"

赵姨长叹了一口气，眼泪就在眼眶里打转，抬了抬头，勉强不让眼泪落下来，又说了句："唉，胜男也是个好孩子，多理解吧。"

陈思知道可能赵姨要谈的就是胜男，看着赵姨说："阿姨，您有什么为难的就跟我说吧，看看我有什么能帮上的。"

赵姨再叹了一口气，说："宇轩刚住院的那几天，胜男天天来，一见到宇轩就哭，我也是怕刺激到宇轩，每次她来一小会儿，我就赶紧让她回去。后来，她就隔三岔五地来，这不已经连着两个礼拜没来了，反倒是这个小员工安然天天上午来陪着宇轩出去晒太阳、散步。"

以陈思的阅历，胜男从宇轩回到奉州这三个月以来，从来没有来过陈思的茶舍，陈思就可以判定，胜男肯定每天也是备受煎熬：一方面是

393

她的父母，毕竟这段感情，从始至终她的父母并不是很满意，尤其是宇轩投资失败，又得了病之后，可以想象她的父母会给她多大的压力；另一方面，胜男自己也会很纠结，她一直希望有一段安稳的婚姻，可是宇轩这种状态，她难免会犹豫，如果在这个时候跟宇轩提出分手，自己的良心不安不说更会受到周围朋友所谓道德的拷问。陈思知道自己对于爱情和婚姻那套方案和效果图的比喻胜男是认同的，凭着自己对胜男的了解，如果，一段没有结果的爱情和一段踏实的婚姻同时放在胜男面前让她选择，多半她会选择后者。

陈思问："宇轩特别想念胜男吗？"

赵姨说："现在也看不出特别想念，偶尔会念叨胜男，但是也会念叨你和立峰，还念叨过几次安然，每次见到安然也都很平和。"

陈思松了一口气，说："阿姨，凭着我对我爸照顾的经验看，人在无意识时是最能看出他潜在或者说真实思维的，胜男和宇轩虽然看似处对象的时间很长，甚至到了谈婚论嫁的地步，但是毕竟没有在一起生活过，其实真正在一起的时间并不多，平时都是各忙各的，也许感情还没有那么深厚，说句不好听的，宇轩跟胜男在一起的时间还没有跟安然在一起多呢，如果您希望胜男能多来陪陪宇轩，我回去后，找个机会跟胜男聊聊。"

听到陈思这么说，赵姨却摇摇头说："唉，宇轩现在这样，什么时候能彻底康复其实也真说不好，我是挺喜欢胜男的，所以我也不想耽误胜男这孩子，而且，唉，胜男的母亲昨天来了，还留下两万块钱。"

陈思点点头，知道赵姨还有话要说。

赵姨继续说道："她拉着我也在这儿聊了半天，我听出来了，是想让我跟胜男说，这门亲事就算结束了。都是当妈的，我理解，可是我怎么开这个口哇，宇轩还在康复期，我怎么跟宇轩说呢？！"

陈思想了一想，对赵姨说："阿姨，宇轩和胜男都是我的好朋友，我对他们两个也都很了解，我想跟您谈谈我自己的想法。"

赵姨说："你说，小思，你成熟稳重，阿姨相信你。"

陈思说："阿姨，两个人想要走入一段婚姻，无论是谁都不能有一点儿犹豫,携手走过一生的路很长,如果连开始都犹豫不决,我很难相信,他们会有一个好的结果,所以无论是胜男还是宇轩,我都希望他们能认真、清醒地面对自己的婚姻。既然胜男的母亲来了,我想胜男也一定会知道。这个时候,无论是您,还是胜男,不管是谁,提出分手这个话题都很难,而且,我们并不知道胜男的真实想法。"

赵姨问:"那我把胜男约来聊聊?或者求求她,哪怕是等宇轩情况稳定了,再提出来分手也行。"

陈思摇头:"不用。阿姨,宇轩虽然现在的状态不好,但是病人也该有病人的尊严,我们也没必要去乞求另一个人的感情。其实这个事情很简单,时间可以证明一切,我相信,胜男一定知道她母亲来过,而且她的母亲也一定会告诉她。如果一段时间之内,胜男再不来看宇轩,阿姨,那就证明胜男决定放弃了,放弃了,就放弃吧,阿姨,还有我们!"

听到陈思这么说,赵姨的眼泪再也控制不住,夺眶而出。

2

陈思回到自己的昔归茶舍时,已经是下午三点多了,陈思把车停在门口,下了车才发现自己的茶舍门开着,透过玻璃能看到一个女人的身影正在屋里擦抹着什么。陈思快步走进屋,听到开门声,那个女人转过身来,竟然是几个月没见的水灵。

一见陈思进屋了,水灵带着泉水般的笑声迎了过来:"哥,你今天怎么才来呀,我都等你半天了!本想跟你好好聊聊天,你看都几点了?!快给我泡杯茶,我都好久没喝到你泡的古树茶头了!"

陈思一脸疑惑地坐在已经被水灵擦得一尘不染的大茶台前,边烧水边问:"我刚才去看宇轩了,妹子,你怎么来了,是家里出什么事了吗?"

水灵笑盈盈地坐在陈思对面说:"出什么事!来奉州送货来了,一坐在这儿啊,就觉得可轻松、可亲切了,你愣着干吗哥,快泡茶呀!"

陈思泡了一泡平时舍不得喝的冰岛古树茶头,给水灵倒了一杯,自己抿了一口,看着水灵,心里却感觉似乎有什么事要发生。

水灵见陈思看着自己，把茶杯放在大茶台上，沉默了一会儿，说："哥，我跟你说个事，有点儿不知道怎么跟你说。"

陈思说："跟我你还客气什么，怎么啦？说吧！"

水灵突然笑了："哥，我自己的事，是我，嗯，我要结婚了！"

听到水灵这么说，确实让陈思很意外，陈思忙问："跟谁呀，我怎么一点儿都不知道呢？"

水灵说："其实，哥，这个人你认识，就是赵武。赵武是山根的同学，他结婚比我俩早好几年呢，他妻子去世也好几年了，这些年，一直是他自己带着儿子，现在儿子刚上高中，学习可好了。从给咱家盖房子时，他就一直帮我拉粮食，送煎饼，只是一直没提过这事，呵呵，哥，你也别笑话我，今年发大水之后，就是他和赵大哥来我家帮的忙，清的淤泥，又把围墙和马厩重新翻盖的。那个赵大哥呀，可有意思了，拐弯抹角地问我，咱俩到底是啥关系，能是啥关系呀，在我心里，你就是我哥，最亲最亲的哥。他见我这么说，才跟我提的，说是他兄弟赵武人品很端正，看上我了，怕我不同意。你说这个赵武，一个大男人，有什么话就直接提呗！哈哈哈！哥，今天我是跟赵武一起来的，他有几个亲戚在奉州开超市，订了二百箱煎饼，他挨家去送货了，估计也快回来接我了。"

陈思突然觉得嗓子有些发紧，看着水灵那种光彩照人的精神劲，陈思知道，这绝对是爱情的滋润才会有的状态。同时，陈思也在反问自己，是不是自己顾虑的因素实在太多了，才再次与眼前这个女人擦肩而过。

水灵喝了杯茶继续说道："哥，我去年不是在县里买个小房子嘛，我又给卖了。"

陈思问："那你不打算去县城了，小叶子上学怎么办？"

水灵说："搬去县城啊，我和赵武在郊区看上了一个大院套，已经付了定金了，虽然在郊区，但是离初中和高中都不远，小孩上学，如果走路也就二十分钟，如果是赵武开车送的话，没几分钟。赵武说了，以后他要干不动瓦工了，就给我打打下手，送送货，要是煎饼订得多，他就跟我一起摊。"

陈思低头喝了一口茶,来掩饰自己心头的失落,问水灵:"妹子,你爱赵武吗?"

水灵突然笑了,边笑边说:"哥,你们这些知识分子总是喜欢爱呀爱的,兴许爱吧,反正跟着赵武,我觉得心里挺踏实的,总感觉,日子嘛,一天天地过呗,说实话,山根走了之后,我以为自己再也不会结婚了,可是一遇到什么事,才发现有个男人在身边还是不一样,其实哥,我是个女人,可能没什么大出息吧,就希望每天睁开眼睛就能看到自己身边睡着个拿自己当回事的男人。"

听到水灵这么说,陈思突然知道其实水灵想要的那种踏实也许确实是自己给不了的,自己的所知所学最后也绝对不是为了讨个老婆,天天摊个煎饼过个"两亩地、一头牛,老婆孩子热炕头"的小日子。虽然现在自己开了个小茶舍,那不过是一时的权宜之计,陈思还是想做一些更有意义的事,不然,总还是觉得心里轻飘飘的。

见陈思不说话,水灵瞪着陈思问:"哥,你怎么啦?"

陈思笑了笑,说:"唉,没什么,我是在反思我自己。"

水灵又是一阵泉水般的笑声:"哥,你反思什么呀?!你最该反思的是应该早点儿给我找个嫂子,不然你这么优秀的基因都白瞎了!哥,你看你身边那么多优秀的女孩子,高菲、陶醉,哪个都是小人精,你怎么就不下手呢?"

陈思点点头,不想让水灵感觉到自己的失望情绪,脸上挤出一丝笑容问:"妹子,那你们的事就算定下来了呗?"

水灵说:"嗯,哥,上周日,赵大哥请的客,我们家,赵大哥家,还有赵文、赵武两家人从老人到小孩都到了,这就算把事给办了。两大家人都挺满意,赵武的孩子也挺喜欢我,而我们家小叶子就喜欢学习好的哥哥,拉着赵武的儿子就没放过手,你说这孩子呀!叶子马上要上初中了,这还掉下来个辅导功课的!"说完,一脸的幸福,接着又说:"哥,我其实还有个事,想跟你商量。"

陈思说:"跟我还商量什么,你说。"

水灵说:"我爹还是想住在枫树村,可是,哥,其实那个房子是你的。"

陈思说:"妹子,你怎么嫁了人突然就那么见外了呢,即使那个房子是我的,也永远都是你家,我之所以说是我想买,就是因为那段时间你太难了,我不想让你花钱,唉,我能在枫树村住几天呢?张叔愿意住到什么时候就住到什么时候。"陈思暗想,其实家很多时候,就是一种思念,一种牵挂,如果这种思念和牵挂都没了,那也只剩下一栋房子了。

水灵倒是没有陈思想得那么多,笑着说:"哥,那我就不跟你客气了,我爸想住到哪天就住到哪天吧,在那儿住着,还能帮你照顾你那两匹宝贝,'金风''玉露'。"陈思想到"金风""玉露"那两匹心肝宝贝,忍不住问自己,唉,自己什么时候才能天天自由自在地和两匹爱马在一起呢,边想边把目光投向了窗外。

水灵见陈思沉默不语,轻声说:"哥,其实我很感谢你,我没想到会在我最难的时候遇到你,更没想到,遇到你之后,我的生活又重新有了希望。只是哥,我也很心疼你,你说你,又要照顾咱爸妈,又要经营你的事业,还净帮着别人瞎忙活,可你自己身边也没个人。"

陈思点上了一支烟,说:"妹子,你不用担心我,你哥的生命力顽强着呢,再回枫树村,争取给你带个嫂子回去。"

水灵突然说:"你看,光说我了,咱爸妈怎么样?宇轩现在怎么样?"

陈思说:"老头儿老太太都还好,宇轩,我刚去看过,恢复得还不错,可能明年春天,我会带他一起去枫树村住一段时间,希望能对他的恢复有所帮助吧。"

这时,茶舍的门开了,赵武从外面走了进来,不好意思地冲着陈思喊了一声:"陈总。"

水灵站了起来,拉着赵武坐下,拍了一下赵武,说:"叫什么陈总,你该随我叫大哥!"

赵武腼腆地点头,叫了一声:"大哥。"

陈思突然觉得一阵恍惚，仿佛眼前的赵武，不是赵武，而是那个已经故去的山根，也许那种来自大山里的踏实，永远都是水灵最需要的吧。

眼见余晖已经照进茶舍，水灵对赵武说道："都快黑了，你赶紧去车上把给大哥带的东西搬下来，然后咱们就回去！"

赵武出门片刻就搬回了好几个纸箱子，里面有煎饼、蘑菇等一些土特产，还有一只已经煺了毛的大鹅，赵武指着那只大鹅对陈思说："陈总，哥，这个大鹅是我大哥托我给你带的，他说你总是夏天才回去，这种好吃的你也吃不到，这是他自己家养的，让你带回去，给二老炖酸菜！"陈思心里一阵感动。

无论陈思如何挽留，水灵和赵武还是坚持要趁着天还没黑赶紧往回赶，既不在奉州住，也不吃晚饭了，陈思拿他们两个也没办法，给水灵一家还有赵大明白拿了两大包好茶，才送两个人到了小院外，目送两个人开着小货车消失在暮霭中。

陈思在小院的门口看着水灵远去的方向好久，才掏出了一支烟，点燃后深深地吸了一口，路旁的银杏树上飘落下几片黄叶掉在陈思的脚下，想到从此以后这个水灵便只能是自己的妹妹了，陈思不禁心生感慨，再过一个月，自己就迈入不惑之年了，在这个2010年的深秋，有的人看到的是秋收的喜悦，而有的人应该只能看到叶落的悲凉吧。

尾　声

　　2011年，初秋的一个晚上，天气清凉，陈思坐在葡萄架下陪着父亲，久已不见的王立峰来了。

　　陈思招呼立峰坐下，倒好了茶，问道："你怎么来了？"

　　立峰说："思哥，枫树村我指导的民宿改造获奖了，我代表咱们大学来参加溪源县新农村建设研讨会，就在陶醉的游客中心，明天就回去了，吃完了饭，就跑来看看你，哥，你可是够低调的！"

　　陈思不解："怎么这么说呢？"

　　立峰说："你的那个纪录片《建筑——家的诞生》，获得了今年'北京国际大学生电影节'最佳纪录片奖，怎么也没见你去领奖啊，也不告诉我一声，我还是在网上知道的消息。"

　　陈思淡然说："其实跟我关系不大，我几个电视台的朋友到我那儿喝茶，我就把我盖这个房子时录的一些视频和照片拿给他们看，结果他们呢非要拿回去剪辑制作一下，谁想到他们还拿着成片去参加电影节了。得奖能怎么着？我不还是我？"

　　见到陈思并没有对那个纪录片的事有什么兴奋的感觉，立峰喝了口茶又问："宇轩呢？他现在恢复得怎么样？"

　　陈思说："宇轩恢复得挺好，只是你来得不太凑巧，安然陪着他回奉州了，应该过几天才会回来，你还是回奉州去看他吧。"

　　立峰摇摇头说："这世上的事有时候真的说不准，没想到一直陪着宇轩的除了你，竟然是安然，怎么看胜男和宇轩才是天生的一对。"

　　陈思说："这有什么好奇怪的，感情这种东西谁能说得明白呢。对于很多年轻人来说，甜美的爱情在于你只看到了让你心动的一面，而痛苦的婚姻则源于你看清了所有其他，却看淡了让你最初心动的那一点。其实没有什么对错，安然就是一个感性的女孩子，也许普通，但是执着；而胜男一直是一个头脑清醒的女孩子，她知道她想要什么，有一点儿感性，但是更多的是理性。只是我们很多人习惯拿道德去评判和理解一个人，真的没有必要去怪她，其实婚姻就跟建筑一样，有的婚姻只是在别人眼里看着美丽，真正合适与否，只有两个人知道，所以这个世界上最需要守护的人，首先就是自己。我们兄弟几个，我最羡慕你，一路踏踏实实的，无论是感情还是事业，都是最稳的一个。"

立峰说："也是，现在的人总是说什么要精神上的门当户对，其实我跟我媳妇也没什么共同语言，但是我知道我离不开她，她也离不开我，这就足够了。"

陈思问："对了，你们家小宝宝挺好吧，有照片吗？长得像谁？"

"嘿嘿，挺好，一天天地可欢实了，一见到他呀，什么烦恼都没了，长得像他妈，大眼睛！"提到自己的小儿子，立峰满眼柔情，边说边掏出手机，"思哥，你看看！大脸蛋子倒是像我！"

陈思点上了一支烟，认真地看着存在手机里立峰宝贝儿子的照片，对立峰说："其实对于一个有爱的家庭，婚姻爱情的真正意义在于把自己父母对自己的爱和自己对父母的爱、对生活的爱传递给自己的妻儿甚至是身边的人，这才是真正的传承，你们一家就有点儿这个意思。"

立峰点点头："思哥，你说得对，只是这种传承越来越少了。对了，思哥，你在枫树村住了多半年了吧？"

陈思说："嗯，我是4月末过来的，刚来的时候还有点儿冷呢，自打我的那个茶舍动迁了之后，我就带着老爸一直在枫树村住，每天能遛遛我的两匹宝贝，真的很知足，好像已经离不开这个地方了。"

立峰又问："怎么不见水灵姐和孩子呢？"

陈思说："你水灵姐年初就结婚了，现在和老公一家住在县城的城郊，除了农忙，一般一周回来一天半天的看看张叔。"

立峰倒是没想到水灵已经结婚了，挠挠脑袋说："思哥，我还以为水灵姐会是我嫂子呢。"

陈思摇摇头："我们学设计的男人，有的时候会把自己想象的浪漫献给一个心爱的女人，却不知道，很多女孩子除了浪漫，更需要的是一种踏踏实实在身边的爱，而且我懂你水灵姐，她不想让我有遗憾，其实做了这么多年设计，我们什么时候做过一件完美的作品呢？"

立峰点点头："唉，思哥，我是觉得你真该有个伴了，要不你还是考虑一下盈盈吧，盈盈已经回学校了，我觉得她成熟了不少，我们两个现在带一个班的设计，偶尔她会装成不经意间提到你，我看她还是想联系你，估计是不好意思主动见你吧。"

陈思只是淡淡地一笑："其实我只是盈盈的选择之一而已，而我这个年龄，如果再开始一段感情，我希望我和对方都是彼此的唯一。人这一生啊，对于工作、对于爱情每个人都会有自己的选择，可悲的是，很多时候我们常常不会选择，也不坚持自己的选择，以至于在不断的选择中慢慢老去；其实这种不断的选择背后，就是在没有习惯一种习惯时，我们又去适应一种新的习惯，这是很多人内心没有归属感和安全感的真正原因吧。对于盈盈嘛，她已经放弃过我一次了，我不想再成为她的选择之一了。"

立峰说："哥，你是不打算再找对象了？"

陈思说："没有哇，没有刻意想找还是不想找，只是现在的年轻人恋爱的速度太快了，我是跟不上了，随缘吧，我现在觉得在这儿挺快乐的，完美的爱情和婚姻从来都是奢侈品，既然是奢侈品，于我而言，当然也不是必需品。"

立峰说："思哥，你越来越像一个隐士，难道你还真想在这儿隐居一辈子呀？"

陈思说："隐居谈不上吧，我也经常回奉州，将来也总是要回奉州的，父母都需要我来照顾，再说你们不都是老惦记我的婚姻大事嘛，在这个小山村里可解决不了；设计公司那边，我大师姐徐晓燕也总有一些设计需要我定一下方案，有些我揽的项目，甲方还是希望我能亲自做方案；而且那个小陶醉总来找我，一会儿在这儿看个项目，一会儿在那儿看个项目的，总是拿着图纸来找我研究。"

立峰说："这个小陶总陶醉今天也参加会议了，现在这个陶醉酒店已经小有名气了，被誉为山城旅游的一张闪亮名片，县长还特意提到了陶醉，说她是对山城的农村建设有突出贡献的优秀企业家。我来到这儿，也发现，这片小酒店群做得很有特色。"

陈思说："这个小项目陶醉干得不错，她自己也对自己有了很大信心，当然，最高兴的还是我那个陶大哥，而且这个小丫头也很有想法，现在正在到处看地，准备做纯正的养老地产，中国进入老龄化社会了，尤其是有很多独生子女对父母养老问题，确实是心有余而力不足，所以这个方向我也很赞同，陶醉很希望我能到她公司和她一起干，我的陶大哥也希望我在陶醉身后做她的技术支撑。"

立峰说："这个方向是挺好，现在也有许多打着养老地产旗号的地产，但是我看就是挂羊头卖狗肉，为了骗点儿政府的政策和补助，有的人想挣钱都想疯了。思哥，你骨子里还是一个知识分子，总还是想有所学有所用。"

陈思说："立峰，对于某些人来说，只有钱能给他们安全感，很多人看似正常，其实疯的又何止宇轩一个人哪！而我，也希望兄弟你，还是能多做一些对社会有意义的事情。"

立峰说："思哥，很多时候，我是真的佩服你，看什么问题都那么通透的，在哪儿都能活得那么精彩，看似随遇而安，却又什么都安排得井井有条。"

陈思说："立峰啊，其实我们受到这么多年建筑学的教育，最大的收益不是学会了如何做个简单的设计，而是在这个过程中学会了去思考、去体会，无论干什么，我们骨子里都已经是一个建筑师了。其实生活就跟设计一样，总会有这样那样的问题等着你去解决，而绝不会完全按照一个人的理想完美地进行，对于我们来说，什么事情该做，什么事情不该做，我们都应该有我们自己清醒的认识和判断。每个人都是自己人生的建筑师，或感性或理性，或清醒或迷茫，在理想的召唤和现实的羁绊中，不断修改着自己人生的设计。"

看着陈思，立峰突然觉得其实成功也挺简单，就像陈思大哥一样，豁达、宽容、清醒而认真地生活着，努力做好自己应该做的事、喜欢做的事，陪伴自己爱和喜欢的人，力所能及地帮助自己能够帮助的人，难道对于我们这些普通得不能再普通的人来说，这样的人生还不算成功吗？

立峰把目光投向远处静静的山谷，茶桌上，陈思刚倒的两杯古树普洱茶散发着幽幽暗香……